터치
touch
— 그녀의 손길

터치-그녀의 손길

1판 1쇄 찍음 2015년 8월 5일
1판 1쇄 펴냄 2015년 8월 12일

지은이 | 김서현
펴낸이 | 고운숙
펴낸곳 | 봄 미디어

기획·편집 | 정수경 박혜진

출판등록 | 2014년 08월 25일 (제387-2014-000040호)
주소 | 경기도 부천시 원미구 소향로17, 304(두성프라자) (우)420-864
영업부 | 070-5015-0818 편집부 | 070-5015-0817 팩스 | 032-712-2815
E-mail | bommedia@naver.com
소식창 | http://blog.naver.com/bommedia

값 9,000원

ISBN 979-11-5810-125-1 03810

김서현 장편 소설

그녀의 손길

터치

t o u c h

contents

prologue … 7

episode I •아무도 모른다 … 11

❶ 영화리(理) 살인 사건 … 13

❷ 범인은 누구? … 37

❸ 추적 … 59

❹ 우리…… 손잡을까요? … 69

episode II 얼굴 없는 살인자 … 101

❶ 어쩔 수 없이 파트너 … 103

❷ 지하실의 아이 … 129

❸ 비밀 … 156

❹ 사랑의 크기 … 192

episode Ⅲ 물에 잠긴 꿈 ··· 233

❶ 달콤한 낮잠 ··· 235

❷ 터치 바이 터치 ··· 267

❸ 진실 ··· 300

episode Ⅳ 아누비스의 신부 ··· 333

❶ 달콤함에 빠지다 ··· 335

❷ 죽음의 전시회 ··· 370

❸ 눈동자 ··· 399

❹ 울지 마소서 ··· 428

epilogue 엄마는 알고 있다 ··· 457

작가 후기 ··· 463

prologue ···

아기자기한 단독주택들이 늘어진 예쁜 동네에 어둠이 서서히 다가왔다. 학생들은 학원에서 돌아오고, 직장인들은 하나둘 귀가해 저녁을 먹을 시간이었다. 어느 집에서 개 짖는 소리가 들리자, 그 소리를 따라 고양이도 울었다.

집집마다 풍겨 나오는 맛있는 저녁밥 냄새와 조금은 시끌시끌한 소리들. 평범한 동네의 평범한 저녁 시간 모습이었다.

작은 허브 화분이 창가에 놓인 집도 30분 전까지는 그랬다.

입에 재갈을 문 채 양손과 발이 결박된 여자는 한쪽 입술이 터지고 눈가에도 시퍼런 멍이 들어 있었다. 피와 땀으로 뒤범벅된 얼굴이었지만 눈빛만은 찌를 듯 날카로웠다.

여자는 오랜만에 오는 애인을 기다리며 예쁜 앞치마를 두르고 저녁을 준비하던 중이었다. 낙지볶음과 소주까지 준비한 여자는 시계를 보며 애인이 오기를 기다리고 있었다.

그런데……. 집으로 찾아온 사람은 그녀가 기다리는 애인이 아니었다.

집 안으로 들어온 남자는 여자를 비웃으며 그녀 앞에 쪼그려 앉았다. 그리고 칼날로 여자의 뺨을 찰싹찰싹 때렸다.

"안되셨네. 그러니까 왜 형님을 배신하고 딴 놈에게 가요, 가기를……. 우리 형님이 그동안 얼마나 잘해 주셨는데……."

비아냥거리는 남자의 말에도 여자의 눈은 여전히 칼날처럼 매서웠다.

시계를 흘깃 본 남자의 입가에 야비한 미소가 걸렸다.

"잘 가요, 형수님. 아! 걱정 마요. 그 젊은 놈도 지금 처리 중이니까 아마 사이좋게 손잡고 지옥으로 갈 수 있을 거예요."

죽음의 검은 기운이 눈동자를 잠식하자 여자의 눈에서 서서히 빛이 꺼졌다.

손에 딱 맞는 칼은 여자의 배를 푸욱 파고들었고, 갈라진 상처 사이로 흐르기 시작한 피는 칼을 타고 흘러내려 남자의 손등에 그려진 장미 문신을 시뻘겋게 물들였다. 마치 붉은 장미의 꽃잎에서 붉은 꽃물이 흘러내리는 것처럼.

"후아, 헉헉헉."

지원은 숨을 들이켜며 눈을 떴다. 온몸을 땀으로 흠뻑 적신 그녀가 입가에 씨익 미소를 지었다.

"장미 문신, 후하, 범인…… 발견!"

• 아무도 모른다

e p i s o d e I

1

영화리(理) 살인 사건

반장에게 왕창 깨지고 난 직후라 입맛이 없었다. 동료들의 위로를 받으며 겨우 점심을 먹고 온 강 형사는 제 책상 근처를 서성이는 한 여자를 발견하고는 놀란 표정으로 후다닥 뛰어 들어갔다.

"스톱! 석 기자, 돈 터치! 아무것도 만지지 마!"

강 형사의 외마디 비명에 책상 위를 기웃거리던 여자가 굽혔던 허리를 들었다. 찰랑거리는 짧은 커트머리에 동그란 눈망울은 사내아이의 것처럼 또랑또랑했다. 꼭 다물려 있던 입술이 강 형사를 보고 반갑게 열렸다.

"안녕하셨어요, 강 형사님?"

"응, 난 무지무지 안녕하니까 석 기자도 안녕히 잘 가."

건성으로 인사를 받은 그는 서둘러 그녀의 등을 떠밀었다. 제 덩치의 반밖에 되지 않는 어린 여자를 폭탄이라도 되는 양 밖으로 몰아내는 장면이 호기심을 자아내게 만들었다.

"잠깐만요. 물어볼 게 있어서 그래요."

"거기 서서 물어봐. 가까이 오지 말고. 뭐?"

여자가 몸을 돌리자 화들짝 놀란 강 형사는 뒤로 두어 걸음 물러나 양손을 교차해 겨드랑이에 끼웠다. 다시 다가오려는 여자의 모습에 그가 뒷걸음질을 치며 고개를 흔들었다.

"거기서 얘기하라고."

"비밀 이야기인데요?"

"비밀 이야기? 난 그런 건 아예 모르니까 묻지도 마. 잘 가."

"강 형사님!"

강 형사는 급기야 여자를 몰아내고 문까지 잠갔다. 밖에서 여자가 문을 두드렸지만 대답도 하지 않았다.

"우리 사이에 너무하시네. 강 형사님!"

밖으로 쫓겨난 여자가 입바람을 불어 앞머리를 날렸다. 뭐, 처음 겪는 일이 아니니 새삼스러울 것도 없었다. 그녀는 입가에 장난스런 미소를 지었다.

강 형사가 자리로 돌아오자 커피를 내민 호동이 창문 밖을 보며 호기심 어린 표정으로 물었다.

"누구기에 그렇게 쩔쩔매면서 밖으로 몰아내세요?"

"얼굴 봤지? 잘 기억해서 절대 이곳에 발도 못 붙이게 해야 한다."

"그러니까 왜요?"

그 물음에 강 형사는 말문이 막힌 듯 입을 다물었다. 그가 머뭇거리자 질문이 재차 들어왔다.

"이유도 없이 그냥 못 들어오게 하라는 거예요?"

"그게…… 저번에 저 여자가 사건에 도움을 줬는데……."

"도움이요?"

우물쭈물하는 강 형사의 말을 옆에서 듣고 있던 선배 정수가 대신 대답했다.

"어쩌다 사건 해결하는 데 도움 좀 준 것뿐이야. 기자니까 정보 얻을 곳이 좀 많겠어? 여기저기서 주운 조각들을 적당히 버무려서 말한 걸 가지고 강 형사가 엄살 부리는 거라고."

"아니라니까!"

강 형사가 억울하다는 듯 얼굴을 일그러뜨렸다. 하지만 대꾸할 말은 없었다.

저 순진한 얼굴로 제 물건을 슬쩍한 이후, 그녀는 출처를 알 수 없는 증거를 알아 왔다. 덕분에 해결한 사건이 벌써 세 건이었고 우연이라 하기에는 석연치 않은 점이 너무 많았다. 하지만 다른 사람은 모를 수밖에 없었다. 저 기자는 꼭 자기 물건만 가져가니까.

지난번 살인 사건 때도 그랬다. 조폭 두목의 애인이 살해를 당했고, 실마리는 눈곱만큼도 없었다. 진전이 없어 난처해하는 와중에 설상가상으로 또 다른 살인 사건이 터졌다. 모두 정신없이 분주할 때 저 여기자가 찾아왔다.

"형사님, 제가 어디서 얻은 정보인데요. 손등에 장미 문신을 한 남자, 아세요? 그리고 죽은 여자한테 또 다른 애인이 있었던 것 같은데……."

툭 던지듯 준 몇 가지 정보는 언뜻 연관성이 없어 보였지만 혹시나 싶어 조사했었다. 그런데 세상에…… 장미 문신의 그 남자가 조폭 애인 살인 사건의 범인이었다. 게다가 또 다른 살인 사건의 피해자는 조폭 애인의 정부였다.

형사들도 알아내지 못한 정보를 저 조막만 한 여기자가 어떻게 알고 알려 줬을까? 특별히 무슨 해를 끼친 것은 아니나 기분이 찜찜했다. 마치 혼자 있는 줄 알고 코딱지 파는 걸 누가 본 것처럼 말이다.

그런 여자가 제 책상을 기웃거리다니 예감이 좋지 않았다. 커피를 홀짝이던 강 형사는 뭔가 생각난 듯 미지근해진 커피를 단숨에 들이켠 뒤 옆 쓰레기통에 버리고 서랍을 열었다.

"휴우, 수첩을 만지지는 않았군. 볼펜은! 하나, 둘, 셋……. 다 있다. 이번에는 아무것도 못 가져갔겠지?"

며칠 사이 특별히 맡은 사건은 없었다. 헌데 조금 전 반장님 대신 전화를 받아 남겼던 메모가 마음에 쓰였다. 형사의 직감이었다. 무슨 사건인지는 모르겠지만 저 사이코 같은 여기자에게 들키면 안 될 것 같았다. 헌데…… 자꾸 뒷골이 당긴다. 마치 누군가가 자신을 지켜보는 것 같아 강 형사는 뒤통수를 쓰다듬으며 뒤를 보았다.

"다리 좀 치워요!"

"네? 네."

뒤를 돌아보니 청소부 아주머니가 눈을 부릅뜨고 그를 노려보고 있었다. 아주머니의 말에 강 형사는 쓰레기통에서 얼른 발을 떼었다.

바퀴 달린 커다란 통에 쓰레기를 모아 강력부를 나온 아주머니는 옆 부서 쓰레기를 모으기 위해 큰 통을 복도에 두고 안으로 들어갔다.

그때였다. 제 몸집보다 큰 셔츠를 헐렁하게 입은 여자가 복도를 걸어왔다. 누구를 찾는 듯 주변을 두리번거리던 여자는 손수건으로 입을 가려 얼굴을 숨겼다.

대충 빗어 하나로 묶은 머리카락과 다른 손에 든 조그맣고 낡은 지갑. 복도로 나온 경찰 몇몇이 그녀를 보았지만 경찰서에서 흔히 보는 피해자나 피의자의 보호자인가 보다 할 뿐 별다른 관심은 보이지 않았다.

콜록콜록 기침을 하던 여자는 커다란 통을 미처 보지 못해 부딪히고 말았고 그 탓에 손에 들고 있던 지갑이 통 안으로 떨어졌다.

"어머, 내 지갑……."

쓰레기통 안을 뒤적거려 지갑을 주운 여자는 큼큼거리며 목을 가다듬고는 복도를 걸어온 걸음보다 두 배는 빠른 속도로 경찰서를 빠져나갔다.

서를 나온 여자는 코너를 돌아 세워져 있던 오토바이에 올라탔다. 머리를 긁적거리자 하나로 질끈 묶었던 머리가 스르르 벗겨졌다.

잔뜩 눌려 있던 머리를 손으로 탈탈 턴 그녀는 또랑또랑한 눈을 반짝이며 헬멧을 썼다. 그녀의 손엔 아까 강 형사가 마셨던 커피 종이컵이 들려 있었다.

옥탑방에 도착한 지원은 미니 냉장고에서 차가운 물을 꺼내어 단숨에 들이켰다. 아직 여름은 오지 않았지만 옥탑방의 열기는 사막만큼이나 뜨거웠다. 선풍기를 켠 지원은 옷을 훌훌 벗어 던지고 바닥에 앉아 침대로 사용하는 매트리스에 기댔다.

낡은 1인용 밥상에 종이컵을 조심스럽게 올려놓은 그녀가 큰 숨을 들이쉬었다. 그리고 천천히 손을 뻗어 구겨진 종이컵을 살며시 감싸 쥐고는 눈을 감았다.

까만 어둠을 시작으로 뚝뚝 끊긴 필름이 연속으로 지나가듯, 흐릿하고 두서없는 영상들이 휙휙 머릿속을 스쳐 지나갔다.

점심으로 먹은 육개장, 머리가 벗겨진 반장님의 호통, 길거리 풍경, 그리고 작은 종잇조각들…….

유난히 하얀 얼굴에서 더욱 핏기가 사라지고 입술마저 파랗게 변해 갔다. 한순간 참았던 숨을 한꺼번에 토해 낸 지원이 종이컵에서 손을 떼었다.

"후아! 후아! 후아!"

몸을 뒤틀며 숨을 몰아쉬던 지원은 수첩에 무언가를 끼적거렸다. 강원도로 시작하는 어떤 주소였다. 이마에 스민 식은땀을 손등으로 닦아 내는 그녀는 여전히 숨이 가쁜지 숨소리가 거칠었다.

"젠장, 먹고살기 힘들다. 후아. 강원도라…….."

서울 한복판에서 근무하는 형사의 수첩에 적힌 강원도 주소. 관할도 아닌데 그 먼 곳을 왜 적어 놨을까. 그냥 아는 사람의 주소일까? 아니, 분명 흥미로운 사건이 일어난 장소임에 틀림없다. 냄새가 난다.

뒤로 벌렁 누운 지원은 수첩에 적힌 주소를 뚫어져라 바라보았다. 그러다 핸드폰을 들어 편집장에게 문자를 보냈다.

〈저 사건 취재 가요. 기가 막힌 거 물어 올게요.^^〉

그녀는 심령이나 귀신, 불가사의한 일들을 발간하는 한 삼류 잡지의 객원 기자였다. 그녀가 기사를 작성해서 보내면 편집장은 그것을 확인하고 돈을 보내 왔다.

다른 잡지나 신문기자들은 모르는 사건의 뒷이야기라든가 신비한 현상이 일어나는 곳의 이야기를 나름 과장 좀 섞어 보내면 편집장은 단박에 환영의 뜻을 보내 왔고 원고료도 조금씩 늘어나고 있는 중이었다.

하지만 아직까지 얼굴을 직접 본 적은 없었다. 메일과 전화, 문자만 주고받을 뿐 딱히 친분 관계를 쌓지도 않았다. 그래서 출판사에서는 제법 흥미 있는 기사를 투고하는 그녀가 어떤 사람인지 전혀 몰랐다.

모르는 게 나았다. 괜히 친분이 쌓이면 '사이코메트리'라는 것을 들킬 수도 있고 그러면 안 좋은 일이 생길 수도 있다. 적당한 거리를 두고 원고료만 잘 챙기면 그만이었다.

문자를 보낸 그녀는 눈을 스르르 감았다. 사이코메트리를 하고 나면 늘 기운이 빠졌다. 보약이라도 먹어야 되나 보다. 밥상 위에 엎드린 그녀가 단잠에 빠져들었다.

자신에게 사이코메트리라는 능력이 있음을 알게 된 시기는 다섯 살 전후로, 엄마가 반지를 잃어버려 애를 태우고 있을 때였다. 엄마의 품에 안겨 있던 지원은 엄마가 반지를 부엌 선반에 올려 두는 영상을 보게 되었고, 신기하게도 반지는 정말 그 장소에 있었다.

그때는 아무 생각도 없었다. 자신에게 특별한 능력이 있다는 걸 알기에 다섯 살은 너무 어린 나이였으니까.

커 가면서 자신이 가진 능력에 대해 깨닫게 되었지만 그것을 사용하지는 않았다. 영화에서처럼 손만 척 갖다 대면 영상이 주르륵 떠오르는 것이 아니었다. 엄청난 집중력과 에너지가 소비되는 행위였기 때문에 다른 사람들과 마찬가지로 평범하게 지내려고 했다.

능력을 사용하기 시작한 건 나이가 들어 기자라는 직업을 택하고 난 뒤였다. 취재거리가 필요할 때 경찰들 틈에서 물건 하나만 슬쩍하면 공개되지 않은 정보들을 볼 수 있었다.

그렇다고 아무 정보나 잡지에 싣는 것은 아니었다. 공개가 되어도 수사에 지장이 없을 정도의 것들만 실었고, 그 보답으로 경찰들에게 사건을 해결할 수 있는 실마리를 제공하기도 했다. 강 형사님의 물건을 슬쩍 빌려 기사거리를 제공받고 정보를 주는 것처럼 말이다.

잠깐의 잠으로 체력을 보충한 지원은 바로 오토바이를 몰아 강원도로 향했다. 평일 늦은 시간, 국도는 한산했다. 그녀는 앞으로 몸을 숙여 속도를 높이기 시작했다.

라이더 재킷이 바람을 완벽하게 차단해 주고 헬멧을 썼기 때문에 바깥 온도조차 느끼지 못했지만 느낌으로 알 수 있었다. 지금 그녀는 바람이 되어 가고 있었다.

강원도로 들어선 뒤 길이 구불구불해져도 그녀는 속도를 늦추지 않았다. 목적지인 영화리(里)에 가까워지자 좁은 길의 구불거림은 더욱 심해졌다.

오토바이를 잔뜩 옆으로 기울인 채 스릴을 만끽하며 코너링을 할 때였다. 길가에 정차된 승용차가 보였다.

비상 깜박이를 켜고 있었지만 워낙 빠른 속도로 달리던 그녀는 위험천만하게 그것을 피했다. 속도를 줄이지 못해 순식간에 지나쳐 버린 자동차를 향해 고개를 돌리며 그녀는 있는 대로 욕을 퍼부었다.

"야, 이 새끼야! 이 어두운 산길 코너에서 그따위로 차를 세워 두면 어쩌자는 거야? 죽고 싶어 환장했어! 이 재수 없는 놈아!"

하지만 헬멧을 쓴 까닭에 그녀의 욕은 웅얼거리는 소리로 자신의 귀에만 들릴 뿐이었다. 차에서 조금 떨어진 곳에 서 있던 재현에게는 욕은커녕 그녀의 모습조차 보이지 않았다.

깔끔한 양복바지에 한 손을 찔러 넣은 그는 서울 방향을 바라보다 천천히 반대쪽으로 고개를 돌렸다. 지원의 오토바이가 사라진 쪽이었다.

사건이 발생한 영화리(里)로 들어가는 방법은 이 길 하나뿐이었다. 걸어서 마을을 빠져나갈 수는 없었다. 범인은 틀림없이 이 길로 도주했을 것이다.

마을로 통하는 길이 단 하나임을 확인한 그는 천천히 차에 올랐다.

❋◦◦◦◦❋

검찰총장으로부터 연락을 받은 것은 오전 11시, 사무실에서 미해결 파일들을 정리하고 있을 때였다. 한국에 들어온 지 며칠 되지 않았기에 할 일이 많았고 총장과도 서먹해진 터라 그의 각별한 부탁도 거절했다.

어려울 것 없어 보이는 살인 사건이었다. 경찰들을 풀어 조사하라고 했더니 잠시 뜸을 들인 총장의 목소리가 낮아졌다. 어떤 높은 분과 관련된 일이라 외부에 알려지면 곤란하다는 것이었다.

순간 재현은 피식 코웃음을 쳤다. 어찌나 창의력들이 없으신지, 비밀 수사를 의뢰할 때 이유는 늘 한 가지였다. 높. 은. 분. 과 연관이 있다는 것.

거절해 봐야 오케이할 때까지 귀찮게 할 것을 알았기에 재현은 다시 생각하지 않고 승낙을 했다. 이런 일은 빨리 해치워 버리는 편이 나았다. 안 그래도 맡아야 할 사건이 가득했으니까.

결정을 한 그는 몇 가지 정보를 수집한 뒤 강원도에 있는 영화리로 향했다. 산으로 빙 둘러져 있는 마을은 마치 분화구 같았다. 집들은 띄엄띄엄 떨어져 있었고 마을 주민이라고 해 봐야 50여 명을 겨우 넘길 정도였다. 여느 산골 마을처럼 주민 대부분은 60대를 훌쩍 넘긴 노인들이었고 가장 젊은 사람이 50대 중반이었다. 마을 주민들이 자주 다니는 곳에는 작은 길들이 나 있었지만 외부와 통하는 길은 오직 하나였다.

마을 입구에 차를 세운 재현은 천천히 마을을 둘러보았다. 평범한 산골 마을이었지만 이상하게 기분이 좋지 않았다.

"뭔가를 감추고 있는 것 같군."

차에 오른 그는 사건 현장으로 차를 몰았다. 마을 한쪽에 있는 거대한 저택이었다.

일제 강점기 때 일본인의 별장으로 사용되던 곳이었다. 몇십 년이 지난 지금, 누구도 살지 않는 건물은 낡고 허름했다. 삐걱, 허름한 외관에 맞게 음침한 소리를 내며 문이 열렸다.

"음……."

외관과 다르게 안은 최신식으로 꾸며져 있었다. 알아본바 영화 세트장으로 사용되었던 곳이라 1층은 물론이고 2층까지 고급스러운 별장의 모습을 제대로 갖추고 있었다. 하지만 오랫동안 사람의 발길이 닿지 않아 거실 바닥이며 가구에는 먼지가 가득했다.

그는 사건 현장인 2층으로 향했다. 먼지가 쌓인 1층과 다르게 그곳은 깨끗하게 청소가 되어 있었다. 깨끗한 바닥을 보던 재현이 중얼거렸다.

"촬영을 한 것이 몇 년 전일 텐데 바닥이 깨끗하다는 건 최근 누군가가 이곳에 왔다는 말이네."

장마가 시작되려는지 후텁지근한 공기가 끈적거리며 몸에 달라붙었다. 느린 걸음으로 계단 끝에 오르자 습한 공기 속에서 희미하고 비릿한 피 냄새가 났다.

2층 거실을 지나 방문을 열자 커다랗고 화려한 침대가 보였다. 최고급 원목과 매끄러운 하이그로시 질감이 적절히 섞인 로맨틱한 침대였다.

침대 헤드에 나체로 비스듬하게 누워 한 손을 괴고 잠을 자고 있는 여인의 조각은 손으로 직접 새긴 수공예 작품처럼 보였다. 또 다른 여인도 잠자듯 침대에 누워 있었을 것이다.

재현은 가지고 온 사건 현장 사진을 꺼냈다. 길고 검은 머리를 가지런하게 등 뒤로 하고 아직은 발그레한 얼굴에 파란 입술이 살짝 벌어져 있었다. 마치 곧 말을 할 것처럼 말이다.

반듯하게 누운 그녀의 한 손은 가슴 위에 있었고 다른 한 손은 옆으로 늘어져 있었다. 그리고 늘어진 손목에서 시작한 붉은 피가 하얀 실크 시트를 붉게 물들였다. 마치 여자의 손목으로부터 노을이 뿜어져 나오는 것 같았다.

지금은 테이프로 시체가 있던 자리만 표시되어 있을 뿐이었다. 재현은 천천히 침대 위로 몸을 구부려 여자의 얼굴이 있었을 위치를 만져 보았다. 그리고 다시 몸을 일으켜 주변을 살핀 뒤 사진으로 눈을 돌렸다.

"고통의 흔적이 없는 얼굴이라. 다량의 출혈로 인해 사망하기 전 이미 정신을 놓았다는 얘기고, 탁자 위에 버젓이 놓여 있는 수면제와 와인 잔. 자살이라는 것을 알리고 싶었나?"

재현은 중얼거리며 침대 옆에 있는 탁자를 보았다. 지금은 아무것도 없지만 그곳에는 와인 잔 두 개와 치즈 한 접시, 그리고 와인 병이 놓여 있었다. 사진 속 와인의 라벨을 들여다보던 재현의 한쪽 눈썹이 미세하게 휘어졌다.

"치즈는 이탈리아에서 직수입한 마스카포네를 먹으면서 와인은 대형 마트에서 파는 스파클링을 마신다. 높은 자리에 있는 아버지를 가진 아가씨치고 입맛은 표준이군. 잔이 두 개, 각각 다른 색의 립스틱이 묻어 있는데 시신은 하나라……. 같이 와인을 마시던 분은 어디로 갔을까……."

국과수에 따르면 두 잔 모두 같은 종류의 수면제가 검출되었다고 했다. 그렇다면 처음엔 동반 자살을 계획했지만 무슨 이유에서인지 한 사람은 생각을 바꾸었다는 추측을 할 수 있었다.

방 안을 둘러본 재현은 건물 밖으로 나와 주변을 살폈다. 안쪽만 영화 세트장으로 이용되었기에 주변은 잡초가 지저분하게 나 있었고 누군가 드나든 흔적은 보이지 않았다.

고급 가구들을 들여놓았기 때문에 문은 늘 잠겨 있었다고 했다. 그런데 며칠 전 밤, 건물에서 불빛이 비치는 것 같다는 주민들의 신고에 경찰이 순찰차 나왔다가 시체를 발견한 것이었다. 물론 절대 함구하라는 윗선의 단단한 지시를 받고 지금은 입을 다물고 있는 중이었지만.

재현은 천천히 건물을 돌았다. 높은 산으로 둘러싸인 마을은 이른 저녁임에도 불구하고 어둠 속에 잠기기 시작하는 중이었다. 마치 망망대해에 떠 있는 조각배에 오른 기분이 들었다.

사건은 빠른 해결과 더불어 비밀 유지가 생명이었다. 아무도 모르게 혼자 내려왔으니 되도록 빠른 시간 안에 올라가야 했다.

❈❈❈

영화리에 도착한 지원은 식당 겸 여관 건물로 들어가 오토바이를 세웠다. 50대 후반으로 보이는 진한 화장의 아주머니가 그녀를 맞이했다.

"어서 오드래요. 하루 머무르게요?"

"뭐, 하루가 될 수도 있고 더 머무를 수도 있구요. 일단 저녁부터 먹을 수 있을까요?"

배를 문지르는 지원의 모습에 금방 저녁상이 차려졌다. 작은 마을인지라 저녁때가 되어도 식사 손님은 없었다. 할아버지 몇 분이 모여 신 김치를 안주 삼아 술을 드시고 있을 뿐이었다.

지원은 김칫국에 밥을 말아 후루룩 마시다 말고 지나가는 말처럼 이야기를 꺼냈다.

"그런데 아주머니, 이 근처에 무슨 영화 찍었던 곳 있지 않아요?"

"아! 아가씨도 세트장 구경하러 온 거구나? 그 영화 찍은 지가 좀 돼서 요즘은 구경하러 오는 사람들이 뜸한데……. 어떻게 알고 왔대요?"

"제가 공포 영화를 좋아해서요. 영화를 보다가 맘에 들면 촬영장을 직접 찾아가기도 하거든요."

"그 뭐시냐, 젊은 애들 말로 매, 매니어?"

"마니아요."

"그래! 마니아. 공포 영화 마니아구먼. 잘 왔드래요. 거기가 어디냐면, 이쪽 길로 쭉 가다가 오른쪽으로 꺾어지면 갈림길이 나오는데……."

영화리로 출발하기 전 혹시나 해서 지원은 인터넷으로 주소를 검색해 보았다. 그러다 조그마한 기사 하나를 발견할 수 있었다. 한 5년 전쯤 이 주소의 건물에서 공포 영화를 찍었던 것이다.

아주머니는 신이 났는지 지원이 묻지도 않은 말까지 죄다 끄집어냈다.

"근데 말이야. 처음엔 관광객도 좀 받고 그랬는데 언제부턴지 문을 잠갔드라고. 관리도 안 되는 건물에 아무나 드나들면 사고가 난다고 아예 출입을 막았사. 그리고 말이야."

아주머니의 목소리가 갑자기 푹 꺾이자 지원은 숟가락을 입에 문 채 몸을 아주머니에게로 바짝 기울였다. 아주머니는 은밀한 비밀이라도 얘기하듯 지원의 귓가에 속삭였다.

"저 건물이 일제 때 일본 놈들 별장으로 쓰던 곳이라 별별 나쁜 짓이랑 해괴한 짓들이 많이 일어난 곳이거든. 그래서 흉흉한 소문도 심심치 않게 나던 곳이드래요."

"무슨 소문이요?"

"거 뭐냐, 밤에 사람의 그림자가 비친다거나 아무도 들어가지 못하게 문을 잠가 놨는데 불빛이 왔다 갔다 한다든가. 이상한 신음 소리가 들리기도 하고. 일본 놈들이 독립투사들을 좀 많이 죽였잖여. 그 귀신들이 돌아다니는 거라고 하기도 하고. 아유, 생각만 해도 오줌 지리것네."

아주머니는 말을 하다 말고 몸서리를 쳤다.

"구경하러 왔는데 안에는 들어가 보지도 못해 어째요. 거기 말고 마을 동쪽 끝으로 가면 큰 저수지가 있거든요. 거기서 낚시나 하고 가요."

지원은 활짝 미소를 지으며 고개를 끄덕였지만 그냥 돌아갈 생각은 추호도 없었다. 무슨 일로 강 형사님이 여기 주소를 메모해 두었는지 모르겠지만 아주머니의 말을 들으니 헛걸음은 아닐 거라는 확신이 들었다.

다음 날 일찍 일어난 지원은 산책하는 사람처럼 천천히 마을을 둘러보았다. 어제 아주머니에게 들은 대로 가다 보니 어스름한 새벽빛에 흉물스러운 건물 하나가 보였다. 주변은 잡초가 무성했고 붉은 벽돌로 쌓아 올린 벽은 온통 이끼로 뒤덮여 있었다. 지원은 혹시라도 들어갈 구멍이 있나 주변을 기웃거렸다.

"영화 세트장이라면서 무슨 건물이 이래."

정신을 집중시킨 그녀는 건물에 가만히 손을 댔다. 그리고 눈을 감았다. 깜깜한 어둠이 시작됐고 주변이 희미해졌다. 여러 사람들이 마치 그림자처럼 나타났다 사라지기를 반복하자 그녀는 눈을 떴다. 너무 많은 사람들이 드나들었던 건물이라 딱히 건질 것이 없었다.

호흡을 가다듬은 그녀가 다시 주위를 살피기 시작했다. 그러다 운 좋게 들어갈 곳을 찾아내었다. 혹시나 하고 문이란 문은 죄다 손잡이를 돌려 보았는데 건물 뒤쪽에 있는 작은 쪽문이 스르르 열리는 게 아닌가.

"빙고! 역시 사람은 머리를 써야 해."

그녀는 주변을 휘휘 둘러보고는 조용히, 재빠르게 쪽문으로 들어갔다.

이른 새벽이었다. 그리고 인적이 드문 곳이었다. 그래서 그녀는 누군가가 계속 자신을 지켜보고 있다는 것을 미처 알지 못했다.

이른 새벽빛이 미치지 못하는 건물 안은 깜깜한 어둠 그 자체였다. 어둠이 눈에 익기를 잠시 기다린 지원은 주변을 더듬거리며 안으로 들어갔다. 먼지가 쌓인 거실로 들어서자 고급스러운 소파와 탁자, 벽난로 등이 어렴풋하게 보였다.

"음, 영화에서 봤던 그대로네. 여주인공이 자살을 했던 장소가…… 2층 자기 방이었지?"

쫄딱 망한 저급 영화라 개봉도 몇 군데 하지 못해 DVD는 물론 인터넷에서 다운받기도 어려웠다.

어찌어찌해서 몇십 분짜리 영상만 겨우 구할 수 있었다. 영화의 하이라이트인 여주인공이 자살을 하는 장면이었다.

발소리가 날까 까치발을 들어 조심조심 계단을 오르던 지원은 휘청거리는 몸에 균형을 잡으려고 계단 손잡이를 잡았다. 순간…… 번쩍거리며 영상이 머릿속을 스쳤다.

젊은 두 사람이었다. 한 사람은 여자였고 또 한 사람은 남자였다. 계단 끝에 선 여자와 키를 맞추느라 두 계단 아래에 선 남자. 다정하게 서로를 보며 웃는 것 같더니 둘은 진하게 키스를 하기 시작했다. 여자의 얼굴을 감싼 남자의 손이 그녀의 옷자락을 파헤치고 그러다 다시 팟! 어둠에 잠겼다.

저도 모르게 숨을 멈추고 있던 지원은 헉 하며 계단에 주저앉았다. 영화에 나오는 장면이 아니었다. 누군가 얼마 전에 이곳에서 진짜 키스를 나눈 것이다. 숨을 들이쉰 지원은 이마에 스민 땀을 손등으로 닦아 내고 다시 일어나 계단에 손을 댔다.

하지만 아무것도 보이지 않았다.

"정말 필요할 때는 보이지 않는다니까."

가끔씩 원하지 않아도 갑자기 영상이 보일 때가 있었다. 정작 보려고 애를 쓸 때는 보이지 않고 말이다.

2층은 거실 창이 넓고 높은 위치라 1층보다 밝은 편이었다. 여러 사람이 다닌 듯 바닥에 먼지 자국이 이리저리 흩어져 있었다. 겹쳐 있는 발자국 중 가장 최근 것은 300mm쯤 되는 남자의 구둣발 자국이었다.

지원은 고개를 갸웃거렸다. 확실하진 않지만 계단에서 본 영상 속에서 남자는 구두가 아닌 운동화를 신고 있었던 것 같았다.

"남자가 두 명인 건가?"

지원은 조심스럽게 여주인공이 죽었던 방으로 들어갔다. 문을 연 그녀의 얼굴에 빙긋 미소가 감돌았다.

"빙고!"

눕기도 아까울 것 같은 고급스러운 침대에 흰색 테이프가 붙어 있었다. 범죄 현장을 알려 주는 사람의 모습을 하고 말이다. 게다가 눈처럼 하얀 시트를 흠뻑 적시고 있는 붉은 물까지.

"딸기 주스를 흘린 건 아닐 테고. 잘만 하면 이번 여름 공포 특집으로 실을 수 있겠는데……."

지원은 가지고 간 스마트폰을 꺼내서 사진을 찍기 시작했다. 비록 몇십 분짜리 영상이지만 그 영화의 화면도 잘 이용하면 괜찮은 기사가 나올 수 있을 것 같았다.

영화 속의 살인이 실제로 일어나다. 피해자는 미모의 여배우……는 안 되겠구나. 진짜 여배우가 죽었다면 벌써 신문에 대문짝만 하게 나왔을 테니까…….

속으로 기사 타이틀 문구를 열심히 생각하던 지원은 스마트
폰을 바지 주머니에 넣고 숨을 들이쉬었다. 정신을 가다듬고 침
대에 손을 댔다. 호흡이 멈추고 이마에 땀이 배어들기 시작했다.

이윽고 칠흑 같은 어둠 속에서 누군가 움직이는 것이 보였다.

"사랑해."

남자의 목소리가 들린다.

"하지만…… 미안해."

다시 들리는 남자의 목소리. 죽었나? 아니다. 의식을 잃은 것
같은 여자를 남자가 소중히 안아 침대에 눕혔다. 남자는 여자의
긴 머리를 가지런히 정돈해 주고 한 손을 가슴에 올려 준다. 그
손동작이 무척이나 소중하고 귀한 것을 다루는 듯 조심스럽다.

남자가 여자의 한 팔을 옆으로 펼쳐 놓고 칼을 꺼낸다. 잠시
망설인 그가 획! 여자의 손목을 그었다. 하얗고 가느다란 손목
에서 붉은 피가 흘러내려 침대보를 물들인다.

잠자듯 누운 여자의 얼굴은 잘 보이는데 남자의 얼굴은 흐릿
했다. 지원은 저도 모르게 미간을 찌푸렸다. 흐리긴 하지만 점
점 남자의 얼굴이 보이기 시작했다. 언밸런스로 자른 머리카락,
짙은 눈썹과 중심이 잘 잡힌 콧날. 섹시하게 생긴 입술. 냉정한
눈빛으로 잠든 듯 죽은 여자를 들여다보던 남자가 손을 뻗어

여자의 얼굴을 만지려는데……

"푸아! 하악, 하악. 아이고, 숨 막혀 죽겠네."

눈을 번쩍 뜬 지원은 띵해진 머리에 손을 얹었다. 어째서 사이코메트리를 시작하면 숨이 멈추는지……. 조만간 산소 부족으로 뇌 손상이 오지 않을까 걱정이 되었다.

침대에 등을 기대고 앉은 지원은 숨을 몰아쉬면서 방금 본 영상을 다시 생각해 내려고 애썼다. 자살처럼 보이지만 여자는 명백히 살해를 당했다. 그리고 범인은 남자였다. 아까 계단에서 키스를 했던 그 남자일까? 들썩거리는 가슴을 누른 채 지원은 입맛을 다셨다.

"안타깝다. 꽤 잘생긴 남자 같았는데 왜 여자를 죽였을까. 사랑한다는 말까지 해 놓고 미안하다는 건 뭐야. 뭔가 슬픈 사연이 있나? 아니, 근데! 왜 여자만 죽이고 자기는 안 죽어? 나쁜 놈 같으니……."

남자가 눈앞에 있기라도 하듯 눈을 부릅뜨던 지원은 어지럼증을 느꼈다. 또 엄청난 에너지가 소모됐구나. 초콜릿을 가져왔어야 했는데…….

몰래 들어온 터라 빨리 나가야 했지만 몸이 말을 듣지 않았다. 침대에 등을 기댄 지원은 바닥에 앉은 채로 까무룩 잠에 빠져들고 말았다.

잠시 후 신음을 흘리며 눈을 뜬 지원은 여전히 띵한 머리를 부여잡았다. 어느새 날은 환하게 밝아 있었다. 왜 초콜릿을 안 챙겨 왔을까. 앞으로는 절대 잊지 말아야겠다고 다짐하며 황급히 몸을 일으켰다.

서둘러 숙소로 돌아온 그녀는 식당 문을 열며 아주머니를 찾았다.

"이모, 저 아침밥 좀 주세요."

"산책 다 했어요? 어여 앉아요."

아주머니가 상을 차리는 동안 고픈 배를 달래려 물을 마시던 지원은 옆 테이블에 누군가가 있는 것을 보았다. 어제는 보지 못한 젊은 남자였다.

산골 마을인 영화리에는 어울리지 않는 단정하고 고급스런 슈트에 언밸런스로 자른 세련된 헤어스타일, 시골 밥상을 앞에 놓고 마치 오성급 호텔 레스토랑에서 식사를 하듯 우아하게 움직이는 남자의 손을 보던 지원은 저도 모르게 혀를 날름 내밀었다.

"부잣집 도련님 같은데 이런 촌구석엔 어쩐 일……!"

중얼거리던 그녀는 황급히 입을 다물고 고개를 돌렸다.

어디선가 본 얼굴이었다. 서울에서? 아니, 일 관계로 본 사람은 몇 되지 않으니 기억이 나지 않을 리가 없었다. 저 정도로 잘생기고 섹시한 남자를 기억하지 못한다면 예의가 아니다. 그럼 어디서 본 거지.

아랫입술을 물어뜯던 지원은 '턱!' 하고 커다란 쟁반이 앞에 놓이는 소리에 고개를 들었다.

"배가 많이 고픈가 보네. 입술을 다 물어뜯고. 이제 봄나물이 끝물이라 있는 거 죄다 꺼내서 맛나게 무쳤으니까 많이 먹어요."

"네, 와, 봄나물이 진짜 맛있어 보이네요."

인심 좋은 아주머니의 말에 지원도 방긋 미소를 지었다. 그때 식사를 마친 남자가 자리에서 일어섰다.

"얼맙니까?"

"다 드셨사? 7천 원만 내래요."

오호, 앞모습은 더 끝내준다. 180cm는 족히 넘는 키에 어깨가 떡 벌어져 있었다. 긴 다리에 발도 컸다. 대충 300mm쯤······.

밖으로 나가는 남자를 곁눈질하며 밥을 가득 퍼 입에 넣던 지원의 손이 허공에서 멈추었다. 아까 그 건물에서 본 남자였다! 죽은 여자의 얼굴을 향해 손을 뻗던 남자!

순간 굳어 버린 손가락 때문에 숟가락이 떨어졌다. 떨어진 숟가락을 주울 생각도 하지 못하고 앉아 있던 지원은 문득 정신을 차리고 허겁지겁 밖을 나섰다. 방금 나간 것 같은데 그새 어디로 갔는지 남자의 모습은 보이지 않았다.

"아이씨, 바보. 조금만 더 일찍 생각해 내지. 아! 숟가락, 젓가락!"

다시 허둥지둥 식당 안으로 들어온 지원은 남자가 식사를 했던 식탁으로 갔다. 하지만 부지런한 아주머니가 벌써 상을 다 치운 뒤였다. 지원이 낭패 어린 표정으로 서 있자 주방에서 나오던 아주머니가 의아한 표정을 지었다.

"왜? 뭐 찾아요?"

"아, 아니요. 근데 저 남자는 누구예요? 이곳 사람은 아닌 거 같은데."

"뭐, 건축 연구가인가 하는 사람이라던데."

"건축 연구가요?"

"응, 아! 그리고 보니 저 남자도 그 영화 세트장에 관심이 많더라고. 일제 때 지어진 건물이라 무슨 가치가 어쩌고 하던데…….
그래서 건물을 조사하러 왔다고 했드래요. 왜? 아는 양반인가?"

"아니요. 아는 사람인 줄 알았는데 잘못 봤나 봐요."

"그래? 어여 밥이나 먹어요. 배고프다며."

"아, 네. 밥, 먹어야죠."

다시 자리에 앉아 수저를 움직이긴 했지만 목구멍으로 밥이
넘어갈 리 없었다. 분명히 촬영장에서 봤던 얼굴이었다. 저 남
자가 범인일 가능성이 높았다. 거기까지 생각이 미치자 머리카
락이 쭈뼛하고 서는 느낌이 들었다.

어쩌지. 경찰서에 신고를 해야 하나? 하지만 뭐라고 얘기해
야 할까. '제가 사이코메트러인데 살인 현장에서 저 남자의 얼
굴을 봤습니다'라고 할까? 십중팔구 미친 여자 취급을 당할 것
이었다.

거기다 만일 저 남자가 진짜 범인이라면 오히려 자신이 위험
해질 수도 있다. 아니, 일단 저 남자의 정체부터 밝혀야 했다.
최근 사건이라면 원고료를 좀 더 부를 수도 있었다.

거의 손도 안 댄 밥상을 그대로 두고 지원이 일어서자 아주
머니가 의아한 듯 고개를 갸웃거렸다.

"배고프다며 어째 남겼대요?"

"아, 그게……. 갑자기 속이 안 좋아서요."

"그러게. 안 좋아 보이네. 얼굴이 창백하고 식은땀도 나요."

어떻게 멀쩡할 수가 있을까. 살인범일지도 모르는 남자가 지
척에 있는데 말이다. 하지만 지원은 애써 미소를 지었다.

"올라가서 쉬어요. 어떻게, 죽이라도 해 줄까요?"

"아니에요. 근데 방금 그 남자도 여기 묵어요?"

"영화리에 여관이라곤 이거 하난데 당연히 여기 묵지. 모르는 사람이라면서 무슨 관심이 그렇게 많대요."

눈을 가늘게 만들며 웃음 짓는 아주머니를 보고 잠시 말문이 막힌 지원이 억지로 멋쩍게 웃었다.

"자, 잘생겼잖아요. 하하하."

"잘생기긴 했드만. 그 남자도 이따가 저수지에 간다고 했으니까 가서 수작 좀 부리더래요."

"수작이요? 하하하. 네. 수작."

아주머니의 말에 지원은 어색한 웃음을 지으며 고개를 끄덕였다.

만약 여기가 서울이고, 우연히 마주친 인연이라고 한다면 수작을 걸고 싶을 만큼 그는 멋있었다. 하지만 살인범일지 모르는 남자에게 수작이라니.

"처녀 귀신으로 죽으면 죽었지. 살인범과 연애를 할 수는 없지."

저 남자가 범인일지 아닐지 아직 확실하지 않지만 가능성은 충분히 있었다. 일단 기사거리를 위해 지원은 마을을 한 바퀴 돌고 아주머니의 권유대로 저수지에 나가 보기로 했다.

❷
범인은 누구?

이 마을과 어울리지 않은 여자였다. 짧게 자른 머리카락이 그랬고 유난히 맑아 보이는 눈동자도 그랬다. 음침하고 기분 나쁜 공기가 가득한 이 분화구 같은 마을과 다르게 맑고 통통 튀는 느낌이 드는 여자였다.

그런데 왜 곁눈질로 자신을 보았을까? 단지 외지 사람이라서 그랬을까?

여관 앞에 차를 세워 둔 재현은 걸어서 사건이 일어난 건물로 가고 있었다. 산으로 둘러싸여 수많은 나무가 있음에도 불구하고 공기는 탁했다. 마치 어떤 비밀을 간직한 것처럼 말이다.

일을 하러 밭으로 향하는 노인들 몇 명이 있을 뿐 주변은 고요했다. 목줄도 하지 않은 채 어슬렁거리는 몇 마리의 개들은 외지인을 경계하지 않는지 재현을 본체만체였다.

건물 주변은 어제와 다를 바가 없었다. 그는 어제 열어 놓은 쪽문을 향해 다가갔다. 풀이 우거져 있어 가까이 오지 않는 한 누군가가 이 문을 발견할 확률은 거의 없었다. 하지만 천만 분의 일이라도 확률은 확률이고 가능성이 있는 법이었다.

쪽문을 연 재현은 새롭게 찍혀 있는 누군가의 발자국을 보며 미간을 좁혔다. 문을 잠그고 가지 않은 자신을 탓하며 찍힌 발자국을 가까이 들여다보았다.

"235mm. 미끄럼을 방지하는 밑창. 트레킹화인가? 160cm 중반의 아이나 혹은 여자."

중얼거리던 재현의 머릿속으로 식당에서 보았던 맑은 눈동자의 여자가 떠올랐다.

망망대해에 떠 있는 조각배 같은 이 마을에 온 외지인이라……. 그것도 여자 혼자서…….

몸을 편 재현은 바지 주머니에 한 손을 찔러 넣었다. 새로 찍힌 발자국을 조심하면서 2층까지 올라간 그는 사건 현장을 보며 다시 미간에 주름을 잡았다.

침대 옆쪽에 새로운 주름이 가 있었다. 누군가 기댔던 흔적이었다. 자신은 어제 자정이 넘도록 현장에 있다 돌아갔고 지금은 아침 8시. 그사이에 누군가 이곳을 다녀갔다는 소리였다.

대체 누가 버려진 촬영장에, 그것도 평소에는 잠겨 있는 이 건물에 들어왔을까. 고가의 가구들이 있지만 발자국은 하나이니 뭔가를 훔치려고 들어온 것은 아니다. 무지막지한 괴력의 소유자가 아니라면 저 무거운 가구를 혼자 들고 갈 수는 없을 테니 말이다.

더구나 이곳저곳을 기웃거린 것이 아니고 2층으로 곧장 올라왔다. 2층이 목적이었다는 뜻이다. 먼지를 묻힌 작은 발자국은 망설임 없이 이 방에 들어왔다. 그리고 침대에 잠시 기대어 있었다. 그 외에는 무엇을 건드린 흔적이 없었다.

흰색 테이프와 붉은 핏자국. 영화 세트장이라고는 했지만 테이프와 시트의 붉은 물은 언뜻 보아도 최근에 생긴 것들이었다. 영화 촬영 때문이 아니라는 것을 알고도 침대에 기대어 앉아 있었다. 재현의 입가가 비틀어졌다.

"누가 여기에 앉았던 걸까? 한눈에 보아도 살인 현장을 연상케 하는 이곳에 말이야."

혹시 범인이 다시 온 건 아닐까? 와인 잔에 묻은 립스틱은 두 가지 색이다. 잔에 묻은 지문 역시 두 종류였다. 하나는 죽은 여자의 것이고 다른 하나는 아직 누구인지 밝히지 못했다. 범죄 기록이 남아 있지 않다면 찾기가 쉽지 않을 것이다.

식당에서 보았던 여자는 화장을 한 것 같지 않았지만 그건 모를 일이었다.

생각을 마친 그는 빠르게 건물을 빠져나왔다. 생각보다 일이 쉽게 풀리는 것 같았다. 그 여자가 범인이라면 빠르게 마무리 지을 수 있을 것이다. 식당으로 간 그는 아주머니를 찾았다.

"여기 묵고 있는 여자, 어디에 있습니까?"

"저수지로 갔는데 왜 그런대요?"

"감사합니다."

아주머니가 입가에 음흉한 미소를 지으며 중얼거렸다.

"흥흥, 그쪽도 아가씨한테 관심이 있나 보네."

그쪽도라니……. 그 여자도 나에게 관심이 있다는 소리인가? 내가 누군지 알아챘다는 소리인가? 한쪽 입꼬리가 슬며시 올라갔다. 아주 오랜만에 가슴이 두근거렸다. 자신이 범인을 알아차리기 전에 범인이 저에게 관심을 가진 것은 처음이었다. 상대방은 살인을 했을지도 모르는 용의자였다. 최대한 조심해서 접근해야 했다.

차로 20여 분을 가자 아주머니가 말한 저수지가 나타났다. 낚시를 하고 있던 노인 한 명이 재현을 보고는 다 쓰러져 가는 작은 가게에서 낚시 도구를 꺼내어 건네주었다. 드물게 온 외지 사람일 텐데 아무런 관심이 없는지 노인은 이내 자신의 낚싯대로 눈을 돌렸다.

낚시 도구를 챙겨 들고 저수지 쪽으로 가자 낚시를 하고 있는 여자를 금방 발견할 수 있었다.

재현은 낚싯바늘에 능숙하게 지렁이를 끼운 뒤 느긋하게 몸을 기대고 앉았다. 눈은 찌를 향하고 있었지만 여자가 곁눈질로 자신을 관찰하는 것이 느껴졌다.

지나친 관심이었다. 더구나 그 호기심의 종류는 남자를 향한 여자의 것이 아니었다. 뭔가 숨겨진 것을 캐내려고 하는 그런 호기심이었다.

❈❈❈❈

지원은 아주머니의 말대로 저수지에서 남자를 기다렸다.

지렁이를 대충 바늘에 묶어 물속에 던진 뒤 멍하게 생각에 잠겨 있던 그녀는 정말 남자가 나타나자 긴장하여 낚싯대를 꽉 잡았다.

정말 저 남자가 살인범일까? 아무 물건이나 좋으니 만져서 남자의 과거를 봤으면 좋겠다는 생각이 들었다. 양 손바닥에서 축축하게 땀이 배어 나왔다.

그동안 경찰들이 가지고 있던 증거물을 슬쩍해서 수사에 도움을 준 적은 있어도 살인범을 직접 맞닥뜨린 것은 처음이었다. 긴장이 안 될 수가 없었다.

소리 없이 심호흡을 하던 지원이 저도 모르게 낚싯대를 꽉 잡자 주위가 어둠에 잠기며 그간 낚싯대를 썼던 사람들의 모습이 휙휙휙 지나갔다.

"으앗!"

비명을 지르며 낚싯대를 던진 지원은 의자에서 떨어져 숨을 헉헉거렸다. 굳이 고개를 돌리지 않아도 남자의 시선이 자신을 향하고 있음을 알 수 있었다.

조용히 남자를 관찰해야 하는데 이건 아주 광고를 하듯 요란을 떨고 있으니. 젠장, 젠장. 입술로만 욕을 중얼거린 지원이 엉덩이에 묻은 흙을 털며 아무렇지도 않게 다시 의자에 앉았다. 그러자 남자도 시선을 원위치시켰다. 무슨 눈치를 챈 것처럼 느껴지지는 않아 다행이라는 생각이 들었다.

손끝으로 이마의 땀을 문지른 지원은 낚시에 몰두하는 척했다. 하지만 머릿속은 바쁘게 돌아가고 있었다. 저 남자가 범인인지 확인을 해야 했다. 눈을 아래로 내리깔고 입술을 물어뜯던 지원의 입가가 슬며시 곡선을 그렸다.

그녀는 찌를 보는 척하며 발 언저리에 있던 지렁이 통을 발로 툭 찼다. 몇 마리 되지 않는 지렁이들이 뜻밖의 자유에 몸을 꿈틀거리며 느릿느릿 사방으로 흩어졌다. 잠시 후 지원이 놀란 듯 입을 열었다.

"어머, 지렁이가 다 없어졌네."

재현은 그녀 쪽으로 얼굴을 살짝 돌렸다. 자리에서 일어선 여자가 입술을 오물거리며 자신에게 다가오는 것이 보였다.

"저, 죄송한데 지렁이 좀 나눠 주실 수 있으세요?"

얌전하게 빈 지렁이 통을 내민 여자가 순진한 미소를 지었다. 가까이서 보니 훨씬 더 어리고 훨씬 더 맑은 눈을 가지고 있었다. 손도 작고 발도 작다. 저 여린 손으로 별장의 여자를 죽인 것일까?

지원은 지렁이를 줄 생각이 없는 듯 자신을 빤히 바라보는 남자와 시선을 맞추었다.

아무 반응 없이 쳐다보고만 있는 남자를 향해 억지로 웃고 있자니 입가에 경련이 일 것 같았다. 줄 거면 빨리 주고 말 거면 가라고 하지, 왜 저리 빤히 보는 것일까.

그런데 가까이서 보니 참 섹시하게 생겼다. 짙은 눈썹 아래 쌍꺼풀 없는 눈은 무척 날카로웠지만 곧고 높은 콧대하며 붉은 입술이 참 맛있게도 생겼다.

날렵한 턱 선 아래에서 움직이는 목울대를 본 지원은 저도 모르게 군침을 꿀꺽 삼켰다. 그러다 미소를 좀 더 환하게 지으며 다시 물었다.

"지렁이 없으세요?"

"몇 마리나 필요하신가요?"

"네?"

"몇 마리."

"아! 뭐, 서너 마리 정도?"

"낚싯대 가져오십시오. 제가 끼워 드리죠."

"네? 안 그래도 되는데……."

"지렁이를 바늘에 묶으면 빠져나가죠. 물고기를 잡을 생각이 있다면 끼우는 법부터 제대로 배워야 할 겁니다."

"아…… 네."

울림이 좋은 목소리는 전혀 살인범 같지 않았다. 하지만 사람은 겉만 보고는 모르는 법이니까…….

지렁이를 바늘에 끼우지 않고 대충 걸쳐 놓은 건 또 언제 봤을까. 뭐, 직접 지렁이를 끼워 준다면 더 좋다. 스치듯 잡은 지렁이 통보다 확실하게 움켜쥔 낚싯대가 사이코메트리를 하기에는 더 좋으니까.

지원은 쪼르르 달려가 낚싯대를 들고 왔다. 재현의 말대로 바늘에 있어야 할 지렁이는 온데간데없이 사라진 상태였다. 그녀가 낚싯대를 내밀자 그는 진지한 얼굴로 지렁이를 바늘에 끼우기 시작했다.

모든 사물은 저마다의 속성을 가지고 있고 사람 역시 풍기는 향기가 다른 법이다. 연기와 절제를 통해 표정이나 몸짓은 숨길 수 있지만 몸에서 풍겨 나오는 향기까지 속일 수는 없었다.

헌데 당황스럽다. 유력한 용의자라고 생각한 그녀에게서 느껴지는 향기는 맑고 깨끗했다. 나무로 둘러싸여 있는 이 영화리의 습한 기운을 모조리 몰아낼 만큼.

그 점이 못마땅했다. 용의자면 용의자답게 수상한 냄새가 나야 정상인데 어째서 이런 향기가 나는 건지.

재현이 지렁이 끼우는 것을 옆에 쪼그려 앉아 보던 지원은 슬쩍 뒤로 손을 내밀었다. 이렇게 가까이 있으니 옷자락을 잡는 것이 더 낫지 않을까. 아주 잠깐이면 에너지 소모도 많지 않을 것이다.

나쁜 짓을 하려는 사람처럼 심장이 미친년 널뛰듯 쿵쾅거리고 손바닥엔 땀이 배어들었다. 지렁이에 정신을 팔고 있는 그를 한 번 더 확인한 지원은 그의 옷자락을 살며시 움켜쥐고 눈을 감았다.

새카만 어둠이 보이는 동시에 롤러코스터를 타는 듯 머리가 어지러웠다. 휘청거리는 어둠 속에서 여러 개의 상자가 보였다. 무슨 상자지? 상자 안에는 종이들이 가득 차 있고 뭔지 알 수 없는 글씨와 기호도 잔뜩 쓰여 있었다.

사진들이 보였다. 죽은 사람들의 사진이었다. 여자, 남자, 아이들까지……. 그리고 사진이 아닌 진짜 사람들도 보인다. 토막이 나 피투성이가 되고 칼이나 온갖 흉기들로 만신창이가 된 시체들이다. 단지 영상으로 보는 건데도 속이 울렁거릴 정도로 시신들은 처참했다.

그 시체들을 바라보는 남자가 보인다. 남자의 눈길에는 한 조각의 감정도 들어 있지 않았다. 마치 인형의 눈동자처럼 감정 없는 눈으로 시신들을 바라보던 그가 고개를 돌렸다. 냉정한 시선과 마주한 지원은 놀라 저도 모르게 눈을 번쩍 떴다.

마치 자신을 똑바로 보고 다가오는 듯한 착각에 머리카락이

곤두서는 느낌이었다. 손끝이 찌릿하며 바들바들 떨려 왔다.

형사들의 물건을 슬쩍했을 때도 가끔 시체들을 보긴 했다. 하지만 이렇게 많은 시체들을 한꺼번에 보기는 처음이었다. 그 끔찍한 모습에다 감정 없는 남자의 눈동자까지…….

"괜찮습니까?"

"우욱! 웩웩."

멍하니 있던 지원은 재현의 목소리에 정신을 차렸지만 욕지기는 참을 수 없었다. 몇 걸음 뛰어가기도 전에 바닥에 무릎을 대고 엎드린 그녀는 한쪽에 아침에 먹은 음식들을 모두 게워 내기 시작했다.

툭, 툭, 툭. 정신없이 토악질을 하던 그녀는 등에 와 닿는 손길에 눈을 떴다. 고개를 돌리니 남자가 등을 두드려 주고 있었다. 그와 눈이 마주치자마자 지원은 숨 막히는 공포심을 느꼈다.

섹시하고 냉정해 보이는 이 남자가 범인이 확실했다. 그리고 이번이 처음이 아니었다. 연쇄 살인범이다. 아주 잠깐이었지만 수많은 시신들은 모두 끔찍한 방법으로 살해당한 모습을 하고 있었다. 그리고 너무나 태연하던 남자의 얼굴. 그녀는 저도 모르게 주춤거리며 뒤로 물러났다.

아침 먹은 것이 체했나? 멀쩡하게 생글거리던 여자가 갑자기 토악질을 하자 재현은 당황할 수밖에 없었다. 그가 손수건을 꺼내어 내밀었다.

"닦아요."

"……."

이유는 모르겠지만 뭔가를 두려워하는 눈빛이었다. 맑고 까만 눈동자가 공포로 일렁거렸다. 하얗게 질린 얼굴에 손끝도 떨리고 있다.

혹시 자신이 사건을 조사하러 왔다는 것을 눈치챈 것일까? 그래서 정체를 들킬까 봐 두려워하는 것일까?

살인을 저지를 것 같지 않은 순진무구한 눈망울이었지만 재현은 이런 눈빛을 가지고 살인을 저지른 범죄자들을 수없이 만났었다. 자신은 방어했을 뿐이라고, 빼앗으려는 사람으로부터 자신의 것을 지켰을 뿐이라며 일말의 가책도 없이 당당하게 말하는 사이코패스들을 말이다.

이 여자가 범인이라면 100% 사이코패스일 것이다. 살인에 대해 조금의 가책도 없는. 마치 어린아이가 잠자리의 날개를 비틀어 떼어 내고 지렁이에게 소금을 뿌리며 즐거워하는 것처럼 말이다.

나이에 맞지 않게 맑고 순수한 눈동자가 오히려 사이코패스 기질이 있는 살인범이라는 생각에 확신을 주었다.

그런데 두려움에 젖은 눈을 가까이서 마주한 재현은 약간 당황했다. 그간 그가 보았던 범죄자들과는 다른 눈망울이었다. 순수하고 맑아 보이는 것 외에 무언가가 또 있었다. 빨려 들어갈 것 같은 짙은 동공, 영혼까지 읽을 수 있을 것 같은 무언가가 눈동자에 어려 있었다.

그 무언가를 알고 싶다고 생각한 순간, 재현은 또다시 당황하고 말았다. 단지 살인범을 잡기 위해 든 생각이 아니었다. 저 여자의 눈빛을 느껴 보고 싶다는 생각이 들자 저도 모르게 어금니를 꽉 물었다. 처음 드는 감정이었다.

여전히 미동도 하지 않는 여자의 손에 손수건을 쥐어 준 재현은 몸을 일으켰다. 그리고 한층 냉정한 목소리로 말했다.

"소나기가 퍼부을 것 같으니 여관으로 돌아가는 게 좋겠습니다."

그리고 먼저 낚시 도구를 챙겨 자리를 떴다.

재현이 떠난 뒤에도 지원은 한동안 움직일 수가 없었다. 처음 느껴 본 크나큰 공포에 온몸이 얼어 버린 것 같았다. 살인범이 바로 코앞에 있었다. 저 커다란 손으로 자신의 목을 조를 수도 있었고 뒤에서 무언가로 머리를 내리쳤을 수도 있었다.

바로 지척에 저수지를 관리하는 노인이 있었기에 그런 일은 일어나지 않겠지만 공포로 인해 제정신이 아닌 지원은 쓸데없는 상상을 이어 갔다. 손수건을 쥔 손이 덜덜 떨려 그녀는 감정을 추스를 때까지 오랫동안 그 자리에 앉아 있었다.

✻❋❋✻

남자의 말대로 곧 비가 내렸다. 잠시 지나가는 소나기가 아닌, 여름 내내 내리는 장맛비처럼 장대 같은 비가 오후 내내 쏟아졌다. 어느 정도 비가 잦아들면 이 마을을 떠날까, 생각했던 그녀는 낭패 어린 얼굴로 비바람이 몰아치는 창밖을 쳐다보았다.

그렇지 않아도 해가 일찍 지는 산골 마을은 오후부터 어둠 속에 잠겨 버렸다. 가끔씩 내리치는 번개와 벼락에 지원은 자신이 공포 영화의 주인공이 된 기분이 들었다.

"그래도 주인공은 죽지 않으니까 난 괜찮을 거야."

일부러 소리 내어 중얼거렸지만 손끝이 저릿저릿한 공포는 남아 있었다.

자신이 사이코메트러라는 것을 인식한 뒤로는 무서울 것이 별로 없었다. 가장 무서운 건 자기 자신이었다. 다른 사람의 과거를 본다는 것이 유쾌한 일은 아니었기에. 그런데 죽음이 무섭긴 한가 보다. 살인범과 지척에 있다고 생각하니 신경이 날카로워져 아무것도 손에 잡히지 않았다.

"에효, 그저 돈이 웬수라니까……."

똑, 똑, 똑. 유리창으로 주르륵 흘러내리는 빗물을 손가락으로 문지르던 지원은 갑자기 들려오는 노크 소리에 깜짝 놀라 고개를 홱 돌렸다.

"뭐해요? 비가 와서 김치전 했는데 와서 먹드래요?"

아주머니가 문을 열고 얼굴을 내밀자 지원은 안도의 숨을 쉬며 고개를 끄덕였다.

"네. 금방 내려갈게요."

마음을 조금 가볍게 가지자 다짐하며 내려오던 지원은 식당에 앉아 있는 남자를 보고는 굳어 버리고 말았다. 다시 방으로 올라가려다 그러면 오히려 눈에 띌까 발걸음을 돌리지 못했다. 땀이 밴 손바닥을 바지에 문지른 그녀는 주먹을 가볍게 말아쥐고 입가에 미소를 띠었다.

그런 지원의 마음도 모르는 아주머니는 의미심장한 미소를 지으며 그녀에게 어서 오라고 손짓을 했다.

"어여 와요. 젊은 사람들이 비 오는 날 방에 콕 박혀 뭐하는 거래요. 우리 동네가 감자 막걸리로 유명하거든요. 내가 또 그 막걸리를 기가 막히게 담근다는 거 아니에요. 호호호. 마침 술이 잘 익었으니까 김치전이랑 한잔하자고요."

옆구리를 쿡쿡 찌르며 음흉하게 입을 가리는 아주머니의 모습에 지원은 입안의 침이 바짝바짝 말랐다. 아까 남자를 보고 잘생겼다고 했더니 다른 마음이 있는 줄 오해하신 모양이었다.

아주머니는 그녀의 자리를 일부러 재현의 옆에 만들어 나란히 앉혀 놓고는 무엇이 그리 흐뭇한지 연신 고개를 끄덕였다.

정말로 남자 옆에 앉고 싶지 않았다. 하지만 앞에 아주머니도 있고 괜히 남자를 자극할 필요는 없겠다 싶어 지원은 엉거주춤 엉덩이를 붙였다. 그리고 슬그머니 의자를 당겨 남자로부터 조금이라도 떨어지려 했다.

재현은 태연한 척 자신의 옆자리에 앉는 여자를 힐끔거렸다. 슬쩍 보아도 알 수 있었다. 이마에는 식은땀이 송골송골 맺혀 있고 꾹 다물어진 입술은 어색하게 굳어 있었다. 가끔씩 곁눈질로 자신의 눈치를 살피는 모습이 그녀가 범인이라는 확신을 더해 주고 있었다.

그렇지 않다면 자신을 저렇게까지 경계할 이유가 없었다. 자신이 검사라는 걸 들켜서는 안 되었다. 일단 여자가 의심할 행동은 안 하는 것이 상책이었다. 재현은 꼬고 있던 다리를 풀고 의자를 당겨 앉았다.

둘 사이가 어색한 것을 느꼈는지 아주머니도 의자를 바짝 당겨 앉아 술 대접을 앞으로 내밀었다.

"자자, 이 감자 막걸리가 우리 영화리의 특산품 아니겠어요? 날씨도 꿀꿀한디 한잔씩들 하자고요."

아주머니는 대접 세 개에다 뿌연 막걸리를 가득 채웠다. 그리고는 먼저 쭉 들이켜 잔을 비웠다.

"캬아, 좋다. 어서들 먹드래요."

"그럼."

재현 역시 한 번에 잔을 비웠다. 술을 그리 즐기는 편은 아니었지만 달착지근한 막걸리는 또 다른 매력이 있었다. 입안에 남아 있는 막걸리를 음미하는 재현의 입가에 보일 듯 말 듯 희미한 미소가 잡혔다.

아주머니는 김치전을 조각조각 찢어서는 접시를 앞으로 밀었다.

"자, 안주도 먹고……. 그짝은 막걸리 안 마시나?"

"네? 네, 마셔요."

평소 술이라면 소주, 맥주, 양주 가릴 것 없이 모두 좋아하는 그녀였지만 살인범이 옆에 앉아 있다고 생각하니 막걸리가 무슨 맛인지 느껴지지도 않았다. 꿀꺽꿀꺽 잔을 비운 그녀는 입가에 남은 막걸리를 손등으로 쓱 닦았다. 지원이 잔을 비우자 아주머니는 김치전을 하나 들어 그녀의 입에 넣어 주었다.

"어때? 맛있지요?"

"네, 맛있어요. 이모님 음식 솜씨가 정말 끝내주시네요."

"내가 이 영화리에서 처음 장사를 시작했을 때 다들 그랬어요. 서울 가서 배워 온 솜씨냐고. 음식은 신선한 재료와 요리법도 중요하지만 제일 중요한 것은 자고로 손끝에서 나오는 손맛

이래요."

"와, 그렇구나."

긴장감 때문에 대충 맞장구를 친 그녀의 한마디에 아주머니는 기분이 좋아졌는지 또다시 막걸리를 가득가득 따라 주었다.

말없이 잔을 비운 남자는 아무 표정 없이 김치전을 입에 넣었다. 그런 남자를 보며 잔을 홀짝거리는 지원의 머릿속으로 수많은 생각들이 지나가고 있었다.

'정말 냉정한 얼굴이다. 그러니까 그 많은 사람들을 눈 하나 깜짝 안 하고 살해했지.'

일말의 감정 없이 시신들을 바라보던 차가운 눈빛이 떠오르자 온몸에 소름이 돋는 것 같았다. 저도 모르게 몸을 움츠리자 아주머니가 고개를 빼고 그녀를 보았다.

"비가 와서 추운가?"

"네? 아, 좀 쌀쌀하네요."

"그래? 추울 땐 술이 최고지요. 자, 또 한 잔 쭉 마시사."

아주머니는 신이 나서 잔에 넘칠 정도로 술을 부었다. 그렇게 서너 잔의 막걸리가 더 오고 갔고 세 사람은 조금씩 풀어진 모습이 되었다.

술에 기분 좋게 취한 아주머니는 젓가락으로 탁자를 두드리며 유행이 지난 가요를 흥얼거렸고, 재현 역시 다리를 꼬고 몸을 느슨하게 하여 자세를 편안히 했다.

지원 쪽으로 다리를 꼬고 앉은 그의 시선이 자연스럽게 그녀를 향했다. 긴장한 거라 생각했는데 홀짝홀짝 막걸리 잔을 기울인 그녀는 입가에 미소마저 띠고 있었다. 생각보다 훨씬 대담한 여자일지도 모른다는 생각이 들었다.

한쪽 팔꿈치를 탁자에 올린 지원은 무거워진 머리를 손으로 받치고 있었다. 남자에게 신경을 쓰느라 아주머니가 주는 술을 계속 받아 마셨더니 몇 잔을 마신 건지 알 수가 없었다. 정신을 똑바로 차려야 하는데 자꾸만 몸이 흔들거리고 있었다. 갑자기 노래를 멈춘 아주머니가 지원을 보며 함빡 웃음을 지었다.

"그런데 아가씨 이름이 뭐드래요?"

"저요? 끅, 석지원인데요."

혀가 풀린 지원이 히죽거리며 대답하자 이번엔 재현에게 질문이 돌아갔다.

"그럼 총각은?"

"한재현입니다."

분명 비슷하게 마신 것 같은데 재현은 발음이 꼬이지 않았다. 지원은 눈을 게슴츠레하게 뜨고 그를 노려보았다. 눈이 마주친 순간 재빨리 고개를 돌리려고 했는데…… 몸이 말을 듣지 않았다. 고개를 돌리려다 탁자에서 팔이 떨어진 지원은 그대로 바닥에 고꾸라질 뻔했다.

"그럼 나이는 어떻게 되나?"

"서른둘입니다."

"서른둘이라……. 아가씨는?"

"저요? 전 스물, 여덟이요."

"네 살 차이네요. 딱 좋은 나이드래요. 이렇게 보니 잘 어울리는데 둘이 잘해 보드래요. 호호홍, 끄윽."

웃음 끝에 트림을 한 아주머니는 알쏭달쏭한 말을 남겨 두고

52

자리에서 일어섰다.

흔들흔들, 아주머니의 몸이 흔들리는 건지 제가 몸을 흔드는 것인지 지원은 분간이 가지 않았다. 아주머니의 웃음에 같이 베실베실 미소를 짓다 옆을 본 그녀는 흠칫 놀라 버렸다.

그와 단둘이 남아 있다는 사실을 깨닫자 순간 찬물을 뒤집어쓴 것처럼 술이 확 깨 버렸다. 빨리 이 자리를 피해야 했다.

정신은 깬 것 같은데 몸이 아직 말을 듣지 않고 있었다. 비틀거리며 자리에서 일어선 지원은 제 방이 있는 2층으로 걸음을 옮기려 애를 썼다. 그런데 그때 재현이 말을 걸어왔다.

"술 한 잔 더 하시겠습니까?"

"네? 네."

싫었다. 그냥 방에 가서 문 꼭 잠그고 이불 속으로 숨고 싶은데 온몸을 얼게 만드는 재현의 차가운 목소리에 지원은 찍소리도 못하고 자동적으로 자리에 앉았다.

재현이 주전자를 들자 두 손으로 잔을 얌전하게 받쳐 들었다. 나도 따라 줘야 하나? 고민이 채 끝나기도 전에 재현이 자기 잔에 술을 부었다.

그가 술을 마시자 지원도 얼른 입에 잔을 댔다.

"여긴 처음이신가요?"

"……네. 처음인데요."

마시는 시늉만 하던 지원은 그의 질문에 즉각 대답을 했다. 남자에게서 뿜어져 나오는 카리스마에 압도되어 말 잘 듣는 아이처럼 자동적으로 대답이 나왔다.

광기라면 모를까, 연쇄 살인범에게 카리스마라니…… 어울리지 않는 단어였지만 무표정한 얼굴과 여유 있어 보이는 태도에서 느껴지는 것은 분명 광기가 아니라 카리스마였다.

비가 쏟아지고 천둥 번개도 치는 음산한 밤이다. 누군가 비명을 지르며 죽어 나가도 아무도 모를 것이다. 아주머니는 벌써 들어가서 잠에 빠지신 것 같고 가장 가까운 집은 10분도 더 뛰어가야 있었다.

제발 자신이 이 공포 영화의 죽지 않는 주인공이길 바라면서 지원은 다시 잔에 입술을 댔다. 남자의 집요한 눈길에 심장이 조여드는 것 같았다. 물론 술기운 때문에 바짝 긴장한 심장과 다르게 몸은 한없이 풀어졌지만 말이다.

뭔가 아귀가 맞지 않았다. 필요 이상으로 긴장한 태도에 비해 행동은 어설프다. 제 주량도 모르는지 살짝 풀린 눈과 말투를 보며 재현은 손가락으로 입술에 묻은 술을 닦았다.

처음에는 쭈뼛거리며 제 옆에서 떨어지려고 하더니 지금은 흔들리는 몸을 가누지 못해 기울어진 어깨 끝이 제 팔에 닿는 것도 모르는 모양이었다.

일부러 연기를 하는 것일까? 지원을 관찰하느라 집중한 탓인지 가벼운 두통이 일었다. 미간을 살짝 찌푸린 그는 관자놀이를 지그시 눌렀다. 술 탓도 있는 것 같았다. 막걸리라고 하더니 은근히 도수가 높은 모양이었다. 완전히 정신을 놓기 전에 여자의 정체를 확실하게 밝혀야 했다.

재현은 잔을 빙글빙글 돌렸다.

"이곳은 어떻게 알고 왔습니까? 유명한 곳도 아닌데……."

"그럼, 쩝. 그쪽은요?"

"네?"

"그쪽은 왜 왔냐고요. 별장을 보러 왔다는데, 그쪽도 여기가 처음이신가요?"

반쯤 풀린 지원의 눈과 날카로운 재현의 눈이 마주쳤다. 긴장 감이 감돌며 주변의 공기가 팽팽해졌다. 아까까지만 해도 두려 움에 잔뜩 경직되어 있던 지원은 한쪽 입가를 삐뚤어지게 웃으 며 손을 살랑살랑 흔들었다.

"난요, 영화 촬영장 보러 왔어요. 제가 공포 영화 마니아거든 요. 헤헤. 뭐, 망한 영화이긴 하지만 여자 주인공이 살해된 저 별장은 꽤 괜찮다고 그래서! 보러 왔죠. 저기서 영화 찍은 거 알고 왔어요?"

"그 영화 저도 압니다. 자살로 위장했지만 여주인공은 사실 살해된 거죠. 그것도 사랑하던 사람에게."

그의 말에 지원이 손가락을 딱 튀기며 코를 찡긋해 보였다.

"빙고! 맞아요. 모든 정황이 자살처럼 보였어요. 하지만 아니 죠. 여주인공은 살해당한 거예요. 사랑하는 사람에게……."

술에 취한 것이 확실하다. 지원은 재현이 했던 말을 그대로 따라했다. 그리고는 제가 생각해 낸 양 히죽히죽 웃음을 지었 다. 그 모습이 귀여워 재현은 피식, 웃음을 흘렸다.

공포와 긴장감은 조금도 없는 순수한 모습이 사랑스럽게 보 이기까지 했다.

생각이 끝나는 순간 그는 스스로에게 어이가 없었다. 범인일 지도 모르는 사이코패스를 사랑스럽다고 느끼다니. 술기운이 오르는 모양이었다.

　행동을 보아하니 술 취한 연기를 하는 것 같지는 않았다. 적어도 오늘 밤 저 여자의 작은 손에 목이 졸릴 일은 없어 보여 재현은 자리에서 일어섰다. 헌데 다리에 힘이 들어가지 않았다. 비틀거리는 몸을 가누며 탁자를 잡자 지원이 실망스런 표정을 지었다.

　"에! 벌써 가는 거예요? 아직 술 남았는데 좀 더 마시다 가요."

　"이만 자는 게 좋겠습니다."

　재현이 일어서자 비꼬는 듯한 목소리가 들렸다.

　"왜요? 왜 나랑 같이 안 있어요? 뭔가 켕기는 게 있으신가?"

　재현이 비스듬히 몸을 돌렸다. 거의 탁자에 엎드리다시피 한 지원이 입가에 비웃음을 띤 채 자신을 올려다보고 있었다.

　'켕기는 거라……. 역시 내가 수사하러 왔다는 것을 알아챈 건가?'

　대체 무슨 생각을 하는 건지, 순수해 보이는 눈망울에는 의심과 장난기가 섞여 있었다. 재현이 그녀에 대해 복잡한 생각을 하고 있을 때, 지원 역시 자꾸만 흐트러지려는 정신 줄을 부여잡으려 노력했다.

　생각보다 훨씬 많이 취한 것 같았다. 말은 아끼고 관찰을 해야 하는데 술만 취하면 종알거리는 이놈의 술버릇 때문에 결국엔 하지 말아야 할 말까지 내뱉고 말았다.

　"그 여주인공 살인범이 누군지 알아요? 난 아는데……."

　재현의 눈빛이 날카로워졌다. 힘겹게 몸을 일으킨 지원이 바람에 흔들리는 갈대마냥 사정없이 휘청거렸다. 재현은 저도 모르게 손을 뻗어 그녀의 팔을 잡아 부축했다.

"난요. 그 범인을 봤어요. 근데 젠장, 아무도 내 말은 안 믿을 거라고요."

"정신 차려요."

"난 저주를 받고 태어났나 봐. 흐흑흑."

가볍게 흐느끼던 지원의 머리가 재현의 어깨로 툭 떨어졌다. 이어 몸도 축 늘어지려는 찰나 그녀의 양팔을 꽉 잡아 자신에게서 떨어뜨린 재현은 혼란스러운 표정을 지었다.

지금 자신이 살인 사건의 범인이라고 자백하는 건가? 아니면, 그냥 저를 슬쩍 떠보는 것일까? 숨소리를 들어 보니 잠이 든 것은 확실했다. 그렇다면 연기는 아니다. 대체 뭐가 진실이지.

여자를 보면 볼수록 생각은 점점 더 복잡해졌다. 미간을 찌푸리고 있던 재현은 작게 욕설을 내뱉었다.

이 여자가 범인이든 아니든 일단 방에 옮겨 놓아야 할 것 같았다. 대체 무슨 감자로 담근 술이기에 이렇게 머리가 어지러운 것일까.

지원을 끌어안다시피 부축한 재현은 후들거리는 다리를 끌고 간신히 2층으로 올라섰다. 묵고 있는 사람이라고는 단둘뿐이었기에 어렵지 않게 방을 찾아 그녀를 침대에 눕힌 그가 숨을 몰아쉬었다.

하얀 얼굴이 술 때문에 붉게 변해 있었다. 잠든 그녀를 물끄러미 바라보던 재현이 조그맣게 속삭였다.

"당신이 범인이라면, 반드시 내가 잡겠어."

입맛을 다시던 지원이 벽을 보며 돌아누웠다.

굉장히 어둡고 칙칙한 공간에 갇힌 기분이었다. 누군가의 품은 포근하고 든든했지만 그 사람의 과거는 습하고 답답했다. 목이 자꾸만 타 지원은 혀로 마른 입술을 축였다.

❸
추적

사방이 온통 하얀색으로 둘러싸여 있었다. 눈이 부셔 앞이 잘 보이지 않았다. 분명 탁 트인 공간인데 숨쉬기가 힘들어 재현은 가슴을 크게 들썩거렸다.

"헉, 헉, 헉."

숨 막히는 공간에서 빠져나가야 했지만 몸이 움직이지 않았다. 마치 온몸이 돌덩이처럼 굳어 버린 듯 한 발자국도 뗄 수 없었다. 바닥에 엎어진 그는 애벌레처럼 꿈틀거렸다.

"ㅇㅇㅇㅇ."

간신히 몸을 비틀어 앞으로 조금씩 기어가던 재현은 갑자기 울렁거리는 바닥 때문에 그 자리에 멈추었다. 지진이 난 것처럼 흔들리는 푹신한 바닥에 엎드려 있던 그는 누군가의 시선을 느꼈다. 그 서늘한 시선에 소름이 돋아 온몸의 털이 올올이 서 버렸다.

그는 돌처럼 굳어 버린 고개를 간신히 돌려 뒤쪽을 보았다. 헉! 그 여자다. 석지원. 거대해진 그녀가 두 손 안에 자신을 올려놓고 순진한 표정을 지으며 그를 내려다보고 있었다.

"왜 내 것을 뺏으려고 하지? 난 아무 짓도 안 했는데……."

슬픈 목소리와 함께 촉촉해진 눈망울에서는 당장이라도 눈물이 쏟아질 것만 같았다.

"가지 마. 내 곁에 있어. 응?"

아이처럼 애원한 그녀가 해맑은 웃음을 짓더니 인형을 다루듯 손가락으로 그의 양팔을 한쪽씩 잡아 올려 흔들어 대기 시작했다. 몸이 대롱대롱 공중에서 흔들리며 마치 바이킹을 타는 것처럼 머리가 울렸다.

한참 동안 몸을 흔들던 그녀가 이번에는 그를 품에 꼭 안았다.

무시무시한 압박감이 재현의 가슴을 짓눌렀다. 비명을 지르고 싶은데 성대가 망가진 듯 아무런 소리도 나오지 않았다.

"사랑해. 그러니까 나랑 같이 놀자."

여전히 재현을 꼭 안은 그녀는 제자리에서 콩콩 깨금발로 뛰기도 하고 빙글빙글 돌기도 했다. 롤러코스터도 이보다는 안전할 것 같았다. 금방이라도 감자 막걸리와 김치전이 입 밖으로 뛰쳐나올 것처럼 속이 울렁거렸다.

꽉 막힌 목구멍으로 으으, 하는 새된 소리를 내뱉으며 괴롭게 몸부림치던 재현이 돌연 눈을 번쩍 떴다.

"헉, 헉, 헉. 젠장……."

꿈이었다. 그것도 지독하게 기분 나쁜 악몽. 늘 미해결 살인 사건을 다루는 탓에 이따금씩 악몽을 꾸긴 했지만 이런 악몽은 처음이었다. 인형이 되어 살인범의 손에서 놀아나다니.

식은땀으로 흠뻑 젖은 목덜미를 손으로 쓸어내린 재현은 입술을 깨물며 자리에서 일어났다.

피해자는 고위 공직자의 딸이라고 했다. 그 외에는 아무것도 모른다. 그래서 비밀리에 수사를 진행해야 하는 거지 같은 상황이 벌어진 것이었다. 한시라도 빨리 범인을 찾아 이 음습한 마을을 떠나는 게 최선이었다.

지원의 순진무구한 눈망울을 떠올리던 재현의 미간이 사정없이 구겨졌다.

"사이코패스도 순진한 눈망울을 할 수 있지. 하지만 그 속에 있는 잔인성은 어쩔 수 없어."

문제는 저 여자의 깊은 눈 속에서 잔인성을 찾지 못했다는 것이었다. 주먹을 불끈 쥔 재현은 거칠게 옷을 벗으며 욕실로 들어갔다. 시원하게 쏟아져 내린 물이 잘 발달된 등 근육을 타고 흘러내렸다. 시원한 물이 식은땀을 씻어 내자 재현의 눈동자가 날카롭게 번득였다.

"반드시 당신의 정체를 밝히고야 말겠어."

욕실 벽을 쾅 내리치는 재현의 눈빛이 먹이를 찾은 맹수의 그것처럼 차갑게 빛나고 있었다.

❋❋❋❋

뭔가 쿵 하는 소리에 화들짝 놀란 지원은 눈을 번쩍 떴다. 촌스러운 꽃무늬의 낯선 천장이 창문에서 들어오는 어스름한 빛에 비쳤다. 밤새 퍼붓던 비는 어느새 그쳤는지 유리창으로 보이는 하늘은 말갰다.

"내 방인가? 아, 머리야."

여관이라는 것을 깨닫자마자 두통과 함께 어제 있었던 일이 떠올랐다. 살인범과 한자리에서 술을 마셨던 것이.

"미쳤다, 미쳤어. 그놈이 무슨 짓이라도 하면 어쩌려고 정신을 놓을 때까지 술을 마셔. 죽고 싶어서 환장을 했냐?"

아무리 살인범이라는 증거를 찾아내야겠다고 계획을 짰어도 그렇지, 옆에 나란히 앉아 술을 마시다니. 제 머리를 콩콩 쥐어박던 지원은 문 쪽을 돌아보았다. 어떻게 내 방까지 들어왔지?

술이 약한 편은 아닌데 유난히 도수가 높았는지 몇 잔에 금방 취해 버렸다. 뭐라고 종알거린 것 같기도 하고…… 운 것 같기도 하다.

머리를 부여잡고 자책하던 그녀는 밀려오는 두통에 인상을 찌푸렸다. 그러다가 다시 번쩍 고개를 들고는 제 몸 여기저기를 살펴보았다.

"혹시 그놈이 무슨 짓을 한 건 아니겠지?"

잠결에 뭔가를 본 것 같기도 했다. 슬프고 어두운, 하지만 기분 나쁘다기보다는 애잔한 기운이 강한 무언가였다. 취중 사이코메트리라……. 기억이 날 리 없지.

돈이고 뭐고 이러다 저 살인범에게 당하기 전에 마을을 뜨는 것이 좋겠다.

자리에서 일어나 분주하게 짐을 챙기던 지원의 손이 갑자기 멈추었다. 자신이야 도망가면 그만이지만 저 사이코 같은 놈이 마을 사람들을 해치면 어쩌지? 더구나 이 여관에 있는 사람은 아주머니랑 자신, 그리고 저 살인범뿐인데 제가 가 버리면 아주머니에게 무슨 짓을 할지 몰랐다.

아, 이놈의 정의감…….

지원의 눈빛이 비장하게 빛났다.

"경찰서에 가서 저놈이 살인범이라고 암만 말을 해 봤자 믿어 줄 사람은 하나도 없을 게 뻔하고, 빼도 박도 못할 증거를 찾다가 경찰에 제시하는 거야. 오케이."

결정을 한 그녀는 욕실로 들어가 재빨리 샤워를 하고 서둘러 밖으로 나왔다. 남자가 깨기 전에 별장으로 가기 위해 오토바이를 세워 둔 곳으로 발을 놀리던 그녀는 놀라서 입을 벌렸다.

누군가가 오토바이를 고장 내 버렸다. 연료통의 기름을 모두 빼낸 것은 기본이고 타이어도 노골적으로 찢어 버린 상태였다.

"헐, 일부러 고장 낸 걸 광고라도 하고 싶었나?"

누가 그랬을까? 미심쩍은 눈길이 자연스럽게 재현이 머물고 있는 2층 방의 창으로 움직였다. 저놈이 틀림없어.

온몸에 소름이 쫙 돋았다. 오토바이가 이 지경이라면 당장 마을을 벗어날 방법이 없었다. 이러다가 진짜 죽을 수도 있겠다 싶었다.

머리를 마구 헝클어트리던 지원은 별장을 향해 뛰어가기 시작했다. 한시라도 빨리 증거를 찾아야 했다. 증거를 찾아 아주머니와 마을 어르신들에게 알리면 협조를 해 주실 것이다. 자신도 살고 마을 주민들도 살 방법은 그것밖에 없었다.

지원이 별장을 향해 뛰어간 후, 여관 문이 열리며 재현이 나왔다. 여자를 만나기 전에 차에서 필요한 몇 가지를 꺼낼 생각이었다. 차 문을 열던 재현은 뭔가 이상한 느낌에 한 발 물러나 다시 차를 보았다.

"젠장."

누군가가 바퀴 네 개의 바람을 모조리 빼내 버렸다. 전체적으로 푹 가라앉아 있었기에 바람이 빠진 것을 오히려 뒤늦게 발견했다. 이런 짓을 할 사람은 단 한 명뿐이었다.

재현은 양복 안주머니에 갈무리한 권총을 확인하고는 단숨에 2층, 살인범의 방으로 올라갔다.

문에 귀를 기울여도 안에서는 아무런 소리가 없었다. 총을 꺼낸 그는 조심스럽게 문을 열었다. 삐그덕, 낡은 문에서 작은 마찰음이 났다. 문틈으로 안을 보니 방은 텅 비어 있었다. 문을 활짝 열어젖힌 재현은 낭패 어린 표정을 짓다 재빨리 1층으로 내려갔다.

식당 쪽으로 가자 아침상을 차리고 있던 아주머니가 그를 보고 반갑게 인사를 했다.

"잘 잤어요? 어서 아침 먹드래요."

"그 여자 어디 있습니까?"

"그 여자? 아! 아가씨. 무슨 급한 일이 있는지 아침도 안 먹고 저짝 별장 있는 쪽으로 부리나케 달려가드래요. 아가씨는 와 찾아요?"

재현이 대답 없이 대충 고개를 숙이고 밖으로 나가자 아주머니가 낮게 중얼거렸다.

"어젯밤 무슨 일이 있었나 보네. 좋을 때지."

간밤 비에 젖은 풀들이 바지를 적시고 미끄러운 길이 걸음을 방해하고 있었다. 반질반질 윤이 나게 닦은 구두에 진흙이 묻는 것도 아랑곳하지 않고 재현은 쪽문이 있는 곳으로 달려가 벽에 등을 기대었다. 총을 꺼내어 점검을 한 그는 조심스럽게 문을 열었다.

혹시나 범인이 다시 올까 일부러 문을 잠그지 않은 상태였다. 아나나 다를까, 소리 죽여 안으로 들어가던 그는 바닥에 찍힌 진흙 발자국을 발견했다. 미끄럼을 방지하는 지그재그 무늬의 트래킹화.

"160 중반쯤 되는 아이나 혹은 여자."

재현의 한쪽 입꼬리가 올라갔다. 지원의 키는 대략 160 중반. 자동차를 훼손하고 별장으로 뛰어와 무슨 일을 하려는 걸까.

이미 감식반이 다녀간 뒤였지만 증거가 될 만한 단서를 놓쳤을지도 몰랐다. 그리고 그것을 없애기 위해 온 것일 수도 있었다. 거기까지 생각이 미치자 마음이 급해졌다.

소리 없이 두 계단씩 올라 2층에 다다른 재현은 조금 열려 있는 방문을 보았다. 2층의 커다란 창에도 커튼이 쳐져 있었다. 재현은 미간을 살짝 찌푸렸다. 분명히 어제는 커튼이 걷혀 있었다. 그래서 1층보다 훨씬 밝았고.

그 여자가 그랬을까?

입안의 침이 말랐다. 지척에 범인이 있고, 그 여자는 무시무시한 사이코패스였다. 자신보다 훨씬 체구가 작았지만 원래 사이코들은 궁지에 몰리면 초인적인 힘을 발휘한다. 교활하게 잔머리를 쓰거나 트릭을 장치했을 수도 있었다. 어쩌면, 무기를 가지고 있을지도 몰랐다.

긴장한 재현은 천천히 방으로 걸음을 옮겼다. 살짝 열린 문틈으로 안을 살폈지만 아무런 기척이 들리지 않았다. 그래서 더 긴장이 되었다. 총을 든 팔을 쭉 뻗고 주변을 주시하는 시선을 분주하게 움직였다.

문이 조금씩 열리며 방 안의 풍경이 들어왔지만 어디에서도 지원의 모습은 보이지 않았다. 총을 내린 재현은 텅 빈 방 안을 휘휘 둘러보았다.

대체 어디에 있는 거지?

진흙이 묻은 발자국은 분명 이 방으로 이어져 있었고 다시 나간 흔적은 없었다. 재현은 찬찬히 바닥을 살폈다. 그러나 창에 드리워진 두꺼운 커튼 때문에 어두워 잘 보이지 않았다.

커튼을 걷자 환한 빛이 쏟아져 들어왔다. 흰 테이프가 붙어 있는 침대, 시트를 물들인 붉은 핏물, 여자가 기댄 대로 구겨진 시트, 침대와 탁자로 이어지다 창문 근처에서 멈춘 진흙 묻은 발자국.

그런데 이곳에서 여자의 흔적이 사라졌다. 날개가 달려 공중으로 날아가지 않는 이상 이렇게 흔적이 사라질 수는 없다.

그의 눈길이 의문을 품은 채 지원의 발자국을 거꾸로 따라갔다. 자신이 서 있는 바로 옆에서 끊긴 발자국을 따라가던 재현의 입가가 슬며시 호를 그렸다.

사람의 어깨에 날개가 생길 수는 없는 노릇이고 따라서 하늘로 솟을 수는 없었다.

문 근처의 진흙 발자국이 뭔가에 쓸린 흔적이 보였다. 아주 살짝이었지만 방 안에서 밖으로 쓸린 자국이라는 것을 알 수 있었다.

재현은 다시 총을 들었다. 그리고 천천히 문 밖으로 나갔다.

복도는 여전히 어두웠기 때문에 핸드폰을 꺼내어 플래시로 바닥을 비추었다. 희미하지만 어지러이 찍혀 있는 여러 개의 발자국들이 보였다. 어제 자신이 현장 조사를 하러 왔을 때는 없던 자국이었다.

바짝 긴장이 된 그는 총을 당겨 앞으로 겨누었다.

희미한 여러 개의 발자국들이 2층에 있는 다른 방으로 이어져 있었다. 그 여자의 발자국도 섞여 있는 것 같았다. 어떻게 진흙을 갑자기 제거했는지 모르겠지만 230쯤 되어 보이는 발자국도 분명히 있었다.

슬쩍 문고리를 돌리자 아무 저항도 없이 문이 열렸다. 총을 겨냥한 재현이 발로 문을 쾅 차고 들어갔다.

하지만 방 안은 텅 비어 있었다. 바닥에 수북이 쌓여 있는 먼지 덕분에 발자국들이 선명하게 보였다. 방 한쪽에 아무렇게나 쌓여 있는 부서진 가구들과 무엇인지 모를 물건의 파편들, 먼지가 뽀얗게 앉은 낡은 탁자. 이곳은 영화와 상관이 없는지 몇십 년 동안 그대로 방치된 티가 났다.

재현의 머릿속이 다시 복잡해졌다. 그 여자는 어디로 사라진 건지. 대체 이 발자국은 누구의 것인지. 살인 사건에 덧붙여 새로운 사건이 나타난 것 같았다.

깊은 숨을 쉬던 재현은 뒤쪽에서 느껴지는 인기척에 총을 쥐고 있는 손에 힘을 주었다. 그리고 기척이 가까워진 순간 몸을 획 돌리며 총을 겨누었다. 그러나 뒤에 서 있는 사람을 본 재현은 찌푸렸던 미간을 펴며 총을 내렸다.

"여긴 무슨 일…… 헉!"

인기척을 낸 사람이 누군지 확인한 순간 뒤통수에 강한 충격을 받은 재현이 짧은 비명을 지르며 그대로 바닥에 쓰러지고 말았다.

❹
우리…… 손잡을까요?

눈을 뜬 그녀는 다시 눈을 깜박거렸다. 눈을 뜨나 마나 보이는 것이라고는 어둠뿐이었다. 사이코메트리를 할 때 늘 보던 그런 캄캄한 어둠. 목덜미에 소름이 돋으며 마치 몸살이 이는 것처럼 근육이 으슬거렸다.

"싫다. 어둠. 후하."

침착하게 심호흡을 한 지원은 눈을 가늘게 뜨고 주위를 둘러보았다. 퀴퀴한 곰팡이 냄새가 희미하게 나고 빛이라고는 손톱만큼도 들어오지 않는 것으로 보아 지하실인 모양이었다.

머리가 아파 이마를 향해 손을 뻗으려던 지원은 꼼짝도 하지 않는 팔이 이상해 몸을 뒤틀었다.

팔만 안 움직이는 것이 아니라 다리와 몸 전체가 움직이지 않았다. 손은 뒤로 묶여 있었고 다리도 마찬가지였다. 온몸이 타박상이라도 입은 듯 욱신거렸다. 벽에 기대어 앉아 있던 지원은 이마를 잔뜩 찌푸린 채 무슨 일이 벌어졌던 건지 생각해 내려 애를 썼다.

※

재현이 쫓아올까 봐 정신없이 별장으로 간 그녀는 계단을 뛰어올라 사건이 일어났던 방으로 갔다. 여기저기를 만지며 사이코메트리를 했지만 딱히 새로운 것은 없었다. 마음이 급해서인지 집중도 잘 되지 않았다.

"찾지 못한 단서가 있을 거야. 그 남자가 살인범이라는 빼도 박도 못할 증거가……."

초조하게 중얼거리던 그녀는 다시 한 번 침대에 손을 댔다. 그 순간 머리가 캄캄한 어둠 속에 잠기고 누군가 나타났다.

죽은 여자의 얼굴을 향해 손을 뻗는 남자. 재현이었다. 역시 이 남자가 살인범이 확실……!

그때 다른 영상이 나타났다. 웨이브진 긴 머리카락에 누드 톤의 립스틱을 바른 여자였다. 아니, 여자처럼 보이지만 뭔가 어색했다. 도톰한 입술 주위가 파랗고 각진 턱 선 아래에 목울대가 툭 튀어나와 있었다. 여장 남자?

"여자가 될 거야. 그래서 널 사랑할 수 없어."

"여자여도 괜찮아. 난 널 사랑해."

음성이 변조된 두 사람의 대화가 머릿속에서 뒤엉켰다. 거슬리는 목소리에 지원은 미간을 찌푸렸다.

"정말? 여자가 되어도 날 사랑할 거야?"

"응, 사랑할 수 있어."

"하지만 세상은 우리를 허락하지 않을 거야."

여장을 한 남자가 슬픈 미소를 지으며 두 개의 잔에 와인을 따랐다. 보글보글 기포가 오르는 황금빛 술에 하얀 가루가 녹아들었다.

"지금 세상은 우리를 인정하지 않겠지. 그러니까 같이 가자."

"너와 함께라면 어디든지 상관없어."

손을 맞잡은 두 사람은 건배를 했다. 그리고 서로에게서 눈길을 떼지 않으면서 술을 마셨다. 서로를 갈구하는 눈빛이 얽혔다.

여자의 눈이 스르르 감기더니 잡고 있는 손에 힘이 빠졌다. 잠든 여자를 안은 남자가 슬픈 목소리로 입을 열었다.

"사랑해. 하지만……. 미안해."

여자를 소중하게 침대에 눕힌 남자의 눈가에 눈물이 맺혔다. 그리고 주저주저하던 그는 여자의 한쪽 손목을 잡고는 칼로 휙 그었다.

"하악, 하악, 헉, 헉. 뭐야? 헉, 헉. 그 남자가 범인이 아니었어?"

숨이 부족했다. 하지만 지금 이곳에서 잠들면 안 되었다. 간신히 다리에 힘을 주어 창가로 간 그녀는 창문을 조금 열어 신선한 공기를 마셨다. 후하후하. 크게 심호흡을 하던 그녀의 눈앞에 갑자기 번쩍 번개가 보였고 그대로 정신을 잃었다.

"아씨, 다른 놈이 범인이었어. 그런데 한재현 그 남자가 왜 거기 있었던 거야? 어째서 범인스러운 얼굴을 하고 여자를 향해 손을 뻗었던 거냐고."

혼자 한탄을 하던 지원은 문득 제 말에 맞지 않는 부분이 있다는 것을 느꼈다.

사이코메트리는 과거를 거슬러 올라가지만 반드시 순서대로 보이는 것은 아니었다. 여자의 시체와 재현의 영상이 겹쳐 보인 걸 수도 있었다.

"이런 바보. 지레짐작으로 한재현이 범인이라고 착각한 거구나."

몸을 흔들던 지원은 한껏 인상을 썼다. 안 그래도 아픈 머리가 더 울렸다. 그러다 문득 의문이 들었다. 그 남자가 범인이 아니라면 제 뒤통수를 갈긴 사람은 누구란 말인가.

아무리 생각해도 자신을 이런 곳으로 끌고 온 사람이 누구인지 짐작조차 되지 않았다. 혹시 범인이 자신의 정체가 밝혀질까 봐 그런 걸까? 하지만 영화리에는 온통 노인들뿐 여장을 할 만한 젊은 남자는 없었다. 범인이 몰래 마을에 다시 숨어 들어왔단 말인가?

그때였다. 어디선가 불빛이 새어 들어왔다. 사람들의 발소리와 소곤거리는 말소리도 들려왔다. 지원은 재빨리 눈을 감고 정신을 잃은 척했다.

계단을 내려오는 묵직한 발소리에 이어 무거운 것이 질질 끌리는 소리가 들렸다. 뭐라고 소곤거리는 것 같은데 무슨 내용인지는 잘 들리지 않았다. 이내 발소리가 사라졌다.

다시 주위가 어두워지자 지원은 살며시 실눈을 떴다. 지하실 바닥에 누워 있는 사람의 실루엣이 보였다. 엉덩이로 주춤주춤 다가간 그녀는 누구인지 확인하기 위해 눈을 가늘게 했다. 오똑한 코의 실루엣, 강인해 보이는 턱 선.

"한재……현? 이봐요! 한재현 씨! 눈 좀 떠요! 이것 봐요."

어둠 속에서 지원은 조그맣게 소리를 치며 어깨로 재현의 몸을 흔들어 댔다.

"으음."

"정신 좀 차려 봐요. 한재현 씨!"

범인이 아니라는 사실을 알게 되자 이 남자가 조금도 무섭지 않았다. 빨리 깨워 이곳을 벗어나야 한다는 일념 하에 그녀는 온몸을 마구 부딪쳤다.

그렇지 않아도 깨진 머리가 지끈지끈 울리는데 온몸을 강타하는 괴력에 재현은 한껏 인상을 썼다.

"윽! 사람을 왜 이리 팹니까?"

"정신이 들어요? 네?"

원망 어린 목소리가 이렇게 반가울 줄은 몰랐다. 지원은 반색을 하며 재현의 곁에 좀 더 다가앉아 속삭였다.

"일어나라고요. 지금 아주 심각한 상황에 놓여 있다니까요."

"누굽니까?"

"석지원인데요. 그게 중요한 게 아니고……."

"뭐? 석지원? 아윽……."

아픔을 참고 간신히 입을 연 재현은 지원이 이름을 밝히는 순간 외마디 비명을 질렀다.

결국 이 살인자에게 잡혔단 말이야? 이 조그맣고 힘없는 여자에게 당했단 거지.

우려는 했지만 이렇게 어이없이 당할 거라고는 생각하지 못했기에 분함보다도 얼떨떨함이 더 컸다. 재현은 이를 악물고는 그녀에게서 되도록 멀리 떨어지려 했다. 손발이 자유롭지 못한 지금, 이 여자에게 목숨까지 위협당할 수도 있었다.

재현이 무슨 생각을 하고 있는지 모르는 지원은 빨리 상황을 설명하기 위해 그가 도망간 거리만큼 주춤주춤 다가갔다.

"왜 도망가요? 대체! 왜! 누가! 우리를 잡아 가두었는지 알아내야 할 거 아니에요."

"우리를 가뒀다고? 당신이 날 이렇게 만든 게 아니라?"

"그게 무슨 오뉴월에 개풀 뜯어 먹는 소리예요? 내가 그쪽을 왜 가둬요? 안 그래도 그쪽이 살인범인 줄 알고 피하느라 바빴구만."

"뭐라고?"

지원의 말에 재현은 끙끙거리며 몸을 일으켜 벽에 등을 기대고 앉았다.

머리에서 피가 흘러내려 눈을 뜨기 힘들었고 어지러움도 느껴졌다. 그 탓에 목소리가 끊겨 나왔다.

"내가, 살인범인 줄 알고, 피해 다녔다고? 당신이, 살인범이 아니었나?"

"헐, 완전 어이 상실이네. 내가 살인범이라니? 내 어디가 살인범으로 보여요? 나만큼 착하게 사는 사람이 어디 있다고? 무슨 근거로 그런 생각을 한 거예요?"

"으음, 천천히 말해요. 머리 울리니까."

"아, 미안해요. 심하게 다쳤어요?"

너무 흥분한 나머지 갇혀 있는 처지라는 것을 잠깐 잊고 다다다 몰아붙였다. 재현은 한마디를 꺼내기도 힘에 겨운 듯 가늘고 거친 숨을 연신 내뿜고 있었다.

지원은 일단 재현의 옆에 앉았다. 나란히 앉은 두 사람은 차갑고 축축한 지하실에서 연신 더운 숨을 뿜어 댔다. 잠시 숨을 고른 후 재현이 먼저 입을 열었다.

"대체 그쪽은 정체가 뭡니까?"

"기자예요."

"기자라면 신문? 잡지?"

"그냥 가십거리 다루는 평범한 잡지예요."

"여긴 어떻게 알고 온 겁니까?"

"음, 그쪽 먼저 말하면 안 돼요?"

대답이 바로 나오지 않았다. 잠시 뜸을 들인 재현은 좀 더 분명해진 목소리로 솔직하게 고백했다.

"난 서울중앙지방검찰청의 한재현 검사입니다. 검찰총장에게서 조용히 수사해야 할 사건이 있으니 영화리로 가라고 직접 지시를 받았습니다. 감식반에서 비밀리에 내려와 시신과 증거물을 미리 수집해 갔고 나중에 나 혼자 내려온 겁니다."

그의 말에 조금 머뭇거리며 지원도 입을 열었다.

"음. 그러니까, 난 이 사건을 스스로 알아냈어요."

"스스로?"

"그러니까! 내가 말이죠. 음……. 사실 어떤 물건이나 사람을 만지면 그 과거를 볼 수 있는 뭐, 그런 능력이 있거든요. 그래서……."

"사이코메트리?"

"……네."

누군가에게 자신의 정체를 먼저 밝히는 건 머리털 나고 처음이었다. 얘기하면 안 될 것 같았다. 그것은 그녀가 나이를 먹을수록 확실하게 느낀 부분이었다. 보통 사람과 다르면 십중팔구 미친년 소리를 듣게 마련이었다. 그래서 입을 꼭 봉하고 살았다.

학창 시절 우연히 능력을 들킨 후 모두들 괴물을 보는 듯 두려워하며 그녀의 곁에 다가오지 않았다. 그 뒤로 특별히 친한 친구를 만들지 않았다.

외로웠다. 하지만 스스로를 달랬다. 남들과 다른 능력이 있으니 이 정도 외로움은 참아야 한다고. 또 요즘은 누구나 외롭게 사는 세상이니 나만 특별한 건 아니라고.

어찌 되었든 이제 이 남자의 반응이 궁금했다. 아마 둘 중 하나겠지. '미쳤습니까?' 하며 딱딱하고 냉정하게 되묻거나 '증거를 보여라' 하며 윽박지르거나.

지원은 조용히 재현의 반응을 기다렸다. 어둠 속에서 그의 거친 숨소리가 조금씩 가라앉는 것이 느껴졌다. 이윽고 재현이 입을 열었다.

"그렇다면 범인이 아닌 것은 확실하고, 일단 이곳을 빠져나갈 궁리부터 합시다."

"잠깐만요."

"뭡니까?"

"내가 사이코메트리라고요. 이렇게 만지면 당신의 과거를 볼수 있는 능력이 있다고요."

재현의 반응이 예상과 다르자 당황한 지원은 주춤거리며 옆으로 가 그의 팔을 잡는 시늉을 했다. 하지만 재현은 여전히 차분한 목소리로 응수했다.

"믿습니다. 당신이 과거를 보는 능력이 있다는 것을. 아마 그능력을 쓰면 엄청난 체력이 소모되어 잠시 잠에 빠지거나 하겠죠?"

"헐, 어떻게 알았어요?"

"시신이 누워 있던 침대 시트가 구겨져 있더군요. 누군가 잠시 기댔던 흔적이 남아 있었어요. 아마 당신이 새벽에 다녀가면서 사이코메트리를 했기 때문이겠죠."

"나보다 낫네."

재현의 말에 입을 삐죽 내밀며 중얼거린 지원은 보이지도 않겠지만 고개를 끄덕였다. 그러다 목소리를 확 가라앉혔다.

"나, 안 무서워요?"

"무서워해야 합니까?"

"손만 대면 당신의 과거를 볼 수 있으니까요."

"홋, 그런 것 때문에 당신을 무서워해야 한다면 고려해 보겠습니다. 하지만 지금은 별로 무섭지 않습니다. 이곳을 빠져나가는 게 먼저니까요. 그리고 누가 우리 둘을 동시에 이렇게 가둔 건지도 알아내야겠습니다."

재현의 말에 지원은 지그시 입술을 깨물었다. 자신이 먼저 밝힌 것도 처음이었지만, 이렇게 아무렇지 않게 반응하는 사람도 처음이었다.

좋은 거겠지? 좋은 걸 거야.

심호흡을 한 그녀가 주먹을 불끈 쥐었다.

"좋아요. 혹시 내가 잠들면 뺨을 때려서라도 깨우세요."

"뭐라고요?"

지원은 벽에 손을 댔다. 이곳이 어디쯤인지 알아내는 건 어렵지 않았다. 아주 잠깐 동안 정신을 집중하면 이 지하실을 왔다 간 사람들이 누구인지 알 수 있으니까.

그런데 느닷없이 재현이 그녀의 어깨를 제 어깨로 쾅 쳤다. 집중력이 흐트러지며 지원의 몸이 옆으로 쓰러졌다.

"무슨 짓이에요?"

"여기가 어딘지 압니다."

"네? 어딘데요?"

"우리가 머물고 있는 여관 지하실."

"그걸 어떻게 알아요?"

"희미하지만 식재료 냄새가 나고 있어요. 저쪽에서 아주머니가 자랑하던 감자 막걸리 냄새도 납니다. 맡아져요?"

"킁킁, 진짜네."

곰팡이 냄새에 섞여 어제 마셨던 막걸리 냄새가 분명히 났다. 유난히 머리가 아프던 감자 막걸리의 냄새였다.

"그럼 아주머니한테 도와 달라고 해요. 여기 갇혀 있다고!"

지원의 밝은 목소리에 재현이 한심하다는 듯 대답했다.

"우리를 이렇게 만든 사람이 아주머니입니다."

"네? 말도 안 돼. 무슨 근거로 그런 말을 막 해요?"

"제가 얼굴을 봤으니까요. 그 별장, 사건 현장에 있었습니다. 더구나 혼자가 아니더군요. 느닷없이 제 앞에 나타난 아주머니를 보고 의아해할 틈도 없이 뒤에서 누군가가 저를 공격했어요. 나를 이곳까지 옮기려면 적어도 한둘은 더 있어야 하겠죠. 그러니까 공범은 최소 서너 명입니다."

재현의 말에 지원은 입을 딱 벌렸다. 사이코메트리를 할 필요가 없었다. 범인이 몇 명인지 줄줄 나오는 추리에 과연 검사는 아무나 하는 게 아니구나 하는 것이 새삼 느껴졌다. 잠시 감탄을 한 지원이 재현을 향해 몸을 돌려 바짝 앉았다.

"그럼 우리를 왜 가둔 건지 이유도 아세요?"

"훗. 난 검사지, 무당이 아닙니다."

"아! 그렇죠."

여전히 힘이 달리는지 재현의 숨소리가 거칠었다. 얼마나 많은 피를 흘렸기에 이렇게 정신을 못 차리는 걸까. 보이지도 않는 어둠 속에서 문으로 추정되는 쪽을 올려다본 지원은 입술을 물어뜯었다.

과연 이 남자와 함께, 아니, 이 남자를 데리고 이곳을 빠져나
갈 방법이 있을까? 사이코메트리가 아니라 헐크처럼 괴력을 발
휘하는 능력이 있다면 좋았을걸. 아니다. 그럼 윗도리가 다 찢어
지잖아. 비록 작지만 엄연히 가슴이 있는데 헐크로 변하면 안 되
지.

혼자 고민하던 지원은 옆에 앉은 재현의 눈치를 살폈다. 그
의 말대로 정말 아주머니가 범인일까? 공범은 누구지? 재현을
만지면 공범이 누구인지 아는 건 식은 죽 먹기인데, 살짝 정신
이 몽롱한 틈을 타 몰래 하면 될 것도 같은데…….

그녀는 몸을 돌리고 팔을 움직여 슬며시 재현의 옷자락을 잡
았다. 피가 윗옷을 다 적셨는지 옷자락이 축축했다. 이 정도 양
이면 과다 출혈로 쇼크 증세가 올 수도 있을 것 같았다.

지원은 조용히 눈을 감고 정신을 집중했다. 긴 터널을 지나
듯 어둠이 보이고 별장의 2층 방이 보였다. 잠시 후 정말 여관
주인아주머니가 보였다. 붉은 립스틱을 바른 입술이 나이에 비
해 생기 있어 보인다고 생각했는데 이렇게 영상으로 보니 마치
공포 영화의 조연 같았다.

정말 아주머니가 우리를 이렇게 만들었네.

미간에 힘을 주고 입술을 깨물자 또 다른 영상이 보였다. 영
화리의 이곳저곳과 오토바이 한 대가 차와 부딪칠 위기를 비껴
휘익 지나가는 영상도 보였다. 그리고 다시 어둠이 지난 뒤 나
타난 건 고속도로였다.

거미줄에 얽힌 듯 갑자기 가슴이 답답해져 왔다. 그만 손을
뗄까 했는데 희미한 빛이 보였다. 뭔가 큰 사고가 있었던 듯 구

급차의 요란한 사이렌 소리와 일사분란하게 움직이는 구급대원들이 보였다.

차량은 두 대였다. 뒤집어진 차 안에서 재현이 마치 휴지 조각처럼 구겨진 앞 차를 보고 있었다. 의식이 가물가물한 듯 영상이 흐릿했다.

운전석의 남자는 구급대원에 의해 구출이 되었지만 보조석에 있는 여자의 몸은 어찌 된 일인지 의자에 꽁꽁 묶여 있었고 입에 재갈도 물려 있었다. 범퍼가 눌리면서 기절한 여자의 몸이 차에 꽉 끼어 구출하는 데 애를 먹었다. 구급대원들이 뭐라 소리를 지르며 자동차를 분해하려고 했다.

콰쾅! 엔진이 있는 차 앞쪽에서 굉음이 들리며 하얀 연기가 피어올랐다. 고함을 지르던 구급대원 하나가 여자를 구해 내려고 했지만 또다시 폭발음이 들렸고 차는 화염에 휩싸였다. 순간 그것을 보는 재현의 끔찍한 고통이 지원의 가슴을 관통했다.

"헉! 하아, 하아."

지원은 저도 모르게 짧은 비명을 지르며 눈을 번쩍 떴다. 젠장, 너무 먼 과거까지 보게 된 것 같았다. 지원의 비명 소리에 재현이 정신을 차렸는지 그녀를 향해 고개를 돌렸다.

어두워서 눈빛이 보이지는 않았지만 본의 아니게 그의 과거를 보게 된 지원은 민망함에 스윽 옆으로 엉덩이를 옮겼다.

"참, 말을 안 듣는군요."

별로 화가 난 목소리는 아니었다. 다행이다 싶어 지원이 오히려 큰 소리를 냈다.

"이렇게 돌아봐요. 손 묶은 거 풀어 볼게요."

"내 시계를 더듬어 봐요. 날카로운 것이 만져질 겁니다."

"칼이에요?"

"뭐 비슷한 겁니다."

"아얏!"

"다쳤습니까?"

"그럼 날카로운 칼날을 손으로 만지는데 안 다쳐요?"

뾰족한 지원의 말에 재현은 피식 웃음을 지었다. 참 겁이 없는 아가씨다. 어떻게 이런 상황에서 저렇게 씩씩할 수 있을까. 천성이 밝은 건지, 무신경한 건지…….

자꾸만 머리가 어지러웠다. 피가 멈추지 않는 것 같았다. 이렇게 끝이 날 수도 있겠다는 생각이 들자 문득 제 과거를 본 지원의 감상이 궁금해졌다.

과연 그 상황을 고백한다면 자신의 잘못이 아니라고, 어쩔수 없는 일이었다고 이해해 줄 수 있을까? 아니, 이해를 받고 싶은 걸까? 아니면 자신의 책임이니 목숨으로 그 일을 갚으라고 조언해 줄까? 아무에게도 말한 적 없는 속마음을 이 여자는 알아낼 수 있을까?

재현의 몸에 힘이 빠지는 것 같자 지원은 마음이 급해졌다. 빌어먹을, 무슨 노인들 힘이 이렇게 세담. 180cm가 훨씬 넘을 것 같은 거대한 남자의 머리를 깨 놓다니……. 시신은 사이코메트리로 보는 걸로도 차고 넘친다. 눈앞에서 시체를 볼 생각은 추호도 없었다.

제 손가락에서 피가 흐르는 것도 아랑곳하지 않고 지원은 손톱만 한 작은 칼로 열심히, 아주 열심히 손을 묶은 노끈을 잘랐다.

"다 됐다! 잘랐어요. 이제 내 줄도 잘라 줘요. 한재현 씨?"

"네. 수고했습니다."

막 잠에서 깬 사람처럼 재현의 목소리는 몽롱했다. 지원은 마음이 급해졌다. 답답할 정도로 느린 손놀림으로 재현이 지원의 손에 묶인 끈을 풀었다.

손이 자유로워지자마자 다리의 끈을 푼 지원은 재빨리 재현의 상태부터 살폈다. 자리에서 움직이자 사이코메트리를 한 여파가 있는지 몸이 잠시 휘청거렸다. 흔들리는 머리를 잡고 정신을 차린 그녀는 재현의 얼굴을 더듬었다.

어두워서 상태가 정확하게 보이진 않았지만 얼굴에 묻어 있는 물기가 물이 아닌 것은 확실했다. 입고 있던 셔츠를 벗어 둘둘 만 지원은 재현의 머리를 더듬어 피가 흘러나오는 듯한 곳에 옷 뭉치를 대고 꽉 눌렀다.

"이봐요. 한재현 씨. 정신 잃으면 안 돼요. 내 말 들려요?"

"혹시…… 내 과거…… 봤습니까?"

"……."

한숨처럼 섞여 나오는 그의 말에 선뜻 대답을 할 수 없었다. 수많은 과거 중 어떤 것이라고 말하진 않았지만 무엇을 이야기하는지 알 수 있었다. 지원이 머뭇거리자 그의 입가에 희미한 미소가 생겼다.

"아무도 내 잘못이라고 하지 않아요. 으음, 그냥 운이 나빴다고, 범인을 쫓다가 그런 거니까 불가항력적인 일이었다고, 자책하지 말라고 위로를 하더군요."

지원은 말없이 그의 고백을, 아니, 고해성사를 듣고만 있었다.

재현이 숨을 내뿜었다. 오늘 죽을지도 모른다는 생각이 들자 이 얘기를 꺼내고 싶어졌다. 더구나 이 여자는 이미 자신의 과거를 봤을 테니 구구절절 설명할 필요도 없었다.

오늘이 아니면 죗값을 누구에게도 치를 수 없을 것 같아 재현은 가물가물해지는 정신을 가다듬으려 애를 썼다.

"그런데 내 탓이란 걸 알아요. 내가 그자의 차를 그렇게 쫓아가지만 않았어도 사고는 나지 않았을 거고, 그랬다면 그 여자 역시 그렇게 죽지 않았겠죠. 결국 내 탓인 겁니다. 그 여자의 죽음도, 내가 남은 인생을 비참하게 살아야 하는 것도, 모두 내 탓이에요."

한숨이 길게 새어 나왔다. 장마철 홍수처럼 흐르는 피가 문제가 아니었다. 이 남자의 마음이 문제였다. 그 과거가 몇 년 전 과거인지, 몇 달 전 과거인지 알 수는 없지만 지금까지 이 남자는 그 여자를 죽였다는 죄책감 때문에 자신도 그냥 죽여 버리고 산 것 같았다.

그것으로 죗값은 다 치르고도 남았을 것 같은데……. 웃음이라고는 전혀 없는 이자의 차가운 입술만 봐도 충분히 알 수 있었다.

피가 흐르는 재현의 머리를 옷으로 싸 가슴에 꼭 안고 있던 지원이 아랫입술을 꽉 물었다. 그리고 덤덤하게 입을 열었다.

"그래서 당신도 죽었잖아요."

"……."

"몇 달인지, 몇 년인지는 모르겠지만 그 사건 이후로 당신도 그녀처럼 쭉 죽어 있었잖아요. 숨을 쉰다고 살아 있는 건 아니죠. 그녀가 죽던 날 당신도 죽은 거예요. 그래서 기분이 좀 나아졌어요? 누가 당신을 책망해 주길 바라냐고요. 원하면 내가 해 줄게요. 당신이 원하는 거 다 해 줄게요."

코로 물을 마신 것처럼 코끝이 시큰거리며 아파 왔다.

"그래요. 원합니다."

"좋아요. 각오하고 들어요."

숨을 들이쉬어 나오려는 눈물을 삼킨 그녀가 마치 랩을 하듯 속사포처럼 말을 쏟아 냈다.

"당신 잘못이에요. 바보처럼 왜 처음부터 범인을 잡지 못했어요? 병신처럼 왜 그녀가 범인에게 잡혀가게 놔뒀어요? 아니, 그럴 거면 차에 타기 전에 잡든가, 고속도로를 미친 듯이 질주하기 전에 잡든가 해야지. 왜 멍청하게 고속도로에서 그런 무모한 추격전을 벌인 거냐고요. 그러니까 쪼다 같은 당신 탓이 맞아요. 당신 때문에 그 여자가 죽은 거라고요. 다 당신 책임이에요."

훌쩍거리며 코를 한 번 들이마신 지원은 눈물 때문에 잠기려는 목소리를 가다듬었다.

"어때요? 이제 속 시원해요?"

"시원하긴 한데…… 아프기도 하네요. 평생 먹을 욕을 한꺼번에 들으니 이상하기도 하고."

"검사라더니 욕도 안 하시나 봐요."

"난 모범 검사입니다."

웃음기 담은 농담을 하는 것을 보니 마음이 조금은 가벼워진 것 같았다. 그리고 다행히 옹달샘처럼 계속 샘솟을 것 같던 머리의 피도 멎어 가는 듯했다. 그의 머리를 셔츠로 꽉 묶은 지원은 그를 조심스레 눕혀 놓고 한쪽 벽을 더듬었다.

한 치 앞도 보이지 않는 어둠 속을 나아간다는 건 그리 유쾌한 기분은 아니었다. 지하실인 것을 알면서도 발끝에 마치 낭떠러지가 있을 것 같은 공포심에 지원의 발은 연신 땅만 두드리며 앞으로 나아가지 못하고 있었다.

그때였다. 언제 일어섰는지 따뜻한 온기를 담은 손이 그녀의 손을 잡았다. 새카만 어둠이 옅어지는 느낌은 말 그대로 느낌일 뿐일 터였다.

"같이 갑시다. 눈뜬 봉사 같은 상황이지만 하나보다는 그래도 둘이 낫겠죠."

"괜찮겠어요? 어지럽지 않아요?"

"참을 만합니다. 이쪽이 입구 맞습니까?"

"아까 그쪽을 끌고 올 때 이 근처에서 문이 열리고 발자국 소리가 났어요. 으앗!"

재현과 함께라는 사실에 괜히 힘이 난 지원이 아까보다 큰 보폭으로 걸어가다 계단을 못 보고 비틀거리자 그가 넘어지려는 그녀를 재빨리 낚아챘다. 훅 빨려 들어간 재현의 가슴은 생각보다 넓었다.

"괜찮습니까?"

"네, 고마워요."

지원이 허둥지둥 재현의 가슴을 밀어내자 그의 나지막한 목소리가 들렸다.

"고맙다는 인사는 여기서 나간 뒤에 합시다."

"뭐 그러든가요."

심장이 왜 이리 뛰어? 사춘기도 아니고 남자 가슴에 한 번 안겼다고 오버하는 자신이 지원은 한심하고 웃겼다.

여전히 한 손은 재현에게 잡힌 채 그녀는 조심조심 계단을 걸어 올라갔다. 이윽고 문에 다다른 둘은 귀를 댄 채 밖에서 들리는 소리에 집중했다. 누군가 있는지 웅성거리는 소리가 들려왔다. 자리에 주저앉은 둘은 소곤거리며 대화를 나눴다.

"밖에 사람들이 있는 거 같군요."

"그러네요. 저 사람들이 자리를 비울 때까지 기다리거나 아니면 다른 길을 찾아봐야겠어요."

"다른 길?"

재현에게 보이진 않겠지만 지원의 입가에 환한 미소가 걸렸다. 심호흡을 깊게 한 그녀가 다시 소곤거렸다.

"이 건물을 사이코메트리할 거예요."

"안 됩니다. 잘은 모르지만 침대에 기대 쉬어야 할 정도로 힘든 일 아닙니까? 어차피 저들도 밤이 되기 전에 우릴 어쩌지는 못할 겁니다. 그러니까……."

"아주 잠깐이니까 괜찮아요. 이 건물도 별장처럼 왜정 때 일본군이 쓰던 거예요. 아마 이 문 말고 다른 출입구가 있을 거예요."

"석지원 씨!"

"그러니까 혹시 내가 잠들면 한 10분 정도만 놔둘래요? 초콜릿을 안 챙겨 와서 잠을 좀 자긴 해야 할 것 같아요."

"……."

재현이 대답을 하지 않자 지원의 말투가 협박조로 변했다.

"아니면 버리고 가든지."

"휴우, 알았습니다. 하지만 아주 잠깐뿐입니다."

"에그, 속고만 사셨나?"

빙긋 웃음을 지은 지원이 다시 심호흡을 깊게 한 후 바닥에 손을 대고는 눈을 감았다. 왜정 때 건물이란 걸 증명이라도 하듯 지하실에서 끔찍한 고문이 행해졌다. 수많은 애국지사들이 이런저런 이유로 고문을 받고 죽기도 했다.

연쇄 살인을 당한 시체에 버금가는 끔찍한 장면들이 휙휙 지나간 후 그녀의 예상대로 또 다른 문이 보였다. 몸을 부들부들 떨던 지원이 한꺼번에 숨을 내뱉었다.

"후아! 찾았어요."

그리고 말이 끝남과 동시에 그녀의 몸이 허물어졌다. 아무런 체력 보충 없이 몇 번의 사이코메트리를 했는지 모르겠다. 과연 10분 후에 깨어날 수 있을까?

까무룩 잠이 든 그녀는 든든한 무언가가 자신을 안는 것을 느낄 수 있었다. 어릴 적 엄마 품에 안겼던 이후 처음으로 포근함을 느끼며 그녀는 잠에 빠져들었다.

※※

얼마나 지났을까? 신음을 흘리며 눈을 뜬 그녀는 앞이 깜깜한 것을 깨닫고 순간 놀랐다.

"깼습니까?"

"엄마야!"

비명을 지르는 지원의 입을 재현이 막았다. 포즈가 요상했다. 마치 엄마가 아기를 안고 있는 것처럼 재현이 지원을 안고 있다가 바로 입을 막아 버린 것이었다. 귓가로 울림 좋은 목소리가 들렸다.

"조용히 하죠. 아직도 밖에 사람들이 있으니까."

"아, 미안해요. 여기가 어딘지 깜빡했어요. 나 얼마나 잔 거예요? 10분 넘었죠?"

아주 푹 잔 느낌에 지원은 미안하기도 하고 불안하기도 했다. 그러자 재현이 무심한 목소리로 대답을 했다.

"이 어두운 곳에서 시간을 어떻게 압니까? 10분 정도 잤다고 치죠."

"그, 그런 게 어디 있어요."

말을 더듬거린 지원은 자신이 재현의 품에 아주 편안하게 안겨 있다는 사실을 깨닫고 얼굴을 붉혔다. 어두워서 다행이라는 생각을 하며 얼른 그를 밀어냈다.

"아무튼 안 버리고 가서 고마워요."

"고맙다는 인사는 여기서 나간 후에 하기로 한 거 아닌가요?"

"그러든가요."

이 남자, 민망할 때 농담 비슷한 걸 한다. 덕분에 민망함이 조금 덜해졌지만…… 고마움인지 투덜거림인지 속으로 혼잣말을 하던 지원이 그의 팔을 잡아끌었다.

"다른 통로를 알아냈어요. 따라와요."

그녀가 앞장서자 재현이 또 손을 잡아 왔다. 지원은 고개를 그에게로 돌렸다. 그래 봤자 어두워 아무것도 보이지 않지만.

"이곳에서 길을 잃고 싶지 않으니까."

그의 말에 목덜미가 간질거리고 잡은 손에 후끈후끈 열이 났다. 폐쇄된 공간에 너무 오래 있어서 그런 모양이었다. 빨리 나가야 했다. 습하고 곰팡이가 득실대는 곳에 더 있다가는 피부병이 날 것 같았다.

재현의 손을 잡은 지원은 조심스럽게 한쪽 벽을 더듬었다. 이쯤에 또 다른 문이 있었다. 지하로 통하는 비밀 문이었고 그 길은 분명히 저수지로 나가는 것이었다.

"빙고!"

잡다한 물건을 쌓아 놓은 뒤쪽 부분에 손잡이가 만져졌다. 둘은 쌓여 있는 물건들을 마구잡이로 밀쳤다. 과연 이 문이 열릴 것인가? 지원은 바짝바짝 마르는 입술을 혀로 축였다. 삐걱. 잔뜩 녹이 슨 경첩이 비명을 지르며 그들에게 희망의 길을 열어주었다.

"아싸! 열렸다."

"빨리 움직이는 게 좋겠군요."

"어디 안 좋아요?"

"그런 것 같습니다."

목소리가 푹 가라앉은 재현의 몸이 비틀거리는 게 느껴졌다. 지원은 허리를 잡아 힘겨워하는 그를 부축했다. 몸 상태가 점점 나빠지고 있었다. 그를 부축하는 지원의 이마에도 땀방울이 맺혔다.

흔들. 재현의 몸이 크게 휘청거리자 그의 무게에 스텝이 꼬인 지원 역시 넘어질 뻔했다. 다행히 불빛만 없을 뿐 길은 그런대로 평평한 편이어서 어둠 속에서도 무리 없이 걸을 수 있었다.

"조금만 더 힘을 내봐요."

"이봐요. 석지원 씨."

"왜요, 한재현 씨."

"이렇게 하는 건 어떨까요? 일단 난 여기에 두고 가요."

"입 좀 다무시죠. 안 그래도 힘들어 죽겠는데 헛소리하지 말고."

터널은 왜 이리 긴 건지. 다리는 후들거리고 재현을 잡은 팔엔 자꾸만 힘이 빠졌다. 지원은 이마에 흐르는 땀을 닦고는 다시 재현을 추슬러 걷기 시작했다. 그러자 그가 자리에 주저앉았다.

"한재현 씨!"

"소리 지르지 마요. 나 다쳤습니다."

"그러니까 빨리 나가야죠. 빨리 나가서 우리를 이렇게 만든 마을 사람들 단체로 고소하고, 그 살인범도 잡고. 내가 얼굴 봤으니까 잡는 거야 시간문제예요. 또……."

"압니다. 그러니까 빨리 혼자 나가서 도움을 요청해요. 여기……."

재현은 양복 안주머니에서 수첩을 꺼내 지원에게 건넸다. 사건의 중요한 부분이나 연락처를 따로 적어 둔 수첩이었다.

"검찰총장 전화번호가 있을 겁니다. 내 이름 대고 지원 요청해요. 와 줄 겁니다."

"쓸데없는 소리 하지 말고 같이……."

"내가 힘들어서 그럽니다. 걸을 수가 없어요."

숨소리는 거칠고 내뱉는 목소리는 모기 소리처럼 작았다. 더듬어 보니 얼굴이 불덩이처럼 뜨겁고 식은땀도 흘리고 있었다.

지원도 그의 곁에 주저앉고 싶었다. 어둠이 시작되면 언제나 과거가 보였다. 그래서 어둠이 싫었다. 그나마 지금은 재현이 함께 있어 견디고 있는 건데.

"저수지로 연결된다고 했죠? 이 어둠 속에서 뛰어가도 한 시간은, 족히 되는 거리입니다. 그러니까, 어서 가요. 마을 주민 중, 누가 우리에게 이런 짓을 했는지 알 수 없으니, 누구의 눈에도 띄지 말고. 어서 가서 도움을 요청해요. 나, 살고 싶으니까."

힘들여 띄엄띄엄 이어지던 재현의 마지막 말에 약간의 떨림과 물기가 묻어났다. 지원은 촉촉해지려는 눈가를 재빨리 닦고 그에게 몸을 숙였다.

"금방 다녀올게요. 절대 정신 놓지 말고. 누가 쫓아올 수도 있으니까 기운 나면 혼자라도 걸어와요. 알겠죠?"

"알았어요."

어둠 때문에 보이지 않아도 서로를 걱정하는 마음이 느껴졌다. 이런 감정은 처음이었다.

자신의 능력 때문에 그동안 아무에게도 마음을 열지 못하고 늘 혼자였다. 그런데 이 남자는 이런 자신의 마음을 온전하게 받아 주고 걱정까지 해 준다.

감정이 북받친 지원은 재현을 끌어당겨 입을 맞추었다. 뜨거운 얼굴과 달리 바짝 마른 입술은 차가웠다. 지원의 뜨거운 입김이 차가운 입술을 가르고 들어가자 놀란 듯 재현의 몸이 움찔거렸다. 하지만 이내 그녀의 입술을 받아들인 그 또한 위안을 받았다.

까칠해진 입술을 부드럽게 어루만지는 지원의 입술은 달콤했다. 욕정 때문에 느끼는 달콤함이 아닌 마음의 위로가 되는 키스였다. 아주 짧은 순간 서로의 입술을 탐한 두 사람이 떨어졌다.

"다, 다녀올게요."

입까지 맞춰 놓고 갑자기 밀려오는 이 쑥스러움의 정체를 모르겠다. 지원이 몸을 돌리려 하자 재현이 그녀의 팔을 잡았다. 아무 말도 없었지만 아마 고맙다는 말이 하고 싶었을 것이다. 어둠 속에서 지원은 빙긋 웃었다. 그리고 몸을 돌려 달리기 시작했다.

지금은 그저 이곳을 빠져나가는 것에만 집중하자. 지원은 두 손으로 벽을 더듬으며 걸음을 옮겼다. 되도록 빨리 이 터널을 빠져나가 도움을 요청해야 했다. 몇 번이나 넘어지고 벽에 부딪혀 온몸은 이내 상처투성이가 되었다.

역시 사이코메트리가 아니라 헐크의 능력이 필요했다. 부질없는 한탄을 하며 발을 움직이는데 저 멀리 빛이 조금씩 보였다.

"밖이다!"

긴 터널의 끝은 빛으로 가득했다. 쇼생크 탈출만큼 감격스러운 순간을 만끽할 겨를도 없이 지원은 주변을 살피며 다시 뛰기 시작했다. 마을 어딘가에 공중전화가 있을 것이다.

누구의 눈에 띄어서도 안 된다. 나무 뒤나 바위, 풀들이 우거진 곳만 골라 숨어서 이동하던 지원의 눈에 영화리와 어울리지 않게 세련된 은색 철제로 된 공중전화 부스가 보였다.

앞뒤 잴 것도 없이 공중전화 부스로 냅다 달려간 지원은 컬렉트콜로 전화를 걸었다.

따르르릉, 따르르릉. 고전적인 연결음이 계속됐지만 받는 사람은 없었다. 지원은 주변을 살피며 손톱을 물어뜯었다.

"제발, 빨리 좀 받아."

─여보세요?

"검찰총장님이시죠?"

─누구십니까?

"한재현 씨 부탁으로 전화 드리는 건데요! 도와주세요!"

수화기를 잡고 소리를 지르는 지원의 얼굴이 환하게 밝아졌다.

ֈ鴻ֈ

지원은 두꺼운 담요를 어깨에 두르고 구급대원이 건네준 커피를 마셨다. 가벼운 뇌진탕 증세 외에는 찰과상이 있을 뿐 큰 이상은 없었다.

"아, 머리야."

자리에서 일어선 그녀는 미간을 찌푸리며 구급차 안으로 들어갔다. 여전히 어지러웠지만 못 견딜 정도는 아니었다. 안으로 들어가자 처치를 끝낸 구급대원이 눈인사를 하며 차 밖으로 나가 문을 닫아 주었다. 사이렌 소리와 마을 어르신들의 고함 소리가 뒤섞인 시끄러운 소음이 희미하게 끊겼다.

두 손으로 따뜻한 종이컵을 감싼 지원은 눈을 감고 있는 재현을 물끄러미 내려다보았다. 진통제를 맞은 덕분인지 창백한 얼굴이 다소 편안해 보였다.

"괜찮아요?"

그가 천천히 눈을 떴다. 피를 많이 흘려 흐릿했던 눈동자가 지금은 또렷하게 돌아와 있었다.

"이거 몇 개예요? 몇 개인지 보여요?"

그녀가 손가락을 두 개 펴서 그의 눈앞에서 좌우로 흔들자 재현이 다시 눈을 감았다. 그러자 지원은 들고 있던 종이컵을 내려놓고 담요도 팽개치며 엉거주춤 자리에서 일어섰다.

"안 보이나 봐. 어떻게 해. 여기요! 여기 이 사람……."

"두 개입니다."

"보여요? 이거 두 개인지 보였어요?"

"손을 흔들지 않았으면 더 잘 보였겠죠. 어지럽네요."

"아, 흔들어서 어지러웠구나."

다시 손가락을 펴고 흔들던 지원은 얼른 손을 내렸다. 머리에 하얀 붕대를 칭칭 감아 놓은 모습이 안쓰러웠다. 덕분에 반듯한 이마와 콧날이 더욱 돋보였지만.

크게 숨을 내쉰 그가 몸을 일으키자 지원은 또다시 호들갑을 떨었다.

"아직 일어나면 안 돼요. 안정을 취해야 한다고 했다고요."

"할 말이 있습니다."

재현의 말에 무심결에 그를 부축하려고 손을 내밀던 지원은 얼른 손을 감췄다. 여긴 터널 안이 아니니 그의 몸에 손을 대면 안 될 것 같았다.

힘겹게 앉은 그가 지원을 똑바로 바라보았다. 역시 이곳과는 어울리지 않는 투명하고 맑은 눈동자가…… 예뻤다.

다시 숨을 고른 그는 차가운 목소리로 말을 했다.

"여기서 있었던 일은 잊어 주십시오."

"네?"

"위에서 누군가가 당신을 조사하고 당부의 말을 할 겁니다. 이 사건에 대해 함구하라며 협박을 할 수도 있겠죠. 그건 제가 막을 테니 저에게 약속해 주십시오. 이 사건에 대해 잊겠다고."

진지한 재현의 말에 지원은 어깨를 으쓱했다.

"나 입 무거워요. 그리고 친구가 없어서 말할 사람도 없어요. 그 점에 대해서는 염려 붙들어 놔도 돼요. 어떻게, 각서라도 써 드릴까요?"

"훗, 아니요. 믿습니다."

하얘진 입술이 살짝 벌어지며 올라갔다. 그 엷은 미소에 지원은 심장이 쿵쾅거렸다.

같이 있으면 어쩐지 든든한 사람, 마음의 짐을 덜어 준 사람, 사이코메트리라는 것을 처음으로 밝힌 사람. 이 남자도 입이 무거우니 자신의 비밀 정도는 지켜 줄 것 같았다.

"저도 부탁이 있는데요."

"말하세요."

"또 볼 수 있을까요?"

"……."

"아니, 사건 때문에 보자는 건 아니고요. 그저 음…… 흔치 않은 경험을 나눈 동지로서, 뭐 가끔 만나서 밥이나 먹고……."

"안 보는 게 좋을 것 같습니다."

"네?"

엷게 걸려 있던 미소가 사라진 얼굴은 차가웠다. 마치 얼음 가면을 쓴 것처럼 목소리에서도 찬바람이 훅훅 일었다.

"만나지 않는 게 서로에게 좋을 것 같습니다."

그의 눈을 보던 지원은 울컥 치미는 덩어리를 몰래 삼키고 억지로 웃음을 지었다.

"그래요, 뭐. 싫다는 사람 붙들고 조를 이유는 없으니까. 그럼, 이만 바이바이."

"잘 지내요. 석지원 씨."

재현이 손을 내밀자 지원은 그 손을 물끄러미 바라보았다. 다시 보는 게 싫다며, 안 만나는 게 서로에게 좋을 거라면서 사이코메트리에게 제 손을 턱 내주는 건 무슨 속셈인지. 멍청한 양반 같으니라고…….

입술을 깨문 그녀는 간신히 미소를 유지했다.

"악수는 무슨……. 얼마나 친하다고. 한재현 씨도 깨진 머리 잘 간수하세요. 보아하니 머리가 무진장 좋은 사람 같은데 아이큐 안 떨어졌나 검사도 해 보시고요. 그럼 전 다른 차로 갈게요."

재현에게 손을 흔든 지원은 문을 열고 차에서 내렸다. 소란스러운 사이렌 소리와 함께 경찰들과 마을 사람들의 소리가 한데 섞인 밖은 무척 시끄러웠다. 뒤를 돌아본 지원은 싱긋 미소를 지으며 문을 닫았다.

그녀가 사라지자 재현은 허물어지듯 차에 몸을 기댔다.

"으음."

몸이 무거웠다. 배수구에 빠진 것처럼 빙글빙글 돌며 무겁게 가라앉는 것 같았다. 눈을 감자마자 억지로 미소를 짓던 지원의 얼굴이 떠올랐다. 숨을 고른 그가 천천히 눈을 떴다. 그녀가 나간 문을 바라보는 그의 눈빛은 한없이 어두웠다.

"내 옆에 있으면 위험합니다. 그러니까 우리, 다시 만나지 맙시다."

그러길 바랐다. 또다시 누군가를 욕심낸다면 그건 정말 이기적인 감정일 것이다. 덕분에 마음의 짐을 덜었다. 그것만으로도 이미 갚을 수 없을 만큼 큰 빚을 진 셈이었다.

다시 눈을 감은 재현은 편안한 표정을 지었다.

밖으로 나온 지원은 뒤도 돌아보지 않고 성큼성큼 걸어가 조금 떨어진 곳에 세워진 경찰차의 문을 열었다. 하지만 그대로 차에 타기엔 뭔가 억울했다. 그녀는 고개를 홱 돌려 재현이 타고 있는 구급차를 노려보았다.

"생사를 같이한 동지인데 어쩜 다시 보자는 말에 칼로 무 자르듯 단칼에 보지 맙시다, 선을 그어 버리냐? 네, 네. 잘나신 분이니 나 같은 애송이는 필요 없다는 말이지? 나도 아쉬울 것 없어. 지금까지 혼자서도 잘 살았거든요? 나도 당신 보고 싶지 않단 말이야. 알겠어!"

"석지원 씨?"

"엄마야!"

불만을 내뱉으며 주먹질까지 하고 있는데 갑자기 등 뒤에서 들려오는 목소리에 지원은 화들짝 놀라 고개를 돌렸다.

"누구세요?"

"아까 전화 받은 사람입니다. 진규한이라고 합니다."

"헉! 검찰총장님? 아, 안녕하세요?"

지원은 허리를 깊숙이 숙여 인사를 했다. 50대의 중년은 웃는 모습이 인자해 보이는 푸근한 인상을 가지고 있었다. 그러고 보니 검찰 내 최고 수장의 부탁을 받은 거라고 했었다. 재현이 한 끗발 먹어 주는 위치인가 보다 생각하는데 총장이 다시 말을 걸었다.

"덕분에 사건이 잘 마무리되고 한 군도 무사합니다. 정말 감사드립니다."

"감사는 무슨……. 대한민국 국민으로서 할 일을 한 것뿐인데요."

"나중에 따로 인사드리겠습니다."

"네에."

애매모호한 웃음을 남기고 총장이 사라지자 지원은 뭔가 찜찜함을 느꼈다. 분명히 좋은 인상의 아저씨인데 느낌은 그게 아니었다. 아까 재현이 말한 입단속인가?

"그건 한재현 씨가 알아서 한다고 했으니, 난 볼일 없겠지. 그나저나 한 군이라니……. 굉장히 친한 사이인가 보네."

어깨를 으쓱한 지원은 경찰차에 올라탔다. 하지만 여전히 아쉬운 마음에 구급차 쪽으로 고개가 돌아갔다. 총장이 막 구급차

에 올라타고 있었다. 열린 문 사이로 재현의 모습이 잠깐 보였
다.

"한재현 씨도 잘 지내요."

담요를 여민 지원은 눈을 감았다. 다시 혼자서 잘 살아가면
되는 거다. 자신의 정체를 아무도 몰랐던 그때로 다시 돌아가면
되는 거다.

얼굴 없는 살인자

e p i s o d e

II

❶
어쩔 수 없이 파트너

다시 시작된 두통에 재현은 마시던 머그컵을 입에 댔다. 하지만 이미 비어 버린 컵에는 커피 한 방울 남아 있지 않았다.

느릿하게 일어서 주방으로 향한 그는 다시 눈살을 찌푸렸다. 면바지와 얇은 니트라는 편한 옷차림에도 불구하고 뭔가 불편했다.

커피를 컵에 따른 그는 소파로 가 사건 파일들을 뒤적거렸다. 이미 수사에 착수하고도 남을 시간에 또다시 검토만 해야 한다니 짜증이 몰려왔다.

"되는 일이 없군."

머리를 훅 쓸어 올리던 그는 때마침 울리는 핸드폰을 보았다. 눈꼬리가 미세하게 움직였다. 못마땅한 표정이 희미하게 얼굴을 스치더니 그가 차가운 목소리로 전화를 받았다.

"한재현입니다."

—잘 지내나?

"덕분에 잘 쉬고 있습니다."

—어쩐지 말에 가시가 있는 것 같군.

"용건만 말하시죠."

—지금 내 방에 반가운 분이 방문할 예정인데 자네도 올 텐가?

"저에게 반가운 분인가요, 총장님께 반가운 분인가요?"

한층 냉랭해진 말투에 규한의 웃음소리가 들렸다.

한국에 들어오자마자 이상한 사건을 맡기더니 해결된 직후에는 경위서를 내라고 했다. 잘 해결된 사건에 경위서라니…….언뜻 연결이 되지 않아 재현은 고개를 갸우뚱했었다.

그의 설명은 이러했다. 은밀히 수사하라는 지시에도 불구하고 외부인이 개입되었고, 게다가 사건 해결에 큰 역할을 한 이 또한 외부인이었다는 것이었다. 그래서 3개월 정직이 내려졌다.

부당하다고 여겼지만 다른 속셈이 있을 것 같아 일단 후퇴를 했다. 그런데 한 달이 다 되어 가도록 이렇다 할 얘기가 없었다. 그러다 느닷없이 전화를 걸어 반가운 사람이 왔다니. 그동안 참았던 화가 훅 치밀어 올랐다.

어금니를 꽉 깨문 그가 입을 열려는 순간 규한이 먼저 선수를 쳤다.

—나는 반가운데 자네도 반가워할 것 같군. 석지원 씨가 오기로 했네.

"석지원 씨가 왜 옵니까?"

—지난번 일도 감사드리고 작은 부탁을 할까 해서……. 아!

왔나 보군. 이만 끊네. 어서 오세요. 석지원 씨.

―안녕하세요?

지원의 인사말을 끝으로 전화가 끊어졌다. 핸드폰을 쥔 재현의 손이 바르르 떨렸다. 그가 자리에서 벌떡 일어나 차 키를 들었다. 사건은 마무리되었고 범인 인계도 끝났다. 그런데 느닷없이 그 여자를 부르다니.

재현의 차가 거칠게 도로로 들어섰다. 다른 차가 앞에 정차하자 재현은 깜박이도 켜지 않고 차선을 변경했다. 뒤에서 경적이 요란스럽게 울렸지만 그의 귀에는 들리지 않았다.

그 여자는 잠시 도움을 준 것뿐이고 이 사건에 대해서는 아무것도 모르니 신경 끄라고 말씀을 드렸다. 부탁했다는 높으신 양반이 누군지도 모르고 죽은 여자나 범인에 대해서도 아는 바가 없으니 걱정 말라고도 했다. 사건에 대해 잊어 달라고 당부를 했으니 석지원과 다시 접촉할 일은 없을 거라고.

그런데 3개월 정직에 이어 보란 듯이 지원을 불러들였다. 그 두 가지 일이 무관하지 않은 것 같아 재현은 어금니를 깨물었다. 검찰청에 도착한 그는 주차 선을 이탈한 것도 모르고 차에서 내려 바로 총장실로 향했다.

그를 알아보는 몇몇 사람들이 눈인사를 해 왔지만 재현은 앞만 보고 곧장 걸어갔다. 지나칠 정도로 예의 바른 그의 평소 모습을 아는 사람들이 의아한 듯한 표정을 지었지만 재현은 신경 쓰지 않았다.

노크도 없이 총장실의 손잡이를 돌리던 그는 상쾌한 웃음소리에 손을 멈추었다. 웃음소리와 함께 지원의 맑은 목소리도 들렸다.

"와! 정말이요? 진짜 멋지네요."

"저도 그렇게 생각합니다. 한재현, 그 친구가 인물은 인물이죠."

"그렇죠, 인물이죠. 잘생기기도 했구요. 오호호호."

"석지원 씨, 여기서 뭐합니까?"

"엄마야!"

지원은 갑자기 들려오는 낮은 목소리에 화들짝 놀랐다. 갑자기 나타나서 놀란 것인지 재현의 목소리 때문에 놀란 것인지 정확히는 알 수 없었지만 심장이 쿵쾅거렸다.

가슴 위에 손을 올린 그녀가 재현을 노려보았다. 거의 한 달 만에 보는 그는 여전히 잘생긴 외모였다. 그리고 무엇 때문인지 모르지만 상당히 열이 받은 눈치였다. 자신은 이렇게 반가운데⋯⋯.

"무슨 사람이 기척도 없이 나타나요! 심장마비 걸리는 줄 알았네."

"여기서 뭐하냐고 물었습니다."

"보다시피 총장님이랑 담소를 나누는 중인데요. 사건에 대한 얘기도 들었구요. 그 마을의 무당 어르신이 우리를 지하실에 가둬 두라고 시킨 거라면서요? 외지에서 남녀가 올 건데 위험한 인물이니까 꼭 묶어서 보름이 될 때까지 잡아 둬야 한다고. 아무리 무당이라도 우리가 올 걸 어떻게 알았을까요? 진짜 영험한 무당 아니에요? 아니면 우연인가? 좀 웃긴 얘기긴 하지만⋯⋯."

"일어나요."

"엄마야!"

지원의 말이 채 끝나기도 전에 덥석 그녀의 손목을 잡은 재현은 막무가내로 그녀를 잡아끌었다. 호랑이 굴에 들어온 줄도 모르고 재잘거리는 그녀가 못마땅했다. 총장의 속셈이 뭔지 아직은 모르지만 그녀를 부른 것이 단순히 감사 인사를 전하기 위함은 아닐 것이다.

"왜 그래요? 이 손 놔요."

"나가서 나랑 얘기합시다."

"무슨 얘기를 해요? 이거나 놓고 얘기해요."

영문을 모르는 지원은 재현의 행동이 이해되지 않았다. 마치 자신을 이 자리에서 쫓아내려는 것 같아 은근히 화도 났다. 사건이 마무리되자마자 안면 몰수하더니 이제는 자신을 막 대하는 것 같아 기분이 나빴다.

그런 지원이 안타까워 재현은 더욱더 손에 힘을 주었다. 순진한 건지, 멍청한 건지 사람 보는 눈이 이렇게 없어서야. 뭐가 사이코메트리야. 정작 제대로 된 사실도 보지 못하면서…….

두 사람의 실랑이가 길어지자 규한이 자리에서 일어섰다.

"일단 좀 앉지. 지원 씨 놀라셨잖아. 괜찮습니까?"

규한의 말에 재현의 손이 느슨해지자 그 기회를 놓칠세라 지원은 얼른 잡힌 손을 뺐다. 빨갛게 손자국이 난 손목이 시큰거려 그녀는 재현을 째려보았다.

"좀 놀라긴 했네요. 무뚝뚝한 줄로만 알았는데 의외로 폭력성이 있나 봐요."

"갑자기 지원 씨를 만나서 당황했나 봅니다. 한 군은 지극히 평화주의자인데 말입니다. 하하하."

"평화 좋죠. 우리 앉아서 평화롭게 얘기하죠."

지원의 말에 재현은 한숨이 나왔다. 진규한은 보이는 것처럼 마음씨 좋은 아저씨가 아니었다. 저 웃는 얼굴 뒤에는 큰 야망이 숨겨져 있었고, 그 야망을 위해서는 수단과 방법을 가리지 않는 잔혹함도 가졌다.

덕분에 난해한 사건들을 해결할 수 있었지만 그것 때문에 사람들이 다치기도 했다. 재현이 일본으로 건너간 것도 그 이유에서였다. 겉으론 국제 마약 조직을 검거하기 위해 일본과 공조하겠다는 이유였지만 사실은 규한과 거리를 두고자 함이었다.

검사가 되면서 큰 은혜를 입은 분이었으나 그의 가치관까지 동조하지는 않았다.

재현이 여전히 자리에 서 있자 규한이 재촉했다.

"오랜만에 한국에 들어와서 이제야 제대로 얼굴을 보는 건데 계속 서 있을 건가?"

인자한 그 말에 지원은 의아한 표정으로 재현을 보았다. 차갑게 군은 얼굴이 무척 아파 보였다. 사이코메트리를 한 것도 아닌데 그의 과거가 보이는 것 같아 그녀는 두 손을 무릎 위에 모았다. 갑자기 자리가 몹시 불편해졌다. 그저 그를 다시 만나고 싶어 온 것인데 괜히 왔구나 하는 자책에 절로 고개가 숙여졌다.

그때 재현이 그녀의 맞은편에 앉았다. 여전히 차가운 얼굴을 하고.

"그래, 3년 만에 한국에 온 소감이 어떤가?"

"부른 용건이나 말씀하시죠."

다소 버릇없어 보이는 말에도 규한은 허허 웃을 뿐이었다.

"말하지 않았나. 석지원 씨에게 감사 인사를 전한 거라고. 내 볼일은 끝났으니 둘이 회포를 푸는 것도 좋을 것 같군."

또다시 애매한 말. 저 인자한 인상 뒤로 뭔가 음흉한 것이 숨어 있을 것 같았다.

자리에서 일어선 규한은 따라 일어서려는 지원에게 손을 들었다.

"다른 약속이 있어서요. 오늘은 재현 군과 함께 식사하고 가시죠. 식당을 예약해 뒀습니다. 제대로 감사 인사를 드려야 하는데 식사 정도밖에 대접하지 못해 미안합니다. 알다시피 비밀 수사여서 말이죠. 그럼 실례하겠습니다."

"안녕히 가세요."

방을 나가는 규한에게 꾸벅 인사를 한 지원은 미동도 하지 않고 앉아 있는 재현을 보았다. 그 모습에 마음이 따끔거렸다. 다시 보지 말자고 하며 헤어졌지만 그가 보고 싶었다.

무슨 감정인지 정확하지는 않지만 그와 함께 있으면 자신이 남들과 다르다는 사실을 잊게 됐다. 그냥 평범한 여자가 되는 것 같아서 그의 곁에 있고 싶었다. 하지만 역시 안 되나 보다.

아쉬움을 뒤로하고 그녀는 소파에 놓인 가방을 들었다. 그리고 여전히 석상처럼 앉아 있는 재현의 눈치를 보며 말을 걸었다.

"바쁘죠? 바쁠 거야. 저도 바쁘거든요. 오늘 만남은 이것으로 마치죠. 잘 있어요."

미련 없이 돌아서려는데 뒤에서 재현의 무덤덤한 목소리가
들렸다.

"밥이나 먹으러 가죠."

"그럴까요?"

냉큼 대답을 한 지원은 금세 후회를 했다. 이렇게 마무리하
는 게 산뜻할 텐데…… 가벼운 입술을 톡톡 때리며 혼내고 있
는데 어느새 일어난 재현이 문을 열었다.

"가요."

"네."

재현을 따라 삐딱하게 주차된 차에 오른 지원은 말을 아끼려
고 입을 다물었다.

그런데 문제는 재현도 같이 입을 꼭 다문 것이었다. 차로 이
동하는 내내, 레스토랑에 앉아 음식이 나오기 전까지도 재현은
조개처럼 입을 꾹 다물고 있었다.

아! 답답했다. 자신도 그리 말이 많은 편은 아닌데 이 남자만
보면 자꾸 입이 달싹거려진다. 너무 오랫동안 사람들과 소통을
못 했더니 아주 방언 터지듯 입이 움직였다. 먹음직스러운 해
물이 가득한 스파게티를 뒤적거리던 그녀는 힐끔거리며 재현의
눈치를 보았다.

"할 말 있습니까?"

"네? 아뇨. 없는데요."

"그럼 제가 말하겠습니다."

포크를 내려놓고 냅킨으로 입술까지 닦는 걸 보니 뭔가 어마

110

어마한 말을 할 모양이었다. 지원도 그를 따라 포크를 내려놓고 물을 마셨다.

재현은 지원의 눈을 바라보았다. 스물여덟이라더니 나이를 헛먹은 모양이다. 28년 동안 뭘 보고 뭘 경험했기에 저토록 순수한 건지. 이 험한 세상을 살아가기에는 확실히 마이너스인 눈빛이었다.

개인적인 걱정을 접은 재현은 진지하게 입을 열었다.

"총장님이 무슨 부탁을 하셨습니까?"

"네?"

"아니, 무슨 부탁을 하셨든 간에 무조건 거절하십시오."

"왜요?"

"설명하기 좀 복잡합니다. 개인적이기도 하구요. 그러니까 어떤 부탁을 받았든 간에 무조건 거절해 주길 바랍니다. 지원 씨를 위해서도 그게 맞습니다."

까만 눈동자가 또르륵 생각에 잠기고 있었다. 재현은 얕은 한숨을 쉬었다. 아무리 굴려도 답을 찾기 어려울 것이다. 처음 보는 남자를 위해 자신의 정체를 드러내고, 어떤 사람인지도 모른 채 끝까지 함께하려던 여자였다.

함께하면 다칠 수 있다. 지원의 침묵을 긍정의 대답으로 생각한 재현은 다시 포크를 들었다.

"예스라는 의미로 알겠습니다."

"예스 아닌데요."

"네?"

"밑도 끝도 없이 부탁을 무조건 거절하라는데 왜 내가 예스를 해야 하는 거죠?"

"말했지 않습니까? 설명하기 복잡하고 개인적인 일도 있다고."

"그럼 개인적인 일은 빼세요. 나도 남의 사생활 보는 거 아주 지긋지긋하니까. 하지만 복잡한 설명은 해 주세요. 설마 내가 이해 못 할 정도로 머리가 나쁘다고 생각하는 건 아니겠죠?"

또랑또랑한 눈빛을 빛내며 지원이 되묻자 재현은 다시 포크를 내려놓았다. 그리고 그녀의 눈을 한참 동안 바라보았다. 들어 봐야 좋을 것이 없는데 굳이 듣겠다고 하는 그녀가 미련스럽게 느껴졌다.

"무슨 부탁을 받았습니까?"

"알려 주면 그쪽도 이유를 설명해 줄 거예요?"

"설명해 주겠습니다."

"별거 아니에요. 그냥 가끔 한재현 씨 만나서 얘기나 나누라고 했어요. 저번 사건 때문에 3개월 정직을 당했는데 내부 사정 때문에 아마 일을 좀 더 쉬어야 할 것 같다면서 혹시 고민 있으면 들어 주고 도와 달라고 하면 도와주라고 했어요. 그게 다예요."

"내가 일을 쉰다고요? 그리고 석지원 씨에게 도움을 요청할 거라고요?"

"네. 그렇게 말씀하셨는데요."

지원의 말에 재현은 뒤통수를 맞은 느낌이었다. 예상했던 부탁이 아니었다. 분명 그녀에게 어떤 능력이 있는 걸 알 텐데 단순히 자신을 도와주라고 했다는 건……!

재현은 피식 미소를 지었다. 부탁은 자신에게 할 것이고 자신이 그의 말을 듣게 지원은 그저 이용만 할 예정이구나.

총장의 꼼수에 어이가 없었지만 한편으로는 안심도 되었다. 그 부탁은 제가 거절하면 되는 것이고 지원에게 도움을 요청하지 않으면 그것으로 끝이니까.

마음이 다소 가벼워졌다. 깨작거리던 스파게티가 갑자기 맛있어 보이기까지 했다. 다시 엷은 미소를 지은 그가 포크를 들어 식사를 계속했다.

지원은 어이가 없었다. 어떤 말이 나올까 나름 긴장까지 하고 있는데 그가 피식피식 웃더니 포크에 면을 돌돌 말에 입에 쏙 넣는 게 아닌가. 이게 무슨 경우래?

"이제 설명해 줄래요?"

"……."

"무슨 부탁인지 말하면 그 설명하기 복잡한 사정을 알려 주겠다고 했잖아요!"

도발적인 지원의 말에 재현은 냅킨으로 입가를 닦았다. 그리고 그녀를 바라보았다.

덜컹, 그윽한 그 눈동자에 지원은 심장이 내려앉았다. 냉기를 뺀 눈빛은 부드럽고, 따뜻하기까지 했다. 게다가 입맞춤을 한 입술도 여전히 매력적이었다. 비록 어둠 속이었지만 그때의 감촉을 잊을 수가 없었다. 나름 첫 키스였으니까.

낮게 울리는 근사한 목소리로 그가 설명을 시작했다.

"총장님이 석지원 씨를 나쁜 의도로 이용할 거라 생각했는데 제가 오해했습니다. 그런 부탁이라면 그냥 무시해 버리십시오.

제가 석지원 씨에게 도움을 요청할 일은 없을뿐더러 이제 두 달만 지나면 복귀할 거니까 신경 쓰지 않아도 됩니다."

말끝에 희미한 미소까지 덧붙였다. 지원은 괜히 헛기침을 했다. 인간관계가 너무 심플해서, 그중에서도 젊은 남자는 극히 드무니까 저 보일 듯 말 듯한 미소에도 심장이 심하게 반응하는 것 같았다.

역시 인간은 사회적 동물이고 두루두루 어울려 살아야 맞는 거다. 앞으로는 좀 더 인간관계에 신경을 써야겠다고 다짐하며 그녀는 재현을 보았다.

그는 여전히 희미한 미소를 머금은 채 스파게티를 먹고 있었다. 잘 들어가는 모양이었다. 자신은 체한 것처럼 가슴이 답답해져 오는데 말이다. 하지만 지원도 애써 아무렇지 않은 듯 포크를 들었다.

"이렇게 대화로 푸니까 좋네요. 음, 스파게티도 맛있고요."

볼이 미어 터져라 면을 입에 넣은 지원은 과도한 미소를 지으며 스파게티를 먹었다. 볼일도 끝난 것 같으니 빨리 먹고 헤어지는 게 상책인 것 같았다. 앞으로 넓혀 나갈 인간관계에 한재현은 포함되지 않을 테니까.

"고마웠습니다."

"푸웃!"

고백이라도 하듯 감미로운 감사의 말에 지원은 입안 가득 머금고 있던 면을 뿜어내고 말았다. 다행히 고개를 숙이고 있던 덕에 그녀의 접시에만 파편이 튀었다. 허둥지둥 냅킨을 찾아 입을 닦는데 그가 물 컵을 내밀었다. 지원이 물 한 잔을 다 비우는 걸 보고 나서야 재현이 말을 이었다.

"감사하다는 말도 제대로 못 했습니다. 많은 신세를 졌습니다."

"콜록콜록."

"괜찮습니까?"

걱정스러운 그의 말에 지원은 손을 저었다.

"괜찮아요. 신세진 거 아니니까 그것도 괜찮고요. 재현 씨 덕분에 나도 그 고난과 역경을 헤쳐 나올 수 있었던 거니까. 그냥 쌤쌤이라고 쳐요. 오케이?"

"그래도 고마운 건 고마운 겁니다. 석지원 씨가 그려 준 몽타주 덕분에 여장을 한 범인도 쉽게 잡을 수 있었으니까요. 결국 여자의 애인이 범인이었지만 여장을 하고 신분 세탁까지 한 탓에 찾는 데 애를 먹었습니다. 그 몽타주가 아니었다면 아직도 찾고 있었을 겁니다."

"뭐 좋아요. 그러면 감사 인사 잘 받을게요. 밥도 다 먹었고 이만 헤어질까요?"

"바래다주겠습니다. 어디까지 갑니까?"

그녀를 따라 재현이 같이 일어서며 제안했다. 지원은 얼른 양손을 휘휘 저었다.

"아니에요. 그냥 걸어가면 돼요."

"버스 정류장은 한참 동안 내려가야 할 텐데요."

"아니면 택시 타죠."

"……그럼 그렇게 해요."

"네, 안녕히 계세요. 아니, 안녕히 가세요."

예의 바른 척 허리를 꾸벅 굽혀 인사한 지원은 가방을 메고 씩씩하게 레스토랑을 걸어 나왔다.

이젠 정말 안녕이다. 정말 안녕.

뒤돌아 가는 발걸음은 정말 무거웠다. 첫눈에 반하기라도 한 건지 자꾸 마음 한쪽이 쓰려 왔다. 괜히 코끝이 찡해진 그녀는 훌쩍 콧물을 삼켰다.

지원이 나가는 모습을 끝까지 지켜보며 재현은 그 자리에 우두커니 서 있었다. 다시 보면 안 될 것 같은 사람인데, 다시 보지 말아야 할 사람인데 그 뒷모습이 자꾸 눈에 밟혔다.

"안 될 소리."

소리 내어 말한 그는 얼굴빛을 바꾸었다. 희미하던 미소가 사라지고 무뚝뚝한 표정으로 돌아온 그도 천천히 레스토랑을 나섰다. 우연으로라도 그녀와 마주치지 않겠다고 다짐하면서…….

✳✳✳

일을 좀 더 쉽게 될 거라는 총장의 말은 그냥 지원을 이용하기 위해 한 것인 줄 알았다. 그런데 두 달이 훨씬 지나고도 복귀하라는 말이 없었다. 대신 엉뚱한 지시가 내려왔다.

"새로운 수사 팀을 꾸렸으니 지금까지 조사한 미해결 파일 모두 그쪽으로 넘기게."

총장의 말에 재현은 목부터 가다듬어야 했다. 제가 그동안 이 사건들에 얼마나 공을 들였는지 규한이 모를 리가 없으니까. 그의 목소리가 한층 낮아졌다.

"새로운 수사 팀이라면 저도 포함되는 겁니까?"

낮아진 그의 목소리에 규한은 미소를 지었다. 화가 많이 난 모양이었다. 하지만 모르는 척 여전히 인자한 말투로 대답했다.

"자네는 그 팀에 합류하지 않을 걸세. 혹시 그들이 자문을 구한다면 도와줘도 되지만 말이야."

"자문이라니요. 제가 그 사건들을 언제부터 조사했는지 잘 아시지 않습니까?"

"자네는 좀 더 휴식이 필요해. 느슨하게 공조나 하라고 일본에 보냈더니 마약 조직 소탕의 일등 공신이 되었지 않은가? 건강은 건강할 때 지켜야지. 안 그런가?"

"이미 충분히 쉬었습니다. 복귀하겠습니다."

더 듣고 싶지 않다는 듯 재현은 인사를 하고 돌아섰다. 그러나 몇 걸음 가지 못하고 그 자리에 우뚝 서고 말았다. 이어진 규한의 말 때문이었다.

"그 일 때문인가?"

"……!"

"이미 5년이나 지난 일이야. 그만 잊어야지. 언제까지 자책할 건가?"

천천히 돌아선 재현의 눈에는 핏발이 서 있었다. 반듯한 미간이 구겨지고 꽉 깨문 어금니 때문에 턱 근육이 불거졌다. 그러나 그런 재현을 보는 규한의 눈빛은 변함이 없었다. 인자한 표정과 속을 꿰뚫어 볼 것 같은 깊은 그 눈빛에 재현은 흥분을 가라앉히려 노력했다.

"자네 탓이 아니야."

"네, 제 탓이 아닙니다. 하지만 그녀가 죽었다는 사실에는 변함이 없죠. 그래서 전 잊을 수 없습니다."

상처 받은 짐승처럼 낮게 으르렁거린 그가 쾅 소리 나게 문을 닫고 나가자 규한은 얼굴의 미소를 지웠다.

"아직 젊어서 그런 거겠지. 좀 더 시간이 흐르면 큰일을 위해 작은 것을 희생할 수밖에 없다는 걸 알게 될 날이 올 거야. 그때엔 한 군도 나를 이해하게 될 거네."

규한의 눈빛이 애잔하게 바뀌었다.

차에 앉은 재현은 차를 출발시키려다 두 손으로 핸들을 쾅 내리쳤다. 지원 덕분에 마음의 무게는 조금 덜었으나 그 사건은 여전히 앙금처럼 남아 있었다. 고작 5년이다. 겨우 5년이 지났는데 그 일을 잊으라니…….

"훗."

허탈한 한숨과 함께 부르르 떨던 주먹에서 힘이 빠져나갔다. 규한의 성격다운 조언이었다. 그녀의 희생 덕분에 총장이 원하던 것을 지켜 낼 수 있었으니까. 그런 분이었다. 대의를 위해서 작은 것은 희생해도 된다고 생각하는.

그 작은 것이 누구에겐 전부일 수 있다는 사실은 죽었다 깨어나도 이해하지 못할 분이었다. 싸한 바람이 가슴을 뚫고 들어오는 것 같았다. 8월로 들어서면서 한여름의 찌는 듯한 더위가 계속되고 있었지만 가슴은 서걱거렸다.

몸을 뒤로 젖힌 재현은 팔로 얼굴을 가렸다. 으슬으슬한 한기와 함께 근육이 뻐근하게 아파 왔다.

"정말 휴식이 필요한 건가?"

몸이 아픈 게 몇 년 만인지 모르겠다. 병원이라도 가야 할까? 그러다 문득 지원의 얼굴이 떠올랐다.

"마음이 죽어서 그런 거잖아요. 병원에 가 봤자 소용 있겠어요? 뭐, 정신병원이라면 조금 효과는 있겠네요."

"훗."

저절로 들려오는 목소리에 어이가 없었다. 그새 정이라도 든 건가? 팔을 내린 그는 몸을 세웠다. 차는 병원이 아닌 집으로 향했다.

✶✶✶✶✶

반듯한 이마에 짜증이 서려 있었다. 차에서 내린 그는 치미는 화를 누르려 심호흡을 몇 번이나 했다.

"대체 무슨 짓을 하고 다니는 건지."

묵직한 대문을 열고 잘 다듬어진 정원을 지나면서도 그는 연신 심호흡을 했다. 안 그랬다간 그녀를 보자마자 소리를 지를 것 같았다. 긴 다리로 돌계단을 성큼성큼 오른 그는 조금 열린 현관문 손잡이를 잡으며 중얼거렸다.

"침착하자. 침착……."

하지만 그 다짐이 무색하게 문을 열자마자 보이는 광경에 그는 어금니를 꽉 깨물었다. 하얀 옷을 입은 감식반원들 사이를 석지원이 기웃거리고 있었기 때문이었다. 일단 무사한 것 같아 저도 모르게 큰 소리가 나갔다.

"여기서 뭐합니까?"

"한재현 씨?"

지난번처럼 깜짝 놀라서 엄마를 찾을 줄 알았는데 반색하며 성큼 다가오는 그녀를 보고 그가 오히려 뒤로 물러났다. 그런데 한 술 더 떠 다가온 지원이 그를 덥석 껴안는 게 아닌가?

"뭐, 뭐합니까?"

"무사했네요. 걱정했어요. 어디 다친 곳은 없어요? 이거 몇 개인지 보여요?"

울먹이는 목소리로 물은 지원이 손가락 두 개를 흔들어 보였다. 무슨 상황인지 도통 이해가 되지 않아 재현은 흔들리는 그녀의 손가락을 천천히 잡았다. 그리고 더욱 천천히 손을 내렸다.

그녀는 놀란 토끼 눈이 되었고 재현의 목소리는 분노를 담아 한층 낮아졌다.

"여기서 대체 뭐합니까?"

"한재현 씨가 다쳤다고 해서요. 또 머리를 쾅 부딪쳤다고…… 그래서 왔어요."

"내가 왜 다칩니까? 석지원 씨야말로 일을 당했다고……."

"내가요? 나 멀쩡한데……."

의아한 그녀의 눈빛에 재현의 이마가 와락 구겨졌다. 30분 전, 규한이 전화를 걸어 왔다. 사건이 벌어졌는데 지원이 연관된 것 같다며 말을 얼버무렸다. 아니, 그의 말이 끝나기도 전에 차를 몰아 현장으로 달려왔다.

앞뒤 상황도 들어 보지 않고 무턱대고 현장으로 달려오다
니……. 재현은 핸드폰을 들었다. 기다렸다는 듯이 규한이 전화
를 받았다.

—벌써 도착했나?

"어떻게 하셔도 총장님 뜻대로 움직이지 않을 겁니다."

—이미 자네는 움직였네.

재현은 할 말을 잃었다. 그 사건 이후 5년 동안 규한을 외면
했다. 하지만 그동안 입은 은혜가 너무 커서 그와의 관계를 단
호하게 끊을 수는 없었다.

총장이 자신에게 왜 이렇게 하는지 십분 알고도 남음이지만
그의 뜻대로 움직이고 싶지 않았다. 그건 자신의 신념과 맞지
않았다. 약자를 보호하고 불의에 맞서는 검사의 신분에도 맞지
않았다.

이성을 찾은 재현의 목소리가 다시 차가워졌다.

"전 제 자리로 복귀할 겁니다."

—아직은 아니네.

"이 사건은 아들인 진 검사에게 맡기시죠."

—상호는 그런 그릇이 못 된다는 거 자네가 더 잘 않잖나. 그
만하면 자네 생각은 충분히 알았으니 이제부터는 제대로 된 길
로 가게. 큰 물고기는 큰물에서 놀아야지. 좁은 개울에서는 오
래 살지 못하는 법이네.

"그 큰물이 바다라면 기꺼이 받아들이죠. 하지만 누군가의
수족관이라면 사양하겠습니다."

—한재현!

121

"이만 끊습니다."

더 이상 들을 필요가 없었다. 어차피 같은 이야기의 반복이었다. 그의 뜻대로 움직이지 않는 게 상책인데…….

재현은 여전히 걱정스러운 눈빛으로 자신을 보고 있는 지원의 모습에 한숨을 내쉬었다. 이 여자는 자기가 어떤 말이 될지도 모르고, 아니, 고수들의 장기판에 오른 줄도 모르고 있었다. 일단 이곳에서 빼내는 게 우선순위였다. 재현은 지원의 팔뚝을 잡았다.

"나갑시다."

"우앗! 왜요? 어디를 가는데요?"

"어디든 갑시다. 여기만 아니면 되니까…….""

"여기에서 일 안 해요?"

끌려 나가면서 지원은 뒤를 돌아보았다. 아니나 다를까 감식반원들이 나가는 재현을 보며 당황한 표정을 지었다.

"저기 저 사람들이 당신을 기다리고 있다고 했는데, 그냥 가도 돼요? 뭐라고 얘기라도 해 주고 가야죠."

잘 다듬어진 돌계단을 내려오면서 지원이 쉴 새 없이 말을 걸어오자 안 그래도 끓어오르는 머리가 펑 하고 터질 것 같았다. 대문까지 내려온 재현은 지원을 벽으로 밀었다.

"아파요."

울퉁불퉁한 돌벽에 등을 부딪친 지원이 얼굴을 찡그리며 항의를 하자 재현은 그녀의 양어깨를 잡은 손에 더욱 힘을 주어 움직이지 못하게 했다.

"내 말이 웃깁니까? 그때 한 말을 벌써 잊은 건가요? 머리가 나쁘지 않다고 한 것 같은데 나쁘지 않은 거 맞습니까? 좋게 말하면 알아들어야지요. 여기가 어디라고 전화 한 통에 쪼르르 달려옵니까? 기사거리라도 있을까 봐 온 건가요?"

"1절만 하죠? 한재현 씨."

상처 받은 눈빛을 보는 순간 자신이 지나쳤다는 걸 알았다. 하지만 이 상처는 잠깐일 뿐이었다. 앞으로 받게 될 상처에 비하면. 그래서 멈춰야 한다는 걸 알면서도 멈추지 않았다.

"삼류 잡지의 가십 기자라고 했잖습니까. 총장님이 내가 다쳤다는 말 말고 또 뭐라고 했습니까? 사건이 일어났으니 가 보라고 했겠죠? 당신에게는 좋은 먹잇감이 생긴 거네요. 아직 기사거리를 못 건졌습니까? 그래서 다시 가고 싶은 건가요?"

자존심을 건드리는 얘기에 지원의 눈빛이 어쩐지 차분해졌다. 마음이 약해질 것 같아 재현은 손에 힘을 더 주었다. 그러자 지원이 눈을 찡그렸다.

"아프다구요."

"아프라고 잡은 겁니다."

"어깨 말고 여기요."

지원이 손을 들어 재현의 가슴을 가리키자 이번엔 그가 눈을 찡그렸다. 그의 손아귀에 잡혀 있는 건 지원의 어깨인데 어째서 자신의 가슴이 아프다고 하는 건지 모르겠다.

지원의 눈빛이 애잔해지더니 목소리마저 촉촉이 젖어들었다.

"일부러 그런 말 하지 마요. 마음에 없는 말 하면 자신도 상처 받는다고요."

"석지원 씨!"

"알았어요. 갈게요. 가면 되잖아요. 한재현 씨가 날 싫어하는
건 아는데요. 나는…… 나는 한재현 씨가 좋아요. 그래서 자꾸
보고 싶고, 생각나고 그랬다고요. 총장님이 한 말이 사실인지 거
짓인지 난 관심 없어요. 일단 당신이 무사해서 다행이고, 얼굴
보니까 좋고, 그게 다예요. 오버하지 않을 테니까 이제 그만하라
고요."

재현의 손에서 스르르 힘이 빠졌다. 난데없는 고백에 머리가
멍했다. 여전히 그녀를 노려보는 눈에는 냉기가 돌았지만 흔들
리는 눈동자를 들킨 지원에겐 효력이 없었다.

지원은 그런 그의 모습이 오히려 안타까웠다. 과거의 사건으
로 여전히 자신을 죽이고 사는 이 남자 때문에 속이 상했다. 그
럴 자격조차 없다는 걸 알면서도 기분이 안 좋았다.

흔들리던 재현의 눈이 지원의 눈동자에 멈추었다. 이성은 안
된다고 하는데 본능은 지원을 향하고 있었다.

꽉 잡은 어깨가 너무 작아 흠칫 놀랐고, 맑은 눈동자를 보면
그 곁에서 쉬고 싶다는 생각이 들었다. 그래서 안 되는 거다. 누
군가 곁에 있다면…… 그때처럼…….

"우와! 그린라이트?"

서로에게 집중하고 있던 재현과 지원은 난데없이 들려온 감
탄사에 고개를 돌렸다. 물론 '엄마야!' 하는 지원의 비명과 함
께.

"사건 현장에서 막 연애질이네? 완전 부럽다."

옆에는 재현만큼 키가 큰 젊은 남자가 서 있었다. 세련된 투

블럭 컷에 잘 다듬어진 짙은 눈썹과 남자다운 입술, 한쪽 귀에는 귀걸이까지 하고 있었다. 정말 부럽다는 듯 두 사람을 번갈아 보고 있는 남자의 모습에 멍하게 입을 벌린 지원과 달리 평소의 냉정을 찾은 재현이 먼저 입을 열었다.

"누구십니까?"

"그러는 그쪽은 누구세요? 여긴 사건 현장이라 아무나 들어오지 못하는데. 여기서 막 이러면 곤란한데……."

빼질거리는 말투가 영 거슬렸다. 재현은 양복 안주머니에서 신분증을 꺼내 들었다.

"한재현 검사입니다. 이제 신분을 밝히시죠."

"어머나! 검사님이시구나. 전 차현우 경장입니다. 여기가 저희 관할이라 출동했습니다."

능글능글하게 경례까지 붙인 현우가 몸을 돌려 지원을 보았다.

"그럼 이쪽은……."

"아, 저는 석지원이라고 합니다."

"그래요? 반갑습니다. 차현우입니다. 잘 부탁드립니다."

과도하게 환한 웃음과 함께 현우가 악수를 청하며 손을 내밀자 지원의 얼굴에 당황한 기색이 스쳤다. 그동안 사람을 만날 일이 없었으니 악수를 할 일 또한 없었다. 면전에 내민 손을 어떻게 거절해야 하나 안절부절못하고 있는데 재현이 그녀의 앞으로 나섰다.

"그럼 올라가 보시죠. 현장은 아무래도 집 안 같으니까."

재현이 자연스럽게 말을 돌리자 현우가 손을 거두고 돌계단

끝에 있는 커다란 저택으로 시선을 돌렸다. 지원은 두 눈을 깜빡이며 재현을 바라보았다. 응? 지금 구해 준 거 맞나? 맞지?

"아! 저기!"

현우가 과도하게 놀란 표정으로 저택을 가리키자 고개를 까딱 숙인 재현은 지원의 팔목을 덥석 잡고 대문으로 향했다. 이대로 지원을 끌어내 더 이상 자신과 엮이는 일이 없게 할 생각이었다.

"어디 가세요? 수사 안 하세요?"

빼질거리는 현우의 물음에 재현이 걸음을 멈추고 그를 돌아보았다.

"내 관할이 아닙니다."

"그쪽 관할이 맞으실 텐데요."

"무슨 말입니까?"

뜻 모를 현우의 말에 재현의 미간에 주름이 잡혔다. 나이도 어린 것 같은데 말투며 행동이 너무 건방졌다.

뭔가 심상치 않은 답변이 나올 것 같아 옆에 있던 지원도 덩달아 심각해져 두 사람을 번갈아 바라봤다. 재현의 날이 선 물음에도 현우는 싱글거리며 대답을 했다.

"어제 검찰 쪽에서 비밀리에 요청이 들어왔습니다. 수사 팀하나를 새로 만들 예정인데 적당한 인물을 소개시켜 달라고 했더라구요. 그래서 제가 뽑혔습니다. 유능한 인재를 알아본 거죠."

"내 관할이라는 건 설명이 필요한데요."

"그리고 또 다른 말도 있었죠. 검찰총장님께서 직접! 오셔서

설명을 해 주셨습니다. 앞으로 함께 일하게 될 파트너에 대해서
요."

재현의 미간에 주름이 더욱 짙어지자 현우는 재미있다는 듯
재현과 지원을 번갈아 보았다.

"한재현 전직 검사님과……."

'전직'이란 말에 험악해지는 재현의 얼굴을 본 현우는 얼른
한 발 물러서며 너스레를 떨었다.

"전직 검사이긴 하지만 새 수사 팀의 보스니까 깍듯이 대하
라는 말도 덧붙이셨죠. 그리고……."

현우의 눈이 자연스럽게 지원에게로 향했다. 그러자 지원은
두 눈을 말똥말똥 떴다. 이 남자가 무슨 얘기를 하는지 알 수 없
었다. 수사 팀 파트너 이야기를 하는데 왜 자신에게 눈길을 주
는지도 도통 감이 오지 않았다.

현우는 귀여운 눈웃음을 치며 지원을 검지로 가리켰다.

"석지원 씨. 뭔가 특별한 능력이 있어서 수사 팀에 꼭 필요한
인재라고 하셨는데 어떤 능력이 있는지는 안 알려 주시더라고
요. 이제 파트너가 됐는데 뭔지 살짝 알려 주면 안 돼요?"

"차현우 씨."

"네, 한재현 전직 검사님. 아니, 보스라고 불러 드릴까요?"

의도적인 현우의 호칭에 재현이 어금니를 물었다. 제삼자
에게 지원의 정체를 이용하고 있었다. 그가 거절한다면 지원
을…… 난도질할 수도 있었다.

총장의 신념대로 큰 것을 위해 작은 것의 희생은 불가피하다
는 것을 지금 현우를 통해 경고하고 있는 셈이었다.

이글거리는 재현의 눈빛을 받고도 현우는 미소를 거두지 않았다. 오히려 이 상황이 재미있다는 듯 재현의 눈을 똑바로 마주 보고 있었다.

두 남자의 팽팽한 눈싸움, 아니, 기 싸움에 지원은 몸을 부르르 떨었다. 앞으로 뭔가 험난한 일이 펼쳐질 것 같은 불길한 예감이 가슴속을 엄습해 왔다.

❷
지하실의 아이

두 남자의 눈싸움은 끝날 줄을 몰랐다. 대치 시간이 길어질수록 혈압이 오르는 것 같았다. 차가운 얼음을 뿜어 대는 재현과 싱글거리는 얄미운 미소로 응수하는 현우를 보며 지원은 양주먹을 야무지게 말아 쥐었다.

"그만들 좀 하죠! 초딩이에요? 그렇게 노려보면 어쩌자는 건데요?"

지원의 말에도 둘은 여전히 서로를 노려보았다.

"휴, 이렇게 하는 건 어때요. 어차피 여기에 수사하러 온 거잖아요. 그럼 일단 현장부터 보고……."

"석지원 씨가 형사입니까?"

"아니면 한재현 씨가 가서 하든지요!"

"……."

"그리고 차현우 씨? 보아하니 나이가……."

"스물여덟인데요."

"헐, 그 얼굴에? 나랑 동갑이네."

"그래? 우와, 친구네. 친구."

현우가 반색을 하며 그녀에게 시선을 돌리자 재현의 눈가가 미세하게 흔들렸다.

"반갑다, 친구야. 기념으로 악수나 할까?"

현우의 말투가 친근한 반말로 바뀌며 또다시 손을 내밀자 지원의 얼굴이 창백해졌다.

손바닥을 맞잡는 악수는 정말 최악이었다. 손을 잡는 순간 그 사람의 과거가 영화처럼 좌르륵 펼쳐지니까 말이다.

"왜 그래? 악수 싫어해? 아니면, 날 싫어하나?"

"그게……."

지원이 머뭇거리고 있을 때 재현이 끼어들었다.

"석지원 씨 손에 무좀 있습니다."

"한재현 씨!"

"그리고 그쪽을 싫어하는 것도 맞을 겁니다."

"어, 아니에요. 아니요. 나 차현우 씨 안 싫어해요."

당황해서 얼굴이 빨개진 지원이 손까지 흔들며 아니라고 변명했다.

무좀이라니, 무좀이라니! 내가 내 손을 얼마나 아끼는데 무좀이라니!

소리 없는 항의를 무시한 채 어느새 포커페이스로 돌아온 재현이 그녀의 손목을 잡아끌었다.

"수사하자고 했죠. 수사하러 가죠."

그런 둘의 모습을 흥미롭다는 듯 바라보며 현우가 물었다.

"무좀 있다면서 보스는 지원이 손을 막 잡네요."

"손목 잡았습니다. 그리고 수사 팀의 일원으로 들어올 거면 말 놓겠습니다."

현우를 향해 단호한 경고를 한 재현이 지원을 잡아당겼다. 지원이 당황해할 틈도 없이 그녀의 어깨를 꽉 안은 그가 성큼성큼 돌계단을 오르기 시작했다.

갑작스런 행동에 지원이 현우의 눈치를 살피자 차가운 목소리가 머리 위로 떨어졌다.

"돌아보지 마십시오."

"이게 무슨 짓이에요?"

"위기에서 구해 준 것 아닙니까?"

"아니, 그 좋은 머리로 고작 무좀밖에 생각 못 해요?"

"그럼 이 여자는 사이코메트리를 하니까 악수하고 싶으면 해라. 이렇게 말해야 했습니까?"

"그건 아니지만…… 그래도 무좀은 아니라고요! 내가 내 손을 얼마나 아끼는데, 소중한 밥벌이라고요. 마사지도 정성껏 하고 얼굴에도 안 하는 팩을 하는데. 봐요. 완전 잡고 싶은 손이잖아요. 안 그래요?"

하얗고 보드라워 보이는 작은 손이 불쑥 눈앞으로 다가왔다. 지원의 말대로 잡고 싶은 생각이 드는 예쁜 손이었다.

걸음을 멈춘 재현이 빤히 바라보자 머쓱해진 지원은 얼른 손을 내렸다. 그리고 어깨를 잡고 있던 손도 털어 내고 그의 곁에서 한 걸음 떨어졌다.

사실 무좀이라는 말보다 어깨를 감싼 커다란 손 때문에 심장이 터질 지경이었다. 좋아한다고 고백한 여자에게 마구 스킨십을 하다니. 선수인지, 바보인지 모르겠다.

"그렇다구요. 그러니까 어서 조사하러 가요."

지원이 앞서서 걷자 재현은 그 뒤를 천천히 따라갔다. 그런 둘의 모습을 보던 현우의 입가에 흥미로운 미소가 맺혔다.

"재미있네. 총장님이 총애하는 검사라 하늘에서 떨어진 동아줄이라고만 생각했더니. 흥미로운 미끼까지 있어서 앞으로가 기대되는데. 같이 가요! 보스!"

"그 호칭으로 부르지 마."

"그럼 뭐라고 부를까요?"

단숨에 재현을 따라 올라온 현우가 능글맞게 대꾸했다.

"짱? 팀장님? 아니면, 전직 검사님?"

"말이 안 통하는군."

"예썰! 보스!"

재현의 한숨 어린 말에 현우는 경례를 붙이며 큰 소리로 대답을 했다. 그 소리에 뒤를 돌아본 지원은 재현과 눈이 마주치자 도망가듯 계단을 뛰어올랐다.

⦂⦂⦂

집 안으로 들어가자 감식반 반장이라는 사람이 반갑게 다가왔다.

"이쪽이 현장입니다."

그는 재현을 보자 다행이라는 표정을 짓더니 현장으로 안내

했다.

"1차 감식은 마쳤습니다. 나머지 현장은 한재현 팀장님이 보시고 저희가 마무리할 예정입니다."

"수고하셨습니다."

깍듯한 말투와 정중한 태도로 인사하는 재현을 보며 반장은 눈을 가늘게 떴다.

한재현……. 귀에 익다 했더니 몇 년 전까지 검찰에서 이름을 날리던 유명한 검사였다. 무슨 사건 때문에 힘들어하다 잠시 일을 쉰다고 하더니 이번에 복귀한 모양이었다.

그의 평판을 아는지라 이상한 팀이라고 생각하면서도 아주 조금은 믿음이 갔다.

감식반이 나가자 커다란 저택에 고요함이 감돌았다.

지원은 괜히 목덜미를 만지작거리며 저만치 서 있는 재현을 보았다.

슈트를 쫙 빼입은 재현은 우뚝 솟은 바위처럼 보였다. 그새 콩깍지가 쓰였는지 말없이 그냥 서 있는 모습마저 기가 막히게 멋졌다. 두근거리는 가슴에 살며시 손을 올려놓은 지원은 벌어지는 입을 다무느라 애를 썼다.

수사는 안 할 거라고 어깃장을 놓을 줄 알았는데 저를 끌고 먼저 집 안으로 들어올 줄은 몰랐다.

거실 가운데 선 재현은 감식반이 모두 빠져나간 자리를 휘익 둘러보았다. 그사이 곁에 선 현우가 미리 조사한 내용을 소리 내어 읽기 시작했다.

"피해자는 남상회, 한국대학교 경제학 교수, 나이는……."

"남상회?"

"아는 사람이에요?"

마치 친구에게 얘기하는 듯한 말투에 재현의 미간에 미세하게 주름이 졌다. 현우의 질문에 대답하지 않고 그는 거실의 물건들을 눈으로 죽 훑었다.

남상회라는 인물에 대해서는 자세히 알지 못하지만 그의 아버지는 알고 있었다. 현재 야당 실세인 국회의원 남정국. 야당 실세의 아들이라……. 의심이 들지 않을 수 없었다.

소파며 장식품, 벽에 걸린 그림 모두가 고가의 물건들이었지만 어쩐지 일관성이 없었다. 클래식하고 고상해 보이는 그림 아래에 놓인 장식들은 보석이 박힌 요란한 것이었다. 소파는 가죽에 윤기가 흘렀지만 오래된 느낌이 있어 새 것인 듯한 꽃병과 어울리지 않았다.

거실에 놓인 작은 장식 하나를 살펴보던 재현이 혼잣말처럼 물었다.

"혹시 최근에 안주인이 바뀌었나?"

"안주인이요? 잠시만요. 음…… 맞아요. 작년 겨울에 재혼을 했으니까 이제 7~8개월? 완전 신혼이네. 부인은 계은지, 우와, 남편보다 무려 열다섯 살이나 어리네. 역시 남자는 돈이 있고 봐야 한다니까."

현우의 쓸데없는 사족에도 재현의 시선은 작은 장식품에 고정되어 있었다. 여행지에서 사 온 것 같은 작은 장식품들은 먼지 하나 없이 깨끗했다. 밸런스가 맞지 않는 집 안의 물건들 중 유독 작고 고상한 장식품들이 다른 것에 비해 잘 관리가 되어 있었다.

"사건 최초 목격자가 도우미분이라고 했지?"

"네. 저쪽에 계시는데 모셔 오겠습니다."

재현의 말을 기다리지 않고 현우는 목격자를 부르기 위해 집 밖으로 나갔다.

현우가 나가자 지원은 괜히 어색해 눈동자를 굴렸다. 자기는 형사도 아니고, 검사도 아니고, 하다못해 이 동네 반장도 아닌데 여기에 왜 있는지 도통 이유를 모르겠다.

물론 재현의 옆에 있어서 좋긴 하지만 그는 자신을 별로 탐탁지 않게 여기는 것 같아 더욱 불편했다. 그녀는 생각에 잠긴 듯한 그에게 조그맣게 물었다.

"저는 그만 갈까요?"

"아까 듣지 않았습니까. 석지원 씨도 이 수사 팀의 일원이라고."

"그럼 뭐할까요?"

"그냥 거기 서 있어요."

재현의 냉랭한 말에 순간 지원은 혈압이 오르는 것 같았다. 뭔가 일을 하는 것도 아닌데 대체 왜 여기에 자기를 묶어 두려는 건지 알 수 없었다. 이래서 여자는 먼저 고백하면 안 되는 거다.

"괜히 고백했어. 좋아도 속에 담고 있어야 했는데……."

다신 만나지 못하게 될까 봐 마음이라도 전하자는 심산으로 말을 꺼낸 건데 뭔가 굉장히 손해 보는 느낌이었다.

투덜거리고 있는데 현우가 한 중년 여자를 모시고 왔다. 겁에 질린 듯한 작은 몸집의 여자는 안절부절못하며 연방 주위를 두리번거리고 있었다.

지원은 그런 도우미의 행동이 이해됐다. 그녀 자신도 그랬으니까. 실제가 아닌 사이코메트리를 통해 보는 시체도 끔찍해서 악몽을 꾸는데 진짜 시체를 봤으니 얼마나 놀랐을까. 큰 후유증이 없길 바랄 뿐이었다.

"한재현입니다. 많이 놀라신 줄은 알지만 몇 가지 질문을 드려야 할 것 같습니다."

재현의 공손한 말에 도우미는 고개를 끄덕였다.

"저는 일주일에 세 번만 오거든요. 현관에 교수님이랑 사모님 신발이 없어서 두 분이 나간 줄 알았어요. 그러다 청소를 하려고 안방 문을 여는데 잠겨 있더라구요. 가끔 잠겨 있을 때가 있어서 비상 열쇠로 문을 따고 들어갔는데……."

얼굴이 창백해진 아줌마는 더 이상 말을 잇지 못했다. 처음 시체를 발견했을 때의 공포가 되살아나는 것 같았다. 그녀가 숨을 헐떡거리자 재현이 말을 막았다.

"그만 됐습니다. 쉬세요."

아줌마가 소파에 앉아 숨을 고르자 재현은 사건이 일어났다는 안방으로 향했다. 그를 따라 자연스럽게 걸음을 옮기는 현우와 지원을 본 재현이 방문을 열던 손을 멈추었다.

"석지원 씨는 들어오지 마십시오."

"왜요?"

"그분 부탁합니다."

지원은 고개를 끄덕였다. 무심한 그 눈빛에 언뜻 걱정이 스쳤기 때문이었다. 그래, 시체를 보는 것은 사이코메트리로 충분하니까……

두 사람이 방으로 들어가자 지원은 손을 떨고 있는 아줌마에게 물을 가져다주었다.

"이것 좀 드세요."

"고마워요."

아줌마가 물을 마시는 사이 지원은 거실 이곳저곳을 보았다. 어찌 됐든 재현이 수사를 맡았는데 작은 도움이라도 주고 싶었다.

시체를 보는 게 그 사람 몫이라면 다른 곳을 조사하는 건 자신이 할 수 있을 것 같았다. 미스터리 사건으로 밥 먹고 산 지가 몇 년인데, 형사는 아니어도 비스무리하게 흉내 정도는 낼 수 있었다.

거실을 둘러보던 그녀는 다른 방문과 조금 다른 문을 발견했다. 손잡이를 잡고 돌렸지만 잠겨 있자 아줌마를 돌아보며 말을 꺼냈다.

"여기도 잠겨 있네요."

"거긴 지하실로 내려가는 문이에요. 에구머니나! 경환이!"

갑자기 자리에서 벌떡 일어선 아줌마가 허겁지겁 다가와 문을 땄다. 문을 열자 코를 자극하는 냄새가 희미하게 났다. 도우미가 급하게 계단을 내려가며 누군가를 불렀다.

"경환아! 경환아! 경환이 거기 있니? 남경환!"

계단 끝에 또 다른 문이 있었다. 그 문을 열고 안을 본 아줌마의 얼굴이 그제야 환하게 펴졌다.

"아줌마가 늦어서 미안해. 배고프지? 밥 먹을래?"

다정한 목소리와 함께 아줌마가 누군가의 손을 잡고 밖으로 나왔다.

여덟 살쯤 되어 보이는 작은 아이였다. 목까지 단추를 채운 체크무늬 남방과 청바지가 조금 더워 보였지만 머리카락은 보송보송했다.

"배고프지? 아줌마가 경환이 좋아하는 메추리알 장조림 해 놨어. 우리 같이 밥 먹자."

"……."

아줌마는 아이의 손을 꼭 잡고 머리를 연방 쓰다듬었다. 애정이 듬뿍 어린 손길에도 아이는 앞만 응시하며 계단을 올라오고 있었다.

아이가 계단 끝에 서 있는 지원의 앞에서 멈추었다. 그러나 시선은 여전히 허공 어딘가를 응시하고 있었다. 사람이 눈앞에 있으면 고개를 돌려 얼굴을 보는 게 정상일 텐데…….

지원이 고개를 갸웃거리자 아줌마가 조그맣게 입을 열었다.

"교수님 아들이에요. 경환이라고…… 자폐가 있어요."

"아, 어서 가서 밥 먹이세요."

"네."

아줌마가 경환을 데리고 주방으로 갔다. 그런 둘을 보던 지원이 다시 물었다.

"그런데 왜 지하실에 있었어요?"

"그게…… 애가 호기심이 많아서 아무거나 막 만지거든요. 그래서 가끔 저곳에 데려다 놔요."

"누가요?"

"……."

쉽게 대답을 하지 못하는 아줌마를 보며 지원은 고개를 끄덕였다.

"가서 밥 챙기세요."

"그럼……."

두 사람이 주방으로 사라지자 지원은 아이가 있던 지하실로 내려갔다.

"잠가 놨어도 청소는 열심히 하셨나 보네. 계단 구석에 먼지 하나 없어."

지하실 문을 열자 자극적인 냄새가 좀 더 강하게 났다. 지하실 냄새라기보다는 병원에서 나는 냄새와 비슷했다. 어쩐지 이상한 기분이 들어 지원은 천천히 안을 들여다보았다.

"헐, 대박."

당연히 잡동사니가 있을 거라고 생각했는데 제법 넓은 안쪽은 대학교 연구실이나 실험실처럼 보였다.

한쪽 벽에는 알 수 없는 액체가 담긴 병이 수십 개나 진열되어 있었고, 큰 탁자 위에는 여러 가지 모양의 플라스크가 유리관들과 이어져 있었다.

"뭐야? 경제학과 교수라고 하지 않았어? 그런데 화학과 연구실 같은 이 분위기는 뭐래? 전공이 두 개인가?"

뭔가 전문적인 분위기가 물씬 풍겨 조심스러워진 지원은 실험 도구 사이를 요리조리 다니며 구경을 했다. 경환이라는 아이가 방금 전까지도 뭔가를 했는지 여러 개의 테이블 중 한 곳에

쇳조각들과 작은 병들이 보였다.

"설마 저 꼬마가 연구를 하는 건가? 아니겠지. 그냥 설탕이나 소금을 녹이면서 노는 거겠지? 그것도 화학 실험에 속하니까. 속하는 건가?"

고개를 갸웃거린 지원은 병에 붙은 라벨을 보았다.

"황산⋯⋯. 황산? 이거 위험한 거 아냐?"

병을 내려놓던 그녀는 삼각 플라스크에 연결된 꼬불거리는 긴 유리관을 건드렸다. 그 탓에 제법 큰 플라스크가 덜그럭거리는 소리를 내며 흔들렸다.

"엄마야!"

잽싸게 플라스크를 잡은 지원이 안도의 한숨을 내쉬었다.

"괜한 사고 저지를 뻔⋯⋯ 헉!"

까만 어둠이 그녀를 확 덮쳤다.

플라스크 안에서 액체가 출렁이고 있었다. 누군가가 플라스크를 들고 걸어가는지 아래로 발이 보였다가 사라지기를 반복했다.

다시 어둠이 지나간 뒤 보글거리는 액체가 보였다. 액체는 하얀 기체를 발생시켰고 기체는 긴 관을 통해 어디론가 흘러가고 있었다. 어디로 흘러가는지 보기 위해 그녀가 집중하는 순간 팟! 어둠 속으로 사라졌다.

플라스크를 놓은 지원은 지하실 바닥에 주저앉았다. 차가운 냉기가 엉덩이로 스며들었지만 온몸이 부들부들 떨리며 열이 났다. 그녀는 심호흡을 하며 숨을 골랐다.

"애가 실험을 후하, 좋아하나 보네. 그래, 좋은 자세야. 우리

나라의 미래가 밝구만."

고개를 끄덕이며 숨을 고르는데 밖에서 재현의 목소리가 들렸다.

"석지원 씨, 안에 있습니까?"

"네, 네. 올라가요."

문 쪽으로 걸어가던 그녀는 실험실을 돌아보며 중얼거렸다.

"그래도 황산은 위험할 텐데……."

⊰⊱

사건 현장은 그냥 일상적인 부부의 침실처럼 보였다. 알몸인 남상회가 누워 있고 그 위에 계은지가 겹쳐 누워 있었다. 계은지의 맨 엉덩이를 보고 눈을 찌푸린 현우가 중얼거렸다.

"음, 둘이 그거 하려다가 죽은 거 같죠?"

"……."

"침묵은 긍정이다. 긍정이야."

재현의 무반응에 혼자 중얼거린 현우는 침대 주변을 살피기 시작했다. 재현은 방 안을 쭉 둘러보았다. 고급스러워 보이는 침대와 협탁, 바닥에 아무렇게나 벗어 버린 보라색 나이트가운. 꽤나 급했던 모양이었다.

핏자국이나 상처 같은 건 보이지 않았다. 문은 잠겨 있었고, 창문 역시 잠긴 상태였다. 누군가의 침입 흔적도 없었다.

"밀실 살인이라……."

더구나 정사 중에 둘이 동시에 죽었다. 섹스를 하면 온몸의 체온과 혈압이 상승한다. 심혈 관계에 이상이 있다면 동시에 죽은 이유가 설명된다. 그러나 복상사는 대부분 겨울에 일어나기 마련이었다.

"여름에…… 그것도 둘이 동시에 죽다니, 흔치 않은 일이군."

방을 둘러본 재현은 거실로 나왔다. 그런데 거실에 도우미와 있어야 할 지원이 보이지 않았다.

어디서 또 사고 치는 게 아닌지 걱정이 된 재현은 그녀를 찾아 집 안을 둘러보기 시작했다.

지하로 내려가는 계단을 발견한 그가 목소리를 내 그녀를 불렀다.

"석지원 씨, 안에 있습니까?"

"네, 네. 올라가요."

재현은 허둥지둥 올라오는 그녀를 확인한 뒤 현우에게 시선을 돌렸다. 그러자 현우가 조사한 것을 읽기 시작했다.

"아들 이름은 남경환이고요. 나이는 열 살인데, 학교는 안 간대요. 뭐, 자폐 증세가 호전되면 다닌다고 했는데 올해 들어 거의 안 가고 집으로 선생님이 온 모양이에요."

급히 계단을 올라온 지원이 현우와 재현의 곁으로 다가섰다. 열 살이라는데 또래보다 몸집이 작았다. 학교를 안 다녔으면 친구도 없겠네. 어쩐지 동질감이 느껴져 지원은 부엌 쪽으로 짠한 시선을 돌렸다. 마침 밥을 다 먹은 경환이 아줌마와 거실로 나오는 중이었다.

재현이 아줌마에게 물었다.

"이곳은 곧 폐쇄될 겁니다. 혹시 아이가 갈 만한 곳이 있습니까? 가까운 친척이나 신분이 확실한 보호자 없을까요?"

"그게…… 가까운 친척은 없구요."

"아! 친엄마에게 가면 되지 않아요?"

아줌마의 말이 끝나기도 전에 지원이 끼어들었다. 엄마라면, 뭐, 안 그런 엄마도 있지만 아이를 따뜻하게 보호해 줄 것 같았다. 좋은 방법을 생각해 낸 양 지원이 의기양양한 표정을 지었다.

"지금 외국에 나가 계세요."

그러나 돌아온 대답에 그녀는 피시식, 김이 빠져 버린 표정을 지었다. 좋은 생각이라고 생각했는데…….

"일단 사모님께 연락은 해 보겠습니다. 그동안은 제가 데리고 있으면 안 될까요? 애가 낯을 많이 가려서 시설 같은 데 보내면 경기도 곧잘 하고 밥도 안 먹고, 가끔 자해도 해서요. 제 신분은 확실하잖아요. 어떻게 안 될까요?"

마치 친할머니처럼 경환의 손을 꼭 잡은 아줌마는 진심으로 부탁을 했다. 아줌마의 말대로 경환도 아줌마의 몸에 제 몸을 꼭 붙이고 있었다.

무표정이었지만 아줌마의 손을 꼭 잡고 있는 모습에서 그녀를 많이 의지하고 있다는 걸 알 수 있었다.

"부탁드립니다. 형사님."

보호자나 연고자가 없는 경우 시설에 잠시 위탁하는 게 일반적이긴 했다. 그러나 도우미로 이 집에서 일한 지가 벌써 15년이었다. 지원은 재현이 고개를 끄덕여 주길 바랐다. 그리고 의외로 정말 그가 고개를 끄덕였다.

"적당한 곳을 알아볼 때까지 아이를 맡으셔도 좋습니다."

"아이고, 감사합니다. 고마워요. 아가씨도 고마워요."

아줌마는 현우와 지원에게도 감사 인사를 하고 경환을 꼭 안았다. 답답한지 경환이 몸을 약간 비틀었지만 거부반응을 보이진 않았다.

집 주소를 적어 준 아줌마가 경환의 옷을 챙겨 나가자 셋도 함께 밖으로 나왔다. 아줌마는 연방 고맙다는 인사를 했다. 그러자 목석처럼 서 있던 경환이 아줌마를 따라 고개를 천천히 숙였다가 들었다.

그 모습을 본 아줌마의 입가에 뿌듯한 미소가 걸렸다.

"아이고, 우리 경환이 인사도 잘하네."

아줌마의 말에 허리를 굽힌 지원도 경환을 칭찬했다.

"경환이도 인사했구나? 완전 멋지다. 최고야."

비단결 같은 아이의 까만 머리를 슥슥 쓰다듬자 매끄러운 감촉이 느껴졌다.

순간 카메라의 조리개가 열렸다 닫히는 것처럼 빠른 속도로 화면이 찰칵거리며 머릿속을 지나갔다.

바닥에 넘어진 경환, 마구 집어 던지는 바람에 깨지는 플라스크들, 경환의 멱살을 잡은 커다란 손⋯⋯.

어둠 속에서 플래시가 터지듯 찰칵찰칵 지나간 장면들에 지원은 화들짝 놀라 머리를 쓰다듬던 손을 뗐다. 경환은 여전히 무표정이었다.

설마하는 마음이 들었지만 지원은 얼굴을 쓰다듬는 척 눈썹까지 내려온 아이의 긴 머리카락을 위로 쓸어 올렸다. 불그스름한 자국이 보이는 것 같은 순간, 경환의 손을 잡은 아줌마가 아이를 뒤로 잡아당겼다.

"이만 가 보겠습니다. 경환아, 가자."

병아리를 품은 어미 닭처럼 아줌마는 경환을 꼭 끌어안은 채 택시를 잡아탔다.

그 모습을 보며 현우가 중얼거렸다.

"친손자라고 해도 믿겠네. 엄청 애지중지하시는데? 안 그래?"

"응? 그러게요."

지원이 멍한 말투로 대답을 하자 한껏 기지개를 켠 현우가 이번엔 재현에게 말을 걸었다.

"싱겁네요. 잠겨 있는 안방에서 자다가 죽은 부부. 둘이 동시에 죽은 게 조금 이상하지만 섹스 중에 죽었으니 둘 다 원은 없을 것 같고……."

현우의 말에 지원은 얼굴을 빨갛게 붉히며 저도 모르게 벌어진 입을 손으로 가렸다.

"그…… 그거 하다 죽은 거예요?"

"응, 그리고 친구끼리 '거예요'는 무슨. 말 놔."

"으응? 뭐, 천천히……요."

"편한 대로 해. 그러니까 집에 누군가 침입한 흔적도 없고 겉으로 보이는 상처도 없고……. 이거 부검해 보나 마나 아니에요?"

"……."

"나 누구랑 얘기하는 거야."

재현에게서 여전히 대꾸가 없자 어깨를 으쓱해 보인 현우는 그래도 쾌활하게 말을 이었다.

"아무튼 부검이 끝나는 대로 사건도 종결될 것 같은데, 우리 할 일도 끝이겠네요."

"그럼 이 수사 팀 해체되는 거예요?"

"글쎄, 그건 모르겠고……. 어찌 됐든 오늘이 첫 수사인데 어디 가서 친목 도모라도 해야 하는 거 아니에요?"

신난 현우의 말에 지원은 입을 다물었고 재현은 뭔가를 생각하는 눈치였다. 그러자 그가 조금 전보다 목소리를 높였다.

"하다못해 밥이라도 먹자고요! 다 먹고살자고 하는 짓인데!"

재현은 그제야 고개를 들었다. 그리고 현우 대신 지원을 보며 입을 열었다.

"약속 있다고 하지 않았습니까?"

"약속이요?"

"네, 아주 급한 약속."

재현의 미세한 눈짓에 지원은 잠깐 눈을 깜빡이다 이내 손뼉을 딱 쳤다.

"아! 맞다. 약속 있어요. 먼저 가 볼게요. 죄송해요."

지원이 허둥지둥 가방을 챙기며 금방이라도 뛰어갈 동작을 취하자 재현이 그녀의 팔을 잡아끌었다.

"같은 방향이니 태워 주겠습니다."

"그럼 저는?"

"올 때처럼 알아서 갈 수 있겠지? 갑시다."

지원을 차에 태운 재현은 현우 쪽으로는 눈길 한 번 주지 않고 바로 차를 출발시켰다. 닭 쫓던 개처럼 혼자 남은 현우가 황당하다는 표정으로 사라지는 차를 바라보았다.

"둘이 뭐야, 너무 티 나게 챙기잖아. 주변 사람도 생각해 줘야지! 이래저래 솔로는 외롭구나. 에잇! 가다가 펑크나 나 버려라."

재현에게 이끌려 억지로 차에 올라탔던 지원이 걱정스런 얼굴로 눈치를 살폈다.

"저렇게 두고 가도 돼요?"

"신경 쓰지 마십시오."

"어떻게 신경이 안 쓰여요. 왕따시킨 건데……. 그거 기분 되게 나쁜 건데……."

끼익. 지원의 중얼거림이 끝나기도 전에 재현이 차를 도로 옆으로 세웠다. 몸이 흔들릴 정도로 급하게 세운 탓에 지원은 손잡이를 꽉 잡았다. 그리고 저도 모르게 큰 소리가 나갔다.

"조심해요!"

"미안합니다."

"살살 몰라구요! 벌써 죽고 싶지 않으니까!"

순간 재현의 눈빛이 어둡게 변했다 돌아오는 걸 보며 지원은 아차 했다. 그의 과거를 알면서 바보 같은 말을 했다. 트라우마를 건드린 것 같았다. 단박에 미안한 얼굴이 된 지원은 눈을 내리깔며 웅얼거렸다.

"그런 의도로 한 말은 아니에요. 미안해요."

"됐습니다. 그리고 내가 미안하다고 한 건 내 일에 자꾸 석지원 씨를 말려들게 한 것에 대한 사과입니다. 이번이 정말 마지막입니다. 더 이상 엮이는 일 없게 하겠습니다."

"난 괜찮은데요."

"네?"

"괜찮아요. 정말로."

지원이 커다란 눈을 깜박이며 말하자 반듯한 재현의 표정이 미세하게 헝클어졌다.

"내가 하는 일이 뭔 줄 알지 않습니까? 위험한 일입니다."

"내가 하는 일도 그리 꽃밭은 아니에요. 남의 기억 슬쩍해서 먹고사는데……. 아, 이거 설마 절도죄에 해당되는 건 아니죠?"

"절도는 남의 재물을 훔치는 겁니다. 기억도 재물에 포함한다면 모를까. 증거도, 신고도 없으니 절도죄가 성립되지는 않을 것 같습니다."

"휴우, 다행이네요. 내 양심에 대고 선언하는데 절대 남의 아이디어는 훔치지 않았어요. 그냥 기억만 살짝 엿봤을 뿐이지."

"뭐라고 한 적 없습니다."

"그렇다구요."

정색했던 지원은 번쩍 든 손을 멋쩍게 내렸다. 그리고 다시 덧붙였다.

"아무튼 난 괜찮아요."

"내가 안 괜찮습니다. 지난번에도 크게 다칠 뻔하지 않았습니까?"

"그건 재현 씨 탓이 아니죠. 영화리를 찾아간 건 내 의지였는데. 같은 사건을 파다 보니 얽힌 거지, 재현 씨가 날 끌어들인 건 아니잖아요."

"그러니까 이번엔 안 된다는 겁니다. 이번엔 나 때문에 말려들 게 뻔하니까."

"완전 고지식하네. 여자 친구 없죠?"

"네?"

"없을 거야. 성격이 이런데 아무리 잘생겼어도 여자 친구가 있겠어? 그렇죠?"

"그 소리가 지금 왜 나옵니까?"

살짝 흥분했는지 재현의 목소리가 높아졌다. 대화의 논점이 흐려지고 있었다. 위험한 일에서 빠지라고 설득하는 건데 난데없이 여자 친구 얘기가 왜 나오는지 재현은 이해할 수 없었다.

그리고 지원은 지원 나름대로 어쩔 수 없이 섭섭한 마음이 들었다. 아주 짧았지만 생사고락을 같이한 사이인데……. 하지만 여자 친구가 없다는 말에 발끈하는 걸 보니 솔로인 건 확실했다.

흥분으로 빨개진 재현의 얼굴을 보며 지원이 싱긋 미소를 지었다.

"나랑 연애할래요?"

"네?"

"사건으로 엮이지 않을게요. 대신 나랑 연애해요."

"내가 왜 석지원 씨랑 연애를 합니까?"

"내가 좋아한다고 고백했잖아요. 재현 씨는 아직 대답 안 해줬고. 아무리 생각해도 자존심이 상한다 이거죠. 여자가 먼저 고백했는데 어쩜 아무 반응도 없어요? 나야 외톨이로 오래 지냈다고 하지만 재현 씨는 엄연한 사회인이잖아요. 사회적 인간으로서 상대방의 물음에 대한 답을 해 주는 건 당연하죠."

"안……."

"잠깐! 자고로 대한민국 사람이라면 삼세번의 규칙을 지켜야죠. 그러니까 세 번은 만나 봐요. 오늘은 수사 때문에 만난 거니까 무효고 앞으로 딱 세 번만 만나요. 대답은 그 뒤에 들을 테니까."

재현이 다시 입을 열기 전에 지원은 서둘러 차에서 내렸다. 그리고 그가 잡을 새도 없이 손을 흔들고 재빨리 사람들 사이로 파고들었다.

안 합니다. 분명히 그렇게 말하려고 한 게 틀림없었다. 융통성 없기는…….

28년을 살아오면서 처음으로 관심이 간 사람이었다. 첫 키스의 주인공이고, 무지하게 많은 호감이 가는 남자였다.

일생에 한 번은 욕심이라는 걸 내 봐도 괜찮지 않을까? 그것이 한재현, 저 남자면 안 될까?

❈⫸⫷❈

규한이 이미 퇴근을 했다는 말에 재현은 그의 집으로 향했다. 사적인 공간에는 가고 싶지 않았지만 그를 만나기 위해서는 별 도리가 없었다. 강북에 위치한 그의 집은 검찰총장이나 되는 직위치고는 소박했다.

마당은 작지만 손질이 잘되어 있었고, 집 역시 오래된 건물이었지만 깔끔했다.

마당을 가로질러 현관 앞에 선 재현은 심호흡을 했다. 규한에게는 얼마든지 불편한 감정을 보일 수 있지만 사모님에게 그런 모습을 보일 수는 없었다. 물론 그것까지 다 계산을 하고 집으로 오라 한 것이겠지만.

"어서 와. 재현아."

"안녕하셨어요, 사모님."

"또 사모님이라네."

현관을 두드리기 전에 문이 열리며 규한의 부인인 정애가 마중을 나왔다. 웃는 모습이 인자한 그녀는 진심으로 재현을 반갑게 맞이했다. 그 진심을 알기에 마음이 더욱 불편했다. 그러다 문득 빈손인 걸 깨닫고 송구스런 마음이 들었다.

"급하게 오느라 아무것도 못 사 왔네요."

"집에 오는데 뭘 사 와. 시장하지? 저녁부터 먹자. 여보! 재현이 왔어요."

정애의 목소리에 방에서 규한이 나왔다. 편한 옷을 입고 있는 그가 재현을 보며 미소 지었다.

"현장에서 바로 오는 건가?"

"이이는. 방금 온 사람한테……. 저녁이나 좀 편히 먹고 말 꺼내세요."

"허허, 나보다 더 챙기는 건 여전하네."

"당신은 만날 부려 먹기만 하잖아요. 나라도 챙겨야지. 일본에서 온 지가 언제인데 부르지도 않고……. 타지에서 고생이 많았나 보네. 얼굴이 반쪽이 됐어."

규한의 농담에 정애는 곱게 눈을 흘기고는 재현을 안쓰럽게 바라보았다. 그녀를 보며 재현은 부드러운 미소를 지었다.

"잘 지냈습니다. 걱정 마세요."

"이제 집에 자주 와. 상호도 검찰청에서 아예 살다시피 하고. 아들 둘 다 검찰에 빼앗긴 것 같아서 속상해."

"이정애 여사 울겠네. 재현이 앞으로 집에 자주 온다고 약속 드려야겠다."

"네, 자주 올게요."

"자, 밥 먹자. 오늘 너 온다고 해서 좋아하는 것 좀 해 봤는데 오랜만이라 입에 맞을지 모르겠다."

"잘 먹겠습니다."

마치 화목한 가족처럼 즐거운 저녁 식사 시간이 지나갔다.

식사를 끝낸 뒤 따뜻한 홍차를 들고 마당에 있는 테이블로 나온 규한은 그곳에 서 있는 재현의 듬직한 등을 바라보았다.

아쉬웠다. 제 아들 상호보다 뛰어난 두뇌와 냉철한 판단력, 게다가 빠지지 않는 외모까지……. 상호도 똑똑하고 잘생겼다고는 하나 재현과 비교하면 늘 모자란 점이 있었다. 더구나 동갑인 둘은 곧잘 비교 대상이 되었다. 그래서 상호가 엇나간 걸지도 몰랐다.

그래도 재현을 향한 그의 애정은 멈추지 않았다. 인재에 대한 욕심이라고 해도 좋았다. 제대로 키워 큰사람을 만들어 주고 싶었다. 재현은 그럴 그릇이 충분히 되었기에.

그의 생각은 차가운 재현의 목소리에 의해 중단되었다.

"오늘 제가 올 줄 알고 계셨네요."

"일본에서 왔으니 인사는 한번 올 테고, 오늘 맡은 사건에 대해 따질 게 많으니 오늘쯤 올 거라고 추측했을 뿐이다."

재현은 규한을 돌아보았다. 사람에 대한 통찰력이 뛰어나고 심리를 이용하는 것도 탁월했다. 그런 것이 뒷받침되니 큰 야망도 품을 수 있는 거겠지만.

"수사 팀을 만드신 저의가 뭔지 궁금하네요. 정치에라도 뛰어들 생각이십니까?"

"그렇게 생각하나?"

"지난번 사건도 높으신 분이 관련됐다 하셨고, 이번 사건 역시 마찬가지여서요. 남상회라면 남정국 국회의원 둘째 아들 아닙니까."

"이미 안다니 단도직입적으로 말하지. 조용히 처리하게. 어차피 사망 원인만 규정하면 끝날 사건 아닌가. 이상한 소문 돌지 않게 빠르고 조용히 종결짓길 바라네."

"총장님 주위엔 사람이 없습니까? 싫다는 사람을 자꾸 찾으시니 총장님답지 않습니다. 냉정한 분이시잖아요."

냉소적인 재현의 말에 규한이 그를 애틋하게 쳐다보았다.

"가족에게 냉정한 사람은 없는 법이야. 자넨 내 아들이고, 아들에게 가장 좋은 자리를 주고 싶은 게 세상 모든 아버지들의 마음일 테니까."

규한의 말에 재현은 주먹을 불끈 쥐었다.

"총장님 아들은 상호죠. 진상호. 가짜 아들 때문에 진짜 아들을 잃지 않으시길 바랍니다. 이번 사건은 맡겠습니다. 못 사 온 선물을 이것으로 대신하죠. 그럼 가 보겠습니다."

"그 석지원이란 아가씨. 아주 예쁘더군."

규한의 말에 인사를 하고 돌아서던 재현의 걸음이 멈추었다.

"이 세상은 혼자 살기엔 험난하지. 서로 돕고, 도움을 받고, 때로는 물어뜯기도 하지만 또 그럭저럭 살아가지 않나?"

"……."

"난 가능하면 자네가 도움을 줄 수 있는 높고 단단한 위치에 서길 바라는 거야. 더 높은 곳으로 갈수록 많은 사람들을 위할 수 있다는 건 왜 생각 못 하나?"

"그 신념을 잊지 않는다면 위치의 높고 낮음은 문제가 되지 않습니다. 남을 돕지 못하는 건 낮은 지위 때문이 아닙니다. 그럴 마음이 없거나 잊었기 때문이죠. 저 때문에 괜한 사람이 다치는 건 싫습니다."

규한을 향해 허리를 숙여 인사한 재현은 혀를 차는 그를 뒤로하고 집을 나섰다.

인간의 욕심은 끝이 없다. 하나를 얻으면 또 하나를 원하고, 그에 따른 희생에 대해 정당성을 부여하려고 또 다른 것을 욕심낸다. 어리석어 인간이라 부른다.

❊❊❊❊❊

좁은 현관에는 낡은 운동화와 만화 캐릭터가 그려진 아이의 운동화가 나란히 놓여 있었다. 입맛이 없는지 좋아하는 메추리알 장조림도 조금밖에 먹지 않은 경환을 위해 순자는 김밥을 준비하는 중이었다.

17평의 낡은 아파트, 거실 겸 작은 방에는 순자의 단출한 물건들이 놓여 있었고, 안방으로 쓰는 큰방에는 경환의 물건이 있었다. 경환을 위해 새로 바른 벽지는 로봇 무늬였고 바닥에도 푹신하고 좋은 재질의 장판이 깔려 있었다.

편한 티셔츠와 반바지를 입은 경환은 방 한쪽에 놓인 실험 도구를 만지작거리는 중이었다.

"경환이 배고프지. 할머니가 맛있는 김밥 만들어 줄게. 조금만 기다려. 에구, 긁지 말어. 흉 질라."

당근을 볶던 순자는 이마의 상처를 만지작거리는 경환을 보곤 얼른 곁으로 다가왔다. 긴 앞머리를 걷어 올리자 보라색 피멍에 군데군데 딱지가 앉아 있었다.

"아파? 간지러워? 조금만 지나면 멍 풀리니까 간지러워도 참자."

"아……파. 아……파."

"에구, 가엾은 녀석. 그래, 할머니가 호 해 줄게. 이제 우리 경환이 아프게 하는 사람 없으니까 걱정하지 마."

거친 손으로 이마를 쓰다듬자 얼굴을 찡그린 아이가 순자의 품에서 벗어났다.

경환은 비커 안에 물을 붓고, 빨간 물감을 넣어 긴 유리 막대로 휘휘 저었다. 맑은 액체가 서서히 붉게 변하자 기분이 좋은 듯 아이는 엷은 미소를 지었다.

❸
비밀

　임시 출입증을 받은 지원은 약간의 흥분을 느끼며 부검실에 들어섰다. 영화나 드라마에서 보던 부검실을 실제로 들어와 보다니, 흥분을 안 할 수가 없었다.

　"잘 보고 기억했다가 나중에 기사에 써먹어야지. 흐흐흐."

　문 앞에서 음흉한 미소를 짓고 있는데 누군가가 그녀의 어깨를 톡 건드렸다.

　"엄마야!"

　"안 들어가고 뭐해?"

　"아, 차현우 씨."

　"차현우 씨가 아니고 현우."

　"응, 그래. 현우야. 안녕?"

　"안녕하지. 자, 들어가자."

　지원의 어깨를 자연스럽게 안은 그가 문을 열고 부검실로 들어갔다. 재현은 이미 안에서 부검의로부터 설명을 듣고 있었다.

현우는 시체가 놓인 부검대를 돌아 재빨리 반대편에 섰다.

50대의 부검의가 안경을 올리며 막 들어온 두 사람을 바라보았다. 무서운 할아버지에게 걸린 꼬마처럼 지원은 심장이 두근거렸다.

"설명 계속하시죠."

두 사람을 무시하는 재현의 말에 부검의는 고개를 까딱거리고 말을 이었다.

"말했다시피 신체 어디에도 손상된 부위는 없어. 장기도 깨끗하고. 남자 쪽은 심장마비로 사망한 것이 확실해."

"그럼 여자는 왜 죽었어요?"

지원의 물음에 부검의가 그녀를 바라보았다. 호기심이 가득한 얼굴로 들어와 연방 소리 없는 감탄사를 내뱉으며 부검실 여기저기를 돌아보더니 한마디가 끝나기 무섭게 질문이 들어왔다.

"누구야?"

"팀이라고 합니다."

재현이 아무 감정도 담겨 있지 않은 목소리로 대꾸했다.

"네가 짠 팀은 아닌 거 같네. 만지지 마요, 아가씨."

지원이 시체를 덮은 이불을 살짝 걷으려 하자 묵직한 목소리가 대번 날아왔다. 찔끔한 그녀는 얼른 손을 공손하게 모았다.

"여자도 심장마비 증세가 있긴 하지만 애매해. 혹시 그전에 병원 진료 기록이 있나?"

"자료 보내 드리겠습니다. 의심되는 게 있으십니까?"

"죽을 정도는 아니지만 약간의 독성 물질이 검출됐어. 화학물질 과민증이 있었던 것 같은데, 좀 더 알아봐야겠지. 남자 쪽도 독성 물질이 있지만 아주 경미해."

부검의의 말에 재현은 시체를 자세히 살펴보았다. 푸르스름하게 변해 버린 피부와 눈 밑의 거뭇한 그늘을 제외하면 자고 있는 것처럼 보였다.

심장마비라……. 사실 좀 더 드라마틱한 원인을 생각했었다. 부친은 힘 있는 국회의원이고 전 부인인 유미연 역시 제법 큰 중소기업 사장의 딸이었다.

당시 재벌이 아닌 중소기업의 여자와 결혼을 한다며 돈이 아닌 사랑을 택한 거라는 기사가 나돌기도 했다.

그런데 15년 만에 파경을 맞이했고 이혼한 지 얼마 되지 않아 재혼을 했다. 계은지는 화류계 여자였다. 부친이 반대를 했지만 남상회는 제 고집대로 결혼을 했다.

재현은 고개를 끄덕이며 대답했다.

"자료는 찾는 대로 보내 드리겠습니다. 그럼."

"언제 술이라도 한잔해야지."

부검의의 말에 재현이 싱긋 미소를 지었다.

"술이 아니라 밥으로 하죠."

재현의 미소에 옆에 서 있던 지원이 입을 헤 벌렸다.

햇살처럼 따뜻한 미소도 지을 줄 아는구나. 늘 무뚝뚝하고 날카로운 인상만 쓰는 줄 알았는데…….

의도하지 않게 그의 멋진 모습을 본 지원은 발그레해진 얼굴을 두 손으로 감쌌다.

재현이 나가자 현우와 지원은 오리 새끼마냥 그의 뒤를 따라

나섰다. 성큼성큼 복도를 걸어가던 재현이 갑자기 우뚝 멈추어섰다. 넓은 그의 어깨가 마치 화가 난 것처럼 느껴졌다.

재현은 여전히 등을 보인 채 현우에게 지시를 했다.

"계은지 진료 기록 찾아서 가져와."

"넵!"

경례를 붙인 현우가 재현을 지나쳐 앞질러 가자 몸을 돌린 재현이 지원을 노려보았다. 그래, 화가 난 게 맞았다. 그런데 화낸 모습도 멋지다.

지원은 고개를 삐딱하게 들었다.

"왜요? 뭐요?"

"지난번에 충분히 말한 걸로 압니다. 더 이상 엮이지 말라고요."

"거기에 예스라고 대답 안 했는데요."

"정말……. 오늘은 어떻게 알고 온 겁니까?"

답답함에 주먹까지 불끈 쥔 재현이 지원을 다그치는데, 대답은 그의 뒤에서 들려왔다.

"제가 연락했는데요."

"차현우!"

"이제 우리 셋은 팀이잖아요. 제가 단톡방 만들었어요. 물론 보스는 아직 확인을 안 하셨지만."

재현의 고개가 슬며시 기울어졌다. 단톡방이 뭔지 기억을 더듬고 있는 중이었다. 이윽고 생각이 났는지 그가 입술을 비틀었다.

"그 단체로 대화하는 메신저를 말하는 건가?"

"넵!"

"누구 마음대로 그런 걸 만들어?"

"지원이랑 의논해서 만들었어요. 일일이 스케줄 물어보고 만날 시간 정하고 하는 것보다 훨씬 효율적이고, 빠르고. 셋이 대화하기에 안성맞춤이에요. 수집한 정보를 보내고 공유하기도 편한데……."

현우의 설명에 지원이 격하게 고개를 끄덕이며 동의를 표하자 재현은 관자놀이를 지그시 눌렀다. 한마디도 지지 않고 대꾸하는 현우도 그렇지만 고집을 부리는 지원도 마음에 들지 않았다. 그래서 지원을 무섭게 노려보았다.

그의 눈빛에 어깨를 살짝 움츠리던 지원은 이내 그를 마주 보며 같이 눈을 부라렸다. 재현이 무슨 생각인지 알겠지만 자신 역시 호락호락하게 물러설 생각은 없었다.

"내 눈이 더 크거든요."

"석지원 씨!"

"왜요? 한재현 씨."

두 사람이 눈싸움이라도 하듯 서로를 노려보고 있자 순진한 표정의 현우가 손을 들었다.

"죄송한데, 적절하지는 않지만 이 시점에서 질문 하나 해도 될까요? 나랑 지원이는 동갑인데, 보스는 왜 나한테는 반말을 하고 지원이에게는 존댓말을 하죠? 그리고 왜 지원이는 보스의 이름을 막 불러……."

"조사하러 안 가?"

"네. 다녀오겠습니다."

재현의 냉기 어린 목소리에 재빨리 손을 내린 현우는 복도를 달리기 시작했다. 물론 지원에게 주먹을 꽉 쥐고 소리 없이 파이팅을 외치는 것도 잊지 않았다.

자세히는 몰라도 썸이 아니라 싸움을 하는 것 같은 분위기에 지원이 조금 안되어 보였다. 키로 보나, 덩치로 보나, 카리스마로 보나 지원이 밀리는 건 확실하니까……

그러나 현우가 간과한 아주 중요한 사실이 있었다. 지원은 여자이고, 재현은 남자라는 사실. 주먹이라면 모를까, 남자는 여자에게 말로는 절대 이길 수 없었다.

현우의 발걸음이 멀어지자 재현은 눈에 더욱 힘을 주었다. 웬만한 조폭들도 오금을 저리게 하는 눈빛이었다. 그는 제발 위험한 일에서 지원이 빠져 주길 간절히 바라고 있었다.

"그런 눈빛 하지 마요."

"왜요? 무섭습니까?"

"아뇨. 눈이 아플 것 같아서요. 그런다고 물러날 생각 없으니까 괜히 인상 쓰지 마세요."

무서워하기는커녕 그가 아플까 걱정을 한다. 바보 같은 이 여자를 어떻게 해야 할지 몰라 재현은 작게 욕설을 내뱉었다.

그러자 풀 죽은 목소리가 들려왔다.

"알았어요. 그냥 갈 테니까 재현 씨도 너무 무리하지 마요. 저번보다 많이 마른 거 알아요? 밥도 잘 챙겨 먹고요."

그 말을 끝으로 돌아서는 지원의 모습은 처량한 강아지 같았다. 커다란 가방을 늘어뜨리고 터덜터덜 걸어가는 발걸음이 무겁기 짝이 없었다.

좀 더 고집을 부릴 줄 알았는데 생각보다 너무 쉽게 돌아서는 지원을 보자 갑자기 마음이 좋지 않았다. 위험한 일에서 빠져야 하는 건 맞지만……. 저렇게 돌려보내선 안 될 것 같아 무뚝뚝하게 입을 열었다.

"점심은 먹고 가요."

"그럴까요?"

시무룩해 있을 줄 알았는데 돌아선 지원은 활짝 웃고 있었다. 속았다는 생각을 하기도 전에 그녀가 손짓을 하며 앞장섰다. 그 미소에 재현도 웃음을 터트리고 말았다. 뭔가 지원에게 당한 것 같았다.

"빨리 와요. 아침도 안 먹어서 완전 배고프다고요."

"갑니다."

그래, 수사가 아니라 밥 한 번 먹는 거니까 위험하지는 않겠지. 스스로에게 괜한 변명을 한 재현은 성큼성큼 걸어 지원을 앞질러 갔다.

"배고프다면서 빨리 좀 걷죠."

"치사하네요. 다리 길다고 자랑해요?"

"석지원 씨보다 긴 건 사실이니까요."

"헐…… 재수……."

"그거 욕입니까?"

"아뇨."

"욕 맞는데요."

"왜요? 모범 검사라 욕도 안 하시나 보죠? 그리고 이건 욕이 아니라 홍보는 거예요. 홍보는 거!"

티격태격하는데 이상하게도 기분은 좋아졌다. 재현은 뾰로통하게 입술을 내민 지원을 보며 다시 싱긋 미소를 지었다. 그 미소에 지원의 심장이 덜컥거린 줄도 모르고……

※※※

어두운 밤. 폴리스라인으로 통제된 저택에서 작은 불빛이 깜박거렸다. 작은 손전등에 의지한 지원은 조심스럽게 거실을 더듬어 나가고 있었다.

등에 식은땀이 주룩 흐르고 긴장감 때문에 입술마저 바짝 말라 침을 발라도 소용이 없었다. 그녀는 까치발로 걸으며 중얼거렸다.

"도둑질하러 온 것도 아닌데 되게 떨리네. 어둠은 역시 싫어."

처음엔 지하실을 가 볼까 했었다. 하지만 어둠에 어둠을 더하는 꼴이라 걸음이 쉽게 옮겨지지 않았다. 그래서 거실부터 사이코메트리를 했다.

"이만하면 거실은 됐고, 이번엔 안방 화장실을 공략하는 거야."

조심스럽게 문을 열고 들어가니 어둠 속에서 희미하게 침대가 보였다. 하얀 시트는 조금 걷힌 커튼 사이로 들어오는 달빛을 받아 더욱 하얗게 빛나고 있었다.

침대도 조사해야 했지만 일단 욕실이 먼저란 생각에 도둑고양이처럼 살금살금 발을 움직였다.

"우와, 이 욕조 봐라. 월풀이네. 마감재도 완전 호화스럽고.

여기서 때 밀면 진짜 잘 나오겠다."

마치 호텔 욕실처럼 모든 물품들이 호화로웠다. 지원은 일단 샤워 부스 쪽으로 걸어갔다. 샴푸와 세정제를 살피는 그녀의 눈빛이 진지했다. 별다른 점은 없어 보였지만 모르는 일이라는 생각에 숨을 고르고 정신을 집중했다.

그때였다. 뒤쪽에서 아주 작은 기척이 들려왔다. 놀라서 눈을 번쩍 뜬 지원은 숨소리가 새어 나갈까 봐 입을 꼭 다물었다. 누군가 욕실로 들어오고 있었다.

침을 꿀꺽 삼킨 그녀는 자연스럽게 가방에 손을 넣었다. 하지만 침착하자는 생각과 다르게 손은 바들바들 떨렸고 심장은 터질 듯이 쿵쾅거리고 있었다.

심호흡을 한 그녀는 번개 같은 동작으로 전기 충격기를 뒤쪽의 괴한에게 들이밀었다.

"얏!"

쿠당탕, 쿵쾅!

전기 충격기가 괴한에게 닿기도 전에 손목을 잡혀 버린 지원은 상대방의 다리에 채어 바닥으로 넘어졌다. 등에 불같이 번지는 충격도 충격이었지만 제 몸을 깔고 앉아 두 손목을 결박한 상대방이 더 무서웠다.

어둠 속에서 보이지 않는 얼굴이 마치 괴물 같아 지원은 소리를 지르며 있는 힘을 다해 팔과 다리를 버둥거렸다.

"으아아아! 저리 가! 저리 가라고!"

"윽!"

그녀가 마구 휘두른 주먹에 얼굴을 맞은 괴한이 외마디 비명을 지르며 비틀거리자 이때다 싶었던 지원이 괴한의 다리를 마구 걷어차 떼어 냈다. 바둥거리던 발이 괴한의 어딘가를 호되게 걷어차자 잡혀 있던 손목이 자유로워졌다.

그 틈에 정신없이 문 쪽으로 기어갔다. 그러나 뒤에서 다시 덮친 괴한이 그녀의 팔을 위로 올리고는 귓가에 얼굴을 바짝 들이밀었다.

뜨거운 입김이 귓가에 느껴지자 소름이 끼친 지원은 비명을 질렀다.

"꺄악!"

"나야, 나. 지원아!"

"저리 가! 살려 주세요!"

"나 차현우라고!"

"현……우?"

"그래, 나야!"

"너…… 너 뭐야? 으앙."

안도감에 지원이 울음을 터트려 버리자 당황한 현우가 그녀를 일으켜 앉혔다.

"야, 석지원."

"왜 그렇게 살금살금 다가오는데! 으엉. 얼마나 무서웠는지 알아? 네가 형사지, 도둑이야? 으앙."

"야아."

지원이 울먹거리자 현우는 미안해서 어쩔 줄을 몰라 했다.

그녀를 도둑으로 착각하기는 그도 마찬가지였다. 수상한 그림자를 보는 순간 혹시 범인이 다시 온 건가 흥분했는데 난데없이 지원이라니……

잠시 후 진정된 지원이 콧물을 훌쩍거리자 현우는 조심스럽게 입을 열었다.

"괜찮아?"

"응. 괜찮아. 때려서 미안해."

"좀 아프긴 하네."

"아파? 어디 좀 봐."

어두운 욕실 안에서 지원이 전등을 얼굴에 비추자 현우가 눈을 찌푸리며 전등을 밀어냈다.

"눈부셔."

"보자니까. 멍든 거 아니야?"

코 밑에 얼굴을 들이민 지원은 현우의 얼굴을 샅샅이 살펴보았다. 약간 불그스름하게 변한 광대 쪽을 보아하니 아침이 되면 시퍼렇게 멍이 들 것 같았다. 아까 옆구리도 걷어찬 것 같은데 거기는 괜찮으려나……

미안하고 걱정되는 마음에 한숨이 폭 나왔다.

지원의 얼굴이 훅 하고 다가온 순간, 현우는 갑자기 두근거리는 심장 때문에 얼음처럼 굳어 버렸다. 어두워서 그렇겠지. 욕실이라서 그런 걸 거야. 찰랑거리는 짧은 머리카락에서 풍기는 향기가 기분을 묘하게 만들었다.

"떠, 떨어져."

"응? 미안."

현우가 몸을 밀어내자 지원의 미안함은 더욱 깊어졌다. 옆으로 비켜 앉은 그녀는 조심스레 그의 눈치를 살폈다. 이마를 문

지르고 숨을 고르는 걸 보니 화가 많이 난 것 같았다.

"밥 먹으러 갈래? 조금 있으면 새벽인데……."

"그러든가."

흔쾌히 고개를 끄덕이는 현우의 모습에 지원은 안도의 숨을 쉬었다. 생각보다 기분이 그렇게 많이 상한 건 아닌 모양이었다.

욕실 문을 열자 새벽빛이 커튼을 뚫고 들어와 방이 환해졌다. 현우가 떨어진 전등과 핸드폰을 주워 들고 욕실을 나섰다.

그의 눈치를 보던 지원은 재빨리 샴푸와 바디 세정제, 면도기 등의 욕실 용품을 가방 안에 쑤셔 넣었다. 사이코메트리는 집에 가서 해야 할 것 같았다.

"안 나오고 뭐해?"

"어! 나가!"

지원은 흐트러진 침대를 힐끗 보고는 현우를 따라나섰다. 아무래도 침대는 나중에 다시 와서 확인해야 할 듯했다.

✳✳✳

푸짐한 감자탕을 앞에 놓고 입맛을 다시는 지원을 보며 현우는 미소를 지었다. 양손에 숟가락과 젓가락을 쥐고는 준비 자세를 취하고 있는 모습이 귀여웠다. 그는 지원의 그릇에 감자와 고기를 한껏 퍼 주었다.

"조금만 늦게 주면 막 소리를 지를 것 같네. '밥 내놔!' 하고."

"배고팠단 말이야."

현우를 만나기 전에 이미 거실과 현관 등을 사이코메트리한 터라 체력이 방전되기 일보 직전이었다. 오늘은 초콜릿도 가져 왔지만 먹을 틈이 없었다.

"잘 먹겠습니다. 우와. 맛있겠다."

뜨거운 국물을 후루룩 마시고 시래기를 야무지게 씹어 먹는 모습을 보니 식욕이 당겼다. 현우도 국물에 밥을 조금 말아 조금씩 떠먹기 시작했다.

그 모습에 지원이 잔소리를 늘어놓았다.

"넌 남자가 먹는 게 왜 그 모양이야? 팍팍 좀 먹어."

"원래 아침 안 먹어."

"혼자 살아? 아니면 엄마가 안 차려 주셔?"

"혼자 살아. 부모님은 지방에 계시거든."

"나랑 비슷하네."

같은 처지라고 생각하니 조금 가까워진 듯한 기분이 들었다. 지원 역시 부모님과 안 만난 지 벌써 8년째였다. 대학에 들어가 자마자 독립을 했고 그 이후로는 가끔 전화만 했다. 현우나 저 나 다를 게 없었다.

"그런 의미에서 우리 밥 친구 할래?"

"밥 친구?"

현우의 말에 지원이 고개를 갸웃거렸다.

"너 밥 혼자 먹지? 나도 그래. 뭐, 라면 같은 거나 해장국 같 은 건 혼자 먹어도 되지만 감자탕은 1인분이 없잖아. 혼자 먹을 수 없는 메뉴를 같이 먹는 거야. 어때?"

늘 집에 틀어박혀 있는 그녀로서는 정말 구미가 당기는 제안이었다.

하지만 고개를 끄덕일 수는 없었다. 같이 어울리게 되면 머지않아 제 정체가 드러날 테고 그러면 아마 자신을 피하게 될 것이다.

지원이 망설이자 현우는 은근슬쩍 화제를 돌렸다.

"그런데 그 집에는 왜 간 거야?"

"응?"

"깜깜한 새벽에 거기 왜 갔냐고. 넌 형사도 아니잖아."

미소를 머금고 있었지만 의문을 가득 담은 눈동자는 집요하게 그녀를 바라보았다. 지원은 등으로 식은땀이 배어 나오는 것을 느꼈다.

뭐라 둘러대나 고민하며 입술 안쪽을 살짝 깨물던 그녀가 활짝 웃었다.

"저번에 그 집에 갔을 때 뭘 두고 왔거든."

"뭘?"

"음…… 립글로스."

"립글로스?"

"봐, 내 입술이 잘 트거든. 그래서 립글로스가 필수인데 가방에 없더라고. 거기서 잃어버린 줄 알고 찾아갔지. 낮에 가면 한재현 씨가 뭐라고 할까 봐 좀 일찍 간 거야."

"그래?"

여전히 의심스러운 눈빛이었지만 그는 고개를 끄덕였다. 얼굴을 숙이고 고기를 뜯어 먹던 지원이 문득 반짝 고개를 들었다.

"그런데 넌 왜 온 거야?"

"나?"

"그래. 넌 형사고, 현장에 얼마든지 드나들 수 있잖아. 그런데 왜 새벽에 몰래 온 거야?"

지원이 고개를 갸웃거리자 현우가 진지한 표정으로 대답했다.

"나도 뭘 놓고 갔어."

"뭘?"

"내 자신감."

"뭐?"

"그날 보스가 나한테 자꾸 뭐라고 했잖아. 자신감이라면 누구한테도 지지 않는 내가 무지하게 상처를 입었다고. 집에 가니까 자신감이 확 떨어져 있어서, 혹시 거기에 떨어졌나 찾아보러 갔지. 그런데 널 보고 범인인 줄 알고 식겁했다니까 아, 내 자신감. 더 떨어졌어."

"그래."

말하기 싫다 이거지. 지원은 고개를 끄덕이고는 고기를 마저 뜯었다. 현우 역시 활짝 미소를 지었지만 여전히 지원을 향한 의심의 눈초리는 거두지 않고 있었다.

묘한 긴장감이 둘 사이에 떠돌았다.

＊⚜＊

집에 돌아온 지원은 가방을 내려놓고 침대에 엎어졌다. 잠을 설치고 새벽에 도둑고양이처럼 현장을 드나든 데다 현우와 몸

싸움까지……. 긴장으로 굳어 있던 근육이 노곤하게 풀어지자 손가락 하나 까딱하기 싫었다.

"그래도 해야겠지? 이그그그."

기지개를 켠 지원은 가방에서 슬쩍해 온 물건들을 꺼내 늘어놓았다. 샴푸, 바디 세정제, 각종 스크럽 제품, 보디 로션까지. 물건들을 죽 훑어본 그녀는 크게 심호흡을 하고 눈을 감았다. 그리고 물건을 손으로 잡았다.

팟! 어둠이 머릿속을 덮치자 단편적인 영상들이 지나갔다. 물소리, 거품, 계은지의 나신, 남상회의 모습이 보였다. 욕실을 청소하는 박순자의 모습도 나타났다.

바스 타월을 꼭 쥐고 있던 지원은 참았던 숨을 토해 냈다.

"헉! 후아, 후아. 아이고, 힘들어."

침대에 기댄 지원은 눈을 감고 호흡을 골랐다. 욕실의 물건이라 본의 아니게 계은지와 남상회의 정사 장면도 지나갔다.

"으, 그런 건 보고 싶지 않은데……."

눈을 감고 있던 지원은 꼬물꼬물 침대 위로 올라갔다. 졸음이 쏟아져 왔다. 그녀는 꾸벅꾸벅 졸면서 사이코메트리 영상을 되짚어 보았다.

"음, 뭐 샴푸니까 머리 감고, 아함, 바디 스크럽으로 마사지하고, 칫솔로 양치질하고……."

엎드려서 베개를 끌어안던 지원이 갑자기 고개를 확 들었다.

뭔가 이상했다. 아니, 이상한 게 아닐 수도 있었다. 하지만 살인 사건이다. 작은 것이라도 그냥 넘어가면 큰코다칠 수도 있었다. 다시 현장으로 가야 할 것 같아 지원은 자리에서 얼른 몸을 일으켰다.

  시간은 어느새 한낮이 되어 있었다. 사건 현장이라 경보 장
치들이 다 꺼져 있었기에 사람이 없는 새벽에는 담을 넘어도 상
관없었지만 지금 그럴 수는 없었다. 재현에게 열어 달라고 하면
분명 불벼락이 떨어질 것 같았다.

  망설이던 지원은 단톡방에 들어가 메시지를 보냈다. 싫다더
니 답이 금방 왔다.

〈재현 씨, 어디예요?〉
〈그건 왜 묻습니까?〉
〈나 현장에 들어가 봐야 할 것 같아요.〉
〈석지원 씨는 그냥 가만히 있으면 됩니다. 제발 아무것도 하지
마십시오.〉
〈사실…… 새벽에 살짝 들어갔었는데요.〉

  메시지를 보내자마자 벨이 울렸다. 재현이었다. 지원은 심호
흡을 하고 전화를 받았다.

  "여보세……."

  ―거길 왜 갑니까?

  재현이 버럭 소리를 지르자 찔끔한 지원은 얼른 전화기를 귀
에서 뗐다. 그의 흥분된 숨소리가 고스란히 느껴졌다. 지원은
속으로 숫자를 세기 시작했다. 하나, 둘, 셋, 넷…….

  ―지금 어딥니까?

"그 집 앞인데요."

—밖에서 꼼짝 말고 기다려요.

어느새 평정을 찾은 재현의 목소리가 들렸다. 전화를 끊은 지원은 씨익 미소를 지었다.

"어차피 문이 잠겨서 들어가지도 못하는데 걱정은⋯⋯."

잠시 후 푸른빛이 도는 정장을 말끔하게 차려입은 재현이 도착했다. 어깨가 넓은 재현은 정장을 입으면 더 멋져 보였다.

지원은 못마땅한 표정을 짓고 있는 재현을 보며 더 활짝 웃었다.

"왔어요?"

"새벽에는 어떻게 들어간 겁니까?"

상냥한 인사에 딱딱한 질문이 돌아왔다. 그녀는 어깨를 으쓱해 보이며 대답했다.

"담을 넘었죠."

"석지원 씨!"

"경보 장치 같은 거 다 꺼 놨잖아요. 어차피 폴리스라인 때문에 아무도 안 온다고요. 들어갔다 바로 나왔으니까 걱정 마요."

"휴우, 정말 대책이 없군요. 왜 들어간 겁니까?"

"부검의 선생님께서 화학물질 과민증이 의심된다고 했잖아요. 그래서 좀 찾아봤는데 화학물질 과민증은 미량의 화학물질에 반응하는 거더라구요. 두통이나 발열 같은 증상이 일어나지만 그걸로 죽는 경우는 없는 것 같아요. 그럼 자연사일 가능성이 높은데, 그래도 확실하게 하는 게 좋을 것 같아서 물건 몇 개를 가지고 나왔어요."

지원이 가방을 열어 안에 들어 있는 각종 욕실 용품들을 보여 주었다.

그게 몇 개입니까? 또 버럭 소리가 나올 것 같아 재현은 입술을 살짝 깨물었다.

"평범한 욕실의 일상을 봤는데 좀 미심쩍은 게 있어서요."

"그만하면 안 됩니까?"

"새벽에 왔을 때 거실이랑 현관은 대충 조사했는데 안방 침대를 아직 못 봤어요. 어찌 됐든 거기가 사건 장소니까 가장 확실할 것 같은데. 얼마 안 걸릴 거예요."

"사이코메트리 말고 수사요."

"네? 왜요? 우린 같은 팀이라면서요."

"총장님이 원하는 건 내가 움직이는 겁니다. 석지원 씨는 그 미끼로 쓰는 거구요."

"미끼요?"

재현의 말에 지원은 고개를 갸웃거렸다. 대체 왜 자기가 미끼가 되는 건지 이해가 가지 않았다. 그런 지원의 의문을 짐작한 재현이 설명을 덧붙였다.

"지난번에 봤던 그 사고. 나 때문입니다. 누군가가 또 나 때문에 다치게 된다면 견딜 수 없을 거예요. 석지원 씨의 능력은 비밀에 붙여져야 하는 거잖아요. 총장님은 그 비밀을 미끼로 나를 움직이려고 하는 겁니다. 그러니까 수사에 참여하지 않아도 됩니다. 그냥 모르는 척 살아가면 돼요."

재현은 진심이었다. 누군가 또 다치게 된다면 이번엔 견딜 수 없을 거다. 그 마음을 지원이 알아주었으면 했다.

그의 간절한 눈빛을 보던 지원은 입술을 한일자로 다물어 마구 곱씹기 시작했다. 머리를 긁적이며 한숨을 내쉬더니 고개를 끄덕거렸다.

"무슨 말인지 알았어요. 더 이상 사건에 개입하지 않을게요."

"정말입니까?"

지원의 대답에 재현의 입술이 완만한 곡선으로 휘어졌다. 그녀를 보고 처음으로 짓는 환한 미소였다. 그러나 그 미소는 3초도 지속되지 못했다.

"단! 이것만 하고요. 미심쩍은 부분이 있다고요. 그런 궁금증을 품고 어떻게 중간에 그만둬요. 침대만 사이코메트리하고 손 뗄게요. 대신 결과가 어떻게 됐나는 알려 줘야 해요. 오케이?"

"말려도 할 거죠?"

"침대만 한다니까요."

"휴, 그럽시다."

재현이 깊은 한숨을 내쉬자 지원은 웃으며 그의 팔을 툭 쳤다.

현장은 첫날 봤던 그대로였다. 다만 시체는 없고 사람 모양으로 테이프가 붙여져 있었다.

지원이 심호흡을 하며 침대에 손을 댔다.

"아, 혹시 나 잠들면 그냥 놔둬요. 어제 잠을 설쳤더니 좀 피곤해서요."

"알겠습니다."

"시작해요. 후우."

보드라운 시트에 손을 올린 지원은 눈을 감고 정신을 집중했다.

남상회와 계은지의 모습이 보였다. 평범한 가정에서 일어날 법한 영상들이 머릿속을 지나갔다. 둘이 나란히 누워 일상적인 대화를 나누고, 잠을 자고 책을 읽기도 했다. 음, 섹스도 하고 말이다. 도우미인 박순자 씨가 시트를 갈고 여기저기 청소를 했다. 그리고……

"후아, 후아. 됐어요."

시트에서 손을 뗀 지원이 웃으며 바닥에 주저앉자 재현은 얼른 그녀의 팔을 잡아 부축했다.

"괜찮습니까?"

"조금 피곤해서 그래요. 10분만 잘게요."

말이 끝나기가 무섭게 지원의 고개가 툭 떨어졌다. 편하게 잘 수 있도록 그녀를 벽에 기대어 놓은 재현은 재킷을 벗어 몸 위에 덮어 주었다.

하얀 얼굴이 또다시 창백해지고 이마에는 식은땀까지 송골송골 배어 있었다. 잠깐 머뭇거린 그는 손수건을 꺼내어 그녀의 이마를 닦아 주었다. 많이 피곤한지 머리카락을 가지런히 정리해 줘도 지원은 미동조차 하지 않았다.

다물고 있던 입술이 자연스럽게 살짝 벌어지더니 편한 숨소리가 들렸다. 다만 옆으로 꺾여진 고개가 불편해 보였다. 재현은 옆에 앉아 불편하게 꺾인 지원의 머리를 살며시 제 어깨에 기대었다.

"으음."

자세를 다시 잡은 지원이 재현의 팔에 팔짱을 끼고는 편하게 머리를 기대자 재현의 팔근육이 긴장으로 인해 뭉쳐졌다. 바짝 붙어 앉은 지원은 재현의 팔을 품에 꼭 끌어안고 온몸을 기대었다.

언젠가와 같은 상황에 재현이 희미한 미소를 머금었다.

어두운 지하실에 나란히 앉아 상대방의 숨결을 가만히 느꼈었다. 그때…… 그녀의 숨소리가 너무 편했었다. 마치 당신도 이렇게 편하게 쉬어요, 라고 속삭이는 것처럼 들렸다.

당신과 있으면 이상하게 마음이 편해. 아무것도 안 해도 당신을 보면 머리가 맑아지고 자꾸 웃음이 나오려고 해. 내 곁에 있으면 안 되는 걸 아는데, 한 번만 더 보고 싶다는 생각이 자꾸 들어서 곤란하다고.

재현은 고개를 비틀어 잠든 지원의 얼굴을 보았다. 말간 얼굴은 아무 근심 없이 단잠에 빠져 있었다.

"너무 잘 자는 거 아냐?"

"으응……."

재현의 작은 속삭임에 지원이 웅얼거리며 대답을 했다. 도톰한 입술이 눈앞에서 오물거렸다. 그 입술을 손가락으로 지그시 누른 그가 다시 중얼거렸다.

"아니에요. 그냥 자요."

"으응."

웅얼거린 지원이 재현의 팔을 더욱 꽉 안았다. 그렇게 재현은 지원과 체온을 나누며 그녀가 깨기를 기다렸다.

마당으로 나온 지원은 성큼성큼 걸어가 버리는 재현의 등을 노려보고 있었다.

"젠장……. 어깨는 태평양인 사람이 속은 뭐 저리 좁아. 밴댕이한테 형님이라고 불러야겠네."

불만스럽게 중얼거린 지원이 재현의 등짝에 대고 물었다.

"진짜 미심쩍다니까요?"

재현이 몸을 홱 돌리자 괜히 움찔한 지원은 얼른 허리에 양손을 올렸다. 물러설 수 없었다. 이왕 시작한 거 끝을 봐야 하지 않겠냔 말이다.

그러나 재현이 아무 말도 하지 않고 다가오자 사나운 기세에 지원은 저도 모르게 뒤로 조금 물러났다.

"아까 약속했습니다. 침대만 사이코메트리하면 이 사건에서 손 떼겠다고."

얼굴을 바짝 들이댄 재현이 으르렁거리자 할 말이 없어졌다. 지원은 슬쩍 눈길을 피하며 중얼거렸다.

"그러려고 했는데 진짜 수상하다고요."

"시트는 국과수에 넘기겠습니다. 석지원 씨가 말한 내용과 일치하는 내용물이 나오면 그때 내가 취조하겠습니다."

"그것보다 내가 하는 게 더 빠르다니까요? 만약 아니면 그분은 얼마나 상처를 받겠어요. 안 그래요?"

"누구든 용의 선상에 오르면 취조를 받게 되어 있습니다. 범인 취급이 아니라 합당한 조사를 받는 겁니다."

"재현 씨는 검사니까 그렇게 쉽게 말하죠. 일반인은 다르다고요. 경찰차만 지나가도 괜히 가슴이 콩닥거리는데 무섭게 생긴 검사가 '당신이 죽였습니까?' 하고 물으면 얼마나 겁이 나겠어요. 안 그래요?"

"그게 절차입니다. 진짜 범인과 무고한 사람을 가려내기 위한 적법한 절차."

"법 좋아하네. 그냥 내가 할 거예요."

"석지원 씨!"

지원이 그의 말을 무시한 채 손을 저으며 밖으로 나가려 하자 재현이 손목을 낚아챘다. 어딜 겁 없이 가겠다는 건지. 사이코메트리를 허락한 제 잘못이었다.

지원이 잡힌 손목을 빼려 안간힘을 썼지만 재현은 끄덕도 하지 않았다. 하긴 건장한 남자의 힘을 어떻게 당해 내나. 도와주고 싶은 제 맘을 몰라주는 것 같아 속도 상했다.

"이거 놔요."

"어딜 가려고요."

"이거 성추행이에요."

"허, 말도 안 되는 소리 갖다 붙이지 마십시오."

재현의 코웃음에 지원은 입술을 깨물었다. 그리고 다른 손을 앞으로 내밀며 그를 잡는 척했다.

"자꾸 내 손목 잡으면 나도 재현 씨 잡을 거예요."

"마음대로 해요. 잡든지 물든지."

"이 사람이……."

지원의 협박 아닌 협박을 비웃던 재현의 입가가 갑자기 굳어졌다.

그녀에게 잡히면, 아까 이마의 땀을 닦아 주고, 팔에 기대게 하고, 또 입술을 톡 건드린 것을 알게 될지도 모른다. 거기까지 생각이 미치자 그는 후다닥 잡고 있던 손목을 놓았다.

뭔가 켕기는 표정에 지원은 옳다구나 턱을 치켜들었다.

"오호, 무섭죠? 그러니까 남의 손목을 함부로 잡지 말라고요."

의기양양해진 지원이 문 쪽으로 걸어가자 다급해진 재현은 그녀의 목덜미를 덥석 잡았다. 뒷목을 잡힌 지원은 옴짝달싹하지 못하고 소리를 질렀다.

"켁! 뭐하는 거예요!"

"쓸데없는 짓 안 하겠다고 약속해요!"

"남자가 비겁하게 이게 무슨 짓이에요!"

"먼저 약속을 어긴 건 석지원 씨입니다. 사건에서 손 떼요."

"야! 한재현!"

"이 여자가……."

지원의 말에 재현은 어이가 없었다. 적반하장도 유분수지, 먼저 약속을 어겨 놓고 이제 반말까지 했다. 목덜미를 잡은 손에 더욱더 힘을 주자 지원이 몸을 버둥거렸다.

"이거 놔요!"

"약속하라고요!"

"어! 둘이 뭐해요?"

갑자기 들려온 목소리에 두 사람의 고개가 한 방향으로 돌아갔다. 현우가 눈을 동그랗게 뜨고 둘을 바라보고 있었다.

"이번엔 진짜 쌈이네? 보스가 이기는 중? 지원, 내가 지원해 줘?"

현우의 말장난에 재현은 잡고 있던 지원의 목덜미를 놓아주었다. 아주 오래된 친구처럼 지원을 스스럼없이 대하는 현우의 말투가 거슬렸다.

그러나 못마땅해하는 재현과 달리 지원은 현우의 등장이 반가웠다. 현우가 나타나지 않았다면 여전히 그에게 목덜미를 잡혀 있을 테니까. 그녀는 냉큼 현우의 곁으로 다가갔다.

"와, 반가워."

"뭔 짓을 했기에 보스가 저렇게 흥분해 있는 거야?"

"아니야. 아무것도."

지원이 대답을 얼버무리자 현우의 눈빛이 반짝 빛났다. 여전히 비밀이 많은 친구다.

"여기에 있는 줄 어떻게 알고 온 거야?"

"단톡방에 네가 메시지 보냈잖아. 현장에 들어가 보고 싶다고……."

현우의 말에 재현의 미간에 주름이 생겼다. 당장 거기서 나오든가 해야지. 아니다. 그러면 현우와 지원, 둘만 남는다. 둘이 무슨 사고를 칠지 모르니 나올 수도 없고 그냥 있자니 족쇄 같고…….

"젠장……."

재현의 작은 욕설에 지원이 입을 삐죽거렸다. 모범 검사라더니 욕도 하네.

"용건이 뭐야?"

"아! 계은지 진료 기록이요. 별다른 건 없던데요."

현우에게서 진료 기록을 받은 재현이 재빨리 그것을 눈으로 훑었다. 그의 말대로 특별한 건 없었다. 두통이 자주 있었지만 그게 화학물질 과민증인지 증명할 길은 없었을 것이다. 그냥 신경성으로 치부해 버렸겠지.

기록을 봉투에 넣은 재현이 차로 걸어가자 현우가 물었다.

"어디로 가세요?"

"부검실. 박사님께 전해 드려야 하니까."

"그럼 전 뭐할까요?"

"시트 걷어서 국과수에 가져다줘."

"침대 시트요?"

"한 번에 못 알아듣나?"

"아뇨. 알아들었습니다."

재현이 보조석 문을 열더니 지원을 바라보았다. 그 눈짓에 그녀는 눈을 말똥말똥 뜨고 손가락으로 자신을 가리켰다.

"타요. 부검실에 가게."

"아무것도 하지 말라면서요."

"그러니까 나랑 같이 가자고요. 혼자 뒀다간 어디로 튈지 모르니까."

"내가 럭비공이에요? 튀긴 어디로 튀어요!"

소리를 버럭 질렀지만 지원은 순순히 차로 다가갔다. 그녀가 차에 올라타고 재현이 문을 닫는데 갑자기 현우가 지원에게 다가왔다.

"아, 잠깐만."

"왜?"

"이거."

현우가 창 안으로 불쑥 손을 내밀자 지원도 얼떨결에 같이 손을 내밀었다. 툭, 립글로스가 그녀의 손바닥에 떨어졌다. 의아한 눈으로 바라보자 그가 눈을 찡긋했다.

"그거 필요하다면서. 오는 길에 생각나서 샀어. 종류가 여러 가지던데 그거 체리 맛이야. 맛있어 보여서 골랐는데 괜찮아?"

"체리 맛? 응, 좋아. 고마워. 얼마야?"

"선물이야. 선물."

"선물? 그래. 잘 쓸게."

입으로는 고맙다고 말하고 있었지만 얼굴에는 부담이 가득했다. 보통 여자들과 달랐다. 다른 여자들은 뭐든지 받지 못해 안달인데 지원은 뭔가를 해 주려고 하면 일단 거부 반응부터 보였다.

악수도 거절하고, 립글로스 하나도 부담스러워하는 그것이 뭔가 독특하고 특별하게 느껴졌다.

"나중에 전…… 우앗! 그냥 출발해 버리네."

현우의 말에 채 끝나기도 전에 재현이 차를 출발시켜 버리자 지원은 황당한 표정으로 그를 째려보았다.

"창에 손을 대고 있는데 출발하면 어떻게 해요? 그러다가 현우 다치면 책임질 거예요?"

"안 다쳤습니다."

"말을 말아야지."

지원은 눈을 감고 잠을 자는 척했다. 갑자기 왜 심술을 부리는 건지. 쫌생이가 따로 없었다.

재현은 짜증이 돋는 얼굴로 이마를 문질렀다. 현우와 지원이 함께 있는 것을 보면 자꾸만 짜증이 치밀어 올랐다. 왜 이런 기분이 드는지 생각하자 또 짜증이 밀려와 재현은 입술을 깨물었다.

목적지에 다다른 재현이 진료 기록을 넘겨주고 올 때까지 지원은 차에서 기다렸다. 어떻게 하면 그를 설득할까 열심히 고민을 하고 있는데 어느새 볼일을 마친 재현이 운전석에 올라탔다. 그의 눈치를 보던 지원은 조심스럽게 입을 열었다.

"그래서, 생각해 봤어요?"

"……."

"내가 만나 봐도 돼요?"

"먼저 만나야 할 사람이 생겼습니다."

재현이 차를 출발시키며 말하자 지원이 반문했다.

"누구요?"

"유미연."

"유미연?"

"죽은 남상회의 전 부인입니다."

"아! 외국에 있던 전 부인이요? 한국에 돌아왔대요?"

"어제 돌아온 모양입니다. 오자마자 검찰에서 연락을 취해 남편의 소식을 들었답니다. 지금 만나러 갈 겁니다."

"좋아요."

어쩐지 흥분한 그녀의 모습에 재현이 삐딱하게 물었다.

"신이 난 것 같네요."

"사건에 관련된 사람을 만나는 거잖아요."

"흥미롭습니까?"

"사건과 관련된 사람을 만나면 실마리를 잡을 수 있고 그럼 사건 해결에 도움이 될 수도 있잖아요. 용의자를 좁혀 가는 거니까."

"마치 살인범이 있는 것처럼 말하는군요. 만약 자연사라면?"

"자연사라면 더 좋죠. 살인범이 없다는 거니까. 가장 좋은 결말이에요."

천진한 지원의 말에 재현은 피식 미소를 지었다.

"동화 같군요. 왜 이렇게 사건에 집착하는 겁니까?"

수다스럽던 지원이 입을 꼭 다물었다. 그것이 이상해 재현은 고개를 돌려 지원의 옆얼굴을 바라보았다.

"대답을 안 하니까 이상하네."

"앞을 봐요. 앞을. 사고 나니까."

"왜 집착합니까?"

또 입술을 질겅거린다. 대답하기 곤란한 질문이라고 생각하지 않았는데 의외로 뜸을 들이자 궁금증이 더욱 커졌다.

"대답하기 어려운 겁니까?"

"음……. 대답하면 쉬운 여자가 될까 봐요. 안 할래요."

"그건 무슨 소리입니까?"

사건과 쉬운 여자 사이에 무슨 관련이 있는 건지. 전혀 짐작할 수 없는 대답에 재현은 고개를 갸웃거렸지만 입을 꼭 다물어 버린 지원을 더 이상 재촉하지 않았다.

지원은 창밖으로 고개를 돌리고 작게 한숨을 내쉬었다. 재현이 좋아서, 그냥 그의 사건을 돕고 싶어서라고 하면 또 우습게 볼 게 뻔했다. 그래서 입을 꾹 다물었다.

약속 장소인 커피숍에 도착한 지원은 유미연을 보는 순간 와우, 하며 감탄사를 내뱉었다. 화류계 출신인 계은지가 인공적인 아름다움이었다면 유미연은 말 그대로 자연 미인이었다.

"열 살짜리 애 엄마로는 도저히 보이지 않네요. 피부에서 막 빛이 나네. 휴, 불공평하다. 누구는 머리부터 발끝까지 완벽하고 누구는 모자라고……."

지원이 귀 가까이에서 소곤거리자 재현의 귓불이 불그스름해졌다. 그는 낮게 중얼거리는 그녀에게 한마디를 툭 던졌다.

"석지원 씨 피부도 나쁘지 않습니다."

말을 마친 그가 당황한 듯 표정을 굳혔다. 저도 모르게 한 말인 듯했다. 도망가듯 앞으로 성큼성큼 가 버리는 그의 모습을 보던 지원은 제자리에 우뚝 선 채 멍해진 표정으로 귀를 후벼 팠다.

"방금 한 말 칭찬이지? 어쩐 일이래? 칭찬을 다 하고……."

믿기지 않았지만 괜한 칭찬에 입가가 덩실 늘어졌다. 벌어진 입을 다물지 못한 지원은 재현과 유미연의 곁으로 쪼르르 달려갔다.

"한재현입니다."

"우리 경환이 잘 있나요?"

역시 엄마답게 아이의 안부부터 물었다. 근심 가득한 표정에 지원이 냉큼 대답을 했다.

186

"잘 지내요. 박순자 씨가 데리고 있으니까 걱정 마세요."

"아, 아주머니가요."

미연의 표정이 순간 미묘하게 바뀌었다 금세 미소를 지어 보였다. 재현은 그 미세한 변화를 눈치챘지만 보지 못한 척 말을 이었다.

"외국에 자주 나가시네요."

"네, 세미나가 있어서……. 이번 학기에는 연구 교수로 자주 외국에 나갔습니다."

아름다운 외모에 차분한 말투, 게다가 교수! 지원은 또다시 놀랐다. 세상은 불공평하다. 한 사람에게 몰빵을 해 주니까 모자란 사람들이 있는 거 아닌가! 때 아닌 분노에 두 주먹을 불끈 쥐자 미연이 의아하다는 듯 그녀를 바라보았다.

주먹을 푼 지원은 얼른 미소를 지었다.

"혹시 화학 전공이세요?"

"네, 그렇습니다만."

"아, 그래서 지하실에 화학 실험 도구가 잔뜩 있었구나. 경환이도 거기서 노는 걸 좋아하는 것 같던데……."

"경환이가 날 닮아서 소질이 있어요."

경환에 대한 애정과 자부심이 가득 묻어나는 말에 재현이 끼어들었다.

"그래도 자폐가 있는 열 살짜리에게 그런 실험실은 좀 위험하지 않나요?"

"자폐는 있지만 말을 잘 듣는 아이예요. 조심성이 많고, 손끝도 야무져서 같이 실험도 여러 차례 했어요. 위험했던 적은 없습니다."

예쁘다고만 생각했는데 냉기 뚝뚝 떨어지는 재현을 상대로 조금도 밀리지 않는 카리스마에 지원은 또 감탄을 했다. 세상에 완벽한 인간은 역시 존재했다.

몇 가지 기본적인 질문이 끝나자 미연은 자리에서 일어섰다.

"그럼 제가 경환이를 돌봐도 되는 거죠?"

"현재 법적 보호자시니까요. 그러셔도 됩니다."

"감사합니다. 그럼 실례하겠습니다."

도도하지만 예의 바르게 인사를 하고 커피숍을 나서는 그녀에게서 재현은 눈을 떼지 못하고 있었다. 뒤태마저 완벽한 미연에게 살짝 질투가 인 지원이 입을 삐죽거리는데 재현이 의미심장하게 입을 열었다.

"남편에 대해서는 한마디도 묻지 않네요."

"네? 음, 생각해 보니 그렇네? 온통 경환이에 대한 질문뿐, 남편과 계은지에 대해서는 없었네요. 아니다. 아까 계은지도 죽었다는 말에 놀랐잖아요."

"그러니까요. 마치 미리 알고 있던 것처럼 남상회의 죽음에 대해서는 이상할 정도로 침착하던 여자가 계은지의 죽음에 대해서는 반응을 보였어요. 왜일까요?"

"난 사이코메트러지, 무당이 아니라서 모르겠네요."

지원의 말에 재현이 그녀에게로 몸을 돌렸다.

여전히 포커페이스였지만 지원은 느낄 수 있었다. 지금 재현은 흥분한 상태였다. 뭔가 실마리를 잡은 것 같아 자신도 덩달아 신이 났다.

"그리고 아들이 박순자 씨와 함께 있다고 했을 때 표정이 바뀌었습니다."

"바뀌었어요? 난 모르겠던데……."

"아이의 안부를 걱정하던 감정이 사라진 대신 약간의 불안함이 그 자리를 대신했습니다. 10년도 훨씬 더 된 가족 같은 도우미가 아이를 맡고 있다는데 왜 불안해했을까요?"

"글쎄요. 난 도저히 모르겠는데. 재현 씬 알아요?"

"이제부터 알아내야겠죠."

재현이 지원을 향해 미소를 지었다. 그 매력적이고 섹시한 미소에 지원은 꿍 하는 신음을 흘렸다.

여기 불공평한 인간이 또 하나 있었다. 검사니 머리 좋은 거야 당연할 테고, 상황을 보는 능력이나 추리 능력까지……. 사이코메트리가 없어도 사건을 그대로 재연할 수 있는 그 능력에 감탄밖에 나오지 않았다.

역시 난 쉬운 여자다.

❋❄❋

차를 탄 미연은 입술을 깨물며 다시 핸드폰을 들었다. 하지만 신호만 갈 뿐 받는 사람이 없었다. 순자의 집으로 가는 20여 분 내내 미연은 안절부절못했다.

주차를 하자마자 순자의 집으로 달려간 그녀는 잠겨 있는 문을 보고 초조함에 어쩔 줄을 몰라 했다. 입안이 바짝 마르고 손이 떨려 와 두 손을 맞잡아 보았지만 소용이 없었다.

"경환아."

혹시 근처에 있는 게 아닐까 싶어 몸을 돌리는데 골목 끝에서 경환의 손을 잡고 걸어오는 순자의 모습이 보였다. 가게에 다녀 오는지 경환은 아이스크림을 먹고 있었고, 순자의 손에는 검은 봉투가 들려 있었다.

"경환아!"

미연은 한달음에 달려가 경환을 꽉 끌어안았다. 치마를 입어 맨 무릎이 바닥에 닿고 아이스크림이 옷에 묻었지만 미연은 아 랑곳하지 않고 눈물을 글썽거렸다.

"어, 어어어, 엄……마……."

미연은 재빨리 눈물을 닦고 경환을 마주 보았다. 아이의 눈 동자가 맑게 빛나고 있는 모습에 그녀는 환한 웃음을 지었다.

"잘 지냈어? 엄마 보고 싶었지?"

"으으응."

"이제 우리 같이 살 수 있어. 엄마랑 안 떨어져도 돼. 엄마만 믿어. 알았지?"

"으으응."

아이의 얼굴을 서너 번 쓰다듬던 미연이 그제야 곁에 선 순 자에게 눈을 돌렸다. 그리고 경환의 손을 잡아당겨 순자에게서 떨어뜨렸다.

"경환이 봐 주셔서 감사해요. 이제 제가 데리고 갈게요."

"알았어요."

아쉬움이 가득한 얼굴로 순자는 경환에게 눈높이를 맞췄다. 그리고 다정하게 머리를 쓰다듬었다.

"엄마랑 가. 할머니 보고 싶으면 또 와도 돼. 알겠지?"

"으_으_응."

"가자. 경환아."

아이의 손을 꼭 잡은 미연이 순자에게 고개를 까딱 숙이고는 도망치듯 차에 올라탔다. 차가 멀어질 때까지 순자는 그 자리에 하염없이 서 있었다.

❹
사랑의 크기

국과수 건물 주차장에 차를 세운 재현은 연이어 도착한 현우
와 지원을 보며 가볍게 눈살을 찌푸렸다. 지원의 존재 자체가 신
경이 쓰였다. 그래서 말이 삐딱하게 나간 걸지도 몰랐다.

"결과만 들으면 이 사건에서 손 떼는 겁니다."

"박순자 씨도 만나게 해 주면요."

고집스럽게 빛나는 까만 눈을 보며 재현은 한숨을 내쉬었다.
떼어 내려고 할수록 사건에 더욱 깊이 관여가 되는 것 같았다.
자포자기한 심정으로 그가 대답했다.

"마음대로 하십시오."

"아싸!"

둘의 팽팽한 기 싸움을 보던 현우는 재현이 고개를 흔들며
먼저 건물 안으로 들어가자 지원의 팔을 잡아당겼다.

"무슨 소리야?"

"있어. 그런 게."

"너 보스랑 되게 친해 보인다?"

"친하다기보다는 좀 복잡한데……."

"사귀는 사이?"

"사귀는 거 아니야!"

"아니면 아니지. 왜 소리를 지르고 그래? 가자."

지원이 빨개진 얼굴로 손을 내젓자 현우가 먼저 걸어 나갔다. 그의 뒷모습을 보며 지원은 콩닥거리는 가슴을 진정시키느라 심호흡을 했다.

연구실 복도에 선 재현은 가운을 입은 한 남자와 이야기를 하고 있었다. 두 사람은 대화를 놓칠세라 얼른 곁으로 다가갔다.

"보내 주신 시트에서 성분이 검출되었습니다. LAS계의 음이온 계면활성제, 망초, 규산소다……."

설명이 길어지자 지원과 현우의 표정이 멍하게 변했다. 그러자 설명을 하던 남자가 웃으며 말했다.

"세탁 세제 성분입니다."

"아하."

"그리고 아주 약하긴 하지만 베개에서 TMAH, 수산화테트라메틸암모늄이 검출되었습니다."

"그게 뭔가요?"

현우의 질문에 남자는 설명을 덧붙였다.

"유해 화학물질로 급성중독 물질입니다. 피부에 접촉하거나 흡수가 되면 화상을 입거나 급성중독으로 사망에 이를 수 있습니다. 호흡기에 들어가면 호흡 장애를 일으킬 수 있구요."

"그럼 수산화 그걸로 죽었을 수도 있겠네요?"

"가능성은 있습니다."

남자의 설명에 지원은 재현의 팔을 툭 쳤다. 그녀의 눈짓에 재현이 하는 수 없이 고개를 끄덕였다.

밖으로 나온 재현은 현우를 보며 말했다.

"박사님께 가서 계은지 시신에서 수산화테트라메틸암모늄이 검출되었나 확인하고, 남상회의 시신에서도 같은 것이 나왔나 확인해 봐."

"네!"

과도하게 경례까지 붙인 현우가 자리를 벗어나자 재현은 고개를 돌려 지원을 바라보았다. 그녀 역시 어두운 표정이었다.

"내 말이 맞는 거 같네요. 자연사이길 바랐는데……."

"박순자 씨를 만나야겠죠?"

"그래야죠."

차를 타고 가면서도 지원은 생각에 잠겨 있는지 조용했다. 신이 났던 지난번과 달리 걱정이 담긴 표정에 재현이 물었다.

"뭐가 걱정입니까?"

"박순자 씨가 왜 계은지를 죽였을까요? 그 여자를 죽여서 얻는 이득이 있을까요? 둘은 고용인과 피고용인인데 무슨 이득이 있는지 알 수가 없어요."

"보이는 게 다가 아닌 경우가 많죠."

"무슨 소리예요?"

"겉으로는 사모님과 가사도우미이지만 이면에 우리가 모르는 어떤 관계가 있을 수 있다고요."

재현의 말에 지원은 다시 생각에 잠겼다. 그리고 심각하게 입을 열었다.

"경환이도 사이코메트리를 해 봐야겠어요."

"또 시작입니까?"

"지난번에 경환이 머리를 쓰다듬다 좀 이상한 걸 봤어요. 누군가 경환이를 아프게 하는 영상이요."

"학대를 당했다는 말인가요?"

"실험 도구가 깨지고, 넘어진 경환이의 멱살을 잡아 흔들었어요. 시간이 너무 짧아서 본 건 그게 다예요. 그러니까 사이코메트리를 해 보겠다고요."

"허락할 수 없습니다."

"아, 또 왜요?"

재현의 단호한 반응에 지원이 신경질적으로 물었다. 그러자 차를 한쪽에 주차한 재현이 화난 표정으로 지원을 보았다.

"어차피 사이코메트리한 것은 증거로 채택되지 않습니다."

"도움은 되잖아요."

"그리고 개인의 사생활을 침해하는 행동입니다."

"그건 나만 입 다물면 되는 거구요. 말했다시피 난 친구도 없고 입도 무거워요."

"석지원 씨의 건강에도 안 좋습니다."

"네?"

재현의 마지막 말에 지원이 눈을 동그랗게 떴다. 갑자기 왜 자신의 건강 얘기가 나오는지 궁금했다.

"나 건강해요."

"그래서 그걸 할 때마다 픽픽 기절합니까?"

"그건 좀 피곤하니까……."

"그러니까 안 된다는 겁니다."

"아휴, 먹통."

"뭐요?"

팔짱을 끼고 의자에 몸을 묻은 지원은 눈을 감았다. 그렇게 한동안 무언가를 생각하다 결심한 듯 눈을 반짝 떴다.

"사이코메트리를 해서 피곤한 게 아니에요. 정신을 집중해야 하니까 체력 소모가 많이 되는 건 사실이지만 기절할 정도로 힘든 건 아니라고요. 여러 번 반복하면 모를까."

그녀의 설명을 재현은 잠자코 듣고 있었다. 어떤 변명을 해도 사이코메트리에 동의할 수 없었다.

"사실은요. 내가 잠을 잘 못 자요. 잠이 들면 어둡고, 어두우면 온갖 영상들이 머릿속을 헤집고 들어오거든요. 가끔 예쁘고 좋은 영상도 있지만, 내가 하는 일이 심령 현상이나 미해결 사건의 가십 기사를 쓰는 거잖아요. 그러다 보니 가위도 자주 눌리고 잠을 깊게 못 자요. 사이코메트리 끝에 잠을 자는 건 그것 때문이지, 내가 허약해서가 아니라고요. 알았어요?"

재현은 말없이 그녀를 보았다. 무심한 척 애를 썼지만 목소리에는 쓸쓸함이 묻어 있었다. 긴 시간 견뎌야 했을 고독감과 공포감, 그것보다 더 견디기 힘든 건 다른 사람들의 이면을 봐야 하는 능력일 것이다.

다른 사람들과 다르다는 건 이상하다는 걸 의미하니까. 그녀는 긴 시간을 혼자 그렇게 견뎌 왔을 것이다. 그가 더 보태지 않아도 지금까지 충분히 힘들었을 것이다. 거기까지 생각이 미치자 할 말이 없어졌다.

재현은 말없이 다시 차를 출발시켰다. 뭔가 잔소리가 있을 줄 알았던 지원은 조용한 그의 모습에 어깨를 으쓱해 보였다. 어찌 됐든 박순자 씨와 경환의 사이코메트리를 허락받았으니 되었다.

가는 중간 순자에게 전화를 걸어 약속을 잡은 재현이 커피숍으로 들어갔다. 먼저 와서 앉아 있는 그녀를 보고 그가 예의 바르게 인사를 했다.

"갑자기 연락드려서 죄송합니다."

"아닙니다. 그런데 무슨 일이신지……."

"그 집에서 오랫동안 일하셨다고 하는데 얼마나 되셨죠?"

"전 사모님이 결혼하기 2년 전쯤부터 일하기 시작했습니다."

"가족이나 다름없었겠네요."

"전 사모님은 가족처럼 대해 주셨죠. 아이를 좋아하셔서 제 딸도 예뻐해 주셨고요."

"그러셨군요."

전 사모님이라는 단서를 붙인 걸로 보아 계은지와 별로 원만한 관계는 아니었던 듯했다.

재현이 일상적인 질문을 하는 동안 지원은 순자를 만질 기회를 노리고 있었다. 길게 만져야 했기에 무슨 핑계를 대야 하나 머리가 바쁘게 돌아갔다.

"지금은 따님과 같이 안 사시나 보네요."

"죽었어요. 10년 전에……."

"죄송합니다."

"아니요. 이제 다 잊었는걸요."

순자의 말에 지원이 덥석 그녀의 손을 잡았다. 놀란 순자가 입을 벌리자 지원은 그녀의 두 손을 꼭 잡으며 말했다.

"제가 기도해 드릴게요. 아주머니 따님 좋은 곳으로 가시라고."

"네? 아니, 안 그래도 되는데……."

"아니에요! 제가 독실한 기독교 신자거든요. 오, 주님……."

지원은 순자의 손을 더욱 꽉 잡고는 눈을 감았다. 순자가 황당한 표정으로 바라보자 재현은 어색한 웃음을 지으며 눈을 피했다.

기도라니……. 정녕 핑계가 그것밖에 없었습니까?

어둠이 머릿속을 채우고 순자의 모습이 나타났다. 지원은 미간을 좁히며 더욱 집중했다. 머리가 흠뻑 젖을 정도가 되어서야 그녀는 몸을 부르르 떨며 천천히 눈을 떴다. 그리고 순자와 눈이 마주치자 방그레 미소를 지었다.

"아……멘."

말을 마친 지원의 몸이 스르르 허물어졌다. 재현은 기다렸다는 듯 무너지는 그녀의 몸을 안았다. 그리고 여전히 황당한 표정의 순자를 보며 고개를 끄덕였다.

"가끔 그분을 영접하면 혼절합니다. 평생 몇 번 만나 뵙지 못한 분인데 오늘 영접한 걸 보니 박순자 씨 따님이 좋은 곳으로 갔나 봅니다."

재현의 말도 안 되는 변명이 먹혔는지 순자의 입가에 웃음이
고였다.

"아이고, 감사한 일이네요. 그렇게 허무하게 가서 얼마나 마
음이 아팠는지, 내 가슴속에 묻고 여태껏 살았는데. 정말 감사
합니다. 감사해요."

"잠시 안정을 취해야 해서요. 먼저 들어가 보세요."

"예, 그럼 조심히 가세요."

순자가 연방 고개를 숙이며 인사를 하고 커피숍을 나서자 재
현의 입가에 머물던 미소가 좀 더 짙어졌다. 그는 제 품에서 가
볍게 코까지 골며 잠든 지원을 지그시 내려다보았다.

"지원 씨를 만나고 나서 걱정도 늘고 거짓말도 점점 느네
요."

지원은 세상에서 가장 편안한 표정으로 재현의 품에서 휴식
을 취하고 있었다.

약 30분 뒤 잠에서 깬 지원은 민망함에 얼굴이 빨개졌다. 어
느새 차 안이었다. 벌써 세 번째였다. 보통 10분이면 깨어나는
데 왜 재현만 곁에 있으면 세상모르고 잠을 자는지. 다행히 재
현은 별말 없이 운전에 몰두하고 있었다. 안도의 숨을 내쉬는데
그가 불쑥 입을 열었다.

"뭔가 봤습니까?"

"네?"

"박순자 씨요."

"네, 제 예상이 맞는 것 같아요. 계은지 씨가 쓰는 샴푸랑 보디 클렌저에 뭔가를 섞어 다시 통에 넣었어요. 매일 계은지 씨 침구에 뭔가를 뿌렸고요. 섬유 탈취제라고 쓰여 있긴 했지만 탈취제만 있는 건 아닌 듯해요."

"그럼 이제 '왜?'만 찾으면 되겠군요."

말을 끝낸 재현이 핸즈프리를 귀에 걸자 여전히 침울한 표정의 지원이 중얼거렸다.

"정말 왜 그랬을까요? 계은지를 죽여서 무슨 이득을 본다고."

"나야. 계은지 보유 재산과 채무 관계, 유산과 관련된 모든 정보 다 수집해 와. 내일 아침까지."

할 말만 하고 전화를 끊는 그를 보며 지원이 물었다.

"전화 예절 끝내주네요. 누구예요?"

"차현우."

"쯧쯧, 불쌍한 현우. 그런데 지금 어디로 가는 거예요?"

"'왜?'를 찾으러 갑니다."

재현이 도착한 곳은 유미연의 집이었다. 지원은 그를 따라가며 물었다.

"여긴 왜요?"

"박순자 씨가 그 집에서 일하기 시작한 것이 유미연 씨와 남상회 씨가 결혼하면서부터입니다. 남상회 씨는 죽었으니 박순자 씨를 가장 오래 본 사람은 유미연 씨죠."

"아하. 역시 머리가 좋아요."

지원이 기특하다는 듯 재현의 어깨를 톡톡 두드리자 그의 입가에 미소가 스쳐 지나갔다.

예상치 못한 반응에 지원의 눈이 커졌다. 요즘 들어 자주 미소를 짓는다. 늘 굳은 듯 다물어져 있던 입술이 살짝 휘어지며 미소를 지을 때마다 그녀의 마음도 휘청거렸다.

"역시 잘생겼어."

흐뭇한 미소를 머금은 지원은 재현을 따라 재빨리 집 안으로 들어갔다.

30평대의 아파트는 여자 혼자 살기엔 넓어 보였다. 거실에 기본적인 붙박이 가구 말고는 소파가 전부여서 더 그렇게 보이는 걸지도 몰랐다. 편안한 원피스 차림으로 음료수를 들고 나오는 유미연을 본 지원이 경환부터 찾았다.

"경환이는 어디 갔나요?"

"자기 방에서 놀고 있어요."

미연의 대답에 재현의 눈썹이 미세하게 움직였다.

"경환이 방이 있습니까?"

"무슨 문제라도 있나요?"

"아니요. 양육권은 남상회 씨에게 있잖아요. 경환이를 만나더라도 남상회 씨의 집에서만 만나는 거 아니었나요?"

재현의 말에 미연의 얼굴이 차갑게 변했다.

"결혼하셨나요?"

"안 했습니다."

"물론 아이도 없으시겠네요."

"없습니다."

"그럼 말해도 모르실 거예요. 만날 기약도 없는 아이 방을 만든 엄마의 마음을요."

둘 사이의 공기가 싸늘하게 변하자 눈치를 보던 지원이 슬그머니 일어섰다.

"저기, 저는 경환이가 잘 노나 보고 올게요."

지난번에도 느꼈지만 유미연의 카리스마는 재현을 능가했다. 게다가 경환을 향한 모성애까지.

"천하무적이네, 천하무적이야. 한재현도 어떻게 못 할 것 같은데……. 경환아, 예쁜 누나랑 놀까?"

중얼거리던 지원은 천천히 방문을 열며 경환을 불렀다. 아이 방답게 자동차가 잔뜩 그려진 벽지와 로봇 모양의 침대가 보였다. 한쪽에서 뭔가를 만지고 있는 경환을 본 지원이 곁으로 다가갔다.

"경환이 뭐해? 누나랑 같이 놀까?"

"……."

지원의 물음에도 경환은 반응을 하지 않고 하던 일에 몰두했다.

"경환이 집중력이 끝내주는구나. 그럼 누나는 옆에서 보고만 있을게. 그건 괜찮지? 실험 중이네."

경환은 지원이 열심히 말을 걸어도 혼자 묵묵히 실험 도구를 만져 댔다. 투명 비커에 하얀 가루를 넣은 후 유리 막대로 열심히 젓는 모습은, 진지함으로만 따지면 대발견을 앞둔 과학자 같았다.

"이거 무슨 가루야? 마약 같은 건 아니겠지? 나도 참, 애를 상대로 무슨 소리람."

하얀 가루를 살짝 만져 본 지원이 싱긋 미소를 지었다.

"끈적거리는 걸 보니 슈가 파우더인가?"

혀끝에 가루를 살짝 올려놓으니 단맛이 느껴졌다.

"역시 내 촉은, 사이코메트리 다음으로 정확하다니까."

지원이 혼자 노는 사이 제법 큰 삼각 플라스크를 잡은 경환은 색깔이 다른 두 가지의 액체를 그곳에 부었다. 그리고 잘 섞이도록 손목을 이용해 살살 흔들었다. 그 손놀림이 한두 번 해 본 솜씨가 아닌 것 같아 지원은 놀랐다. 집중하느라 경환의 입이 오리처럼 점점 나오는 게 귀여웠다.

그러다 문득 마음에 걸리는 게 있어 경환의 이마를 덮고 있는 머리카락을 살그머니 걷었다. 아이의 이마를 본 지원의 표정이 어두워졌다. 피멍에 딱지까지 군데군데 자리해 있었다. 멍과 딱지가 동시에 있다는 건 누군가로부터 신체 학대를 당했다는 증거였다.

지원의 손이 귀찮은 듯 고개를 흔든 경환은 삼각 플라스크에 긴 관을 조심스럽게 꽂았다. 그리고 일어서더니 조심조심 문 쪽으로 걸어가 긴 관의 끝을 문틈에 가까이 댔다.

지원은 미간을 찌푸렸다. 어디서 본 것 같은 장면이었다. 한참이나 쪼그려 앉은 경환을 보던 지원이 천천히 아이에게 다가갔다. 그리고 손을 잡았다.

찡, 머리가 울리며 어둠이 그녀를 잠식했다.

삼각 플라스크 안에서 출렁이는 액체, 긴 관을 통해 나오는 하얀 연기, 관이 움직이지 않게 잡고 있는 통통한 작은 손. 그때 갑자기 문이 열리더니 커다란 손이 나타났다. '짝' 하는 소리와 함께 경환이 바닥으로 넘어졌다.

하늘거리는 보라색 천 사이로 다시 손이 나타나더니 경환을 잡아 거실로 던져 버렸다. 윙윙거리는 고함 소리가 울렸지만 무슨 말인지 정확히 들리지 않았다. 우악스러운 손아귀에 잡힌 경환은 질질 끌려 지하실에 내동댕이쳐졌다.

"하악! 하아, 하아."

식은땀이 얼굴을 타고 주르륵 흘러내렸다. 아이의 아픔이 전해지는 것 같아 가슴이 욱신거렸다. 간신히 숨을 고른 지원은 경환을 꼭 안았다. 아이는 답답한지 몸을 바르작거렸다.

"경환아."

얼마나 아팠을까. 도와주는 사람 하나 없이 그 큰 집에서 얼마나 외로웠을까. 그냥 아이일 뿐인데……. 작은 아이일 뿐인데…….

바르작거리던 경환이 얌전해지며 지원의 품을 파고들었다. 그 몸짓이 가여워 지원은 눈에 눈물이 고였다. 순간 파바밧! 영상이 뚝뚝 끊어지며 단편적으로 머릿속을 스쳤다.

"헉!"

놀란 지원은 저도 모르게 경환을 밀쳐 버렸다. 가쁜 숨을 몰아쉬다 황급히 정신을 수습하고 다시 경환을 품에 안았다.

"아, 미안해, 미안해. 경환아, 밀쳐서 미안해."

아이가 지원의 품속에서 몸을 꼼지락거렸다.

집으로 데려다주는 길에 지원은 내내 입을 다물고 있었다. 보기 드문 현상에 재현이 먼저 입을 열었다.

"성과는 있었습니까?"

"네."

"그런데 왜 입을 다물고 있습니까?"

"한재현 씨는 뭐 좀 알아냈어요? 박순자 씨랑 계은지와의 관계 같은 거요."

지원이 대답을 피하며 역으로 질문을 하자 이상하다는 생각이 들었지만 재현은 순순히 대답을 했다.

"유미연 씨는 아들과 같이 살 줄 알고 있었던 것 같습니다."

"그게 무슨 소리예요? 미래를 보는 눈이라도 있대요? 나보다 나은 능력이네."

의자에 깊숙이 몸을 묻고 있던 지원이 재현의 말에 몸을 일으켰다.

"아이 방을 만든 건 이혼 직후라고 하더군요. 언제 만날지도 모르는 아이 방을 만든 엄마의 마음을 알 길은 없지만 지금쯤 아들과 살 줄은 알고 있었나 봅니다. 이번 세미나를 끝으로 당분간 휴직을 한다고 하네요."

"휴직이요? 잘나가는 교수라면서요."

"게다가 아이와 여행 계획까지 잡아 놓았습니다. 단순히 아이를 만날 수 있다는 바람이 아니라 같이 살 계획이 있던 모양입니다."

"이상하네요. 진짜 미래를 보는 능력이 있는 건가?"

대꾸하는 지원의 목소리에 힘이 없었다.

몸이 안 좋은가? 사이코메트리를 한다고 너무 무리를 한 건 아닌지 걱정이 되었다.

"많이 힘듭니까?"

"조금 피곤하긴 하네요."

"거의 다 왔으니 조금만 참아요. 오늘은 아무 생각 말고 쉬어요."

재현은 차의 속도를 더 높였다. 집 근처 골목 입구에 차를 세운 그는 지원을 따라 내렸다.

"혼자 갈게요."

"골목이 어두워요."

"10년을 산 집이에요. 눈 감고도 갈 수 있다고요."

"난 오늘 처음 온 겁니다. 그러니까 집 앞까지 가요."

재현이 고집을 부리자 지원은 할 수 없이 어두운 골목을 천천히 걸어갔다. 입을 꼭 다물고 조용히 발을 움직이던 그녀가 집 앞에서 걸음을 멈추었다. 낡은 철제 대문이 있는 곳이었다.

"여기 옥탑방이에요."

"들어가서 쉬어요."

옥상을 올려다본 재현이 빙긋 미소를 지으며 돌아섰다. 그때 지원이 나지막한 목소리로 물었다.

"유미연 씨는 경환이를 아주 많이 사랑하겠죠?"

무슨 의도의 질문인지 몰라 재현은 바로 대답을 할 수 없었다. 그러자 지원이 혼잣말처럼 중얼거렸다.

"많이 사랑할 거예요. 경환이의 방만 봐도 알 수 있어요. 정성껏 꾸민 흔적이 곳곳에 있으니까. 경환이를 많이 사랑하는 게 맞을 거예요. 우리는 상상도 못 할 만큼요. 그런데 말이에요."

"말해요."

"만약에, 만약에 말이에요. 유미연 씨가 나쁜 짓을 해서 교도소에 가면 경환이는 어떻게 될까요?"

"조부모에게 가겠죠."

"조부모라면……."

"남정국. 현재 야당 실세 국회의원이죠."

"그분, 좋은 분일까요? 아니다. 아빠가 그 모양이었는데 할아버지가 좋은 사람일 리 있겠어요? 그렇겠죠?"

속상해하는 말투에 재현이 팔짱을 끼며 지원을 지그시 바라보았다.

"뭘 본 겁니까?"

망설이던 지원은 큰 한숨과 함께 입을 열었다.

"경환이가…… 학대를 당했어요. 남상회랑 계은지 두 사람에게."

"그게 이 사건과 연관이 있다고 생각합니까?"

그 물음에 지원은 다시 입을 다물었다. 그러자 재현의 목소리가 냉정해졌다.

"아이가 불쌍해서 말을 못 하는 건가요? 학대 여부와 이 사건은 별개입니다. 사적인 감정에 휘둘려 사실을 모르는 척해서는 안 되는 겁니다."

"참 이성적이어서 좋겠네요. 어차피 사이코메트리는 증거로 채택되지 않잖아요! 잘 가요."

화가 난 목소리를 애써 누른 지원이 집으로 들어가 쾅 소리
가 나도록 문을 닫았다. 마치 화풀이라도 하는 듯한 모습에 재
현은 안쓰러움을 느꼈다.

"경환이의 학대 말고 대체 뭘 본 겁니까?"

새벽까지 사무실에 있던 재현은 샤워라도 할 요량으로 집으
로 왔다. 시원한 물줄기에 끈적거리는 땀을 씻어 냈으니 분명
상쾌한 기분이 들어야 하는데 그렇지 않았다. 뭔가가 빠진 것처
럼 허전했다.

부엌으로 간 그는 캔 맥주 하나를 꺼내어 마셨다. 톡 쏘는 맥
주가 가슴을 시원하게 훑고 내려갔지만 찜찜한 기분은 여전했
다.

"왜 이래?"

한숨을 쉬며 소파에 앉은 그는 옆자리를 흘깃 곁눈질했다.

"맥주예요? 와! 나도 하나 줘 봐요."

귓가에 들리는 그녀의 목소리는 당장이라도 맥주를 가져갈
것같이 생생했다. 소파에서 벌떡 일어선 재현은 남은 맥주를 단
숨에 마시고 침실로 갔다. 몇 시간이라도 눈을 붙이면 피곤함이
좀 가실 것 같았다.

"자요? 난 못 자는데……. 치사하게 혼자 자요?"

그러나 그곳에서도 또다시 지원의 모습이 아른거리더니 그를 향해 툴툴거려 댔다. 눈을 번쩍 뜬 재현은 욕설을 내뱉었다.

"젠장, 어쩌라는 겁니까?"

"어! 모범 검사라더니 막 욕도 하네."

두 눈을 동그랗게 뜬 지원이 그를 놀리고 있었다. 재현은 헛웃음을 터트렸다.

"내가 인정할 때까지 이렇게 나타날 겁니까?"

"아마도?"

생글거리는 지원의 모습이 계속해서 눈앞에 아른거렸다.

✷⟩⟨✷

재현은 규한이 마련해 준 오피스텔을 둘러보았다. 아예 고정 수사 팀으로 만들 예정인지 사무실로 꾸며 놓은 공간을 보며 피식 웃음을 흘렸다.

"정말 정치에라도 뛰어들 생각이십니까? 남정국을 등에 업고?"

"굿모닝! 아침 드셨습니까?"

현우가 뛰다시피 사무실로 들어오면서 요란스럽게 인사를 했다. 그리고 신난 얼굴로 사무실을 이리저리 살폈다.

"이야, 멋지네요. 진짜 수사 팀 같아요. 그럼 이름이 있어야 할 텐데……. 뭐가 좋을까요? 드라마 보면 특별 무슨 수사 팀, 이렇게 부르던데. 우리도 그렇게 하면 어때요? 미해결 사건 수사 팀? 아니면, 영어로…… 생각나는 단어가 없네. 히히히. 그런데 지원이는요? 안 왔어요?"

혼자 수선을 피우던 현우가 핸드폰을 들자 재현은 모르는 척 자리에 가서 앉았다.

"어디야? 빨리 와. 여기 되게 좋다. 어? 아파? 많이 아파? 내가 약 사 가지고 갈까?"

"차현우, 남상회 진료 기록 가져왔어?"

"네. 조금 이따 다시 걸게."

현우는 재현의 말에 찔끔하여 전화를 끊었다. 그리고 가져온 자료를 그에게 건네주었다.

"남상회도 별다른 진료 기록은 없었어요. 피부 발진으로 두어 번 피부과에 간 적이 있지만 화학물질 과민증은 아니었고요."

현우의 설명을 들으며 자료를 훑어보던 재현은 미간을 찌푸렸다.

조금 전 현우와 지원의 통화 내용이 신경 쓰였다. 아프면 그의 바람대로 사건 현장에 오지 않아 좋아야 할 텐데 그렇지 않았다. 게다가 어젯밤의 대화도 신경이 쓰였다. 유미연이 교도소에 갈 일이라……. 무슨 의미일까?

재현의 생각은 현우의 들뜬 말소리에 끊어졌다.

"그런데 특이 사항이 또 하나 있어요."

"뭐?"

"남상회가 불임 치료를 받은 적이 있더라고요. 여기 이거요."

재현은 현우가 골라 준 종이를 받아 들었다.

"불임 치료?"

"그래서 유미연의 진료 기록도 살펴봤는데, 이것 좀 보세요."

"부정 출혈에 의한 자궁 적출 권유?"

"네, 거기 보면 부정 출혈이 심해서 자궁을 적출하자는 의사의 소견이 있는데……."

"그다음 해에 경환이가 태어났군."

"네, 임신은커녕 당장 자궁을 들어낼 상황인데 아이가 생겼대요. 그것도 5년 동안 없던 아이가……. 뭔가 이상하지 않아요?"

"의사를 만나 봐야겠군."

재현이 일어서자 현우도 그를 따라갔다.

검찰총장의 특별 지시로 만들어진 팀의 첫 수사였다. 그만큼 기대를 하고 있다는 소리였다. 출세할 수 있는 동아줄이다. 우연히 떨어진 줄이지만 꽉 잡기만 하면 출세는 보장된 것이나 다름없었다.

현우는 이 기회를 잘 이용하자고 생각했다. 진행 상황을 따로 보고하라는 총장의 지시를 지키고 사건까지 잘 해결된다면 성공에 한 발자국 가까이 다가갈 수 있었다.

잘해 보자. 두 주먹을 불끈 쥔 현우는 재현을 따라 산부인과로 향했다.

진료실로 들어가자 깐깐하게 생긴 여의사가 둘을 맞이했다.

"한재현 검사입니다. 몇 가지 질문 좀 드리겠습니다."

"유혜정입니다. 할 수 있는 한 최대한 협조하겠습니다."

살인 사건 수사란 말에 유혜정은 제법 호의적으로 나왔다. 하지만 재현이 꺼내 든 남상회의 사진을 본 순간 그녀의 얼굴에 당혹감이 스쳤다.

"누군지 아시죠?"

"글쎄요. 낯이 익긴 하지만 잘 모르겠습니다."

"그럼 이 여자분은 기억하시나요?"

"모르겠습니다."

유미연의 사진을 본 혜정은 고개를 저었다. 하지만 미세한 눈동자의 움직임을 본 재현은 그녀가 거짓말을 하고 있다는 걸 눈치챘다. 모르는 척 그가 다른 질문을 했다.

"들어오면서 보니 불임클리닉이 따로 있던데요."

"아이를 갖고 싶어도 못 갖는 사람들이 많으니까요. 정상적인 분만을 통해 건강한 아이를 낳는다는 것이 얼마나 큰 축복인지 모르는 사람이 많아 안타깝습니다. 그래서 저희는 아이를 갖고 싶어 하시는 분들을 최대한 돕고 있습니다."

"대통령상이라도 받아야 할 것 같네요."

자부심 어린 말에 재현이 빈정거리자 혜정의 안색이 변했다.

25년 동안 많은 불임 부부를 위해 헌신적으로 노력해 왔다. 그 사람들이 아이를 품에 안고 행복을 완성해 가는 모습을 보며 다른 보상은 생각하지 않았는데, 재현의 말을 들으니 마치 자신이 불순한 의도로 클리닉을 운영하는 것처럼 느껴졌다.

그녀는 불쾌감을 감추지 않고 대꾸했다.

"제 말이 우습나요?"

"아닙니다. 실력이 대단하신 것 같아서요. 여기 이 사진 속의 여자분. 유미연이라는 사람입니다."

재현은 사진을 책상 위에 놓고 혜정의 앞으로 밀었다. 긴장으로 살짝 굳은 그녀의 얼굴을 보며 빙긋 미소를 지었다.

"기억이 안 난다고 하시니 상기시켜 드리겠습니다. 10여 년 전 유미연 씨에게 진단을 내렸죠. 부정 출혈이 너무 심해 자궁을 적출해야 한다고요. 그런데 놀랍게도 열한 달 뒤 유미연 씨는 아이를 출산했습니다. 임신은커녕 빨리 수술하지 않으면 생명에 지장이 있을 거라는 의사 소견에도 불구하고 말입니다."

"아, 생각납니다. 그랬어요. 자궁 적출을 하자고 했습니다. 그런데 정말 기적적으로 임신이 돼서 수술을 보류했습니다."

"그렇다면 출산 후 수술을 했겠군요. 위험했을 텐데 성공했네요."

"유미연 씨는 강한 분이니까요."

"엄마는 강한데 아이는 장애를 가지고 태어났으니 아이러니하네요."

비꼬는 듯한 재현의 말투에 혜정의 입술이 바르르 떨렸다.

"장애가 있든 없든 아이들은 모두 소중한 존재입니다. 유미연 씨는 경환이를 무척 사랑하고 있고요. 부모란 그런 존재입니다. 아이가 어떤 상태라도 사랑할 수 있는 강한 존재요."

"유미연 씨는 알아보지 못하시더니 경환이는 기억하는군요."

"그, 그야 내가 받은 아이니까요."

"받은 아이 모두를 기억하시나 봅니다."

"대부분은 기억하고 있습니다. 돌잔치가 되면 아이의 사진을 보내오는 분들도 많으니까요."

"유미연 씨도 경환이의 사진을 보내 줬습니까?"

"물론입니다. 제게도 자식이나 마찬가지인 아이니까요."

"그런데 왜 못 알아봤습니까?"

"네?"

"그리고 그렇게 어렵게 임신했는데 어째서 장애아가 나온 거죠? 태교를 잘못했나 보군요."

재현의 지나친 무례에 혜정이 발끈해서 대답했다.

"유미연 씨의 잘못이 아닙니다. 약물중독 때문에 어쩔 수 없이……."

대답하던 혜정의 안색이 창백하게 변했다. 말려드는 줄도 모르고 따박따박 대답했다는 생각에 그녀는 입술을 깨물었다.

원하는 대답을 들은 재현은 미소를 짓고는 혜정을 바라보았다.

"협조 감사합니다."

재현이 나가자 어리둥절해진 현우도 후다닥 그를 따라 진료실을 나섰다.

평소 지나치다 싶을 정도로 예의 바른 재현이 무슨 불법이라도 저지른 범죄자를 대하는 양 무례하게 군 것이 이상했다. 아니, 범인이라 해도 예의를 차렸을 재현이었기에 혜정에게 한 행동이 이해가 가지 않았다.

고개를 갸웃거리는 현우를 향해 재현이 지시를 내렸다.

"이영미라는 사람에 대해 알아 와."

"이영미요?"

난데없는 명령에 현우가 반문했다. 이영미라는 여자는 누구야?

"유미연이 출산한 날 이 병원에 수술이 두 건 더 있었어. 한 건은 여아를 출산했고, 다른 한 건은 남아를 출산했지만 아이는 사산, 산모는 과다출혈로 사망."

"그런데요?"

"죽은 산모가 이영미야."

"죽은 산모랑 경환이가 무슨 상관이 있는데요?"

재현이 대답 없이 병원을 나서자 현우는 인상을 찡그렸다.

"좀 말해 주면 어디가 덧나나? 그날 수술이 있었던 건 어떻게 안 거야? 아! 내가 찾아 준 진료 기록에 있구나."

궁시렁거리던 현우가 조사를 위해 움직였을 때, 재현은 지원의 집으로 차를 몰았다. 도저히 신경이 쓰여 사건에 집중을 할 수가 없었다. 가파른 계단을 올라가자 조그만 옥탑방이 보였다.

문을 두드리자 힘없는 발소리와 함께 그녀가 문을 열었다. 편한 옷차림을 한 그녀는 한숨도 못 갔는지 눈이 벌겋게 충혈되어 있었다. 초췌한 모습에 정말 어디가 많이 아픈 건 아닌지 덜컥 걱정이 되었다.

"괜찮습니까?"

"괜찮아요. 현우 자식. 아픈 거 아니라니까."

"그런데 왜 안 나왔습니까?"

"언제는 나오지 말라면서요?"

볼멘 대구에 재현은 입을 다물었다. 지원의 말이 맞다. 사건에 개입하지 말라고 협박 아닌 협박도 여러 번 한 주제에 왜 안 나왔냐니. 말도 안 되는 소리를 했다.

헛기침을 한 재현은 다른 곳을 보는 척하며 봉투를 내밀었다.

"몸살 약입니다."

"아픈 거 아니라고요. 잠을 못 자서 그런 거지."

"악몽 때문입니까?"

"아뇨, 고민이 있어서요. 그런데 현우는 왜 같이 안 왔어요? 당장이라도 뛰어올 것처럼 전화하더니."

"병원으로 조사하러 나갔습니다."

"왜요? 남상회랑 계은지 진료 기록은 다 조사했잖아요."

"유미연 씨의 산부인과 진료 기록 때문에요."

"유미연 씨 기록은 왜요?"

"'왜?'를 찾고 있다고 했죠? 아무래도 그 '왜?'가 두 가지인 것 같습니다."

"무슨 소리예요?"

지원이 눈을 동그랗게 뜨고 물어보자 입가를 길게 늘인 재현이 헝클어진 그녀의 머리를 슥슥 문질렀다. 밤새도록 괴롭히던 귀여운 얼굴이 눈앞에 있자 잃어버린 것을 찾은 기분이 들었다.

"그냥 쉬어요. 사건에 대해서도 잠시 잊고. 일단 눈을 좀 붙이는 게 좋겠습니다. 눈이 토끼 같네요."

재현이 머리를 매만지는 순간 얼음이 되어 버린 지원은 아무 말도 못 하고 멍하니 서 있었다. 너무 더워 머리가 어떻게 된 건가? 안 하던 스킨십을 막 하고. 그녀의 얼굴이 서서히 달아올랐다.

그런 지원을 가만히 내려다보던 그의 미간에 주름이 생겼다.

"정말 괜찮은 거 맞습니까?"

지원이 고개를 끄덕였지만 주름은 펴지지 않았다.

"그런데 왜 얼굴이 뜨겁습니까?"

어느새 지원의 이마에 손을 얹은 재현이 심각하게 물었다. 아프지 않다고 하지만 이마가 뜨거웠다. 정말 몸살이라도 난 건가?

자꾸만 그녀가 신경 쓰였다. 웃을 때도 신경 쓰이고, 지금처럼 벌게진 얼굴도 신경 쓰였다.

그래도 눈앞에 있으니 마음은 편했다. 그녀가 사건에 개입하는 건 원하지 않지만 눈앞에서 사라지는 건 더더욱 안 될 것 같았다.

"그냥 쉬어요. 수사는 내일부터 하는 걸로 하고."

그가 엷은 미소를 남기고 몸을 돌리는 순간까지도 지원은 움직이지 못하고 있었다. 재현이 계단을 다 내려가고 나서야 벌어졌던 입을 다문 그녀는 목으로 비명을 삼켰다.

"뭐야, 왜 머리를……. 아씨. 머리 안 감았는데……. 개기름 장난 아닌데……."

제 머리를 슥슥 문지른 지원은 손을 킁킁거리다 고개를 흔들었다. 발까지 동동 구르다 아래를 내려다보자 다리가 긴 재현은 벌써 가 버렸는지 보이지 않았다.

"아! 유미연 씨 조사한다고 했지? 그게 왜 '왜?' 인데?"

집으로 뛰어 들어간 지원은 모자를 눌러쓰고 밖으로 나왔다.

"한재현 씨! 같이 가요!"

하지만 재현은 이미 사라진 후였다. 지원은 툴툴거리다 뒤늦게 오토바이를 몰고 뒤를 쫓아갔다.

＊３ＨＥ＊

감탄을 하며 사무실을 구경하는 지원을 보고 재현은 어이없다는 표정을 지었다. 기껏 쉬라고 약까지 건네줬더니 위험하게 오토바이를 타고 쫓아와서는 제 할 말만 하고 있었다.

"우와, 내 방보다 몇 배는 더 크네. 나 여기서 먹고 자고 해도 돼요? 저쪽에 보니까 침대도 있던데⋯⋯."

"쉬라니까 왜 나왔습니까?"

"사건이 아직 해결되지 않았는데 잠이 오겠어요? 아무튼, 나 여기서 자도 되냐고요."

"잠은 집에서 자요."

그녀를 무시하며 재현은 책상 위에 늘어놓은 자료들을 차곡차곡 정리했다. 현우가 가져온 자료들은 두서가 없어 다시 분류하는 거라는 핑계를 대면서. 그런데 지원이 재현의 책상 위에 털썩 올라앉았다. 순간 그의 심장도 덜컹 내려앉았다.

"우리 집 어두워요. 나 어두운 거 싫어하잖아요. 여긴 창문이 엄청 커서 환하네. 밤에도 네온사인 때문에 별로 안 어두울 것

218

같은데. 안 그래요?"

"가끔 밤을 샐 것 같으니까 잘 거면 자든지."

딴청을 부리며 중얼거리는 재현을 보고 지원은 귀엽다는 생각을 했다. 가까이 다가가자 눈동자가 흔들리고 귓불까지 빨개진 주제에 일에 몰두하는 척하는 모습이 생경했다.

"허락한 거예요? 나중에 딴말하기 없어요?"

"마음대로 하십시오. 이왕 왔으니 이거나 봐요."

여전히 지원의 눈을 피한 채 재현이 종이 뭉치를 건넸다.

"진료 기록들이네요. 유미연 씨 자궁 적출했어요? 아! 경환이 낳고 나서구나. 헉!"

"석지원 씨!"

경환의 출생 기록부를 만지던 지원이 순간 휘청거리며 책상 아래로 떨어졌다. 그녀는 끙끙거리는 신음을 흘릴 뿐 일어나지 못하고 있었다.

놀란 재현이 다가와 지원을 안아 일으켰다. 잠깐 사이 식은 땀으로 범벅이 된 지원은 거친 호흡을 몰아쉬었다.

"하아, 괜찮아요. 뭐가 보여서……."

"혹시 경환이의 생모에 관한 것입니까?"

"어떻게 알았어요? 유미연 씨가 말했어요?"

"추측했습니다."

지원이 몸을 일으키자 그녀를 부축해 소파에 앉힌 재현이 정수기 쪽으로 걸어갔다. 지원은 창백해진 얼굴로 재현을 뚫어져라 보고 있었다. 제가 본 영상이 그의 추측과 맞는지 궁금했다.

물을 건네는 재현을 향해 지원이 다그쳤다.

"무슨 추측이요?"

맞은편에 앉은 재현은 초조하게 자신을 보고 있는 지원에게 담담하게 입을 열었다.

"유미연 씨는 임신하지 않았습니다. 아이를 입양했을 가능성이 있습니다."

"하지만 여기에는 분명 9월 21일 11시 42분에 태어났다고 자세하게 적혀 있는데요. 발도장도 있고, 몸무게도 있고, 갓 태어나 찍은 사진도 있잖아요. 경환이를 안고 찍은 사진도 있고."

"두 번째 추측은 대리모를 썼을 가능성입니다. 유미연이 임신한 척 꾸미고 대리모와 함께 출산을 한 것처럼 꾸밀 수 있다는 말입니다."

"……."

재현의 말에 지원이 입술을 깨물었다. 그리고 한참 만에 입을 열었다.

"대리모……. 그런 거 같네요. 방금 이 종이를 잡았을 때 여자의 목소리가 들렸어요. 생모는 사망했지만 좋은 엄마가 있어서 다행이라고……."

지원의 목소리가 잦아들자 애써 감정을 지운 목소리로 재현이 질문했다.

"지난번에 경환이를 사이코메트리했을 때 본 건 말하지 않을 건가요?"

"……."

"경환이 때문에 말 못 하는 겁니까? 혹시 경환이와 유미연 씨 사이에 무슨 일이 생길까 봐?"

지원은 입술만 잘근잘근 씹었다. 대답하기 곤란했다. 범죄는 범죄이지만 경환을 생각하면 말할 수 없었다. 그때 사무실 문이 벌컥 열리며 현우가 뛰어 들어왔다.

"보스! 완전 대박! 어, 지원이 왔네? 아프다더니?"

"뭐가 대박이야?"

곤란하던 차에 현우가 들어오자 지원은 반색을 하며 그를 맞이했다. 언젠가는 말을 해야겠지만 조금이라도 늦추고 싶은 게 사실이었다.

현우는 흥분을 감추지 못하고 재현에게 종이를 내밀었다.

"말씀하신 이영미요. 누구 딸인지 알아요?"

"본론만 말해."

"완전 대박. 박순자 씨 딸이에요. 가사도우미분 딸이라고요!"

"박순자 씨!"

현우의 말에 지원도 소리를 질렀다. 그리고 재현이 보고 있는 종이를 당겨 확인했다.

"그런데 박순자 씨 딸을 왜 조사했어?"

"유미연 씨가 출산하던 날 그 병원에서 이 이영미라는 여자도 아이를 낳았거든. 남자애를 낳았는데 사산했다고 기록되어 있고 이영미라는 여자도 출혈로 사망했어. 그런데 의료 소송이고 뭐고 아무것도 없더라고. 박순자 씨도 병원에 아무런 항의를 안 했고, 보상받은 것도 없었어."

현우가 흥분한 어투로 다다다 말을 하자 재현이 말을 이었다.

"대신 유미연 씨의 차명 계좌에서 거액의 돈이 박순자 씨에게 이체됐습니다. 그런데 정말 흥미로운 건 박순자 씨가 그 돈을 다시 돌려줬다는 겁니다."

재현의 설명에 현우가 혀를 내둘렀다.

"유미연 씨 통장은 언제 조사한 거예요? 역시 보스야."

하지만 지원은 여전히 이해할 수 없었다. 박순자 씨 딸이 낳은 아이가 죽은 것과 '생모는 죽었지만 좋은 엄마가 있다'는 말의 연관성을 찾지 못했다. 어리둥절한 표정으로 재현을 보자 미간에 희미한 주름을 잡은 그가 대답했다.

"이영미가 낳은 아이가 경환이입니다."

"네? 왜요? 아니, 어째서요?"

지원의 경악 어린 표정에 재현은 현우에게 손을 내밀었다. 그러자 현우는 가지고 온 종이들을 그에게 건네주었다. 그중 한 장을 뽑아낸 그가 지원에게 건네며 말을 이었다.

"남상회와 유미연은 불임 치료를 받는 중이었습니다. 그때 정자와 난자를 추출해서 인공 수정에 성공했죠. 하지만 유미연은 임신을 할 수 없는 상태였기 때문에 대리모를 선택했을 겁니다. 무슨 이유로 박순자 씨의 딸을 대리모로 선택했는지까지는 아직 모르지만 이영미 씨의 배를 빌려 경환이를 낳았습니다."

"그래서 박순자 씨가 계은지를 죽였군요. 자신의 손자나 다름없는 경환이를 학대하는 그 여자를 두고 볼 수 없었던 거예요."

"네, 그게 박순자 씨가 계은지를 살해한 '왜?'입니다."

둘의 대화를 듣던 현우가 입을 쩍 벌렸다. 계은지가 경환을 학대한 사실은 언제 조사한 건지. 대체 이 두 사람은 자기도 모르는 것을 얼마나 알고 있는 것인지 소외감과 함께 능력에 대

222

한 부러움이 들었다. 역시 썸 타는 사이가 맞았다.

"증거는 다 있으니까 박순자 씨의 자백만 받으면 되는 거예요? 와, 그럼 사건 종결이네요."

신이 나서 말했건만 침울해하는 지원과 뭔가 석연치 않은 얼굴의 재현을 보며 현우는 웃던 입을 어색하게 다물었다. 이 두 사람 뭐야? 썸 말고 다른 것도 타는 사이인가?

❈❈❈

취조실에 앉은 순자는 어리둥절한 표정이었다. 자신이 왜 이런 썰렁한 취조실에 불려 왔는지 감을 잡지 못하는 듯했다. 그 모습을 유리창 너머에서 보고 있던 지원이 재현에게 부탁했다.

"정중하게 대해 줄래요? 그냥 손자를 많이 사랑한 할머니였다고 생각하면서요."

"난 법대로 합니다."

재현의 냉정한 말에 지원은 대꾸하지 못했다. 검사인 그는 자신처럼 인정에 호소할 순 없을 것이다.

"휴우, 사이코메트리하지 말걸. 아니다. 내가 하지 않아도 이미 증거는 있었던 거잖아."

취조실로 들어오는 재현의 모습에 지원은 저도 모르게 유리창 쪽으로 몸을 기울였다. 재현이 그런 그녀를 보며, 아니, 거울을 보며 다가왔다.

지원은 재현의 눈을 똑바로 바라보았다. 보일 리 없는 그녀를 한동안 응시하던 재현이 천천히 입을 열었다.

"따님이 아이를 낳다 죽었더군요."

"네? 네, 임신중독증이 있었어요. 원래는 건강했던 아이인데……."

"약에 중독되었다고 적혀 있네요."

"그걸 어떻게……."

재현이 천천히 몸을 돌려 순자에게 다가갔다. 그리고 서류철을 그녀의 앞에 펼쳐 놓았다.

"임신 전부터 신경 안정제를 남용한 기록이 있고, 임신 중에도 우울증 때문에 치료를 받았더군요."

"남용이 아니에요. 의사의 처방을 받아서……."

"그 의사의 처방을 최소 다섯 군데 이상 받았습니다. 필요량의 다섯 배라면 남용이라고 생각합니다만."

서류를 보는 순자의 손이 부들부들 떨리기 시작했다. 하지만 재현의 목소리에는 변화가 없었다.

"게다가 임신 말기에 급성 알코올중독까지……. 그런데 왜 유미연 씨는 이영미 씨에게 대리모를 부탁했을까요?"

재현의 말에 순자의 눈이 커졌다. 주름진 손마디가 불거지도록 종이를 움켜쥐자 찌이익 소리를 내며 종이가 찢어졌다.

그러자 재현이 허리를 숙여 순자와 눈높이를 맞추었다. 일말의 감정도 없는 눈은 냉정하기 이를 데 없었다.

"이영미 씨가 대리모로 경환이를 낳았으니 경환이는 박순자 씨의 손자나 다름없었겠죠. 그래서 학대를 한 계은지를 두고 볼 수 없었을 겁니다. 하지만 대놓고 드러낼 수는 없었겠죠. 그랬다간 경환이가 대리모로 낳은 아이라는 게 밝혀질 수 있고, 더 이상 그 집에 드나들 수도 없었을 테니까요. 경환이를 보지 못한다는 게 박순자 씨에게는 가장 힘든 일이었겠죠. 안 그렇습니까?"

재현의 냉정한 말에 순자는 눈물을 삼키고 덤덤히 입을 열었다. 그가 모든 것을 알고 있다는 사실에 체념한 말투였다.

"남편이 죽고 딸 하나 있는 거 잘 키워 보자고 안 해 본 일이 없습니다. 없는 살림에도 잘 커 주길 바랐는데, 세상일이 다 뜻대로 되는 건 아니더군요. 영미가, 내 딸이 사랑하는 남자가 있었습니다. 내 사위가 될 뻔했는데, 그만 사고로 죽어 버렸어요. 그때 영미는 임신 6주였었는데 그 충격이 너무 컸어요. 아이를 유산할 수도 있다는 말에 전 사모님께 부탁을 드렸어요. 딸애를 입원시킬 수 있게 도와 달라고요. 엄마로서 두고 볼 수가 없었어요."

순자의 말에 재현은 눈을 찡그렸다. 이영미가 임신을 한 상태라고? 대리모가 아니라 박순자의 친손자?

"그렇다면 그때 낳은 아이는!"

질문을 하던 그가 갑자기 음향 스위치를 껐다. 대화가 녹음되지 않는다는 걸 알면서도 재현의 목소리는 작아졌다.

"이영미 씨가 낳은 아이는 어디에 있습니까?"

"······."

대답이 없었다.

"경환이입니까?"

격해진 감정 때문에 눈물범벅이 된 순자는 재현의 손을 덥석 잡았다.

"경환이는 유미연 교수님 아들입니다. 비록 내 딸애의 배

225

를 빌려 낳았지만 남 교수님과 유미연 교수님의 아이가 분명해요."

경환은 정말 박순자의 손자였다. 아이를 낳다 이영미가 죽자 유미연이 아이를 입양한 것이다. 아니, 그전부터 임신한 것처럼 꾸미고 있었다면 박순자와 미리 입을 맞췄을 것이다. 입양이 아닌 출생신고부터 완벽한 유미연의 아이가 될 것을 말이다.

"경환이는 유미연 씨의 아이가 맞습니다."

재현의 말에 순자의 얼굴이 희미한 웃음이 번졌다. 그녀의 웃음을 보고 재현이 다시 음향 스위치를 켰다.

"그럼 내가 잡혀 들어가도 경환이에게는 아무런 해도 없는 거죠? 맞죠, 검사님?"

"아무런 해도 없습니다."

"후우, 그럼 됐습니다. 계은지가 경환이를 학대하는 걸 막을 수가 없었어요. 그대로 두면 경환이가 죽을 것 같아서 내가 계은지를 죽였습니다. 아는 사람을 통해 그 수산화 뭔지 하는 약물을 구입했고, 매일 침구에 뿌리고, 샴푸와 바디 클렌저에 섞어 조금씩 중독이 되게 만들었습니다. 내가 죽였어요."

경환의 안전을 보장받자 순자는 순순히 모든 것을 털어놓았다. 자신이 없어도 더 이상 경환을 위협하는 사람이 없다는 사실과 유미연이라는 든든한 보호자가 있다는 것에 안심한 그녀는 오히려 편안한 낯빛을 하고 있었다.

"벌은 달게 받겠습니다."

마지막 진술을 받고 재현은 취조실을 나섰다. 범인은 잡았지만 기분이 더러웠다. 아이를 보호하려 했으니 옳은 것인지, 보

226

호라는 이유로 살인을 저질렀으니 용서받지 못하는 것인지 판단이 서지 않았다.

지원과 조용히 서 밖으로 걸어 나오는데 마지막 정리를 하던 현우가 따라 나왔다. 그 역시 개운하지 않은 표정이었다.

"이제 사건 마무리된 거예요? 단순 복상사인 줄 알았는데, 엄청난 뭔가가 있었네요."

찜찜해하는 그의 말에 누구도 대답하지 않았다. 다른 때 같으면 자기만 따돌린다고 서운해했을 현우도 잠자코 있었다.

"그럼 저는 사건 마무리해서 가져가겠습니다."

현우가 안으로 들어가자 지원이 먼저 발걸음을 옮겼다. 그런 그녀를 바라보고 있던 재현이 말을 걸었다.

"할 말 없습니까?"

그의 물음에 지원은 걸음을 멈추었지만 돌아보지 않았다.

차가운 듯해도 카리스마 있고 멋지다고 생각했었는데 아까 순자에게 한 행동 때문에 그가 조금 미워지려고 했다. 그때 나직한 목소리가 들려왔다.

"수고했습니다. 사건은 이것으로 종결입니다."

뜻밖의 말에 지원이 뒤를 돌아보았다.

"더 이상 경환이를 괴롭히는 사람은 없을 겁니다."

"당신 너무 냉정한 거 알아요?"

"압니다."

"조금쯤은 마음 아파하라고요. 사람이라면……."

"사람이니까, 실수하지 않으려고 애쓰는 겁니다. 내가 실수하면 많은 사람들이 아플 수 있으니까요."

차가운 눈동자에는 어느새 온기가 돌고 있었다. 그녀의 마음을 안다고 어루만져 주는 것 같아 지원의 눈가에 눈물이 고이기 시작했다. 냉정하다고 곱지 않은 시선으로 눈총을 준 것이 미안했다. 눈가를 슥슥 문지른 그녀가 재현의 곁으로 한달음에 달려왔다.

"가요. 수사 종결 기념으로 한잔 쏠게요."

"술 못하지 않나요? 지난번에 보니까 막걸리 세 잔에 인사불성이 되던데."

"그 감자 막걸리가 이상했던 거라고요. 나 술 엄청 잘 마셔요."

"술은 다음에 하죠. 오늘은 가서 쉬는 게 좋겠습니다."

"왜요?"

재현이 지원의 모자를 잡더니 거꾸로 씌웠다. 그리고 그녀의 이마로 비쭉 내려온 머리카락들을 가지런히 옆으로 넘겼다. 그 따뜻한 손끝 때문에, 가까이 다가온 온화한 미소 때문에 지원은 얼음이 되어 버렸다.

"고민 때문에 잘 못 잤다고 했잖아요. 가서 자요. 집으로 데려다줄까요? 아니면 사무실?"

"집, 집이요."

"갑시다."

다시 한 번 짙게 미소를 지은 그가 모자를 바로 했다. 그제야 멈춘 숨을 토해 낸 지원은 재현이 모르게 뛰는 심장을 진정시켰다. 내내 차갑게 대하다가 막판에 저 미소로 사람을 녹여 버리고 만다. 선수 같으니…….

집으로 가는 차 안에서 지원은 까무룩 잠이 들었다. 경환을 만졌을 때 무엇을 보았는지 묻지 않은 걸 다행이라고 생각하면서 말이다.

유미연의 집에서 경환이 플라스크에 연결된 긴 관을 문틈으로 꽂았을 때 보았다. 긴 관을 통해 하얀 연기가 방 안으로 들어갔고, 방에서 나온 계은지가 경환의 뺨을 후려치고 온갖 욕을 퍼부으며 지하실에 가두는 것을.

계은지와 남상회가 죽은 날이었다. 지하실에 갇힌 경환이 중얼거렸다.

"엄, 마가 시키는 대로 했어. 엄, 마가 시키는 대로 했어."

그리고 다른 것도 보였다. 유미연과 경환이 함께 화학물질을 섞는 영상. 유미연의 번득이는 눈동자.

"누구도 내 아이를 해칠 수 없어."

침대에서 보았던 남상회의 죽는 장면과 연결하면 추측할 수 있었다. 특정 물질에 과민반응을 보이는 남상회에게 일부러 연기를 마시게 한 건 유미연의 계획이었다.

경환을 학대한 계은지를 죽인 건 박순자였지만, 역시 경환을 학대하고 방관했던 남상회를 죽인 건 유미연이었다. 그것도 경환을 이용해서……

그러나 유미연을 살인자로 만들 수는 없었다. 그렇게 되면 경환은 그 할아버지에게 가야 할 테니까. 경환에게 가장 안전한 안식처는 이 넓은 세상에 유미연밖에 없었다.

나만 입 다물면 아무도 모를 일이다. 남상회는 그냥 심장마비로 죽은 것이다.

＊

늦은 밤, 남정국의 사무실에 차도 한 잔 없이 앉아 있는 사람은 규한이었다. 호출이 올 줄 미리 알고 있었기에 당황하진 않았지만 뭐라 할 말은 없었다. 그저 창가에 서 있는 남정국의 뒷모습만 물끄러미 바라볼 뿐이었다.

한참 동안 밖을 내다본 정국이 묵직하게 입을 열었다.

"기대에 못 미쳤네."

"죄송합니다."

"조용히 넘어가길 바랐는데 결국 매스컴에 오르내리게 돼서 유감이야."

"뭐라 드릴 말씀이 없습니다."

정국이 천천히 몸을 돌려 규한을 바라보았다. 눈가의 주름은 선한 인상을 주었지만 안경 너머의 눈동자는 하이에나처럼 냉혹하고 야비해 보였다. 자리에 앉은 정국은 사람 좋은 웃음을 지었다.

"그게 어디 진 총장 잘못인가? 혈기 왕성한 젊은이들이야 당연히 진실을 찾기 위해 애를 써야지. 그래야 이 나라가 발전하는 것이고. 허허허."

그의 웃음 끝에 소름이 끼친 규한은 마른 입술을 축였다.

"임기가 얼마나 남았지? 우리 당에서 진 총장을 예의 주시하고 있다네."

"최선을 다하겠습니다."

야당의 실세이자 차기 대권 후보로 거론되는 남정국의 말에 규한은 정중하게 인사를 올렸다.

물에 잠긴 꿈

❶
달콤한 낮잠

남상회와 계은지 살인 사건의 자료들을 정리하던 재현은 지원을 힐끔힐끔 보았다. 아침부터 청소를 한다며 앞치마에 머릿수건까지 한 그녀는 창문을 죄다 열어 놓고 먼지를 날리며 청소를 하는 중이었다. 그런데 그것이 청소가 아니라 일을 방해하는 것같이 느껴져 이리저리 도망을 다니는 중이었다.

"좀 비켜 줄래요? 책상 위도 닦아야 하잖아요."

지원의 말에 의자에서 일어선 재현이 소파로 움직였다. 그러자 어느새 쫓아온 그녀가 테이블의 신문과 책들을 정리하기 시작했다.

"봤으면 좀 제자리에 놓든가!"

"그거 지원 씨가 보던 잡지입니다."

"아! 그렇구나."

다시 책상으로 간 재현은 종이 상자에 남상회와 계은지의 자료들을 파일별로 구분하여 정리하기 시작했다. 하지만 온 신경은 지원에게 쏠려 있었다. 사건도 끝났겠다, 굳이 사무실에 나올 필요가 없는데 청소를 한다며 수선을 피우는 그녀가 수상해 보였다.

"음, 대충 끝났네요. 아, 배고프다. 벌써 점심이네. 나가서 먹을래요?"

"약속 있습니다."

"약속? 혹시 여자는 아니죠?"

"아닙니다."

"아니면 됐어요. 난 컵라면이나 먹어야겠다."

지원이 가방을 챙기며 문 쪽으로 걸어가자 정리하던 손을 멈추지 않고 재현이 물었다.

"주말에 뭐합니까?"

"주말이요? 낮잠 자고, 밥 먹고, 산책하고……. 왜요?"

되묻는 눈동자가 반짝거렸다. 뭔가 기대에 찬 눈빛에 재현이 헛기침을 했다.

"지난번에 세 번 만나자고 했잖습니까? 사건 때문이 아니라 그냥 만나는 거요. 이번 주말에 봅시다."

"와, 데이트 신청하는 거예요? 저야 좋죠."

"데이트 아닙니다. 그냥 만나는 겁니다."

"네, 그냥 만나요. 이야, 빨리 주말이 됐으면 좋겠다."

콧노래까지 부르는 지원을 보며 재현도 빙그레 미소를 지었다.

✹⊱✺⊰✹

어떤 옷을 입어야 할까 아침 내내 난리를 피우던 지원은 민소매 원피스에 몇 번 신지도 않은 웨지 샌들을 신었다. 평소 워낙 운동화나 단화만 신는지라 높은 굽의 신발을 신으니 약간의 휘청거림은 어쩔 수가 없었다.

사무실로 가던 지원은 쇼윈도에 제 모습을 비춰 보며 나름 만족한 미소를 지었다.

"음, 나쁘지 않다. 키가 좀 작지만, 굽이 있으니까 7센티는 커졌을 거야. 우와, 날씨 좋다."

사무실에 도착한 그녀는 건물 밖에서 기다리는 재현을 보며 입을 헤 벌렸다. 단정하게 빗어 넘겼던 머리는 자연스럽게 흐트러져 있었고 면바지에 헐렁한 티셔츠를 걸치고 있었다. 늘 핏이 딱 떨어지는 슈트 차림만 보다 편안한 복장을 보니 가슴이 두근거렸다.

"어서 와요."

"멋지네요. 재현 씨는 뭘 입어도 참 잘 어울려요."

"……주차장으로 가요."

지원의 칭찬에 귓불이 빨갛게 물든 재현은 먼저 걸음을 옮겼다.

칭찬을 마치 인사하듯이 하는 그녀가 신기하기만 했다. 그런 말에 익숙지 않은 탓에 어떻게 대꾸해야 할지 알 수 없어 의도치 않게 말이 퉁명스럽게 나갔다.

혹시 기분이 상했을까 걱정되어 슬쩍 눈치를 살피니 그녀는 여전히 방실거리며 웃는 표정이었다.

냉큼 그의 뒤를 따라 차에 올라탄 지원이 들뜬 목소리로 물었다.

"우리 어디 가요?"

"가 보면 압니다."

"나 남자랑 데이트하는 거 처음이에요. 그래서 가슴이 막 설레요."

"데이트 아닙니다."

"네, 네. 그냥 만나는 거죠."

재현이 정색하자 건성으로 대답한 지원은 여전히 함박웃음을 머금고는 창밖을 보았다. 하늘은 푸르고 바람 한 점 없이 쾌청한 날씨였다. 9월에 접어들었지만 여전히 날씨는 여름처럼 더웠다. 나들이에 부족함이 없었다.

한 시간 남짓 후, 목적지에 도착한 그녀는 어안이 벙벙한 표정을 지었다. 도심을 벗어나 나무들이 우거진 그곳은 아주 한적했다. 게다가 앞쪽에는 동글동글한 자갈이 쫙 깔린 커다란 호수가 있었다.

"뭐합니까? 저쪽이에요."

트렁크에서 뭔가를 한가득 꺼낸 재현이 자갈이 깔린 호숫가로 성큼성큼 걸어갔다. 오랜만에 굽 높은 힐을 신은 지원은 휘청거리며 간신히 그를 따라 걸음을 옮겼다. 맑은 호수를 보며 지원이 중얼거렸다.

"여기 뭐하는 곳이에요?"

"사건을 끝냈거나 머리가 복잡할 때 가끔 혼자 오는 곳이에요. 공기가 좋고 사람도 없어서 조용히 시간 보내기는 안성맞춤이죠."

"난 그냥 평범한 데이트를 생각했는데 의외네요."

팝콘을 먹으며 영화를 보고, 팔짱을 낀 채 길거리를 걷고, 호프집에서 술을 마시는 그런 단순한 데이트를 상상했던 지원은 뜻밖의 장소에 약간 실망했다.

"여긴 사람들이 거의 안 오는 곳이라 지원 씨도 편할 겁니다."

그러다 이어진 재현의 말에 감동을 받았다. 일부러 이런 장소를 택했구나.

사실 사람이 많은 곳을 가면 피곤한 건 그녀 자신이었다. 강렬하게 남은 기억들은 스치기만 해도 머릿속을 파고들었다. 사람이 많으면 그럴 가능성도 높기 때문에 평범한 데이트를 한다는 건 사실상 불가능했다. 그런 곳에서는 굳이 손으로 만지지 않아도 온몸으로 사이코메트리가 일어나니까.

지원은 휘청거리는 신발을 벗고 천천히 물 쪽으로 걸어갔다. 발바닥에 매끈거리는 조약돌이 닿아 간지러웠다.

"정말 인적이 드문 곳이네요. 느껴지는 게 별로 없어요. 사실 강이나 호수, 바다에 가면 빠져 죽은 사람들의 아우성 때문에 머리가 먹먹할 지경인데 여기는 몇 명 없나 봐요. 음, 몇 년 전에 허우적대며 물에 빠진 사람이 마지막이네요. 다행히 죽지는 않은 모양이에요."

눈을 감고 심호흡을 하는 지원을 보던 재현이 그녀에게 다가와 의자를 권했다.

"몇 명 없다니 다행입니다. 이제부터 그 사람들은 무시하고 낚시에 몰두하는 건 어때요? 지난번 영화리에서는 한 마리도 못 잡았으니까 여기서 몇 마리 낚아 봅시다."

"낚시요? 나 낚시 못하는데……."

"그럴 것 같았습니다. 지렁이를 바늘에 묶는 걸 보고 알았어요."

"뾰족한 바늘을 도저히 몸통에 찔러 넣지 못하겠더라고요. 아플 거 아니에요."

"지렁이는 통점이 없어서 아픔을 느끼지 않지만, 오늘은 지렁이가 아니라 깻묵을 준비했으니까 그런 걱정은 안 해도 됩니다."

재현은 푹신한 담요를 깔고, 낚싯대를 여러 개 물에 던져 넣었다. 그리고 그중 하나를 그녀 앞에 놓았다.

"나만 만진 거니까 머리 아플 일은 없을 겁니다."

망설이며 낚싯대를 보는 그녀를 향해 재현이 덧붙였다. 그 말에 그녀가 웃으며 낚싯대를 잡자 재현도 찌가 있는 곳으로 시선을 돌렸다.

가끔 바람이 불고 먼 곳에서 이름 모를 새의 지저귐만 들릴 뿐 주변은 고요했다. 오랜만에 느껴 보는 고요함이었다. 몸과 마음이 치유되는 것 같아 지원은 행복한 한숨을 내쉬었다.

"여기 정말 좋네요. 재현 씨 비밀 장소인 거죠?"

"비밀까지는 아니지만 아는 사람이 많지는 않죠."

"이제 나랑 같이 공유하는 장소가 된 거네요."

지원의 말에 재현이 피식 미소를 지었다. 뭐든지 연관 지으려고 하는 지원의 노력이 귀여웠다. 사건으로 엮이지 않았다면 그녀와 사귈 수도 있었을까? 잠시 생각에 잠기는 사이 키득거리며 웃는 소리가 들려왔다.

"왜 웃습니까?"

"킥킥, 낚시 잘하는 거 맞아요?"

"뭐, 나쁜 실력은 아니라고 생각합니다만."

"이 낚싯대로 잡은 게 한 마리도 없는데요? 그냥 하염없이 물에 드리워 놓고만 있잖아요."

"그게 내 낚시의 비법입니다."

재현의 농담에 지원은 커다랗게 웃음을 터트렸다.

오랜만의 휴식이었다. 아무 걱정도 없고, 누군가의 방해도 받지 않는 완벽한 휴식의 시간. 재현은 미세한 찌의 흔들림에 시선을 고정하며 편안함을 만끽했다. 그러다 문득 옆을 본 그의 입가가 부드럽게 호를 그렸다.

낚싯대를 두 손으로 잡은 지원의 머리가 헤드뱅잉을 하는 것처럼 마구 흔들리고 있었기 때문이었다. 늘 잠이 부족하다더니 피곤한 모양이었다.

조용히 일어난 그는 그녀의 바로 옆에 살며시 의자를 놓고 앉았다. 그리고 이리저리 흔들리는 머리를 조심스레 잡아 제 어깨에 기대게 했다.

도시는 찌는 듯이 더웠지만 울창한 나무로 가득한 호숫가는 살랑거리는 바람으로 시원했다. 그 바람을 타고 지원의 향기가 코끝을 스쳤다.

달게 잠을 자고 일어난 지원은 헝클어진 머리를 손으로 연신

빗어 내렸다. 간만에 드라이도 하고 머리에 힘을 줬는데 재현의
어깨에 기대어 잔 탓에 한쪽이 폭삭 주저앉고 말았다.

"어쩜 그렇게 잤는지……."

후회를 해 봤지만 이미 때는 늦었다. 어째서 재현의 옆에만
있으면 잠이 쏟아지는지 모르겠다. 혹시 수면 성분이 있는 향수
를 뿌리고 다니나? 잠깐의 낮잠은 정말 달콤했지만 입까지 벌
리고 자는 흉한 몰골은 결코 보여 주고 싶지 않았다.

한숨을 쉬며 주저앉은 머리를 세우려고 만지작거리는데 재
현이 저쪽에서 그녀를 불렀다.

"배 안 고픕니까?"

"고프기야 하죠. 물고기를 한 마리도 못 잡았는데 뭘 먹어
요?"

"물고기 먹으러 온 거 아니니 걱정 마십시오."

"우와! 대박!"

민망함에 쭈뼛거리며 다가온 지원은 담요 위에 차려진 음식
들을 보고 감탄사를 내질렀다.

"김밥에, 초밥에, 과일에…… 우와, 문어 모양 소시지도 있
네? 이런 건 어디서 팔아요?"

김밥 하나를 냉큼 입에 넣은 지원이 우물거리며 물었지만 돌
아오는 대답은 없었다. 초밥 하나를 다시 입에 넣은 지원이 고
개를 갸우뚱하며 재현을 보자 그는 대답 대신 김밥을 입에 넣
고 있었다. 그 모습에 초밥을 삼킨 그녀가 미심쩍은 눈으로 그
를 보았다.

"아니죠? 아닐 거야. 재현 씨 머리 좋은 건 알지만 머리 좋다

고 음식을 잘하는 건 아니니까. 이건 모양도, 맛도 완전 프로의 솜씨인데. 아니죠?"

"내가 한 거 맞습니다."

"헐, 대박! 어쩌다가 음식까지 잘해요? 어쩐지 이 각 잡힌 초밥이 심상치 않아 보인다 했어요. 완벽한 정삼각형이잖아요."

"자취를 오래했습니다. 웬만한 음식은 흉내 낼 줄 알아요."

재현의 말에 지원이 고개를 끄덕였다.

"하긴, 나도 라면은 종류별로 다 끓일 줄 알아요. 라면으로 할 수 있는 요리가 최소한 4~50개는 되니까."

"그럼 다음엔 지원 씨가 라면 끓여 주면 되겠군요."

재현의 말에 지원은 우물거리던 입을 멈추었다. 그리고 재빨리 음식을 삼키고 물었다.

"그건 애프터 신청인가요?"

"라면 정도는 사무실에서도 얼마든지 끓여 먹을 수 있습니다만……."

"아, 그렇지."

지원이 입을 삐죽거리자 뭐가 좋은지 재현의 입가에 미소가 잡혔다.

밀어내려고 했는데 어느새 지원의 페이스에 말려든 것 같았다. 시답지 않은 말장난이 즐겁고, 가끔씩 '멋져요' 하는 간지러운 칭찬에 미소가 생겼다.

낯선 이 감정이 싫지 않았다. 한편으로는 은근히 즐기고 있는지도 모르겠다. 가득하던 음식을 거의 해치운 지원이 행복한 미소를 지으며 담요 위에 눕자 재현이 한마디를 던졌다.

"먹고 바로 누우면 소 됩니다."

"소 좀 되면 어때요. 이렇게 행복한데……. 아, 딱 한 시간만 잤으면 좋겠다."

"또 잡니까?"

"이상하죠? 재현 씨랑 있으면 왜 이렇게 잠이 잘 오는 걸까요? 혹시 수면제 성분이 들어 있는 향수 써요? 아니면 신경 안정 효과가 있는 아로마 오일 발라요?"

"향수도 안 쓰고 오일도 안 바릅니다."

"진짜 이상하다니까."

그녀가 고개를 계속 갸웃거리자 재현이 웃으며 말했다.

"그냥 지원 씨가 잠이 부족해서입니다. 낮잠이 필요한 사람이니까요."

재현의 말에 지원도 방긋 미소를 지었다. 달콤한 낮잠이 필요하긴 하지만 그 장소가 항상 재현의 곁이라는 걸 그가 알지 모르겠다. 단지 잠이 부족해서가 아니라 재현의 곁이 든든하고 편안해서 스르르 잠이 든다는 것을 말이다.

달콤한 휴식을 취한 그녀는 음식과 담요를 정리하면서 투지를 불태웠다.

"이번에야말로 기필코 물고기를 낚겠어."

"떡밥이라도 넉넉하게 뿌리겠습니까?"

"뭐든 줘요. 떡밥이든, 깻묵이든. 지렁이만 아니면 다 환영이에요."

지원이 이글거리는 눈빛으로 떡밥을 받아 들 때였다. 재현의 핸드폰이 울렸다. 발신자를 확인한 재현은 벨소리를 무시한 채 그녀에게 떡밥을 주고 의자에 앉았다. 잠시 멈춘 핸드폰이 또다시 울리기 시작하자 지원이 조그맣게 입을 열었다.

"받아요."

"중요하지 않은 전화입니다."

"내 촉은 안 그래요. 중요한 전화예요. 받아요."

"설마 벨소리도 사이코메트리할 수 있습니까?"

"그냥 감이에요. 뭔가 중요한 전화일 것 같아요."

지원의 성화에 재현은 내키지 않는 얼굴로 전화를 받았다.

"무슨 일이십니까?"

―사건이네.

"저희 팀은 지난번 수사를 끝으로 해체했습니다. 다른 검사에게 맡기시죠."

지원은 귀를 쫑긋 세웠다. 규한의 목소리인 것 같았다. 냉랭해진 말투를 보니 규한과 재현의 사이에 뭔가 있는 게 틀림없었다. 재현의 낯빛이 잠시 어둡게 변했다.

"지금 올라가겠습니다."

전화를 끊은 재현은 그녀를 보며 미안한 듯 말했다.

"서울로 가야 할 것 같습니다."

"사건 생겼대요?"

"물고기는 다음에 낚죠."

"나도 가도 되죠?"

막무가내로 우길 수도 있지만 그러고 싶지 않았다. 이번엔 같은 팀으로 일하고 싶었다. 지난번 부검의에게 팀이라고 소개한 것처럼 진짜 동료가 되어 힘을 실어 주고 싶었다. 조금이라도 그의 곁에 있고 싶고, 자신의 능력으로 그를 도와주고 싶었다.

그녀의 진심이 통했는지 재현이 고개를 끄덕였다.

"말려도 소용없겠죠. 당분간만입니다. 대신 지난번처럼 단독 행동은 하지 마십시오."

"안 해요. 어디 갈 거면 재현 씨 손 꼭 붙들고 다닐게요."

호언장담하는 지원이었지만 재현은 여전히 그녀가 걱정되었다.

❊❊❊❊❊

부검실로 들어가며 재현은 지원에게 간단히 설명을 했다.

"익사 사고랍니다."

"물에 빠져 죽은 거요? 으으, 익사한 시체는 진짜 별로인데."

"보기 싫으면 안 봐도 됩니다."

"아뇨, 볼 거예요. 우린 팀이잖아요."

다정한 재현의 말에 지원이 씩씩하게 대답하며 안으로 들어갔다. 먼저 와 있던 현우가 재현을 보며 깍듯하게 인사를 했다.

"어서 오십시오."

고개를 까딱해 보인 재현이 부검의에게 친근한 미소를 지으며 인사를 하자 그도 마주 보며 웃었다.

"자주 보는군. 이번에는 정식 팀인가?"

"네. 지난번엔 소개를 못 드렸습니다. 이쪽은 차현우 경장이고, 이쪽은 석지원 씨입니다. 저희 일을 도와주고 계십니다."

"반가워요. 권승형이라고 합니다."

안경을 위로 올린 승형이 넙대대한 얼굴 가득 웃음을 머금고 인사를 하자 현우와 지원도 공손하게 인사를 했다. 승형의 시선이 자신에게서 멈추자 지원이 활짝 미소를 지었다.

"예쁘게 생겼구만."

"감사합니다."

"허허허, 발랄하고. 딱이네."

재현을 보며 의미심장한 말을 던진 승형은 장갑을 꼈다. 세 사람이 시신의 주위에 서자 그가 담담한 목소리로 설명을 시작했다.

시신은 여자였다. 창백한 피부에 붉게 물들인 긴 머리카락, 그리고 푸르스름한 입술. 지원은 고개를 갸우뚱거렸다.

"익사라고 하지 않았어요?"

그녀의 질문에 승형이 대답을 했다.

"익사는 맞지. 폐에 물이 차 장기에 부종이 생기고 결국 호흡곤란으로 사망했으니까."

"그런데 시신이 왜 이렇게 멀쩡해요? 혹시 입이랑 코만 물에 빠졌어요?"

"자네들이 밝혀야 할 부분이 바로 그거야. 이 여자는 자기 방에서 낮잠을 자다 익사를 한 거니까."

"자기 방에서 자다가 익사를 했다구요? 그게 말이 돼요?"

현우가 묻자 승형은 가늘게 한숨을 쉬었다.

"나도 처음 보는 경우라 딱히 뭐라 설명할 게 없어. 다른 장기들은 멀쩡한데 폐에만 약간의 물이 차 있었어."

"혹시 마른 익사 아닙니까?"

"마른 익사가 뭐예요?"

지원이 조그맣게 묻자 그녀에게 머리를 기울인 재현이 조그맣게 대답을 했다.

"이차적 익사라고도 하는데, 물속에 있을 때 질식이 일어나지 않을 정도의 소량의 물이 폐에 들어가서 나중에 문제를 일으키는 경우를 말합니다. 아이들이 물놀이 후에 그 물이 기도를 자극해서 경련을 일으켜 호흡곤란으로 죽는 경우가 대부분이죠."

재현의 대답이 끝나자 승형이 대답을 이었다.

"마른 익사는 아니네. 죽기 3일 전부터 피해자는 집 안에만 있었다고 해. 물과 접촉할 일이 없었지."

"알겠습니다. 혹시 다른 게 발견되면 연락 주십시오."

"그러지."

인사를 하고 나가려는데 승형이 재현의 어깨를 툭 쳤다.

"좋아 보이는군."

"좋아지려고 하고 있습니다."

"그래야지. 아직 젊은데……."

승형의 따뜻한 눈빛에 눈인사를 건넨 재현은 부검실을 나서며 현우를 보았다. 그 눈빛을 느낀 현우가 후다닥 수첩을 꺼내 브리핑을 하기 시작했다.

"피해자의 이름은 정유나, 나이 23세, 한국패션 정병수 회장의 막내딸입니다."

"한국패션?"

248

재현의 미간이 희미하게 구겨졌다.

"네, 패션업계 5위이고 지난해 매출액이…… 우와, 8천 9백 14억이에요."

"헐, 8천억!"

"재벌이야, 재벌. 휴우, 난 언제 이런 돈 만져 보나. 아니, 볼 일이나 있을까?"

"동감. 한 달에 8만 원 저축도 못 하는데……."

둘이 머리를 맞대고 구시렁거리고 있자 재현이 대화를 잘랐다.

"이번이 두 번째라고 했지?"

"네, 첫 번째 피해자는 이지선, 나이 46세, 전업주부예요. 두 달 전 대구에서 발생한 사건입니다. 이 여자도 집에서 낮잠을 자다 익사했대요."

현우의 즉각적인 대답에 재현이 지시를 내렸다.

"대구로 가서 이지선에 대해 더 알아봐."

"넵, 보스."

경례와 함께 사라지는 현우를 재현이 좁아진 미간으로 바라보았다. 그 모습에 지원이 안됐다는 듯 고개를 흔들었다.

"보스, 나름 괜찮은 호칭인데 왜 싫어해요?"

"그냥 싫습니다."

"에휴. 그럼 우린 어디로 가요? 정유나네 집으로?"

"가서 부모를 만나 봐야겠죠."

"음, 재벌 집에 들어가 보는 거네. 드라마에서처럼 엄청 화려하고 정원도 대따 넓은 그런 집일까요?"

"관심 없습니다."

"하긴, 우린 사건을 조사하러 가는 거니까. 그나저나 정유나
씨의 부모님께서 엄청 슬퍼하시겠어요."

그러나 그런 지원의 우려와 달리 정유나의 어머니인 박희경
은 창백하지만 담담한 얼굴로 그들을 맞이했다.

"상심이 크실 줄은 알지만 협조 부탁드립니다."

"네."

"따님이 며칠 동안 집에만 있었다고 하는데 맞습니까?"

"중요한 약속이 있었습니다. 그런데 유나가 바람을 맞혔죠.
화가 난 남편이 외출 금지를 시켰습니다."

"몰래 나갔을 가능성은 없습니까?"

재현의 질문에 잠시 뜸을 들인 희경이 대답했다.

"지난번 외출을 금지했을 때 몰래 빠져나간 적이 있었어요.
그래서 이번엔 보디가드를 붙여 3일 내내 집 안에만 있게 했습
니다. 하루 빼고는 이틀 동안 저도 집에 있었기 때문에 나가지
않은 건 확실해요."

"혹시 따님이 수영장이나 사우나를 다니지는 않았나요?"

"아니요. 유나는 수영 못해요. 하와이에 가서도 호텔에만 박
혀 있던 아이인 걸요."

말끝에 희경은 눈가를 닦았다. 코끝이 빨개지더니 조용히 자
리에서 일어섰다.

"잠시 실례하겠습니다."

"정유나 씨 방을 봐도 되겠습니까?"

"2층에 있어요. 안내 좀 해 드려."

희경은 도우미에게 말을 한 뒤 방으로 들어갔다.

아이를 잃은 상심이 얼마나 클까. 비록 부모가 되어 보지는 않았지만 그 슬픔이 전해져 지원은 가슴이 먹먹했다. 그녀는 코를 훌쩍이며 재현을 따라 2층으로 향했다.

정유나의 방은 2층에서 가장 크고 볕이 잘 드는 곳이었다. 문을 열자마자 쏟아지는 햇살과 공주풍의 침대, 화려한 화장대를 본 지원의 눈이 휘둥그레졌다.

"사랑을 듬뿍 받았나 보네요. 위로 언니도 있고, 오빠도 있다는데 정유나 씨 방이 가장 좋다잖아요."

도우미가 문을 열며 해 준 말을 지원이 다시 꺼냈다. 하지만 재현은 입을 꼭 다문 채 방을 둘러보았다. 고가의 가구와 캐노피가 달린 침대. 정말 공주가 잘 것 같은 침대에서 잠들 듯 익사한 여자. 이지선에 대한 정보를 확인하면 두 사람이 같은 이유로 죽은 원인을 알 수 있을까? 자연사일 수 있지만 살인일 수도 있다.

만약 살인이라면 연쇄 살인이 되는 거였다.

천천히 방을 둘러보고 있는 그때 재현의 핸드폰이 울렸다.

"한재현입니다. 알았습니다."

"누구예요?"

지원을 보는 재현의 표정이 심상치 않았다.

"또 다른 피해자가 나타났습니다."

"네에?"

세 번째 피해자가 나타났다. 연쇄 살인범을 찾아야 하는 사건이 된 것이다.

＊꙳＊

　도착한 현장은 공교롭게도 한국패션 본사 건물에 있는 여자 휴게실이었다. 폴리스라인을 넘어 들어가니 의자에 앉은 자세로 죽은 여자의 시신이 보였다. 의자에 앉아 살짝 늘어진 몸, 졸고 있는 것처럼 푹 숙인 고개, 허벅지 위에 놓인 손에는 식은 커피가 담겨 있는 종이컵이 쥐어져 있었다.

　그 모습에 지원이 중얼거렸다.

　"휴게실에서 졸고 있는 모습이라니. 마치…… 무대 퍼포먼스를 보는 것 같아요."

　재현도 비슷한 생각을 하는 중이었다. 설치미술을 보는 것 같았다. 그것도 엽기적인 작품으로 말이다.

　"뭔가 메시지를 전달하려는 걸까요? 이지선은 자다가 변을 당했고, 정유나는 자기 방에서 낮잠을 자다 죽었고, 서지애라는 이 여자는 휴게실에서 잠깐 졸다가 죽었네요."

　"모두들 달콤한 낮잠을 자다 물에 빠져 죽었군요."

　"으으, 소름 끼쳐. 나도 기사 쓰느라 별 희한한 사건을 많이 봐 왔지만 이건 진짜 미스터리하네요."

　몸을 부르르 떨던 지원은 경찰들의 눈치를 살피더니 슬며시 서지애 쪽으로 손을 뻗었다. 그러나 서지애의 몸에 닿기도 전에 재현이 손목을 낚아챘다. 당황한 지원이 나지막한 목소리로 따지기 시작했다.

　"뭐해요? 빨리 하고 나가야죠."

252

"하지 마요."

"아, 또 왜요?"

지원이 짜증스럽게 되묻자 재현은 다짜고짜 그녀를 끌고 휴게실을 벗어나 비상구 계단으로 들어갔다. 등 뒤로 쾅, 문이 닫히는 소리가 유난히 크게 들렸다. 홱 돌아선 재현의 얼굴에 걱정이 가득 비치자 지원도 덩달아 미간에 힘을 주었다.

"수사하는 데 더 이상 석지원 씨의 힘을 쓸 수 없습니다."

"그러니까 왜요? 지난번 사건도 내가 해결한 거나 다름없잖아요."

"……."

"물론 국과수 권 박사님이랑 현우랑 한재현 씨가 찾은 게 많지만 내가 결정적인 역할을 했잖아요."

"그래서 안 된다는 겁니다."

"내가 나쁜 머리가 아닌데 지금 그쪽이 하는 말은 못 알아듣겠네요."

지원의 항의에 재현의 목소리가 낮아졌다.

"지난번과 다릅니다. 이미 세 건의 사건이 발생했고 분명 연관성이 있어 보입니다."

"그 정도는 나도 짐작해요."

"연쇄 살인이라고요. 그만큼 위험이 크다는 소리입니다."

"난 그냥 사이코메트리만 하는 건데 무슨 위험이 있어요. 더구나 이번엔 끔찍한 몰골도 아니니 악몽으로 나타날 일도 없어서 좋겠구만."

"사이코메트리 말고 다른 방법으로 도와주십시오."

단호하게 말을 끊은 재현이 문을 열고 나가자 지원은 그의 뒷모습에 대고 주먹질을 했다.

"내가 가진 능력이 그건데 다른 무슨 방법으로 도우라는 거야? 매일 종류별로 라면이라도 끓여 줄까? 쳇!"

지원은 투덜거리면서도 얼른 재현의 뒤를 따랐다. 목격자인 서지애의 주변 동료들과 이야기를 나누는 그의 옆에 바짝 붙어 섰다. 일단 수사에서 제외가 된 건 아니니 모을 수 있는 정보는 모두 들어 두는 게 상책이라는 생각에 귀를 쫑긋 세웠다.

서지애의 동료들은 패닉 상태였다. 조금 전까지 커피를 마시며 수다를 떨던 사람이 갑자기 죽었다. 짧게는 7개월, 길게는 5년간 그녀와 같은 사무실에서 근무하던 그들은 하얗게 질린 얼굴로 공포에 떨고 있었다.

"평소 서지애 씨에게 지병이 있었거나, 최근 몸이 아픈 적이 있었나요?"

재현의 질문에 동료 여직원은 감정을 추스르며 대답했다.

"딱히 아픈 곳은 없었어요. 두통이 가끔 있긴 했지만 직장 다니는 사람들 중에 스트레스성 두통이 없는 사람은 없잖아요."

"아까 같이 휴게실에 갔을 때 평소와 다른 점은 없었나요?"

"글쎄요. 잘 모르겠어요."

다시 무서운 생각이 드는지 여자의 얼굴이 창백해지자 곁에 있던 다른 여자가 대신 대답했다.

"그냥 졸리다고 했어요. 2시쯤이면 점심 먹고 약간 나른한 시간이라 졸음이 많이 오긴 하는데 오늘따라 너무 졸리다고."

"피곤한 게 아니라 졸리다고요?"

"네. 그래서 커피 마시면서 수다 떨자고 휴게실에 모인 건데……."

여자의 눈에 눈물이 글썽거렸다.

"커피를 마시다가 졸기 시작했군요."

"고개가 떨어지기에 피곤한가 보다 싶어서 잠깐 졸게 놔뒀어요. 조금 이따 깨우려고 했는데……. 흑흑흑."

결국 울음을 터트린 여자에게 더 이상의 질문은 무리였다. 재현이 고개를 끄덕이자 경찰들이 여직원들을 데리고 갔다.

얻은 정보가 별로 없었다. 평소 성격이 쾌활해서 원한을 살만한 행동을 한 적도 없다고 했다. 아픈 곳도 없고 약물에 취한 것도 아니다. 부검 결과가 나와 봐야 정확하게 알겠지만 어쩐지 서지애도 익사를 한 것 같은 예감이 들었다.

그런 그의 예감은 빗나가지 않았다. 부검을 끝낸 권 박사의 호출에 모인 세 사람은 설명이 없어도 알 수 있었다. 이건 연쇄 살인 사건이었다.

"이번에도 사인은 익사네. 폐에 약간의 물이 차 있고, 호흡곤란으로 죽었어."

"어떻게 휴게실에서 졸다가 익사를 할 수가 있죠? 물이 없는데 그게 가능해요?"

현우의 물음에도 재현은 물끄러미 시신을 바라볼 뿐이었다. 무시당한 현우가 어깨를 늘어뜨리자 지원이 그런 그를 측은하게 바라보았다.

"물놀이를 간 적도 없고, 하다못해 며칠 사이 목욕탕에 간 적도 없다는데 어떻게 폐에 물이 차는지 모르겠네."

지원의 중얼거림에 재현이 입을 열었다.

"알겠습니다. 혹시 다른 사항이 발견되면 연락 주십시오."

재현이 인사를 하고 나가자 권 박사가 마지막으로 나가는 지원의 팔을 톡톡 건드렸다. 그리고 나지막한 목소리로 물었다.

"둘이 진전은 좀 있나?"

권 박사의 물음에 지원의 눈이 동그래졌다.

"어떻게 아셨어요?"

"딱 보면 모르나? 저놈 표정만 봐도 완전 연애하는 남자의 얼굴인데……."

권 박사의 말에 재현의 얼굴을 본 지원은 아리송한 표정을 지었다. 대체 어디가 연애하는 남자의 표정일까?

"내가 시체만 잘 아는 게 아니거든."

능청스러운 권 박사의 말에 지원은 같이 웃음을 지었다. 재현을 오랫동안 알고 지냈다고 하니 그의 작은 변화도 금세 알아챈 모양이었다.

"어때, 잘되어 가나?"

"뭐, 개미 눈곱만큼요."

"후후후, 재현이가 쉬운 남자는 아니지."

"네, 어려워요. 저는 너무 쉬운 여자인데……. 조금 다가가면 뒤로 휙 돌아 달아나 버리는 것 같아요."

"연애가 처음인가?"

"헤. 어쩌다 보니 처음이네요."

"그럼 이건 어때. 먹을 것으로 공략해 보는 거야."

"먹을 거요?"

"자고로 남자는 배가 부르면 뇌가 느려지거든."

"아하, 그렇군요. 조언 감사합니다."

이유는 모르지만 권 박사의 응원을 받는 것 같아 힘이 났다.

"먹을 거라……. 일단 라면 3종 세트로 마음을 좀 풀어 줘야 겠지?"

사무실로 돌아온 재현은 지원에게는 눈길도 주지 않고 현우와 사건에 대한 회의를 시작했다. 둘이 회의 탁자에 앉은 것을 보고 지원도 슬그머니 의자에 앉았지만 그는 여전히 무관심했다.

"이지선에 대해서 새로운 것은 알아냈나?"

"특별한 건 없는데요. 나이 46세, 평범한 가정주부였고, 남편과 아이들이 세 명 있어요. 어디서나 볼 수 있는 평범한 아줌마예요. 성격이 원만해서 누구랑 싸운 적도 없고, 원한 살 일을 한 적은 더더욱 없고."

"정유나는?"

"역시 마찬가지예요. 뭐, 제멋대로인 성격이 흠이라면 흠일까. 돈이 많으니까 친구들에게 인심도 잘 쓰고, 귀염둥이 막내라 애교도 많고……. 아! 약혼자가 있다고 했어요. 같은 패션 업계 8위인 JS의 차남 박승원. 27세에 말썽 많고, 여자 많고, 돈 많고……."

"완전 재수네."

지원의 추임새에 현우가 눈을 찡긋해 보였다. 그러자 칼날 같은 재현의 목소리가 날아왔다.

"그 약혼자에 대해서 알아봐."

"보스는 안 가요?"

"만날 사람이 있어."

재현이 일어서자 지원도 그 뒤를 따라갔다. 그런데 갑자기 그가 몸을 홱 돌렸다. 정면으로 부딪힐 뻔한 지원은 발을 비틀거렸다.

"차현우 경장과 가십시오. 그리고……."

재현의 얼굴이 가까이 다가왔다. 귓가에 느껴지는 그의 숨소리와 익숙한 체취에 지원은 저도 모르게 몸이 경직되었다. 곧이어 낮은 목소리가 흘러들어 왔다.

"절대 사이코메트리하지 마십시오. 차 경장은 아무것도 모르니까."

"그, 그 정도는 나도 알아요."

"알면 걱정되게 하지 말아요."

지원의 머리를 살짝 쓰다듬은 재현이 희미한 미소를 짓고는 사무실을 나갔다. 따뜻한 손길이 여전히 느껴지는 것 같아 지원은 입을 벌린 채 재현이 나간 문만 쳐다보고 있었다.

"뭐지? 썸 타는 것 같은 이 느낌은 느낌만이 아닐 거야. 내 촉은 좋으니까……."

"뭐해?"

"엄마야!"

"혼자 뭘 그렇게 중얼거려?"

"응? 응, 너랑 같이 가서 그 약혼자 조사하래."

"그래, 회사로 가자. JS 본사가 어디에 있더라?"

현우가 인터넷 검색을 하는 동안 지원은 빨개진 얼굴을 두 손으로 꾹 눌러 식혔다.

느낌이 좋다. 아직 두 번이나 만날 날이 남았는데, 벌써 오케이를 한 것 같은 좋은 예감이 들었다.

✢❊✢

검찰청에 도착한 재현은 규한의 사무실로 갔다. 마침 다른 검사와 얘기를 나누던 규한은 재현을 보자 검사를 내보내고 그를 향해 인자한 미소를 머금었다.

"자주 보니 좋구나."

"협상하시죠?"

"협상?"

규한의 미소가 좀 더 진해졌다.

"먼저 말을 꺼냈으니 네 패부터 볼까?"

"이 팀 맡겠습니다. 제가 보스, 아니, 팀장을 맡고, 차현우 경장을 팀원으로 하겠습니다."

지원의 이름이 빠진 걸 알았지만 규한은 일단 재현의 말을 들었다.

"그리고 팀원 하나를 추가할 예정입니다. 그 정도 힘은 있으시니까 불러 주시겠죠?"

"조건은?"

"석지원 씨 건들지 마십시오. 일반인입니다. 일반인을 사건에 개입시켜 다치게 하고 싶지 않습니다."

"모두 들어줘야 하는 것뿐이네. 그럼 내가 얻는 건 뭔가?"

규한의 말에 재현이 희미한 미소를 지었다.

"이 팀을 만든 목적. 남정국 의원의 뒤치다꺼리를 위해 만든 것 아닙니까? 영화리 사건도 남 의원의 부탁이었고, 죽은 남상회와 계은지는 그의 아들과 며느리였죠. 이번 사건이 저에게 넘어온 것도 한국패션의 막내가 죽었기 때문 아닙니까? 한국패션의 정병수 회장과 남 의원이 각별한 사이라는 건 대한민국에 모르는 사람이 없는데."

"그래, 너라면 그 정도는 쉽게 알아낼 거라 생각했지."

"이번 수사 제대로 하겠습니다."

"그러니 왈가왈부 참견하지 마라, 이건가?"

"협상된 걸로 알고 가겠습니다."

재현이 정중하게 고개를 숙이고 나가려 하자 규한의 목소리가 그의 발목을 잡았다.

"석지원 씨도 건드리지 않고, 자네의 수사도 더 이상 터치하지 않지. 내 조건 하나만 더 들어준다면 말이야."

규한의 목소리는 부드러웠지만 눈빛은 그렇지 않았다. 날카로운 눈빛 뒤로 이글거리는 욕망은 여전했다. 처음 만났을 때는 몰랐던 그의 야망이 이제는 재현을 누르는 커다란 돌덩이가 되어 버렸다.

✳✳✳

JS 건물로 들어선 지원은 어지럼증에 잠시 몸을 비틀거렸다. 사람들이 너무 많았다. 살짝 스친 회전문과 어깨를 툭툭 부딪치며 걸어가는 사람들 때문에 수많은 영상들이 0.1초 단위로 나타났다 사라지기를 반복했다.

"으, 사람 많은 곳은 싫어."

딱히 집중하지 않아도 사람이 많은 곳에서는 자연스러운 접촉이 일어나 머릿속에 낯선 영상들이 가득 찼다.

그녀가 로비 한구석에서 울렁이는 속을 진정시키고 있을 때 현우가 다가왔다.

"27층이 박승원 사무실이래. 왜 그래? 어디 아파? 얼굴이 하얗게 질렸어."

"아침 먹은 게 좀 체했나 봐. 괜찮아. 어디라고?"

"27층."

27층까지 올라가는 엘리베이터 안에서 지원은 어디에도 손을 대지 않기 위해 안간힘을 썼다. 좁은 공간이 빙글빙글 돌아가는 것처럼 어지러웠지만 꿋꿋하게 서서 버텼다. 식은땀까지 흘리는 지원을 보며 현우는 걱정스러운 시선을 보내고 있었다.

사무실로 들어가자 비서와 얘기 중이던 박승원이 짜증스러운 표정을 지었다. 정중하게 그들을 자리로 안내한 비서가 아니었다면 손가락으로 욕이라도 해 주고 싶을 정도로 박승원의 태도는 무례했다.

"유나 때문에 온 거죠? 걔 몇 번 보지도 못했는데……."

"약혼자라면서 몇 번 못 봤다고요?"

현우의 물음에 승원의 입술에 비웃음이 걸렸다.

"우리 같은 사람들이 얼굴 보고 약혼합니까? 인맥으로 하는 거지. 걔는 내 타입이 아니라 관심도 없었어요. 뭐, 얼굴은 봐

261

줄 만하지만 그것도 다 뜯어 고친 거라 프랑켄슈타인이 연상되어서 보기가 그렇더라고요."

"그럼 마지막으로 본 게 언제였나요?"

"약혼식 날일 거예요."

"날짜가⋯⋯."

"몰라요. 언제야?"

"6월 20일입니다."

승원이 곁에 서 있던 남자 비서에게 묻자 즉각 대답이 나왔다.

"6월 20일이래요."

"지금이 9월이니까⋯⋯. 석 달 전에 본 게 마지막이라고요?"

"그렇다니까요. 아! 사실 저번 주에 같이 밥 먹기로 했는데 유나가 바람 맞혔어요. 바쁜 시간 겨우 쪼개서 나갔는데 약속 장소에 안 나타나서 얼마나 화가 나던지. 한국패션 막내딸만 아니었다면 당장 파혼감이었죠. 걔가 원래 제멋대로라 결혼하면 골치 꽤나 아프겠다 싶었어요."

희멀건한 얼굴의 그는 하는 말마다 가관이었다. 마치 죽어서 다행이라는 것처럼 느껴져 듣다 못한 지원이 한마디를 던졌다.

"그래도 약혼자인데 듣기가 좀 거북하네요."

"어차피 죽은 사람이잖아요. 내 말을 들을 수나 있겠어요?"

재벌가에 태어나지 않은 게 정말 감사했다. 저런 싸가지 없는 남자를 만날 걱정은 하지 않아도 되니 말이다. 지원이 어이없는 표정으로 승원을 노려보자 그가 흥미로운 표정을 지었다.

"그쪽도 경찰입니까? 되게 어려 보이는데."

"남이야 어려 보이든 말든."

지원이 코웃음을 치자 승원이 몸을 앞으로 내밀었다.

"귀엽네. 언제 시간 나면 초밥이나 먹을래요? 일본에 초밥 잘 하는 가게 아는데……."

승원의 수작에 험한 소리가 나올 것 같아 지원이 입술을 깨 물자 그것을 눈치챈 현우가 얼른 다른 질문을 했다.

"정유나 씨에게 이상한 점은 없었습니까? 스토커라든지, 아 니면 원한이라든지 말입니다."

현우의 질문에 승원은 다시 의자로 몸을 묻었다. 그리고 까 칠하게 대답했다.

"몰라요. 정유나에 대해서는 아는 게 없다니까요. 차라리 김 비서에게 물어보세요. 나랑 약혼한다고 해서 이것저것 조사한 것 같으니까."

지원은 고개를 절레절레 흔들었다. 평범한 가정에서 태어난 게 너무 감사했다. 하긴 가정은 평범했지만 그녀 자신은 그다지 평범하다고 볼 수 없으니 쌤쌤인가?

현우와 지원은 장소를 옮겨 김 비서에게도 질문을 했지만 이 렇다 할 소득은 없었다.

＊※＊

다음 날 사무실로 가자 재현이 먼저 와서 두 사람을 기다리 고 있었다. 그는 현우를 보며 물었다.

"뭐 좀 알아냈어?"

"아뇨. 무늬만 약혼자라 별 소득이 없었습니다."

현우의 말에 재현은 세 사람의 자료를 차례로 훑어보았다.

"이지선, 정유나, 서지애. 이 세 사람의 공통점이 뭘까? 우연으로 죽었다고 보기엔 일반적이지 않은 방법인데……."

냉담해 보이는 얼굴에 곤란함이 얼핏 서렸다.

지원은 안타까웠다. 사이코메트리 한 번이면 세 사람의 공통점을 알아내는 데 훨씬 도움이 될 텐데……. 마다하는 재현의 심정이 이해가 됐지만 그래도 아쉬웠다.

그녀의 마음을 아는지 모르는지 한참 동안 자료를 보던 재현이 현우를 향해 말했다.

"세 사람의 주변 인물을 탐문하도록 하지. 혹시 공통적으로 나타나는 뭔가가 있을지 모르니까."

"네, 보스."

보스라는 호칭에 재현이 아무런 반응을 보이지 않자 놀란 듯 지원의 눈이 커졌다. 드디어 보스라는 호칭을 인정하게 된 건가? 둘 사이가 조금 나아진 것 같아 다행이란 생각이 들었다.

둘이 머리를 맞대고 그동안 조사한 자료들에 대해 이야기하는 것을 보던 지원은 문득 소외감을 느꼈다. 사이가 좋아진 건 기뻐해야 할 일인데 경찰도 아니고, 검찰 쪽 사람도 아닌 자신은 할일이 없었다.

사이코메트리를 하지 못하게 되면 자연스럽게 멀어지게 될 것이다. 설마 이대로 빠져야 하는 건가? 아니다. 아직 팀에서 빠지라는 말은 없었다. 그러나 아무 할 일이 없이 멀뚱하게 두 사람의 대화를 듣고 있자니 무력감이 몰려왔다.

괜히 이리저리 눈을 돌리던 지원은 벽의 시계를 보고 환한 미소를 지었다. 점심때가 훨씬 지나 있었다. 권 박사님의 말도 있었고 배가 고플 시간도 지났으니 점심을 준비하는 것도 나쁘지 않을 것 같았다. 사이코메트리가 아닌 능력을 발휘할 시간이 온 것이다.

지원은 살며시 일어나 파티션으로 구분 되어진 부엌 쪽으로 갔다. 그리고 냄비에 물을 올린 뒤 라면을 찾았다.

"특제 라면 3종 세트를 선 보여 주지. 후후후. 근데 라면이 어디에 있지?"

찬장 여기저기를 뒤지며 라면을 찾던 그녀가 삐삐삐거리는 도어록 소리에 고개를 쭉 뺐다.

세 사람을 제외하고 이곳에 찾아올 사람이 누가 있을까? 게다가 비밀번호까지 누르며 들어올 수 있는 사람이.

지원뿐만 아니라 도어록 열리는 소리에 재현과 현우도 문 쪽으로 고개를 돌렸다. 문이 열리고 누군가 안으로 들어왔다.

"안녕하세요? 여기가 검경 합동 수사반 맞나요?"

큰 키에 시원시원한 이목구비를 가진 여자가 들어오며 인사를 했다. 느닷없는 방문자에 현우가 어리둥절한 표정으로 입을 열었다.

"어떻게 찾아오셨나요?"

"검찰에서 지원 요청이 들어와서요. 지시가 안 내려왔나 보네요."

주영이 활짝 웃으며 말하자 언제나 포커페이스인 재현이 드물게 웃으며 대답했다.

"생각보다 빨리 왔네. 다음 주에나 올 줄 알았는데……."

"오랜만이라는 인사가 먼저 아니야?"

미리 알고 있었다는 듯 재현이 자연스럽게 말을 걸자 지원의 눈이 튀어나올 듯 커다래졌다. 서구적인 저 미모의 여자와 재현은 무슨 관계일까? 활짝 웃는 여자의 친근한 태도에 경고등이 삐뽀삐뽀 울리는 것만 같았다.

지원이 거실로 나오자 재현은 여자를 소개했다.

"이쪽은 설주영, 앞으로 우리와 함께 일하게 될 겁니다."

"반갑습니다. 설주영이라고 합니다. 잘 부탁드려요."

눈웃음이 매력적인 주영은 만면에 환한 미소를 머금고 인사를 했다.

주영의 시선이 엉거주춤 서 있는 지원에게 향하자 재현의 눈동자도 따라갔다.

"석지원 씨. 여러 방면으로 우리 팀을 지원해 주고 있어."

"반갑습니다."

방글거리며 웃는 입과 달리 눈빛은 날카로웠다. 지원은 그 시선을 피하지 않고 고개를 까딱 숙였다.

"여긴 차현우 경장."

"반가워요."

"잘 부탁드립니다."

자리에서 벌떡 일어선 현우가 깍듯하게 경례를 붙이자 주영은 미소로 답했다. 그러자 현우가 얼굴을 붉혔다.

"소문은 익히 들어 알고 있습니다. 국내에 몇 안 되는 여성 프로파일러시고, 작년 대구 연쇄 살인범 잡는 데 결정적인 역할을 하셨다고요. 만나 뵙게 되어 영광입니다. 소문대로 미인이시네요."

"어머, 미인이라고 소문났어요? 좋아해야 하는 거네요."

지원의 미간에 슬며시 주름이 잡혔다. 재현과 친해 보이는 것으로도 모자라 걸그룹이라도 만난 듯 빨개진 얼굴로 몸 둘 바를 몰라 하는 현우까지…….

자신을 사건에서 밀어내려고 수작을 부리더니 딴 꿍꿍이가 있었다. 프로파일러…… 경찰 관계자라는 소리다. 게다가 아주 세련되고 예쁜 여자 프로파일러.

곱지 않은 시선으로 주영을 보던 지원은 그녀가 장갑을 끼고 있는 걸 보고 고개를 갸웃거렸다. 시스루 느낌의 몸에 붙는 원피스와 어울리는 레이스 장갑이었지만 이 더운 날 장갑을 꼈다는 게 이상했다.

지원의 시선을 느꼈는지 주영이 두 손을 들어 흔들었다.

"수족 냉증이 있어서요. 장갑을 자주 애용해요."

"아, 몸이 부실하신가 보네요."

"손만 그런 거예요."

"아니죠. 몸이 부실하니까 수족 냉증이 오는 거죠. 저처럼 튼튼한 사람들은 손이 뜨겁거든요."

"그런가요?"

어쩐지 도발하는 듯한 지원의 말투에 주영은 슬며시 미소를 지었다. 처음 보는 사람에게 적대적인 감정을 그대로 내보이다니. 삐딱한 마음을 가진 어린아이처럼 순수한 사람이거나…… 혹은 누군가를 향한 질투?

주영은 곁눈질로 재현을 보았다. 지원의 눈길이 재현에게 계속 닿아 있었기 때문이었다.

그는 1년 전 일본에서 보았을 때와 다름없는 얼굴이었다. 그런데 늘 똑같던 표정에 어쩐지 따뜻함이 엿보였다. 더구나 조금 전 지원을 소개할 때의 목소리. 냉정함이 지나치다 못해 차가웠던 목소리에 촉촉함이 배어 있었다.

재현의 사소한 변화가 저 여자의 삐딱한 말투와 무관하지 않은 것 같았다.

"재미있어지겠네."

지원과 주영 사이에 어떤 눈빛이 오고 갔는지 전혀 짐작하지 못한 재현이 둘을 불렀다.

"소개는 그쯤하고 앉아. 이게 지금까지 사건에 대한 자료야."

재현이 노트북과 두툼한 서류 뭉치를 주영에게 건네자 지원의 눈빛이 날카로워졌다. 현우와 회의할 때 저에게는 눈길 한 번 안 주더니 주영과 나란히 앉아 친절하게 설명하는 모습을 보자 속에서 울컥 뭔가가 치밀었다.

더구나 저에겐 꼬박꼬박 존댓말을 하면서 저 여자에겐 스스럼없이 반말을 쓰고 있었다. 그만큼 친하다는 소리였다.

설명을 마쳤는지 재현이 자리에서 일어섰다.

"우린 나갈 거야. 더 필요한 사항 있으면 말해."

"피해자들 가족은 만나 봤어?"

"지금 가려고. 일단 가족들 만나 보고 피해자들의 행적에 대해 조사해야 할 것 같아. 혹시 겹치는 동선이 있는지 말이야."

"오케이. 다녀와."

"네, 다녀오겠습니다."

재현과 현우가 일어서자 지원도 가방을 챙기며 일어섰다. 그
러자 재현이 그녀를 보며 말했다.

"지원 씨는 여기 남아 있어요."

"싫은데요?"

"네?"

잔뜩 골이 난 표정으로 단칼에 싫다고 말하는 지원을 보며 재
현은 할 말을 얼른 찾지 못했다. 지원은 그런 그를 지나쳐 가방
을 메고 현관으로 향했다.

"현우랑 갈 거니까 한재현 보스께서는 갈 길 가시죠. 야, 나
와."

현우에게 손을 까딱거린 지원이 거칠게 문을 열고 나가자 재
현은 어이가 없다는 표정으로 닫힌 문을 보았다. 그러자 주영이
킥킥거렸다.

"귀엽네."

"혹시, 화난 건가?"

"맞아."

"갑자기 왜 화를 내지? 내가 뭘 잘못했다고?"

"그게 잘못이야. 뭘 잘못했는지 모르는 거."

주영의 말에 재현은 더 기가 막혔다. 오전 내내 회의하고 점
심 준비한다고 부엌으로 가서 그릇을 달그락거리더니 느닷없이
화를 냈다. 대체 어떤 대목에서 화가 난 건지 알 수 없었다.

재현이 심각한 표정으로 서 있자 주영이 빙그레 웃었다.

"잘 생각해 봐. 아마 죽었다 깨어나도 모를 테지만."

"휴우, 여자들은 어렵다."

"여자가 어려운 게 아니라. 석지원 씨가 어려운 걸 거야."

"그건 또 무슨 소리야?"

재현이 되묻자 주영이 가까이 다가오더니 은근한 목소리로 중얼거렸다.

"너 말이야. 혹시 네가 누군가를 사귀게 된다면 고려해 볼 여자들 중 내가 첫 번째일 거라고 했던 말 아직 기억해?"

"……."

"기억하는구나. 잊지 마."

"갑자기 그 얘기가 왜 나와?"

"조만간 네가 누굴 사귈 것 같아서."

"프로파일링 결과야?"

"그렇다고 볼 수 있지."

주영의 입가에 희미한 미소가 어렸지만, 재현은 웃을 수가 없었다.

❋❋❋

현우는 지원의 눈치만 살피고 있었다. 엄청 화가 난 것 같은데 이유를 알 수 없었다. 분명 사무실에서 회의를 할 때까지만 해도 아무렇지 않았는데.

그는 조심스럽게 지원의 이름을 불렀다.

"석지원."

"왜?"

당장이라도 멱살을 잡을 것 같은 거친 대답에 현우가 어색하게 미소를 지었다.

"밥 먹고 갈래? 점심때 훨씬 지났잖아."

"밥? 그래. 먹자. 배라도 채워야겠다."

근처 분식집으로 간 지원은 말없이 벌건 떡볶이를 먹기 시작했다. 입술이 빨개지도록 매운 떡볶이를 먹으니 속이 뜨거워졌다. 그만큼 머리는 조금 차가워지는 듯했다. 매운 어묵 국물까지 후루룩 들이켠 지원은 큰 숨을 내쉬며 마음을 진정시켰다.

"휴우, 이제야 살 것 같네."

"배고팠어?"

배가 고파서 화가 났구나. 지레짐작한 현우는 지원의 앞으로 튀김 그릇을 밀어 주었다. 그런데 그녀는 튀김은 쳐다보지도 않고 심각하게 물었다.

"그 여자에 대해서 잘 알아?"

"그 여자? 누구?"

"설주영인지 하는 프로파일러 말이야."

"아, 설주영 경위님?"

"경위?"

"응, 완전 레전드지."

"무슨 전설씩이나……."

그녀가 입을 삐죽거렸지만 몽롱한 표정이 된 현우는 주영의 칭찬을 늘어놓기 시작했다.

"경찰 대학을 수석으로 졸업하고 바로 현장에 뛰어들었는데, 완전 천재야. 설 경위님이 스물다섯 살 때였나. 토막 살인 사건이라 시신도 전부 찾지 못하고 있는데 보잘것없는 정보들을 모아서 범인을 딱! 찾아낸 거 아니야. 그게 벌써 7년 전 얘기다. 작년에 공부 더 하신다고 일본으로 갔는데 우리 팀으로 올 줄이야. 가문의 영광이다. 영광이야."

지원은 신이 나서 주영의 신상을 줄줄 읊어 대는 현우를 흘겨보았다. 그녀의 속도 모르고 현우가 한마디를 덧붙였다.

"게다가 외모까지 완전 여신급 아니냐? 태어나 주신 것만으로 감사할 따름이지."

과도한 칭찬을 더 이상 듣고 있을 수가 없어 지원은 자리에서 벌떡 일어섰다.

"다 먹었으면 나가."

"어? 아직 튀김 남았는데……."

현우의 말에 지원은 남은 튀김을 모조리 입에 쑤셔 넣고는 나가자며 고갯짓을 했다. 뭔지 모르겠지만 굉장히 심기가 불편해 보여 현우는 찍 소리도 못하고 분식집을 나섰다.

서지애의 가족이 시체 안치소에 도착했다는 소식에 현우와 지원은 부리나케 그곳으로 향했다. 이미 한바탕 오열을 한 모양인지 축 늘어진 서지애의 부모가 복도 의자에 앉아 있었다. 반쯤 넋이 나간 것 같은 모습에 말 걸기가 조심스러웠다. 울컥하는 마음을 진정시킨 뒤 그들에게 다가가자 눈물범벅이 된 여자가 고개를 들었다.

"차현우 경장입니다. 뭐라 위로의 말을 드려야 할지 모르겠습니다."

"서지영이에요. 서지애 씨 동생이요. 흐읍."

간신히 진정한 듯했던 지영은 언니의 이름을 말하자마자 다시 울음을 터트렸다. 어쩔 줄 몰라 하는 현우 대신 지원이 손수건을 건네주자 지영은 울먹이며 그것을 받아 들었다. 울음이 잦아들길 기다린 현우가 비로소 질문을 시작했다.

"최근 서지애 씨의 행동이 이상했다거나, 아프다거나 하지 않았나요?"

"특별한 건 없었어요. 저도 회사 다니느라 바빠서 얘기할 시간이 별로 없었거든요."

"혹시 서지애 씨에게 애인이나 남자 친구가 있습니까?"

"제가 아는 한은 없어요. 아! 최근 관심을 보이는 남자가 있다고는 했어요."

"누군지 아세요?"

"아뇨. 대단한 남자라고만 했어요."

울먹이는 지영의 대답에 현우와 지원은 눈빛을 교환했다. 동료들은 모르는 대단한 남자가 그녀에게 관심을 보였다. 과연 누굴까?

현우는 지원에게 작게 속삭였다.

"서지애 씨, 따로 하는 취미 활동 같은 거 없다고 했지?"

"응, 요즘 무슨 프로젝트를 하게 되어서 몇 달 동안 야근을 밥 먹듯이 했다고 했어."

"그럼 그 대단한 남자를 만날 확률은?"

"거의 없지. 하지만 만난다면…… 회사 사람일 수 있지 않을까?"

"회사 사람?"

"응."

지원의 말에 현우는 다시 지영에게 몸을 돌렸다.

"그 남자가 혹시 회사 사람일까요?"

"몰라요. 별다른 말은 하지 않았으니까요."

지영의 대답에 지원이 질문을 했다.

"혹시 서지애 씨가 그 남자에게 받은 선물이나, 물건 같은 건 없습니까?"

"언니는 남자들한테 인기가 많은 편이었어요. 선물도 많이 받았고요. 그중 어떤 건지는 모르겠어요."

"혹시 생각나는 게 있으시면 이 번호로 연락 부탁드려요. 아, 그리고 제 손수건 돌려주시겠어요?"

지원은 명함을 건네며 손수건을 챙겼다. 지영의 눈물이 닿은 손수건은 축축했다. 손수건을 얼른 가방에 넣은 그녀는 현우를 보며 미소 지었다.

시체 안치소를 나오며 현우가 맥 빠진 목소리로 말했다.

"별 수상한 점은 없었어. 그 대단한 남자가 누군지 일단 알아 봐야 할 것 같네."

"그러게. 아! 나 잠깐 볼일이 있어서 먼저 갈게."

"그래, 이따 사무실에 올 거지?"

"내일 갈게."

손을 흔든 지원이 부리나케 뛰어가자 현우는 수첩을 들여다 보며 버스 정류장으로 향했다. 현우의 모습이 사라지자 담 모퉁 이에 숨어 있던 지원은 다시 시체 안치소로 들어갔다. 서지애의 가족들은 여전히 멍한 얼굴로 복도에 있었다.

지영에게 다가간 지원은 헛기침을 했다.

"으흠."

"뭐 또 물어보실 게 있으세요?"

"언니 유품 받으셨죠?"

"네, 여기."

지영이 건네준 종이 가방에는 반지와 목걸이, 귀걸이 등 장신구가 들어 있었다.

"조사할 게 있어서 그러는데 물건들을 잠시 가져가도 될까요?"

"그러세요."

"연락드리겠습니다."

인사를 한 지원은 서지애의 물건을 들고 집으로 향했다. 대단한 남자랑 썸을 타는 중이라고 했었다. 서지애의 유품 중에 그 남자가 사 준 물건이 반드시 있을 것이다. 마음을 가라앉힌 지원은 서지애의 물건을 밥상 위에 죽 늘어놓았다.

"자, 대단한 남자가 준 선물이라……. 남들이 보기에 많이 튀지 않으면서 여자의 환심을 살 수 있는 물건이 뭐가 있을까?"

반지? 아니다. 반지는 약속의 의미니까 썸 타는 중에 줄 리가 없다. 목걸이? 반지와 세트인 것 같으니까 패스. 가방도 브랜드이긴 하지만 엄청 비싼 건 아니니 제외하고…….

물건들을 훑어보던 지원의 입가에 미소가 걸렸다.

"귀걸이네."

작고 맑은 알이 박힌 독특한 디자인이었다. 그 남자가 준 것이라 확신한 지원은 살며시 귀걸이를 손에 쥐었다.

찡. 날카로운 이명과 함께 영상이 보였다. 촛불과 와인, 작은 상자를 건네는 남자의 손, 상자를 받고 좋아하는 서지애의 얼굴, 그리고 맞잡은 손. 폭죽이 펑펑 터지며 박수 소리가 들렸다.

"세계 최대의 마술쇼에 오신 걸 환영합니다!"

귀가 짱짱 울리도록 커다란 사회자의 목소리도 들렸다.
"헉! 하아, 하아."
남자가 준 귀걸이가 틀림없었다.
"후아, 진부하네. 촛불과 와인이라……. 완전 쌍팔년도 데이트인데 입이 찢어져라 웃는 여자는 뭐야. 마술쇼 하는 곳에서 받은 모양이네."
초콜릿 하나를 입에 넣고 오물거린 지원은 기억을 더듬었다. 뭔가 남자에 대해 단서가 될 만한 영상이 있을 것이다. 이마에 손을 대고 집중하던 그녀가 눈을 번쩍 떴다.
"맞잡은 손. 남자 손가락에 흉터!"
희미하긴 했지만 남자의 왼손 검지와 중지 사이에 몇 바늘 꿰맨 듯한 흉터가 있었다. 수첩을 꺼내어 기록한 지원은 이번엔 지영에게 줬던 손수건을 꺼냈다.
"자고로 자매 사이는 좋든 나쁘든 온갖 추억이 가득한 법이지. 해 볼까?"
다시 어둠이 시작되었다. 지원이 손수건을 샀던 노점상의 가판대가 보이고, 그녀의 모습도 간간이 보였다. 지원은 미간을 찌푸렸다. 자신의 물건이니 어쩔 수 없지만 지영의 모습이 보이지 않아 답답했다.

좀 더 집중하면 뭔가 보일 거야. 지원은 입술을 깨물었다.

울고 있는 지영이 보였다. 그리고 화가 난 듯 소리치는 지영과 비웃음을 가득 머금은 서지애의 모습도 보였다.

"넌 언제나 날 시기했잖아. 네가 못난 걸 왜 나에게 화풀이해?"

짝! 지애의 뺨을 때리는 지영과 그런 지영의 머리채를 휘어잡는 지애. 그리고 다시 울고 있는 지영의 모습.

"콜록콜록."

과도하게 참았더니 한꺼번에 숨이 터지며 기침이 쏟아져 나왔다. 배를 끌어안고 바닥에 반쯤 엎드린 지원은 숨을 몰아쉬었다.

"하아, 하아. 휴우. 숨 막혀 죽는 줄 알았네. 아이고."

사이좋은 자매는 아니었던 모양이었다. 그래도 언니가 죽으니 그동안 싸운 게 후회가 됐는지 지영은 진심으로 슬퍼하고 있었다.

숨을 가다듬은 지원은 몸을 일으켰다. 저절로 한숨이 나왔다.

"이걸 한재현 씨에게 말해야 하나 말아야 하나……."

말하면 분명 또 사이코메트리를 했다고 길길이 날뛸 게 뻔하고, 말을 안 하면 서지애의 남자에 대한 단서는 전달할 수 없고……

"에고, 고민되네."

입술을 너무 꽉 깨물었는지 피 맛이 느껴졌다. 피가 배어 나오는 입술을 만지던 지원은 다시 한숨을 내쉬었다.

"가지가지 한다."

다음 날 재현과 마주치기가 껄끄러워 일부러 오후에 사무실로 나온 지원은 조용히 문을 열고 들어갔다.

"늦었네?"

가장 먼저 아는 체를 하는 현우의 모습에 지원은 어정쩡한 미소를 지었다. 그리고 슬쩍 사무실 안을 둘러보았다. 그러자 눈이 마주친 주영이 방긋 웃었다.

"어서 오세요. 석지원 씨."

"안녕하세요."

탁자로 걸어가자 그제야 고개를 든 재현이 그녀와 눈을 맞췄다. 뭐가 불만인지 눈꼬리가 미세하게 올라가 있었다.

"석지원 씨, 잠깐 볼까요?"

인사도 없이 성큼성큼 테라스로 나가는 재현을 보며 지원은 눈을 흘겼다. 그를 따라 발걸음을 옮긴 그녀 역시 곱지 않은 목소리로 물었다.

"왜요?"

주머니에 손을 넣고 있던 재현이 뒤를 홱 돌아봤다. 그냥 봐도 화가 난 기색이 역력했지만 지원은 입술을 비죽 내민 채 그 시선을 외면했다. 뭐라고 하면 당당히 대꾸할 생각이었는데 이내 꼬리를 내리고 말았다.

"어제 서지애 씨 유품 가져갔습니까?"

"아, 그게 말이죠. 왜 가져갔냐면요."

"또 그거 했습니까?"

"단서가 없잖아요, 단서가. 셋이 같은 사인으로 죽었는데 공통점도 없고. 어떻게 수사할 건데요!"

"그래도 하지 마십시오."

"이봐요, 한재현 씨. 대한민국은 자유를 보장하는 나라라고요. 내가 내 능력을 자유롭게 펼치겠다는데 한재현 씨가 무슨 권리로 막아요? 법전에 사이코메트리를 하면 잡혀간다는 조항이라도 있어요?"

지원이 목소리를 높여 대꾸하자 재현이 낮게 중얼거렸다.

"지원 씨가 다칠까 봐 그러는 겁니다. 이런 일은 경찰이나 검찰에 맡기면 안 됩니까?"

"어휴, 서러워라. 내가 당장 경찰 시험을 보든가 해야지. 아니, 사법고시를 볼까? 그럼 한재현 씨랑 같은 급이 될 수 있겠죠? 그때는 사이코메트리 마음대로 해도 되는 거죠?"

지원이 몸까지 부르르 떨며 말하자 재현은 한숨을 폭 내쉬었다. 어제부터 계속 화를 내고 있었다. 단순히 사이코메트리를 못 하게 해서 그런 것 같진 않은데 이유가 뭔지 도통 짐작이 가질 않았다.

"왜 말이 없어요? 법전에 그런 조항이 있나 기억이라도 더듬는 중이에요?"

여전히 뾰족한 지원의 말에 재현은 테라스 문을 열었다.

"들어가요. 회의할 거니까."

잔소리가 1절로 끝나 이상했지만 그녀는 턱을 치켜들고 안으로 들어갔다.

"흥."

여전히 발갛게 달아오른 얼굴의 지원이 코웃음을 치며 자리에 앉았다. 주영은 그런 지원과 재현을 흥미로운 눈으로 번갈아 보며 관찰했다. 심상치 않은 분위기에 눈치를 보던 현우까지 자리에 앉자 회의가 시작되었다.

"서지애에 대해 새로운 정보가 있다고?"

"네, 대단한 남자와 교제를 하던 중이라고 해요. 동생이 말해준 거예요."

"서지애의 동료에게서도 연락이 왔어. 서지애가 사망하던 때 숨을 헐떡거렸다고 하더군."

"숨을 헐떡여요?"

현우의 물음에 주영이 대답했다.

"마치 물에 빠진 사람이 호흡곤란을 일으키는 것처럼 숨을 헐떡거렸대요. 그래서 흔들어 깨우려고 했는데 그대로 사망한 거죠."

"낮잠 자다 물에 빠지는 꿈이라도 꾼 건가?"

정보는 조금 더 모였지만 수사에 진척은 없었다. 난감함에 사무실에는 침묵이 흘렀다.

"이게 연쇄 살인은 맞는 걸까요? 무작위로 사람을 죽였다고 해도 방법 자체가 이해가 안 돼요. 무슨 메시지가 있는 것도 아니고, 일정한 패턴이 있는 것도 아니고……. 정말 모르겠어요."

현우가 한탄을 하며 이지선과 정유나, 서지애의 사진들을 탁자 위에 쏟았다. 모두들 편한 표정이었고, 외상은 어디에도 없었다. 그냥 잠을 자듯이 죽었다는 표현밖에는 쓸 수 없었다.

지원도 괜히 사진들을 뒤적거렸다. 이 세 사람의 공통점이 뭘까? 현우의 말대로 연쇄 살인은 맞는 걸까? 사진들을 들춰 보던 지원의 손이 한 장의 사진에서 멈췄다.

"어? 이거!"

정유나의 사진에서 시선을 멈춘 지원을 보며 재현이 물었다.

"뭡니까?"

"정유나 목걸이요."

"목걸이가 어쨌단 말입니까?"

지원은 서지애의 유품들을 꺼내더니 그중 귀걸이를 들어 정유나의 사진 위에 올려놓았다. 사진과 귀걸이를 유심히 보던 주영이 입을 열었다.

"서지애의 귀걸이와 정유나의 목걸이가 같은 디자인이에요."

"정유나 집으로 가 봐야겠어. 차현우, 서지애가 그 귀걸이를 어디서 샀는지 알아봐."

"내가 같이 갈게."

재현의 말에 주영이 현우와 먼저 일어섰다. 둘이 앞서 사무실을 나서자 지원이 재현의 옷소매를 살짝 잡아당겼다.

"그 귀걸이, 서지애 씨랑 만난다는 그 대단한 남자가 준 거예요."

그녀의 말에 재현이 눈살을 찌푸렸다. 사이코메트리를 했다고 타박이 날아올까 봐 지원은 얼른 다음 말을 덧붙였다.

"그 남자 왼손 검지와 중지 사이에 작은 흉터가 있었어요."

"나중에 다시 얘기합시다."

재현이 화를 억누르며 말하자 지원은 한숨을 쉬었다. 만날 혼나기만 하니 두 번째 데이트는 언제 한담.

정유나의 집으로 간 재현은 그 목걸이가 약혼 선물이었다는 것을 알고 약혼자인 박승원을 만나러 차를 돌렸다. 그는 여전히 안하무인처럼 굴어 댔다.

"이번엔 뭡니까? 곧 회의가 있는데……."

귀찮아하는 승원의 말을 무시한 재현은 곧장 정유나의 사진을 내밀었다. 그러자 박승원은 신기해하는 표정으로 사진을 들여다보았다.

"이게 시체 사진이에요? 와, 그냥 자는 거 같네. 신기하다."

"사진 속의 목걸이, 아시죠?"

"목걸이? 아! 이거 디자이너 최 거 아닌가? 김 비서?"

승원의 말에 김 비서가 고개를 끄덕였다.

"맞습니다. 약혼 예물을 위해 특별히 디자인한 것입니다."

"이거 되게 비싼 건데……. 그럼 이 목걸이를 한 채 죽은 건가? 아우, 소름 끼쳐. 김 비서. 예물 중에 이 세트는 몽땅 다 환불해. 안 해 주면 버리든가."

승원의 말에 지원이 다급하게 물었다.

"이거 세트예요?"

"목걸이, 반지, 귀걸이. 아마, 팔찌도 있었을걸요? 내가 워낙 완벽해서 예물도 완벽하게 준비했거든요."

"지금 이 예물, 어디에 있습니까?"

재현의 물음에 김 비서가 상자 하나를 들고 왔다. 푸른색이

은은한 벨벳으로 된 상자였다.

"이거예요. 봐요. 풀세트로 있잖아요."

상자를 열자 그의 말대로 완벽한 세트의 장신구가 들어 있었다. 그러자 재현이 준비해 온 서지애의 귀걸이를 그의 앞에 꺼내 놓았다.

"약혼 예물로 특별히 제작한 디자인인데 어째서 같은 디자인의 귀걸이가 또 있을까요?"

얼핏 박승원의 얼굴에 당황스러움이 스쳤다.

"이, 이거 이미테이션 아니야? 확인해 봐."

검지로 귀걸이를 가리키며 당황하는 승원의 모습에 지원의 눈빛이 날카로워졌다. 재현도 눈치챘는지 질문이 이어졌다.

"왼손잡이인가요?"

"그런데요?"

"손의 흉터는 뭔가요?"

"이거요? 예전에 누굴 좀 혼내 주느라 주먹을 써서……. 그런데 그건 왜 물어봅니까?"

대답하는 박승원의 얼굴이 험악해졌다.

"이 귀걸이가 이미테이션일 리 있을까요? 박승원 씨 약혼을 위해 특별하게 제작한 디자인이라면 시중에 풀리지 않았을 테고, 그렇다면 디자인을 베낄 수도 없겠죠."

"그, 그게……."

"이게 누구의 귀걸이인지 아시겠어요?"

더 이상 대꾸가 없자 재현이 낮은 목소리로 말했다.

"며칠 전 사망한 서지애 씨의 유품에서 나온 것입니다."

"서지애가 죽었다고요? 헙!"

무심결에 물은 승원이 황급히 제 입을 막았다.

＊ｼｺﾟＫ＊

긴급체포된 승원은 취조실에서 서성거리며 안절부절못하고 있었다. 연신 핸드폰으로 통화를 하던 그는 변호사가 오자 대뜸 소리부터 질렀다.

"왜 이렇게 늦게 와!"

"죄송합니다."

"이번 일 끝나면 아버지께 말해서 가만두지 않을 거야!"

"일단 좀 앉아요."

눈살을 찌푸릴 법한 태도에도 머리가 희끗한 변호사는 담담한 표정이었다. 그는 탁자 맞은편에 앉아 있는 재현에게 명함을 건넸다.

"JS 고문 변호사 김상훈입니다. 이제부터 저와 얘기하시죠."

"서지애 씨와 어떤 관계였죠?"

재현의 말이 채 끝나기도 전에 승원이 탁자를 쾅 내리쳤다.

"걔랑은 그냥 몇 번 만난 것뿐이라고 몇 번을 얘기해! 얼굴 좀 반반하게 생겼기에 데리고 놀았던 것뿐이야!"

"그만 말해요."

"왜 내가 범인 취급을 받아야 해! 그깟 여자 하나 죽은 게 나랑 무슨 상관이라고 이런 대접을 받아야 하냐고!"

승원이 자리에서 벌떡 일어서며 히스테리를 부리자 상훈의 얼굴에 곤란함이 스쳤다. 평소에도 말썽이 많았던지라 크고 작은 사건들을 처리하기 위해 안 해 본 짓이 없었지만 살인 사건의 용의자라면 이야기가 달라졌다. 더구나 저렇게 비협조적으로 나오면 득 될 것이 하나도 없었다.

"젠장! 난 서지애를 죽이지 않았다고!"

"당신이 서지애를 죽였다고 하지 않았습니다."

재현의 말에 승원은 다짜고짜 그의 멱살을 잡았다. 흥분으로 벌게진 승원의 얼굴과 냉담한 재현의 얼굴은 대조적이었다.

"그런데 왜 범인 취급이야? 왜 이런 곳에 날 끌고 왔냐고!"

"죽은 서지애의 참고인으로 조사를 받는 것입니다."

"참고인?"

"물론 조사 과정에서 범죄와 관련된 사실이 나온다면 피의자 신분으로 바뀔 수도 있지만, 그건 두고 봐야겠죠."

"범죄라고?"

자신의 멱살을 잡은 승원의 팔을 잡아떼며 재현이 말하자 승원의 얼굴이 하얗게 질렸다. 뭔가 큰 잘못을 저지른 사람처럼 동공이 크게 흔들린 그가 의자에 털썩 앉았다.

한동안 조사는 계속되었지만 변호사가 미리 준비한 자료들은 승원의 알리바이를 증명해 주고 있었다.

"뭐야? 미리 다 준비해 왔잖아."

"이럴 때 쓰려고 있는 게 변호사니까요."

주영의 말에 지원은 입술을 깨물었다. 돈 많은 놈들은 뭘 해도 빠져나가는구나. 그러자 그런 그녀의 마음을 알았는지 주영이 덧붙였다.

"저자가 범인이라고 단정 짓지 마세요."

"왜요? 피해자들 사이에 유일한 공통점인데."

"눈으로 보이는 게 전부는 아니니까요."

주영의 말에 지원은 입을 삐죽 내밀었다. 언젠가 재현도 같은 말을 했었다. 둘이 친하다 이거지.

재현과 기 싸움을 하던 상훈이 최종적으로 입을 열었다.

"신원 확실하고 주거지 분명하고 더 이상 의심되는 사항도 없습니다. 이만 가도 될까요?"

"일주일간의 개인 행적도 부탁합니다."

"내가 그걸 어떻게 기억해! 궁금하면 네가 알아보라고!"

승원이 소리를 버럭 지르자 상훈이 대신 대답을 했다.

"사적인 일입니다. 그것이 이 사건과 무슨 관계가 있는지부터 설명해 주시길 바랍니다. 그렇지 않다면 저희도 답해 드릴 의무는 없습니다."

"알겠습니다. 귀가해도 좋습니다."

"젠장……."

자리를 박차고 나가는 승원의 뒤에 재현이 한마디를 던졌다.

"내일 다시 뵙죠."

재현의 말에 승원이 흠칫 몸을 떨었다. 승원이 변호사와 함께 사라지자 다른 방에 있던 지원이 후다닥 뛰어나왔다.

"그냥 보내요? 범인일지도 모르잖아요."

"증거가 없습니다. 알리바이도 충분하고, 저자가 범인이라고 해도 아마 일주일 동안의 알리바이를 완벽하게 꾸며 놓았을 겁니다."

"그래도…… 서지애와 정유나의 유일한 공통점인데……."

지원이 아쉬워하자 주영이 담담하게 입을 열었다.

"새하얗게 질린 얼굴, 식은땀에 불안하게 움직이는 눈동자……. 마치 범인처럼 행동하네."

"범인일 수도 있지만 어쩐지 아닌 것 같아."

재현의 대답에 주영이 싱긋 웃었다.

"이유는?"

"'왜?'가 없어. 정유나도, 서지애도 죽일 이유가 없었어. 정유나의 경우는 결혼을 하는 편이 훨씬 득이 되거든."

"혹시 약 쪽은 조사해 봤어? 당장은 아무런 증세도 나타나지 않지만 과다 투여하면 나중에 일이 생길 수도 있잖아."

"부검 결과 그런 건 안 나왔어."

"하긴……. 내 프로파일링에서도 범인은 남자가 아니야. 연쇄 살인이 확실한지 그것부터 알아내야 할 것 같아."

"죽은 방법은 비슷하지만 피해자 간의 연관이 없어. 나이, 사는 곳, 하는 일, 모든 것이 달라. 하지만 자연사는 아니야."

"혹시 말이야……."

재현과 주영의 대화는 끝이 없었다. 지원은 한 걸음 물러나 그런 둘을 그저 지켜보고 있을 뿐이었다.

현직 검사와 경찰이다. 가십으로 먹고사는 삼류 잡지의 기자가 말을 섞을 수준이 아니었다. 새삼 재현과 자신이 한참 멀리 떨어져 있다는 생각이 들었다.

먼저 간다고 말을 하기도 어색해 지원은 조용히 경찰서를 빠져나왔다. 어느새 날이 어두워져 있었다.

"하아, 오늘도 한 일 없이 바빴네."

두 손을 모아 스트레칭을 하고 다시 걸음을 옮길 때였다. 뒤에서 그녀를 부르는 목소리가 들려왔다.

"석지원 씨."

"응? 재현 씨."

"먼저 가요. 우린 밤을 새야 할 것 같으니까."

능력도 안 되는 제가 뭘 할까요. 안 그래도 먼저 가려고 했습니다. 못난 마음이 스스로도 한심해 지원은 건성으로 대답을 했다.

"네, 수고해요. 먼저 갈게요."

"그리고 이거……."

"뭔데요?"

재현이 손을 내밀자 지원도 같이 손을 내밀었다. 툭, 연고가 그녀의 손에 떨어졌다.

"입술 상처에 좋은 거랍니다."

"입술? 아!"

서지애의 물건을 사이코메트리한 뒤 재현에게 어떻게 말을 하나 고민하다가 입술을 꽉 깨물어 피가 났었다. 그 상처를 본 모양이었다.

"고마워요."

"내일 봅시다."

말끝에 싱긋 미소를 지은 재현이 사라지자 지원은 손에 남아 있는 연고를 물끄러미 바라보았다.

"내내 소리치다 마지막에 미소 한 방이야. 아, 얄미워."

얄밉다며 눈을 흘기고 있으면서 입으로는 미소를 짓고 있었다. 무심한 그가 보여 주는 소소한 관심들이 좋았다. 가끔 마주치면 느껴지는 따뜻한 눈빛이나 지금 같은 배려.

"점점 더 좋아지잖아."

지원은 발그레해진 양 볼을 두 손으로 감쌌다.

✻✻✻✻

밤샘 작업은 며칠 동안 이루어졌다. 재현은 물론이고 주영과 현우까지도 초췌한 몰골에 지원은 속이 상했다. 같은 팀이라고 생각했지만 그녀가 할 수 있는 건 아무것도 없었다.

"뭔가 도움이 될 일이 있을 거야."

지원은 무작정 JS 본사로 갔다. 세 명의 피해자 중 두 사람과 관련이 있는 사람이었다. 우연은 아닐 거라는 가냘픈 희망을 잡고 로비로 들어서던 지원은 대번 경비의 제지를 받았다.

"어떻게 오셨습니까?"

"박승원 이사님을 만나러 왔는데요."

"약속하셨습니까?"

"아뇨. 약속은 안 했지만…… 잠깐이면 돼요."

"죄송합니다. 사전에 약속되신 분이 아니면 만날 수 없습니다."

경비의 단호한 제지에 지원은 당황했다. 지난번 현우와 왔을 때도 따로 약속 같은 건 잡지 않았었다. 그런데 오늘은 대접이 달랐다.

"정유나 사건 때문에 왔다고 해 주세요. 분명히 만나 줄 거예요."

"죄송합니다."

그러나 경비는 요지부동이었다. 어쩌지? 그냥 밀치고 들어갈까? 몸이 닿으면 분명 영상이 떠오를 거다. 아니, 영상은 둘째 치고 저 건장한 체격의 남자를 밀칠 수나 있을까?

망설이는 사이 임원 엘리베이터가 1층에 도착하는 게 보였다. 그녀는 슬쩍 거리를 가늠했다. 전력을 다해 뛰면 5초 정도……. 스르르 엘리베이터의 문이 열리자 몸을 돌리는 척하던 지원이 냅다 그쪽을 향해 뛰기 시작했다.

"이봐요!"

간신히 경비의 손아귀를 피한 지원은 엘리베이터 안으로 들어가려다 나오는 사람과 부딪혔다.

"헉, 뭐야?"

"박승원 씨?"

"경찰? 시발……."

부딪친 사람은 박승원이었다. 그는 더러운 것이라도 본 사람처럼 인상을 구기더니 서둘러 회사 밖으로 나가려고 했다.

어떻게 냄새를 맡았는지 뉴스며 신문에 그의 이니셜이 거론되고 있었다. 죽은 정유나의 약혼자라니, 이름만 안 나왔을 뿐 아는 사람은 모두 그가 살인 용의자라고 생각하고 있었다. 오늘도 그 대책 마련을 위해 잠깐 회사에 나온 건데 재수 없게 저여자와 부딪히고 말았다.

승원은 인상을 있는 대로 구기고 재빨리 걸음을 옮겼다. 다

급해진 지원이 그를 따라갔다. 분명 그가 이 사건의 열쇠를 쥐고 있을 것이다. 잠깐이라도 접촉해야 했다.

"박승원 씨, 하나만 물어볼게요!"

"저 여자 끌어내!"

"박승원 씨!"

가까스로 승원의 손목을 잡은 지원은 정신을 집중했다.

팟! 어둠을 시작으로 거실에 모여 있는 대여섯 명의 남녀가 보였다. 흐느적거리는 몸짓과 흐리멍덩한 웃음. 그 가운데 서지애의 모습도 보였다.

"저리 안 가!"

"아얏!"

승원이 손을 뿌리치자 지원은 바닥에 내동댕이쳐졌다. 아파할 겨를도 없이 경비원이 그녀의 팔을 꽉 잡았다.

"당장 경찰서에 연락해! 저 여자 잡아가라고!"

사람들이 웅성거리며 모여들자 승원은 재빨리 차에 올라탔다. 그를 속절없이 보고만 있는데 상훈이 곁으로 다가왔다.

"정식으로 수사할 거면 영장 가지고 오십시오. 이런 식으로 나오면 강압 수사로 고소할 겁니다."

정신이 번쩍 났다. 경찰 신분도 아닌 자신이 이런 행동을 하는 건 불법이었다. 그저 재현을 돕고 싶은 마음에 무작정 박승원을 찾아온 게 미련스럽게 느껴졌다. 지원은 박승원을 태운 차가 횡하니 떠나는 걸 지켜볼 수밖에 없었다.

❋❂❋

또다시 취조실에 불려 온 승원은 있는 대로 신경질을 부렸다. 그는 취조실로 들어오는 재현을 보자마자 소리를 질렀다.

"아무 증거도 없이 사람을 오라 가라해! 너 내가 누군 줄 알아? 우리 아버지가 누구랑 친한 줄 아냐고!"

승원의 히스테리에도 재현은 전혀 동요를 보이지 않은 채 약간 가라앉은 목소리로 입을 열었다.

"보내 준 자료를 보니 8월 8일과 9일에 휴가를 다녀왔다는데 제주도 펜션 쪽에 알아보니 온 적이 없다고 하더군요. 비행기도 티켓팅은 했지만 탑승을 하진 않았고요. 설명해 주시겠습니까?"

"그게……."

소리를 지르던 승원이 뒤를 돌아보자 안경을 추켜올린 상훈이 대답했다.

"갑자기 일정이 바뀌어서 제주도가 아니라 강원도 쪽으로 휴가를 가셨습니다. 급히 마련하느라 실수를 한 모양입니다."

"강원도요? 누구랑 어디로 갔습니까?"

"치, 친구들이랑 쉬다 왔다. 왜? 그것도 불법이야!"

승원이 또 한바탕 히스테리를 부리는 사이 당황한 기색이 역력한 현우가 취조실 안으로 들어왔다.

"실례합니다."

재현에게 다가온 현우는 잠시 머뭇거리다 작게 속삭였다.

"사건이 생겼어요."

재현의 미간에 주름이 생겼다. 같은 사건이라면 더 이상 박승원을 잡아 둘 명목이 없었다. 현우의 작은 목소리를 들었는지 승원이 자리에서 벌떡 일어섰다.

"뭐? 또 사건이 일어나? 이 새끼들아, 내가 범인 아니라고 했지! 너희 다 죽었어! 어디 검사 따위가 개겨! 개기길!"

말릴 틈도 없이 재현에게 달려든 승원이 주먹을 날렸다. 퍽 하는 소리와 함께 재현의 목이 홱 돌아갔다.

"진정해요, 이사님!"

"왜? 일어나서 쳐 보지? 잘난 입으로 나불거리더니 주먹은 못 쓰나 봐?"

상훈이 승원을 간신히 말리는 그때 다른 방에서 지켜보던 지원이 취조실 안으로 뛰어 들어왔다.

"재현 씨! 괜찮아요?"

재현의 얼굴을 살피는 지원의 모습을 본 승원의 눈빛이 번쩍 거렸다. 회사까지 찾아와 망신을 주던 모습이 떠오르자 화가 치밀었다.

"그래, 너. 회사까지 찾아왔지? 사방팔방 내가 범인이라고 떠들고 싶었냐? 이 개년아!"

상훈을 뿌리친 승원은 지원의 멱살을 잡아당겼다. 숨통을 조이는 완력에 지원이 숨을 켁켁거렸지만 승원은 분이 풀리지 않는 모양이었다.

"이걸 확!"

승원의 손이 공중으로 올라가자 지원은 두 눈을 질끈 감았다. 저 정도 높이면 강도가 장난 아니겠다는 생각에 어금니까지 꽉 무는데……

아무런 액션이 없었다. 살그머니 실눈을 뜨자 공중에 번쩍 들린 승원의 손과 그 손을 꽉 잡고 있는 또 다른 손이 보였다.

"재현 씨……."

차갑게 가라앉은 눈으로 재현이 승원을 쏘아보고 있었다. 선이 분명한 입술이 열리며 눈빛보다 더욱 차가운 목소리가 들렸다.

"그만하죠. 폭행죄로 유치장 신세 지기 싫으면……."

분을 못 이겨 부들부들 떨던 승원은 재현의 악력에 지원을 잡고 있던 손을 놓았다. 그리곤 아픈 손을 주무르며 재현을 향해 소리쳤다.

"너 똑똑히 기억하겠어."

승원이 나가 버리자 다리가 풀린 지원은 바닥에 주저앉았다. 그러자 재현이 걱정스러운 듯 그녀의 곁에 다가왔다.

"괜찮습니까? 어디 다치지 않았어요?"

다정한 목소리에 눈물이 났다. 저는 아무 도움도 못 되었는데, 심지어 박승원에 대해 엉뚱한 정보를 주었는데, 걱정부터 해 주는 재현이 고맙고 미안했다. 지원은 다리에 힘을 주어 억지로 일어섰다.

"미안해요. 나 때문에……."

"지원 씨 탓이 아닙니다. 수사를 하다 보면 종종 일어나는 일이니 신경 쓰지 않아도 됩니다."

괜찮다는 그의 말에 더욱 미안해졌다. 지원은 눈시울이 시큰해져 눈을 깜박거렸다.

"실례할게요."

"석지원 씨."

취조실을 나서자 옆문이 열리며 주영이 모습을 드러냈다.

"먼저 갈게요."

"설레발치지 말아요."

"네?"

"모든 사건은 증거로 말해야 합니다. 석지원 씨의 그 촉 말고요. 박승원의 회사에까지 찾아갔다고요? 임시 신분증을 받았다고 해도 정식 경찰이 아닌 사람에게 그럴 권한은 없는 걸로 압니다."

얼굴이 화끈거렸다. 주제넘게 나섰다. 주영의 말대로 자신에게 수사를 할 권한 따위는 없었다. 재현의 바람대로 그저 옆에 얌전히 찌그러져 있거나, 이 팀에서 나와야 했다.

＊⇒⊱⊰⇐＊

집에 틀어박힌 지원은 죽은 듯 머리를 무릎 사이에 묻고 있었다. 사이코메트리 하나만 믿고 주제넘게 설치고 다닌 게 부끄러웠다. 게다가 재현에게 아무런 도움도 되지 못했다.

"정말 쓸모가 없구나. 난."

중얼거리다 다시 고개를 푹 파묻는데 문자메시지 도착음이 울렸다.

〈괜찮습니까?〉

재현이었다. 안 괜찮았지만 제가 자초한 일이니 한탄을 늘어
놓을 수도 없었다.

〈잠깐 나오겠습니까? 집 앞입니다.〉

지원의 눈이 커졌다.

〈그냥 가요. 나 잘 거니까.〉
〈이 시간까지 오지 않은 잠이 올까요?〉

그의 말에 시계를 보니 새벽 5시였다. 이 남자는 대체 왜 이
시간에 남의 집에 오고 난리야. 또다시 코끝이 아릿해져 왔다.

〈나 잠 잘 자요.〉
〈어깨 빌려주겠습니다. 10분 후에 깨우면 될까요?〉

지원은 문자를 한참 동안 노려보았다. 왜 이런 말이 로맨틱
하게 느껴지는지 모르겠다. 어느새 눈가에 그렁한 눈물을 닦은
그녀가 밖으로 나갔다.

집 앞에 서 있던 재현은 지원과 눈이 마주치자 빙긋 미소를
지었다. 그 미소에 심장이 쫄깃해지자 지원은 일부러 눈길을 피
했다.

"아직까지 안 자고 뭐합니까?"

"내가 원래 잠이 없잖아요. 이것저것 생각했죠."

"사건 현장에서 오는 길인데 궁금한 거 없어요?"

"없어요."

반색하려던 지원은 새침하게 입을 다물었다. 그 사달을 내놓고 또다시 사건에 개입할 수는 없었다.

"미안합니다. 나 때문에 여기까지 오게 되어서."

재현의 사과에 지원은 울상이 되었다. 결코 그의 잘못이 아니었다. 규한의 부탁을 들어준 건 순전히 자신의 의지였으니 말이다.

"재현 씨 잘못이 아니잖아요. 내 탓이라고요. 그 상처도 내 탓이고요."

어둠 속에서도 재현의 입술 상처가 선명하게 보였다. 제 입술이 찢어진 것처럼 아팠다. 그런데 재현이 웃으며 상처를 만졌다.

"안 아픕니다. 주먹이 별로 안 세던데요?"

그 웃음에도 여전히 가슴이 아팠다. 거뭇하게 피가 뭉친 곳을 보며 지원이 주머니를 뒤적거렸다.

"자요. 입술 상처에 좋은 거래요."

"받은 걸 다시 주는 게 어디 있습니까?"

"그럼 빌려주는 걸로 할게요. 얼른 발라요."

"잘 쓰겠습니다. 아, 그리고 이거……."

재현이 내민 것은 초콜릿이었다. 지원은 고개를 갸웃거렸다. 사이코메트리를 한 것도 아닌데 난데없이 초콜릿은 왜 주는 건지 이해가 되지 않았다.

"먹어요. 기분이 나아질 테니까."

그의 말에 지원이 훌쩍거리며 재현을 올려다보았다.

"라면 먹고 갈래요?"

"좋습니다. 안 그래도 출출했는데."

재현의 미소에 지원도 마음이 조금 가벼워졌다.

❸
진실

오랜만에 출판사에 원고를 보낸 지원은 스트레칭을 하며 산책을 나섰다. 몇 달 만의 연락이라며 반색하는 편집장의 전화를 받으니 그래도 누군가에겐 반가운 존재구나 하는 생각에 가라앉았던 기분이 조금 나아졌다.

자문이라는 이름으로 검찰 쪽에서 약간의 수수료를 받긴 했지만 그동안 모은 돈을 야금야금 까먹고 있는 중이었다. 그래, 생계는 중요하니까. 돈이나 벌어야겠다.

며칠째 사무실에는 나가지 않고 있었다. 검경, 어느 쪽도 아닌 자신이 수사를 위해 뛰어다니는 건 오히려 방해만 된다는 결론이 났기 때문이었다. 다른 방법으로 돕자고 결심했지만 우울함이 가시지 않는 건 여전했다. 그녀는 한적한 오후 거리를 걸으며 우울한 기분을 달랬다.

"우울할 땐 햇빛이 최고지."

28년 동안 누군가와 함께한 적이 없었다. 그러다 서너 달, 팀이라는 이름으로 사람들과 움직였다. 그전엔 이런 생활이 당연하다고 생각했는데 사람들과 함께하고 보니 외로움이 확실하게 느껴졌다.

하드를 오물거리며 헛헛한 속을 달래고 있을 때 문자가 왔다.

"음, 이번엔 현우 차례. 빙고! 역시 내 촉은 사이코메트리 다음으로 끝내준다니까."

약속이라도 한 듯 재현과 현우, 두 사람은 번갈아 가며 문자를 보내오고 있었다. 출판사에 보낼 원고가 밀렸다고 하자 30분 간격으로 오던 문자는 중단됐지만 안부 문자는 하루에 서너 번씩 꼬박꼬박 왔다.

놀라운 건 주영도 세 번이나 문자를 보냈다는 것이다. 첫인상이 썩 훌륭하지 않았을 텐데 안부 문자를 보내는 걸 보니 팀이라는 건 꽤 결속력이 있는 것 같았다.

"음, 이번엔 무슨 웃긴 얘기를 보냈을까?"

딱딱하게 안부만 묻는 재현과 달리 현우는 유머러스한 얘기를 주로 보내 주었다.

확인해 보니 역시 재미있는 내용의 글이었다. 매번 재미있는 문자라……. 뭔가 수상한 느낌에 잠시 망설이던 지원이 전화를 걸었다.

"현우? 밥 먹을래?"

❋◦❊◦❋

푸짐한 해물탕을 앞에 놓고 현우가 쾌활하게 물었다.

"와, 해물탕 오랜만이다. 왜 이런 건 1인분이 없는지 몰라."

커다란 게를 통째로 접시에 올려놓고 신나게 먹기 시작하는 현우의 얼굴은 수척했다. 수사에 난항을 겪는 게 분명해 보였다. 새우 껍질을 벗기던 지원이 슬쩍 물었다.

"수사는 어때?"

"잘되고 있어. 용의자를 좁혀 가는 중이지."

질문이 끝나기가 무섭게 대답한 현우가 아예 게를 들고 뜯자 지원은 젓가락을 내려놓았다.

"솔직히 불어. 잘 안 되고 있지?"

"잘된다니까……."

"차현우."

빤히 바라보는 지원의 시선을 피하던 현우가 게를 내려놓고 물수건으로 손을 닦았다. 그리고 능청스럽게 말했다.

"감도 좋아요. 그래, 아주 죽겠다. 네 번째 피해자도 여성이라는 걸 빼면 아무런 공통점이 없어. 원래 연쇄 살인마는 특정한 뭔가에 집착하거든. 예를 들면 비가 오는 날에만 살인을 한다든가, 특징적인 뭔가가 있는 사람에게 해코지를 한다든가. 그런데 도무지 모르겠어."

"연쇄 살인은 맞는 거야? 모두 자다가 익사한 거라면서……. 우연의 일치 아닐까?"

"연쇄 살인은 맞아. 이런 식으로 죽은 사람은 대한민국이 건립된 이래 단 네 사람뿐이야. 어떤 방법을 썼는지 모르지만 동일범이 틀림없어. 전대미문의 살인 방법을 모방할 수는 없을 테니까."

현우는 재현의 말을 그대로 전달해 주었다. 사실 재현은 신신 당부를 했었다. 지원은 일반인이고 이번 사건에서 빠졌으니 더 이상 개입하지 않게 하라고, 검경에서 해결하자고 말이다. 지원에게 사건에 대해 이야기한 걸 안다면 문책이 돌아올지도 모른다.

고민에 빠진 듯 지원이 아랫입술을 깨물었다. 답답한 마음에 현우는 물을 벌컥 마셨다. 사건 진행은 안 되고, 새로운 증거도 없고. 속이 타들어 가서 지원을 찾아오긴 했지만 그녀가 뭘 해 줄 거라는 기대는 없었다. 다만, 함께했던 팀의 일원으로 공감대를 형성하고 싶었다.

"사건은 우리에게 맡기고 어서 먹어. 낙지는 푹 익기 전에 먹어야 맛있어."

현우가 해물을 건져 접시에 올려 주었지만 지원은 거들떠보지도 않고 그를 바라봤다. 그 눈빛이 너무 단호해 현우는 미간을 찌푸렸다. 그러자 지원이 비장하게 입을 열었다.

"약속 하나 해 줄 수 있어?"

"무슨 약속?"

"내 비밀 하나 알려 줄 테니까 절대 아무에게도 말하지 않겠다고 약속해."

"뭔데 그렇게 비장해?"

"약속!"

"알았어. 약속. 절대 아무에게도 발설하지 않을게."

갑자기 비밀이라니……. 뜬금없었지만 현우는 지원이 바라는 대로 약속을 했다.

심호흡을 한 그녀가 입을 열었다.

"네 번째 시신이 있는 곳에 같이 가 줘."

"네 번째 시신? 왜?"

"알아볼 게 있어."

"그게 비밀이야? 아! 보스가 알면 안 되니까?"

"사실 나…… 사이코메트러야."

현우가 눈을 끔벅거리자 지원은 계속 말을 이었다.

"사이코메트러. 물건이나 사람의 기억을 읽을 수 있는 능력이 있다고."

지원의 설명에도 현우는 여전히 멍한 표정이었다.

시체 안치소로 이동하는 버스 안에서 현우는 옆자리에 앉은 지원을 내려다보다 창밖으로 시선을 돌렸다. 그리고 다시 그녀를 바라보았다.

현우의 시선이 따가웠지만 지원은 묵묵히 앞만 보고 있었다. 쉽게 믿을 것이라고 생각하지 않았다. 그저 재현에게 조금이나마 도움이 된다면 그걸로 만족했다.

현우의 도움을 받아 시체 안치소에 들어선 지원은 여자아이의 모습에 표정을 굳혔다.

"18세, 서안고등학교 2학년. 이름은 강혜지. 석식 시간에 밥을 먹고 교실에서 엎드려 자다가 사망. 사인은…… 익사야."

18세……. 아직도 앳된 얼굴에 마음이 아팠다. 심호흡을 한 뒤 시신에 손을 대려고 하자 현우가 조심스럽게 물었다.

"정말…… 보여?"

"보여."

단호한 대답에 현우가 입을 봉하고 옆으로 비켜서자 지원은 다시 심호흡을 했다. 차가운 얼굴에 손을 대자 찡 하며 어둠이 그녀를 감쌌다.

친구들과의 학교생활, 경쾌한 웃음소리, 부모인 듯한 중년 남녀와 원망의 눈을 한 또래 여학생도 보였다. 붓과 하얀 캔버스, 다채로운 색깔의 팔레트도 보였다.

"자장자장 우리 아가. 자장자장 잘도 잔다."

자장가와 함께 똑딱거리는 소리가 희미하게 들려왔다. 정신이 멍해지는 기분이었다.

"졸릴 거야. 욕조에서 목욕을 하면 졸리지. 나도 모르게 잠이 들고 네 몸은 욕조 안으로 가라앉아. 쿨럭쿨럭, 코와 입으로 물이 들어오고…… 점점 가라앉게 될 거야."

거슬리는 목소리가 머릿속을 꽉 채우자 숨이 막혔다. 손을 떼야 하는데 몸이 말을 듣지 않았다. 물속에 빠진 것처럼 몸이 붕 뜬 기분이 들며 폐가 터질 듯이 아파 왔다.

"석지원!"

"콜록콜록! 우엑!"

집중을 한 탓에 지원의 미간에 점점 주름이 생기고 있었다. 하얗게 질려 가는 얼굴과 꽉 다문 입술은 아파 보이기까지 했지만 섣불리 그녀를 건드릴 수가 없었다. 초조한 마음으로 지원을 보던 현우는 시신에 닿아 있는 그녀의 손이 바들바들 떨리고 숨까지 헐떡거리자 냅다 어깨를 흔들었다.

"석지원!"

"콜록콜록, 우엑!"

시신에서 손을 떼자마자 기침을 토해 낸 지원이 헛구역질을 했다. 현우가 등을 두드려 주자 그의 손을 만류한 지원이 바닥에 널브러졌다.

"괜찮아?"

"콜록, 괜찮아. 휴우."

안색이 파리했고 몰아쉬는 숨소리는 거칠었다. 그러나 걱정스러운 현우와 달리 지원은 덤덤했다.

"최면술."

"최면술?"

"누군가 이 학생에게 최면술을 걸었어. 그것 때문에 죽은 건지 어떤지는 모르지만 관련은 있어 보여."

현우는 머뭇거렸다. 그가 망설이는 이유를 짐작한 지원이 힘겹게 일어섰다.

"사이코메트리는 증거로 사용할 수 없어. 그러니까 네가 증거를 찾아. 이 학생이 만난 사람들 중에 최면술을 할 수 있는 사람이 있는지 알아보라고. 얼굴은 못 봤지만 목소리는 들었어. 약간 쉰 듯한 목소리의 여자. 그리고 자장가 같은 게 희미하게 들렸어."

지원은 자신 있게 말했지만 현우는 여전히 반신반의하고 있었다. 사이코메트러라는 말도 믿지 못하겠고, 지금 지원이 말하는 사람이 범인일지도 모른다는 사실은 더더욱 믿기 힘들었다.

"네가 찾아 줘. 범인에 대한 아무런 단서도 없잖아. 그리고 한 가지 더. 한재현 씨에게는 내가 알려 준 정보라고 하지 마."

"왜?"

"너도 내가 사이코메트러라는 거 안 믿었잖아. 그 사람도 안 믿을 거라고. 그냥 우리 둘의 비밀로 하자. 오케이?"

웃으며 얘기했지만 지원의 마음 한구석은 찜찜했다. 재현을 속인 게 되니까 말이다.

❖❖❖

네 번째 사건이 일어났지만 여전히 수사는 제자리걸음이었다. 그동안 적지 않은 살인 사건과 연쇄 살인, 미제 사건을 다루어 봤지만 이렇게 접점이 없는 연쇄 살인은 처음이었다.

강혜지가 다녔던 서안고등학교로 이동하면서 주영은 그동안 간추린 정보들을 재현에게 얘기해 주었다.

"성교나 몸에 손을 댄 흔적은 없어. 범인은 평균 이하의 외모를 가진 20대 후반에서 30대 초반의 여자로 수입이 일정치 않아."

"뭐라도 건져서 다행이네."

"하지만 정보가 너무 없다. 모두 피해자 탐문에서 건진 거라

부정확해. 이렇게 정보가 없는 사건은 처음이야."

강혜지의 가족을 만나 봤지만 별다른 소득이 없었다. 앞선 피해자들처럼 쾌활하고 평범한 여고생이었고, 친구도 많았다. 원한을 가질 만한 사람은 없어 보였다.

그러나 재현의 생각은 달랐다. 고등학생이었다. 시기와 질투, 그리고 제 자신이 가장 잘났다고 생각하는 개인주의가 가장 팽배할 나이였다. 부모는 알지 못하는 그녀의 교우 관계에서 해답이 나올 수도 있었다.

아니나 다를까, 같은 반 친구들에게서 들은 그녀에 대한 이야기는 부모에게서 들은 것과 달랐다. 강혜지는 교실에서 제법 힘이 있는 축이었다. 몇몇 아이들을 왕따시키는 주동자이기도 했다. 그중 같은 반의 김승희와 이은주라는 학생을 특히 심하게 왕따시켰던 적이 있다는 얘기에 김승희의 보호자를 만났지만 건진 것이 없었다.

피곤함도 잊은 채 이은주의 집으로 발길을 움직인 재현은 집 앞에 서 있는 현우를 보며 미간을 찌푸렸다. 분명 내일까지 피해자 세 명의 프로파일을 정리하라고 시켰는데 왜 지금 이은주의 집에 와 있는 건지 궁금했다.

당황한 건 현우도 마찬가지였다. 지원의 말대로 최면술사 쪽으로 수사를 집중하고 있는 상태였다. 그러다 같은 반인 이은주 학생의 이모가 마술 쪽 일을 한다는 소리에 혹시나 싶어 온 것인데, 재현을 만나게 될 줄 몰랐다.

"왜 여기에 있어? 사무실에 있던 거 아닌가?"

"아, 그게…… 왜, 제가, 여기에 있냐면 말이죠."

눈동자를 데구르르 굴리며 열심히 변명거리를 짜낸 현우는 '아!' 하며 수첩을 꺼내 들었다. 그리고 한 페이지를 펴서 재현에게 내밀었다.

"여기 보니까 정유나가 죽기 전에 마술쇼를 보러 간 적이 있더라고요. 그리고 이지선이 살던 대구에서도 마술 공연이 있었고요. 같은 반 이은주 학생의 이모가 마술과 관련된 일을 한다기에 혹시나 싶어서 와 본 거예요."

식은땀까지 삐질 흘리며 더듬거리는 현우의 모습에 재현의 미간이 더욱 구겨졌다. 뜬금없이 마술쇼라니⋯⋯. 분명 정유나가 마술 공연을 보러 간 적은 있었다. 하지만 이 일과 마술이 무슨 연관이 있는지⋯⋯!

재현의 미간이 더욱 구겨졌다.

"지원 씨 만났나?"

"네? 아! 그게 해물탕은 1인분씩 안 팔아서⋯⋯."

현우의 궁색한 대답이 끝나기도 전에 재현은 전화를 걸었다. 지원이 전화를 받자 그는 심호흡부터 했다.

"강혜지의 시신 만졌습니까?"

—네.

한 박자 늦게 대답이 나왔다. 한숨을 쉰 재현은 체념한 듯 말했다.

"그러지 않아도 됩니다."

—미안해요.

"미안하라고 하는 말 아닙니다."

—아는데요. 아는데, 내가 할 수 있는 게 그것밖에 없어서요.

축 가라앉은 지원의 목소리가 안쓰러웠다. 평생 여자의 마음 따위 신경 쓰지 않았는데, 자꾸 신경이 쓰였다. 뭔가 위로를 하고 싶은데 어떤 행동을 하고 어떤 말을 해야 할지 모르겠다.

"사건 끝나면 지난번에 못 했던 낚시하러 다시 가겠습니까?"

—음…… 그거 두 번째 만남인가요?

지원의 말에 재현은 피식 웃었다. 이 와중에 몇 번째 만남인지 확인하는 그녀가 귀엽게 느껴졌다.

"1.5번의 만남으로 하죠. 지난번에 다 못 채웠으니까."

—좋아요. 그럼 가요.

당장 밝아진 지원의 목소리에 재현의 마음도 조금 편해졌다.

"좋습니다. 쉬어요."

—잠깐이요. 이왕 이렇게 됐으니까 사이코메트리 결과 알려줄게요. 최면술과 연관이 있어 보였어요. 뭐, 욕조에서 목욕하다 죽어라! 대충 이런 내용의 최면인데 목이 쉰 여자 목소리였으니까 참고해요. 아! 그리고 자장가 같은 게 들렸어요.

"알았습니다."

—수사 잘해요. 파이팅!

발랄하게 파이팅을 외치는 지원의 목소리에 슬며시 미소가 감돌았다. 수사에 진척이 없어 내내 두통이 머리를 괴롭혔는데 청량한 그녀의 목소리 덕분에 한결 개운해졌다.

핸드폰을 보며 미소 짓던 재현은 따끔한 시선에 고개를 돌렸다. 주영이 의미심장한 눈으로 그를 바라보고 있었다. 그제야 주영과 현우가 옆에 있다는 걸 깨달은 재현은 흠, 헛기침을 하며 서둘러 초인종을 눌렀다.

"지원 씨랑 그렇게 가까운 사이인지 몰랐네."

"팀이니까."

"그래? 그럼 그 낚시 우리 모두 가도 되는 거지?"

"……."

"사건 끝나면 단합도 할 겸 같이 가자. 현우 씨도 좋죠?"

한쪽에 찌그러져 있던 현우는 주영의 말에 마지못해 동의를 표했다.

"뭐, 저야……."

그러자 재현의 차가운 목소리가 그의 귓가를 강타했다.

"나중에 따로 보지."

죽었다. 현우는 고개를 축 늘어뜨리고 길게 한숨을 내쉬었다.

✹✹✹

이은주의 이모가 속해 있는 마술 팀은 현재 일산 쪽에서 공연 중이었다. 일정을 확인해 보니 전국 투어를 하는 모양이었다. 주영은 사무실로 돌아가고 재현과 현우 둘만 일산으로 차를 움직였다.

"이지선도 대구에서 공연을 본 게 확실해?"

재현의 물음에 현우는 조금 전 통화한 내용이 적힌 수첩을 되짚었다.

"네, 아이들이랑 방학 전에 보러 갔었다고 남편이 진술해 줬어요."

"정유나는 공연에 갔고, 서지애는?"

"정유나와 같은 날 공연을 본 것 같아요. 그날 JS에서 축하 연회가 있었는데 서지애도 참석했다고 합니다. 그런데 박승원은 안 왔네요."

현우의 대답에 재현이 엑셀을 세게 밟았다. 최면술사가 범인인지 아닌지 아직은 모르지만 여자라는 것 말고 새로운 공통점이 생겼다.

둘은 공연 중간에 안으로 들어갔다. 꽤 인기가 있는지 제법 넓은 객석 대부분이 관객들로 채워져 있었다. 어둡던 무대에 화려한 조명이 켜지더니 펑 하는 소리와 함께 상자 안에서 늘씬한 미녀가 각선미를 뽐내며 밖으로 나왔다. 와아! 하는 감탄사와 함께 사람들 사이에서 박수가 터져 나왔다.

"마술은 다 눈속임이라고 알고 있는데…… 아닐 수도 있나 봐요?"

최면술이 사건과 관련이 있을지도 모른다는 지원의 말이 생각난 현우가 중얼거렸다. 무대를 응시하던 재현은 대기실로 걸음을 옮겼다. 공연 중간에 있는 휴식 시간에 만나기로 미리 약속을 잡아 놓은 상태였다.

둘이 대기실로 들어서자 진하게 무대 화장을 한 마술사가 그들을 맞이했다.

"검찰에서 오셨다고요? 무슨 일 때문이죠?"

평범한 남자의 목소리. 지원이 말한 목이 쉰 여자가 아니었다. 재현은 대기실을 죽 훑어보며 질문을 시작했다.

"공연 잘 봤습니다. 꽤 흥미롭던데요."

"마술 재미있죠. 그래서 이 일을 하는 거니까요."

"혹시 아까 나온 여자분 말고 다른 분도 있습니까?"

"저희 스태프들 말씀하시는 건가요? 뭐, 마술을 도와주는 조수도 있고, 단순히 조명이나 음향을 담당하는 사람도 있습니다."

"그럼 그중에 최면술을 하는 사람도 있나요?"

"최면술? 일단 저도 할 줄 알고……. 우리 보조 중에 최면술 하는 사람이 누가 있지?"

한쪽에서 마술 도구를 챙기던 사람에게 묻자 대답이 들려왔다.

"최형석도 할 줄 알고, 박은미도 할 줄 알걸요?"

"박은미? 걔가 최면을 할 줄 알아?"

마술사가 고개를 갸웃거리자 재현이 다시 물었다. 박은미라면 이은주의 이모였다.

"박은미 씨가 최면술을 하는 게 이상합니까?"

"마술하고 싶다고 2년 전부터 쫓아다니는 애인데 별로 소질이 없어서요. 마술을 완벽하게 보여 주려면 적당한 퍼포먼스도 소화해야 하고, 언변도 어느 정도 있어야 하는데 너무 내성적이거든요. 뭐, 하고 싶어 해서 일단 허드렛일을 시키고는 있는데 나이도 많아서……."

"몇 살이죠?"

"가만 있자. 박은미 씨가 서른이 넘었지?"

"서른하나인가 둘인가 그럴 거예요."

"시작하기엔 나이가 좀 걸리죠."

재현의 눈빛이 날카로워졌다. 서른하나라면 세 번째 피해자 서지애와 동갑이었다.

"지금 박은미 씨는 어디에 있습니까?"

박은미는 몸이 아프다며 공연에 참석하지 않은 상태였다. 서울 외곽에 있다는 거주지를 찾아 다시 올라온 재현과 현우는 그녀의 집 근처에 차를 세웠다.

까마득히 가파른 오르막길을 보며 현우가 입을 딱 벌렸다.

"헐, 이건 에베레스트 등정하는 거랑 맞먹는 높이인데요?"

재현이 먼저 성큼성큼 오르막길을 오르자 현우도 부지런히 그 뒤를 따라갔다. 오르면 오를수록 집들은 초라해져 갔고, 그 가운데 박은미가 산다는 집이 있었다. 아귀가 맞지 않는 작은 나무 대문을 보며 현우가 중얼거렸다.

"문이 있으나 마나 아닌가?"

손바닥만큼 좁은 마당으로 들어서자 작은 마루를 중심으로 양쪽 벽에 문들이 있었다. 재현은 큰 소리로 그녀의 이름을 불렀다.

"박은미 씨 안에 계십니까? 박은미 씨!"

대답이 없자 현우가 그의 옆으로 스윽 다가왔다.

"아무 문이나 두드려 볼까요?"

그때 마루에 붙은 제법 큰 문에서 나이 든 여자가 나왔다. 잠을 자고 있었는지 한쪽 머리가 눌린 여자는 잔뜩 인상을 쓰고 둘을 보았다.

"누구 찾아요?"

"검찰에서 나왔습니다. 박은미 씨 지금 집에 있습니까?"

검찰이란 말에 여자의 눈이 커지더니 호기심으로 번들거렸다. 슬리퍼를 질질 끌며 다가온 그녀는 그들에게 손짓을 하며 연신 입을 놀렸다.

"검찰이요? 그럴 줄 알았어. 눈빛이 되게 음흉하더라고. 난쟁이 똥자루만 한 키에 덥수룩한 머리는 좀 자르래도 안 자르고……. 만날 혼자서 중얼거리며 다니더라고, 쉰 목소리로. 무슨 마녀 같다니까."

신이 나서 험담을 늘어놓는 주인집 아주머니의 말을 듣다 못한 현우가 한마디 하려는 순간 재현이 먼저 입을 열었다.

"박은미 씨가 무슨 짓을 했다고는 안 했습니다."

"뭐, 아니면 말고……."

재현의 차가운 기세에 눌린 아주머니의 목소리가 잦아들었다.

두 사람의 요청에 박은미의 방문을 딴 아주머니는 슬며시 뒷걸음질을 쳤지만 여전히 호기심 어린 눈빛으로 방 안을 들여다보았다.

재현은 천천히 방을 살펴보았다. 침대로 쓰는 얼룩진 매트리스가 놓여 있고 옷상자로 보이는 종이 박스가 서너 개 쌓여 있었다. 앉은뱅이책상 위에는 마술 도구로 보이는 몇 가지 물건들이 놓여 있었다. 좌식 의자가 비뚤게 놓여 있는 걸 보니 조금 전까지도 방에 있었던 것 같았다.

재현은 주인아주머니를 돌아보았다.

"어디 갔는지 아십니까?"

"글쎄, 몸이 아프다고 했는데……. 약국 갔나?"

심드렁한 대답에 재현의 눈길이 대문 밖을 향했다. 마침 한 껏 부푼 수세미 같은 머리를 대충 묶은 여자가 문을 열고 안으로 들어오고 있었다. 그러자 아주머니가 아주 반갑게 입을 열었다.

"저기 오네. 은미 씨, 검찰에서 나오셨대. 뭐 죄졌어?"

천진난만한 질문에 현우는 혀를 내둘렀다. 순간 재현과 눈이 마주친 박은미가 돌연 몸을 돌리고는 뛰기 시작했다.

"어어……."

재현이 후다닥 그녀의 뒤를 쫓자 멍하게 서 있던 현우도 한 박자 늦게 그를 따라 달리기 시작했다.

미로처럼 되어 있는 산동네는 도망치기엔 제격인 곳이었다. 게다가 어두워지는 저녁 시간이어서 낯선 동네에서의 추격전은 박은미에게 훨씬 유리했다.

재현이 박은미를 앞지르기 위해 다른 골목을 통해 들어가자 예상과 다르게 막다른 길이 나왔고, 현우의 손이 박은미의 옷자락을 움켜쥐려는 순간 무너진 담 틈새로 도망을 치는 바람에 놓치기도 했다.

"콜록, 콜록콜록."

그러나 추격전은 싱겁게 끝났다. 체력이 다한 그녀가 길 한가운데서 쓰러졌기 때문이었다. 재현은 얼른 그녀의 맥박을 확인하고 이마에 손을 댔다. 식은땀을 한껏 흘린 박은미는 탈진한 듯이 축 늘어져 있었다.

연락을 받고 온 구급차에 현우를 같이 태워서 보낸 재현은 박은미의 방으로 다시 돌아가 물건들을 꼼꼼히 살펴보기 시작했다.

"최면술이라……. 어떤 도구를 썼을까?"

최면은 의도적인 수면이다. 아이들을 토닥거리며 자장자장을 반복하면 금세 잠이 드는 것도 일정한 리듬과 목소리 때문이었다. 가능성을 배제할 수는 없었다. 실제 외국에서 최면으로 살인을 교사한 사건이 있었고 재판부도 그것을 인정했으니까 말이다.

하지만 박은미가 그렇게 뛰어난 최면술사일까? 마술사가 되기엔 많이 부족하다고 했는데…….

상자를 열어 보던 재현은 삼각뿔 모양으로 생긴 묵직한 물건을 꺼냈다. 적어도 20년 이상은 되어 보이는 낡은 메트로놈이었다. 똑딱거리며 일정한 리듬을 내어 정확한 박자를 알려 주는 도구.

"일정한 리듬이라……. 최면의 도구로 손색이 없지."

하지만 묵직한 무게에 크기도 커서 가지고 다니기가 쉬운 물건은 아니었다. 메트로놈을 내려놓고 다른 물건들을 살펴보는데 전화가 울렸다. 현우였다.

—박은미 씨, 깨어났어요.

✵⊰⊱✵

취조실에 앉아 있는 박은미는 의외로 담담한 표정이었다. 다른 방에서 그 모습을 지켜보던 주영이 재현에게 말을 건넸다.

"당당한 모습이네?"

"최면술 살인이라……. 어느 판사가 그걸 유죄로 판결 내겠어. 안 그래?"

"그럼 자백을 하도록 해야겠지."

"방법 있어?"

"괜히 프로파일러겠어? 내가 신호하면 잠깐 들어와."

"들어오라고?"

"응, 들어와서 내 옆에 서 있기만 해."

아리송한 말을 남긴 주영이 싱긋 웃으며 나갔다. 그녀가 취조실에 들어갔을 때도 박은미는 잠깐 움찔했을 뿐 꼿꼿이 앉아 여전히 정면을 응시했다.

"안녕하세요? 설주영 경위입니다."

"……박은미입니다."

기어들어 가는 목소리에 움츠린 어깨. 내성적일 뿐만 아니라 대인기피증도 있어 보였다. 그런데 마술사라니…….

주영은 비스듬하게 의자에 앉더니 다리를 척 꼬았다. 늘씬한 다리가 치마의 옆트임 사이로 적나라하게 드러나자 재현의 곁에 선 현우가 저도 모르게 휘파람을 불었다.

"대박."

그러나 재현의 눈빛에 얼른 입을 다물었다.

"음, 무슨 일로 온 건지는 아시죠?"

"살인 사건과 관련이 있다고 하던데요."

역시 기어들어 가는 목소리. 하지만 뭔가를 감추려는 건 아니었다. 말의 끝맺음이 정확했다. 주영이 긴 머리를 한쪽으로 쓸어 넘기면서 입을 열었다.

"서지애 씨와 여고 동창이네요."

"네."

"어때요? 학교 다닐 때 둘이 친했나요?"

"아뇨."

"왜 안 친했을까? 서지애 씨는 1학년 때 학급 반장에 방송반 활동을 했고, 2학년 축제 때는 미인 대회에서 2등도 했네요. 3학년 때는 선도부였고. 이런 친구랑 어울리면 좋잖아요. 떨어지는 것도 많고……."

박은미는 두 손을 꽉 맞잡을 뿐 대답이 없었다. 하지만 불안한 듯 눈동자가 흔들리고 있었다.

주영이 머리를 흔들어 긴 머리카락을 휘날리더니 다시 한쪽으로 모아 내렸다.

"왜 안 친하게 지냈어요? 서지애 씨에게 박은미 씨는 별로 관심 가는 친구가 아니었나 봐요."

"그게 왜 궁금해요? 서지애가 죽은 게 나랑 무슨 관련이 있다는 거죠?"

"어머, 화났나 보다. 그냥 궁금해서 물어본 건데……."

"뭐요?"

"그리고 그 곱슬머리 안 펴져? 내가 좋은 미용실 알려 줄까? 거기 스트레이트 진짜 잘하는 곳이거든."

"내 머리가 뭐?"

"아니, 수세미 같잖아. 우리 집에 있는 철수세미랑 진짜 똑같아서 말이야."

박은미가 주먹으로 책상을 쾅 내리치자 주영이 더욱 예쁘게 웃으며 대답했다.

"기분 나쁘라고 한 거 아닌데……. 난 그냥 네가 그 곱슬머리만 좀 어떻게 하면 예쁠 것 같아서 한 말인데……."

주영이 계속 박은미의 약을 올리자 현우는 고개를 갸웃거렸다.

"경위님이 왜 저러죠? 박은미를 막 놀리는 것 같잖아요."

박은미에 대한 서류를 뒤적거리던 재현이 진지하게 대답했다.

"최면을 거는 중이야. 박은미가 학창 시절로 돌아가게끔. 지금 박은미는 설주영 경위를 서지애라고 착각하고 있어."

"아! 그래서 자장가를 아주 작게 틀어 달라고 하신 거예요? 최면에 걸려들게 하려고? 그런데 왜요?"

"학창 시절 박은미는 서지애에게 왕따를 당했어. 그래서 서지애를 다시 봤을 때 유쾌하지 않았겠지. 서지애의 죽음과 관련이 있는지는 이제부터 두고 봐야 하는 거고."

재현의 설명에 현우는 다시 주영을 보았다. 그러고 보니 오늘 주영의 옷차림도 마치 교복처럼 보였다. 하얀 블라우스에 맨 리본을 보고 좀 이상하다고 생각했는데 지금 보니 서지애와 박은미가 다녔던 고등학교의 리본과 같은 디자인이었다.

"하긴 너무 비싸서 넌 못 가겠다. 급식비도 못 내는데 스트레이트는 무슨……. 호호호."

얄미운 웃음소리에 입술까지 깨문 박은미의 눈빛이 기이하게 번쩍거렸다. 그리고 입술을 거의 움직이지 않고 말을 하기 시작했다.

"하나도 변하지 않았어. 재수 없는 년. 넌 네가 잘나서 애들이 널 좋아한 줄 알지? 아니야. 그건 네 아빠가 돈이 많아서야. 그래서 애들이 네게 꼼짝 못한 거야."

"돈이 많은 게 어때서. 너처럼 없어서 절절매는 것보다는 백 배, 천배 낫지. 안 그래?"

"그깟 돈이 아무리 많으면 뭐해? 죽으면 끝인데……."

"내가 왜 죽어? 나 대기업에 입사한 거 너도 알잖아. 그리고 지금 남자 친구가 누군지 알아? 내가 다니는 회사 대표 아들이야. 나에게 선물도 했다고, 조만간 정식으로 사귀자고 할걸?"

주영이 슬쩍 거울 쪽을 보며 신호를 보내자 재현이 취조실로 들어갔다. 곁으로 다가온 그의 손을 주영이 잡았다.

"어때, 멋지지? 아, 그리고 누구였더라? 고등학교 때 너한테 연애편지 줬던 그 애, 이름이 뭐지?"

주영의 말에 박은미의 눈이 커다래졌다. 그러자 주영이 어이없다는 듯 웃음을 터트렸다.

"편지가 뭐니, 편지가……. 완전 촌스러워. 그래 놓고 바로 헤어지자고 했었지?"

"네가 어떻게 알아?"

"내가 대시했거든. 관심 있다고 슬쩍 말하니까 한 방에 넘어오더라. 남자들이란……. 예쁜 게 최고지. 안 그래?"

박은미의 얼굴이 새빨갛게 변하였다. 두 주먹을 부들부들 떨던 그녀가 핸드폰을 꺼내어 책상 위에 올려놓더니 중얼거리기 시작했다.

"그래, 남자들이란 족속은 예쁘면 다지. 마음이 착하든 나쁘든 예쁘면 홀랑 넘어가 버려. 병신 같은 것들."

번득이는 눈빛이 재현을 째려보았다. 그 눈빛이 비정상적으로 빛나 보였다. 갑자기 똑딱똑딱하는 소리가 희미하게 들렸다. 미간을 찌푸린 재현은 그녀의 핸드폰을 보았다. 메트로놈 어플에서 나는 소리였다.

"너는 예쁘고 돈도 많아서 좋았겠다. 선생님들에게 귀염 받고 남자들에게 인기도 많고……. 하지만 죽어 버리면 그깟 외모며 돈, 다 소용없겠지?"

"무슨 소리야?"

주영이 제법 날카롭게 외치자 박은미가 나직하게 속삭였다.

"우리 만난 기념으로 목욕이나 할까? 아니다. 나랑 같이 가는 거 창피하지? 너 혼자 해. 장미 꽃잎이 둥둥 떠 있는 최고급 욕조에 몸을 푹 담그는 거야. 그러면 피로도 풀리고 기분도 좋아질 거라고."

주영의 눈빛이 흐릿하게 변했다. 뭔가 이상한 느낌에 재현이 어깨를 아프도록 꽉 잡자 다행히 그녀의 눈이 다시 또렷해졌다. 하지만 여전히 박은미의 말에 정신이 팔려 있는 것처럼 몸에서 힘을 쭉 뺐다.

주영이 연기를 하는 줄도 모르고 박은미의 저주는 계속되었다.

"몸이 나른해지면서 힘이 빠질 거야. 네 몸은 서서히 물에 잠기지. 어깨, 턱, 입 그리고 코……. 숨이 차지? 그렇게 헐떡이다 목숨이 끊어질 거야. 바로 내일 말이야."

말이 끝남과 동시에 박은미가 핸드폰의 어플을 톡 껐다. 그러자 주영이 헉 하며 숨을 몰아쉬었다. 최면에 걸리지 않으려고 했는데 몰입이 됐던 모양이다. 숨을 가다듬은 주영이 박은미에게 미소를 지었다.

"어쩌지? 당신 뜻대로 되지 않을 것 같은데……."

그녀가 리모컨을 누르자 자장가 노랫소리가 점점 커졌다. 그러자 박은미의 눈도 같이 커졌다.

"이미 내가 당신에게 최면을 걸고 있었거든. 당신은 내가 시키는 대로 나에게 최면을 건 거라고. 그러니까 당신의 최면은 효력이 없지."

눈의 흰자위가 반이나 보이게 뒤집어진 박은미가 갑자기 히스테릭하게 소리를 질렀다.

"아니야! 내 최면은 완벽해! 벌써 실험도 해 봤다고! 내가 건 최면 때문에 죽었어! 너처럼 예쁘고 돈 많은 재수 없는 여자 말이야! 물론 죽는 날짜는 조금 어긋났지만, 그래도 내 최면은 완벽했다고!"

박은미의 자백에 재현이 물었다.

"그럼 정유나는 왜 죽인 거지?"

"흐흐흐흐, 너랑 같이 있었잖아. 둘 다 똑같이 재수 없어. 예쁘고 돈 많은 것들……. 네가 고등학교 때 몰고 다녔던 그 머리 빈 것들이랑 똑같아. 기회만 있으면 날 업신여기고, 괴롭히고, 깔보지."

단지 예쁘고 돈이 많다는 이유로 죽였다는 건가? 게다가 이지선은 그냥 연습 삼아 죽인 거였고? 재현의 눈이 가늘어졌다.

과도한 피해망상. 그녀는 학창 시절의 트라우마 때문에 예쁘고 돈 많은 여자들을 죽이고 싶을 만큼 미워하고 있었다.

"난 잘못이 없어. 내가 이렇게 태어나고 싶어서 태어났어? 그런데 왜 나를 힘들게 하냐고. 난 마술사가 될 거야. 화려한 조명을 받으며 뭐든지 내 맘대로 조종할 수 있는 마술사가 될 거라고."

자리에서 벌떡 일어서 두 팔을 활짝 벌린 박은미를 향해 주영이 물었다.

"강혜지는? 강혜지는 당신과 아무 상관도 없는 아이잖아."

그러자 번뜩이는 눈빛이 주영을 노려보았다.

"내 조카를 왕따시켰어. 나쁜 년, 하나밖에 없는 내 조카를 왕따시켰다고! 다 죽여 버릴 거야!"

갑자기 박은미가 주영에게 달려들었다. 우당탕 의자가 뒤로 넘어가고 주영의 몸에 올라탄 박은미가 있는 힘껏 그녀의 목을 졸랐다.

"죽어! 죽어! 내일이 아니라 지금 죽으라고!"

"박은미!"

재현이 박은미를 떼어 내려고 했지만 그녀는 요지부동이었다. 어디서 솟아난 괴력인지 놀라서 뛰어온 현우까지 합세해서야 간신히 떨어뜨릴 수 있었다. 재현은 박은미를 바닥에 내리 눌러 손을 뒤로 결박했다. 이마에 땀이 배어나올 정도의 힘이었다. 축 늘어진 박은미가 갑자기 중얼거렸다.

"내 최면이 실패했어. 아마 오늘 죽을 거야. 일주일 후라고 했는데……. <u>ㅎㅎㅎㅎ</u>. 아니야. 내 최면은 완벽해. 그러니까 일주일 후에 죽을 거야.”

횡설수설하는 박은미의 말을 듣고 있던 재현이 주영을 걱정의 눈빛으로 보았다.

“괜찮아?”

“응, 괜찮아. 휴우, 아직 컨트롤을 하지 못해 자기 최면에 자기가 빠진 것 같아.”

현우가 박은미를 연행해 가자 재현은 주영의 몸을 살폈다. 목에 빨갛게 손자국이 나 있었다.

“오래가겠는데…….”

“그러게. 그나저나 최면에 단단히 빠졌어. 나도 깜빡 걸릴 뻔했으니까. 본인이 컨트롤만 제대로 하면 그녀의 꿈대로 굉장한 최면술사가 될 수도 있겠어. 물론 교도소에 오래 있어야 하니 그냥 꿈으로 끝나겠지만 말이야.”

주영의 말을 듣던 재현의 미간이 구겨졌다. 그리고 심각하게 물었다.

“혹시 사이코메트리로 최면 거는 걸 봤다면 그 사람도 걸릴까?”

“사이코메트리? 가능성 있어. 다른 이의 기억을 보는 거라 대상자에게 쉽게 동화될 수 있거든. 한재현?”

주영의 말이 끝나기도 전에 재현은 밖으로 뛰어나갔다.

박은미는 최면술을 제대로 통제하지 못하고 있었다. 실제로 동시에 최면에 걸린 정유나와 서지애가 죽은 날짜는 하루 차이가 난다.

지원이 사이코메트리로 최면에 동화되었다면……. 위험해질 수도 있었다.

차에 타면서부터 계속해서 전화를 걸었지만 지원은 받지 않았다. 교통 신호를 모조리 무시하고 곡예 운전을 하며 도착한 재현은 옥상 계단을 오르며 그녀를 소리쳐 불렀다.

"석지원 씨! 안에 있어요? 석지원 씨?"

옥상에 도착한 그가 문을 열었다. 잠그지 않은 문은 쉽게 열렸다. 문이 잠겨 있지 않았다는 건 사람이 안에 있다는 소리였다. 그런데 아무런 반응이 없다는 건 무엇을 의미하는 걸까?

소름이 쫙 끼쳤다. 서둘러 안으로 들어가자 부엌이 보이고 미닫이문을 열자 방이 보였다.

"석지원 씨!"

침대 옆에 비스듬하게 기댄 지원의 고개가 툭 떨어져 있었다. 신발도 벗지 않고 그녀의 곁으로 간 재현이 재빨리 호흡을 확인했다. 끊어질 듯 가늘게 이어지는 숨에 안도를 하는 것도 잠시, 갑자기 헐떡거리는 숨소리에 재현의 심장이 졸아붙었다.

"허억, 허억."

"지원아!"

지원을 바닥에 눕힌 재현의 손이 벌벌 떨렸다. 머리를 뒤로 젖혀 기도를 확보하면서도 놀란 마음에 손가락이 굳은 듯 잘 움직여지지 않았다.

"눈떠 봐요."

입술과 입술 사이로 뜨거운 숨결을 불어넣고 깍지 낀 두 손으로 가슴을 압박했다.

"하나, 둘, 셋, 넷."

다시 입술이 닿아 그의 폐부에서 지원의 몸속으로 숨결이 건너갔다.

"제발 돌아오라고!"

그의 외침에 끊어질 듯 이어지던 숨이 확 트이며 그녀가 격렬하게 기침을 쏟아 내기 시작했다.

"쿨럭쿨럭, 우엑. 쿨럭쿨럭."

"석지원 씨."

바닥에 털썩 앉은 재현이 지원을 끌어안았다. 그러자 힘없는 목소리가 들렸다.

"······누구?"

"납니다."

지원의 머리를 받친 재현이 눈을 맞추며 대답하자 그녀가 희미하게 미소를 지었다.

"어, 한재현이다."

"네, 한재현입니다."

"나 꿈꿨어요. 기분 좋은 꿈."

"기분 좋은 꿈이라니 다행입니다."

"근데 아직 졸려요."

"자요. 내가 곁에 있을 테니까."

살포시 미소를 지은 지원이 다시 눈을 감자 안도의 숨을 내쉰 재현이 그녀를 품에 소중하게 안았다. 그녀가 잠에서 깰 때까지 이렇게 안고 있을 셈이었다. 기분 좋은 꿈을 꿀 수 있도록.

차에서 물건들을 꺼내 온 지원은 입술을 댓 발이나 내밀고 있었다.

"아니, 둘이 와야 1.5번째 만남이지, 이렇게 우르르 오면 그게 데이트냐고? 쳇!"

사건이 잘 마무리된 것을 기념하자고 한 것까지는 좋았다. 그런데 그 장소가 왜 하필 지난번 데이트를 하다 만 그 호수며! 현우와 주영까지 우르르 꼬리로 달릴 건 뭐냔 말이다!

"아! 물 맑네. 물고기가 있나?"

"완전 좋죠. 경위님, 제가 특급으로 맛있는 매운탕 끓여 드릴게요."

쿵짝이 맞는 현우와 주영의 모습에 지원이 입을 딱 벌리고 재현을 흘겨보았다. 머슴처럼 묵묵히 텐트를 치는 그를 보니 울화통이 터졌다.

"이그, 이그. 저 연애 세포 제로의 남자를 왜 좋아하게 됐을까⋯⋯. 처음 하는 연애인데, 내 팔자도 참 기구하다."

신이 난 현우가 큰소리를 치며 낚싯대를 드리웠지만 번번이 허탕을 치고, 재현 역시 물고기를 잡을 생각이 없어 보이자 옆에서 기다리던 지원과 주영은 기운이 빠졌다.

"뭐야. 차현우, 너 낚시 신동이라며!"

"그러게. 이것들이 내가 왔다고 죄다 숨은 것 같은데⋯⋯."

능청스러운 말에 지원은 그의 등을 무릎으로 콱 찍어 버렸다. 끄웩, 하며 이상한 비명을 지른 현우가 자갈밭 위로 널브러졌지만 그녀는 본 척도 하지 않고 재현을 향해 걸음을 옮겼다.

"이게 뭐예요? 이거 만남 아니니까 다음번으로 미뤄요."

그 말에 재현이 미소를 짓자 부아가 난 지원은 눈살을 찌푸렸다.

"미소로 얼렁뚱땅 넘길 생각하지 마요!"

"얼렁뚱땅 안 넘깁니다."

"뭐야, 그럼……."

아리송한 대답에 더욱 인상을 쓰던 지원은 현우의 말에 고개를 돌렸다.

"안 되겠어요. 곧 해도 지는데 먹을 게 있어야 할 것 같아요. 제가 가서 사 올게요. 경위님, 같이 가실래요?"

"나랑?"

뜻밖의 말에 주영은 조금 당황했는지 쉽게 대답하지 못했다.

"곧 어두워지는데 저랑 보스랑 가면 여자 둘만 남고, 제가 보스를 막 부려 먹을 수도 없고. 결론은 경위님이 차를 몰고 저랑 같이 마트에 가셔야 할 것 같다는 말이죠."

"그래야겠네."

반박할 수 없는 논리에 주영이 차로 향하자 현우가 재현에게 찡긋 윙크를 했다. 그 행동에 지원이 의아해하며 재현을 보았지만 그는 시침을 뚝 떼고 낚시에 몰두하는 척했다.

할 일 없이 호수 주위를 빈둥거리던 지원은 재현이 텐트에 딸린 랜턴을 켜자 시계를 보았다. 현우와 주영이 마트에 간 지 한참이 지나 있었다. 너무 늦어진다는 생각에 은근히 걱정이 되기 시작했다.

"너무 늦는데……. 혹시 무슨 일 난 거 아닐까요? 마트가 멀리 있다고 해도 벌써 돌아왔어야 하는 시간이잖아요."

"안 옵니다."

"네?"

"안 돌아온다고요."

무슨 말인지 이해되지 않아 고개를 갸웃거리자 차로 간 재현이 도시락을 꺼냈다. 도시락 안에 가득한 음식들을 보고 지원이 입을 딱 벌렸다.

"뭐예요? 음식이 이렇게 많은데 왜 마트에 보냈어요?"

"지원 씨랑 둘만 있으려고요."

"에엑!"

무뚝뚝한 재현의 입에서 나온 말에 환청이 아닐까 귀를 후빈 지원이 다시 물었다.

"다시 말해 줄래요?"

"석지원 씨랑 둘만 있으려고 차 형사에게 주영이 데려가라고 시켰습니다. 그러니까 1.5의 만남 맞죠?"

"한재현 씨 맞아요? 혹시 박은미의 최면에 걸려 친절한 재현 씨가 된 거 아니에요?"

"원래 한재현 맞습니다. 그러니까 안심하고 가까이 와도 됩니다."

재현의 말에도 지원은 여전히 의심스러운 눈초리를 하고 그의 곁에 나란히 앉았다. 그런 그녀가 귀여워 재현의 입가에 미소가 번져 갔다.

지난번처럼 푸짐한 도시락 앞에 군침을 꿀꺽 삼킨 지원은 문어 모양 소시지를 입에 넣고 우물거렸다.

"입가에 눈알 묻었습니다."

"켁켁, 눈알이요?"

지원이 화들짝 놀라며 사레에 걸리자 그가 웃음을 터트렸다. 커다란 손이 그녀의 얼굴로 다가왔다. 심장이 두근거려 숨마저 멈추고 있는데 그의 손이 입가에 살짝 닿았다. 그리고 긴 손가락을 들어 그녀에게 보여 주었다.

"문어 눈알."

"아, 검은 깨."

지그시 바라보는 눈빛이 갑자기 묵직해지더니 서서히 바람이 잦아들었다. 내내 지저귀던 새소리도 들리지 않고 바스락거리는 나뭇잎 소리도 들리지 않았다. 무거운 어둠 속에 재현의 환한 얼굴만 보였다. 지원은 입속에 있던 소시지를 꿀꺽 삼켰다.

"아직 사귀는 건 아니지만……."

아니지만…… 뭐?

지원의 동공이 훅 하며 확장되었다. 두툼하고 뜨거운 입술이 제 입술에 닿았기 때문이다. 부드럽게 닿은 입술이 망설임 없이 그녀의 입술을 애무했다. 찌르르 머리가 감전된 듯 울리자 지원은 눈을 감았다.

키스는 계획에 없었다. 다만…… 눈을 동그랗게 뜨고 바라보는 그녀가 너무 사랑스러웠다. 살짝 닿은 입술은 더없이 달콤했고, 숨결은 몸이 녹아내릴 정도로 짜릿했다.

살포시 베어 문 입술을 혀로 핥으며 저도 모르게 지원의 얼굴을 잡은 재현이 과격하다 싶을 정도로 입술을 빨았다. 말랑말랑한 입술이 도톰하게 부풀어 오를 때까지 실컷 그녀의 향기를 마시고 입술을 떼어 내자 지원은 얼른 엉덩이를 옆으로 밀어 앉았다.

발갛게 상기된 얼굴과 부풀어 오른 입술이 섹시해 보였다. 그런 그녀에게 다시 한 번 베이비키스를 한 그가 싱긋 미소를 지었다.

"다음엔 언제 만날까요?"

"그럼 답은 다음에 줄 거예요?"

"석지원 씨가 먼저 세 번 만나자고 했잖아요. 약속은 약속이니까요."

이미 대답한 거나 마찬가지였지만 지원은 고개를 끄덕였다. 세 번째 만날 때까지 이 설렘이 계속될 테니까.

아누비스의 신부

e p i s o d e

IV

❶
달콤함에 빠지다

제법 선선한 바람이 가을을 느끼게 해 주고 있었다. 노랗고 빨갛게 물든 거리의 가로수들이 아름다운 풍경을 연출했고 그 가로수 길을 걷는 지원의 입은 주체하지 못할 정도로 길게 늘어져 있었다.

평일 오전이라 다행히 거리에는 사람이 많지 않았다. 평소 자주 산책하던 공원으로 들어서자 사람은 더욱 보이지 않았다. 집에서 조금 먼 곳이긴 하지만 사람들의 발길이 뜸해 그녀가 자주 찾는 장소였다.

나란히 걷던 재현이 쑥스러운 듯 말했다.

"혹시 힘들면 말해요."

무슨 소리지? 의아함도 잠시, 재현의 커다란 손이 지원의 손가락을 하나하나 얽어 깍지를 꼈다. 단단한 손의 체온이 전해지면서 머릿속에 일렁이는 영상이 나타났다.

멋진 액자에 색이 고운 풍경화가 걸려 있었다. 한두 개도 아니고 커다란 홀 전체가 환한 풍경화로 물들어 있었다.

그림 전시회인 것 같았다. 맛있는 아이스크림과 예쁜 케이크들이 가득한 테이블이 보이고 귀여운 강아지와 아기 고양이들이 노는 장면, 마지막으로 잔잔한 음악이 흐르며 넓은 풀밭을 끝으로 영상이 끝났다.

저도 모르게 눈을 감고 있던 지원이 살며시 눈을 떴다. 마치 명상을 하고 난 것처럼 머리가 개운했다.

"대체 뭘 한 거예요?"

지원의 물음에 재현이 얼굴을 붉히며 대답했다.

"그냥 평소에 안 하던 짓을 좀 했습니다."

검사인 그의 직업을 생각하면 도저히 나올 수 없는 사이코메트리 결과였다. 최면 살인에 대한 사건을 종결짓고 잠시 휴식기가 있었지만 그의 손에서 사건 파일이 떨어지는 날은 없었다.

지원과 세 번째로 만날 날이 다가오자 재현은 특단의 조치를 취해야 했다. 손은 잡고 싶고, 그냥 잡으면 분명 혐오스런 장면이 보일 텐데 그렇게 만날 수는 없었다. 그래서 방법을 생각해 냈다.

사이코메트리라는 것은 강렬한 기억을 본다고 했으니 강렬한 경험을 하기로 한 것이다. 평소 자주 보지 않던 아름다운 풍경화에 몰두하고 쳐다보지도 않았던 아이스크림과 케이크를 일부러 사서 맛보았다.

혀가 녹아내릴 정도로 달달한 음식은 그의 바람대로 강렬했다. 잔잔한 음악을 들으며 처음으로 빈둥거리는 시간은 그에게도 충전이 되었다. 그리고 지원에게도 잘 전달된 것 같아 기분이 좋았다.

"아이스크림을 좋아하는 줄 몰랐어요."

"좋아하진 않습니다. 덕분에 강렬한 단맛이 뇌리에 단단히 박혔습니다."

"킥킥, 달달함으로 기억을 세탁했네요. 진짜 머리 좋다니까."

지원이 깍지 낀 손을 앞뒤로 흔들었다. 누군가와 이렇듯 편하게 손을 잡아 본 것은 다섯 살 이후로 처음이었다. 남들과 다른 자신을 평범하다고 느끼게 하는 이런 소소한 것들이 감사했다.

그녀가 두 손을 마주 잡고 뒷걸음질을 치며 걷자 재현의 미간이 살짝 찡그려졌다.

"넘어집니다."

"이렇게 잡고 있는데 무슨 걱정이에요."

"좋을 대로 해요."

"아! 이왕 버린 혀 확실하게 버리는 건 어때요?"

"무슨 소리입니까?"

지원의 말에 불안한 표정을 지은 재현이 걸음을 멈추었다. 그러자 해맑은 미소를 지은 지원이 그를 잡아끌었다.

"같이 케이크 먹으러 가요."

"케이크라면 이미 충분히 먹었습니다만……."

"나랑 같이 먹어요. 그런 건 원래 같이 먹어야 맛있는 거라고요."

들뜬 목소리에 재현은 마지못해 그녀를 따라 카페로 들어갔다.

여러 가지 케이크를 늘어놓고 행복한 표정을 지은 지원은 달달한 케이크 한 조각을 뚝 떼어 먹었다.

"완전 맛있어요. 재현 씨는 안 먹어요?"

"커피로 충분합니다."

"진짜 맛있는데. 음."

콧소리를 내며 케이크 한 조각을 모두 해치운 그녀가 두 번째 케이크에 포크를 꽂자 재현이 말했다.

"먹고 싶은 거 같이 먹으러 다녀요."

"찬성! 현우 덕분에 요즘 해물탕이나 전골 같은 건 먹을 수 있는데 케이크나 아이스크림은 무리인 것 같았거든요."

"차 형사랑 자주 만납니까?"

"자주는 아니고 일주일에 한 번 정도? 밥 친구 하기로 했거든요."

"그 밥 친구, 나랑 해요. 간식 친구도 나랑 하고. 으흠."

지원은 빨개진 얼굴로 헛기침을 하는 재현을 물끄러미 바라보다 조심스럽게 물었다.

"혹시 지금 질투한 거예요?"

"원래 밥이랑 아이스크림은 연애하는 사람이랑 먹으러 다니는 겁니다."

"푸훗, 완전 귀여워요."

"그런 말은 실례인 것 같은데요."

"실례여도 할 수 없어요. 지금 재현 씨 표정 완전 귀여워요."

그가 멋쩍게 얼굴을 쓰다듬자 지원의 웃음이 더욱 짙어졌다. 케이크를 세 조각이나 먹어치운 그녀는 갑자기 생각난 듯 물었다.

"참, 박승원 체포했다면서요? 죄명이 뭐예요?"

"필로폰 투약 혐의입니다. 휴가를 갔다는 강원도의 별장을 압수 수색했더니 증거물들이 나와서 구속시켰습니다."

"역시…… 나쁜 놈이었어. 서지애도 그 별장에 자주 간 모양이던데요?"

"그런 것 같더군요. 함께 있었던 남녀 다섯 명도 모두 구속했습니다. 한두 번이 아니었어요."

"쯧쯧쯧, 아무튼 있는 것들은 돈이 남아돌아서 쓸데없는 짓을 하고 다닌다니까. 공사판 같은 데 좀 보내서 육체노동의 보람을 느끼게 해 줘야 해요."

흥분한 지원을 보며 재현이 빙그레 미소를 지었다.

이런 기분은 느끼면 안 된다고 생각했다. 한 사람을 사지로 몰아넣고 행복하면 안 될 것 같았다. 그런데 그런 죄책감도 어느새 옅어져 있었다. 문득문득 입가에 미소가 고이는 걸 보니 행복한 것이 맞는 듯했다.

그 여자를 잊은 건 아니었다. 기억할 것이다. 그래서 다시는 그런 일이 생기지 않도록 최선의 노력을 할 것이다. 물론 당장은 지원의 미소를 위해 빙수를 먹어야 하는 노력을 보여야겠지만.

"자, 이제 빙수 먹어요. 여기 빙수가 맛있다고 소문이 났는데 양이 너무 많아요. 가격도 엄청 비싸고……. 그래서 만날 군침만 흘렸는데 드디어 먹어 보네. 아, 행복해라."

빙수 하나에 행복을 느낄 수 있다면 얼마든지 먹어 주리라 생각했다. 그런데…….

"엄청, 달군요."

"이건 그래도 별로 달지 않은 편이에요. 그게 장점이죠. 저기 저 그림 보이죠? 저 빙수는 진짜 달콤해요. 이거 다 먹고 저거 먹을까요?"

"다음에…… 다음에 먹어요."

말을 더듬는 재현을 보며 지원이 활짝 웃었다.

✳✲✳✲✳

진중하고 고급스러운 분위기가 물씬 풍기는 한정식 집에 도착한 재현은 종업원의 안내를 따라 방으로 갔다. 고운 한지가 발라진 미닫이문을 열고 들어서니 규한이 그를 반겼다.

"어서 오게, 한 검사."

"늦어서 죄송합니다."

"늦긴, 우리가 빨리 온 거지. 어서 들어와."

정중하게 인사를 한 그가 규한의 옆에 앉자 맞은편에 앉은 남정국의 얼굴에 희미한 미소가 번졌다. 그 미소를 본 규한이 자랑스러운 목소리로 재현을 소개했다.

"일전에 말한 제 양아들 놈입니다. 머리도 있고, 외모도 출중하고, 입까지 묵직한 놈이지요."

"아들 칭찬에 입이 마릅니다."

"제가 그랬나요? 허허허."

두 사람의 대화는 미리 정해진 대본을 읽듯 자연스러웠다.

"진 검사도 훌륭하고, 한 검사도 이리 출중하니 아주 든든하겠습니다."

"무슨 말씀을……. 남 의원님 자제분도 만만치 않다고 하던데요. 막내 따님이 곧 연주회를 연다고 하지 않으셨나요?"

"그저 시간만 보내고 온 거죠. 늦둥이라 오냐오냐 키웠더니 고집이 세서 어쩔 수 없이 보낸 유학입니다. 그래도 젓가락 행진곡은 곧잘 칩니다."

"아이고, 농담도 잘하십니다."

두 사람의 만담에 재현은 점차 자리가 불편해져 갔다.

박은미 사건 때 내건 협상안 중 하나가 남정국 의원과 식사를 하는 것이었다. 지원에게 손대지 않는 대신 규한이 내건 조건이었다.

그저 정치인과 법조인이 만나 은밀한 뒷거래를 하나 보다 생각했었는데 뭔가 좋지 않은 기분이 들었다. 아니나 다를까. 피아노를 친다는 막내딸 얘기를 꺼낸 정국이 그답지 않게 말끝을 흐렸다.

"안 그래도 오늘 저녁을 먹자고 했었는데……."

"아! 제가 눈치 없이 오늘 뵙자고 했군요. 그냥 사적인 자리니 따님을 부르시죠. 저도 2년 만에 보는 거네요."

"그래도 되겠습니까? 한 검사는 어떤가? 합석해도 되겠는가?"

분위기가 이상했다. 마치 선을 보는 듯한 자리로 느껴졌다. 그러나 이미 약속한 일. 여기서 어깃장을 놓는다면 또 지원을 가지고 협박할 것 같아 재현은 고개를 끄덕였다.

마치 대기라도 한 듯 10분 후 화사한 원피스를 차려입은 여자가 방으로 들어왔다.

"아빠! 저 왔어요."

발랄하게 인사한 여자는 정국의 옆자리에 앉더니 그의 팔짱을 끼며 애교스럽게 인사를 했다.

"안녕하세요. 진 총장님?"

"더 예뻐졌네요. 반가워요. 가영 양."

생글생글 미소를 지은 여자의 눈이 호기심으로 반짝거리며 재현을 향하자 규한이 그를 소개했다.

"아, 이쪽은 한재현. 내 밑에서 일하는 검사입니다. 아들이나 다름이 없죠. 인사 나누게. 한 검사."

"처음 뵙겠습니다. 한재현입니다."

"남가영이에요. 반가워요."

시원시원한 눈매에 톡톡 튀는 말투였다. 왠지 모르게 지원이 생각나자 재현의 입가에 슬며시 미소가 맺혔다. 그 미소를 본 가영이 눈을 반짝였다.

"되게 잘생기셨네요."

"감사합니다."

느닷없는 칭찬에 한 박자 늦게 답하는 재현을 보며 정국이 웃음을 터트렸다.

"이 녀석아, 여자가 먼저 그런 말을 하면 어떻게 해."

"잘생긴 건 맞잖아요."

가영의 당돌한 모습에 규한이 말을 보탰다.

"요즘 젊은 사람들은 자기 생각에 솔직해서 참 좋아 보입니다. 우리 때는 감정을 드러내면 흉이라고 배우지 않았습니까, 남 의원님."

"나도 저 녀석이 당황스러울 때가 많아요. 그래도 딸내미라 그런지 나한테 하는 애정 표현은 좋습디다. 하하하."

꿍꿍이가 있는 두 사람과 불편한 한 사람을 제외하고, 가영은 이 시간이 정말 즐거웠다.

둘째 오빠 내외가 갑자기 죽었다는 소식에 놀라서 귀국을 한 그녀는, 살해를 당했다는 말에 경악할 수밖에 없었다. 새언니는 화류계 출신이었지만 말도 잘 통하고 마음이 맞아 싫지 않았다. 그런데 살해를 당했다니…….

게다가 10년 넘게 살림을 봐 주었던 박순자 아줌마가 범인이라고 했을 때는 말도 못 하게 놀랐었다. 가끔 놀러 가면 튀김이나 부침개를 맛있게 부쳐 주셨던 순한 아줌마가 그런 일을 했다는 게 믿어지지 않았다.

하지만 그게 다였다. 자세한 내막은 아무도 알려 주지 않았고, 오빠와도 그다지 교류가 없었던 탓에 더 이상 알고 싶지 않았다. 장례가 끝나고 형식적인 연주회가 끝나면 다시 나갈 예정이었다. 그런데 느닷없이 선을 보라는 말을 듣고 말았다.

"이제 스물여섯인데 무슨 선을 봐!"

펄쩍 뛰는 그녀를 정국이 살살 달래었다. 직업은 검사고 잘생긴 데다 불편한 시댁도 없는 놈이란다. 일단 만나나 보라는 말에 툴툴거리면서 나온 자리였다. 별 기대가 없는데 재현의 얼굴을 보는 순간 심장이 콩닥거렸다.

아빠 같은 사람이 아니면 결혼하지 않을 거라고 늘 얘기했는데, 아빠보다 훨씬 멋져 보이는 남자가 나타났다. 가영의 얼굴이 숨길 수 없는 기쁨으로 환하게 빛나고 있었다.

선이라는 걸 증명이라도 하듯 식사를 시작하자마자 규한의 핸드폰이 울리고 이어 남정국의 보좌관이 들어와 귓속말을 했다. 통화를 끝낸 규한이 먼저 입을 열었다.

"이거 죄송하게 됐습니다. 검찰청으로 들어가야 할 일이 생겼네요."

"그럼 일어나야죠. 저도 갑자기 일이 생겼습니다. 가영아, 너 혼자 들어가야겠다."

"무슨 소리를요. 한 검사가 에스코트할 겁니다."

그럴 거지? 눈으로 묻는 규한의 말에 재현이 자리에서 일어서며 대답했다.

"집까지 모셔다드리겠습니다."

"그럴 텐가? 번거롭게 해서 미안하네."

규한은 나가면서 재현의 어깨를 힘 있게 잡았다. 가진 것이라고는 제 몸 하나밖에 없는 그에겐 더없는 기회가 될 수 있었다. 제 아들 상호에게도 주지 않은 기회를 재현에게 준 것이니 그 마음을 받아 주기를 바랐다.

그러나 무슨 생각인 건지 재현의 얼굴은 냉정하기만 했다. 하긴 이놈 성격에 덥석 감사합니다, 하며 받지 않을 거라는 건 알고 있었다. 어찌 됐든 기본은 된 놈이니 가영을 확실하게 에스코트할 건 분명했다.

가영은 이미 한눈에 반한 눈치였다. 그녀가 적극적으로 다가간다면 재현도 흔들릴 수 있었다. 그리고 그렇게 되길 바랐다.

규한과 정국이 나가자 다시 식사가 시작됐다. 말없이 음식을 먹던 가영이 갑자기 킥킥거리며 웃자 재현은 고개를 들었다.

"좀 웃기지 않아요? 우리 선보게 하려는 게 뻔한데 어설픈 연극하시는 게 너무 귀여운 것 같아요."

"집이 어딥니까? 데려다주겠습니다."

"어머! 아직 밥 다 안 먹었는데요."

"천천히 드십시오."

"원래 말투가 그렇게 딱딱해요? 체하겠어요."

가영이 눈살을 가볍게 찌푸리며 항의했지만 물로 입가심을 한 재현은 수저를 내려놓았다. 그러자 하는 수 없이 가영도 수저를 내려놓았다.

"좀 아쉽지만 재현 씨가 다 먹었으면 일어서죠."

말투는 무뚝뚝했지만 그는 예의 발랐다. 구두를 신는 그녀를 기다려 주고 차에 타서는 벨트를 매라고 일렀다. 직접 매 줬으면 더 좋았을 텐데……. 보조석에 앉은 가영은 재현의 날렵한 턱 선을 감상하느라 고개를 아예 옆으로 돌리고 있었다.

잡아야겠다. 그동안 만났던 어떤 남자들과도 비교할 수 없는 아우라가 있었다. 게다가 진 총장님이 총애하는 사람 아닌가. 이런 남자의 아내가 된다면 그것으로 성공한 인생이 될 것 같았다.

운전을 하는 내내 재현은 얼굴이 따가워 불편했다. 가영이 몸까지 옆으로 돌리고 얼굴을 뚫어져라 바라보았기 때문이다.

규한의 유치한 속셈이 빤히 보여 어이가 없었다. 남정국의 사위가 되어서 그의 정치 인생에 발판이 되라는 소리인가? 제 성격을 잘 아는 분이 한 일치고는 너무 허무했다.

가영이 알려 준 대로 차를 몰던 재현은 미간을 찌푸렸다. 도착한 곳은 집이 아니라 레스토랑이었다. 가영이 차에서 내려 먼저 내리자 재현이 물었다.

"집으로 가는 거 아니었습니까?"

"후식을 안 먹었잖아요. 달달한 걸 먹어야 식사가 끝난다고요."

말을 마친 그녀는 계단을 성큼성큼 올라갔다. 재현이 맡은 일은 집까지의 에스코트였다. 어떻게 할까 망설이는데 그녀가 몸을 뒤로 돌렸다.

"저 혼자 먹어요? 이런 고급 레스토랑에서 혼자 케이크를 먹으라는 건 너무 잔인한 얘기인데."

지원이 한 말과 같은 얘기에 고민하던 재현은 마지못해 고개를 끄덕였다. 여자들은 케이크 같은 건 같이 먹어야 하는 법이라도 있는 모양이었다. 내키진 않았지만 끝까지 에스코트를 약속했고, 지원에게 케이크를 사 줄 요량으로 그는 걸음을 움직였다.

재현이 따라서 계단을 올라서자 가영은 활짝 웃으며 그의 팔짱을 끼었다.

"가요."

느닷없는 스킨십에 몸을 굳힌 재현은 정중한 태도로 그녀의 팔을 빼냈다. 그러자 가영이 혀를 날름 내밀었다.

"미안해요. 아빠랑 팔짱 끼는 게 버릇이 돼서."

"먼저 올라가세요."

레스토랑에 들어서자마자 익숙한 몸짓으로 자리에 앉은 가영은 케이크와 음료수를 주문했다. 잠시 후 보기만 해도 혀가 녹을 것 같은 조각 케이크가 나왔다.

"맛있어 보이지 않아요?"

가영은 케이크를 깨작거리며 끊임없이 수다를 늘어놓았지만 재현이 한 말은 '네'와 '아니요' 뿐이었다. 고작 30분이 지났을 뿐인데 밤새 범인을 취조한 것처럼 피곤이 몰려왔다.

그가 슬쩍 시계를 보자 가영이 스푼을 내려놓았다. 케이크는 반도 먹지 않은 상태였다.

"그만 가요. 아, 배불러."

고작 그걸 먹으려고 이 밤에 여기까지 온 그녀가 이해되지 않았지만 재현은 별다른 말없이 계산대로 걸어가 지갑을 꺼냈다.

"어머, 사 주시려고요? 잘 먹었습니다."

"다행입니다. 아까 포장 부탁한 것 주십시오."

종업원이 앙증맞은 분홍색 리본이 달린 작은 상자를 건네주자 가영의 눈빛이 반짝거렸다. 그리고 기대에 찬 목소리로 물었다.

"포장은 언제 부탁했어요? 안 그래도 되는데……."

"제 겁니다."

"아, 그래요?"

가영은 내밀었던 손을 멋쩍게 내렸다. 분명 케이크에는 손도 대지 않았다. 그런데 포장이라니……. 혈혈단신이라고 했으니 가족에게 줄 것은 아니었다. 여자가 있구나. 코를 찡긋한 그녀가 주먹을 불끈 쥐었다.

"뺏으면 되지, 뭐."

어려서부터 갖고 싶은 건 무슨 방법을 써서든지 가지고야 말
았다. 더구나 남자로서 처음 탐이 나는 사람이었다. 상대가 어
떤 여자든 간에 반드시 뺏고야 말리라.

가영을 집에 데려다준 재현은 바로 지원의 집으로 향했다. 9시
가 조금 넘은 시간이니 잠을 자고 있진 않을 터였다. 그녀의 집
앞에 도착해 전화를 걸자 반가운 목소리가 들렸다.

—자주 전화하네요.

"잡니까?"

—아뇨. 밖이에요.

예상치 못한 대답에 재현은 당황했다. 어째서 그녀가 집에
있을 거라고 철석같이 믿었는지…….

"그럼 어딥니까?"

—음, 가고 있는 중이에요. 모퉁이만 돌면! 어! 재현 씨!

고개를 돌리자 골목 끝에 서 있는 지원이 보였다. 쪼르르 달
려온 그녀가 활짝 웃으며 재현을 반겨 주었다.

"와, 이렇게 보니까 되게 좋다. 진짜 연애하는 거 같네."

"늦었군요. 저녁은 먹었습니까?"

"뭐, 대충……. 어? 이거 뭐예요? 내 거?"

손에서 작은 상자를 발견한 지원이 묻자 그가 아쉬워하며 말
했다.

"샌드위치를 사 올 걸 그랬군요."

"뭔데요? 와아! 케이크네. 음, 맛있어 보여요. 지금 먹어도
돼요?"

"차라리 밥을 먹으러 가는 게 어떻습니까?"

"케이크가 더 좋아요. 음, 진짜 맛있어요."

그 자리에서 케이크를 꺼내 해치운 지원은 만족한 듯 입맛을 다셨다.

"후식까지 먹었으니 식사 끝이에요."

"크림 묻었습니다."

"여기요?"

지원이 손등으로 입술을 닦으려고 하자 재현이 그녀의 손목을 잡았다.

"손등이 더러워지지 않습니까."

"네?"

허리를 숙인 그가 살며시 입술을 훔쳤다. 달달한 크림이 묻은 입술은 녹을 듯이 달았고 보드라웠다. 입술뿐만 아니라 그녀의 입속에 녹아 있는 케이크까지 모조리 핥은 그가 입술을 뗐다.

"이렇게……."

얼굴이 빨개진 지원이 쑥스럽게 웃었다. 진짜 연애한다. 이 멋진 남자랑…….

❈❆❈

사무실 안은 삼겹살을 굽는 냄새와 소주의 알싸한 냄새로 가득했다. 각종 채소까지 오른 식탁은 푸짐했다. 각자 잔을 채우자 현우가 자리에서 일어나 손을 내밀었다.

"자! 한재현 검사님의 복귀를 축하하며! 건배!"

현우의 건배 제의에 지원은 진심으로 잔을 들었다. 주영도 웃는 낯이었지만 재현은 여전히 내키지 않아 하는 얼굴이었다. 그가 내내 떨떠름한 표정을 하고 있자 현우가 애교를 부렸다.

"한재현 검사님. 검사직 복귀를 진심으로 축하드립니다."

"너 과도하게 아부 떤다. 재현 씨에게 뭐 약점 잡혔냐?"

지원의 놀림에 현우가 손을 저었다.

"약점은 무슨……. 나의 진심을 왜곡시키지 마라. 친구야."

현우는 진심으로 기뻐하고 있었다.

지원의 사이코메트리를 도왔다는 걸 알게 된 재현은 무시무시한 눈빛으로 그를 노려보았다. 지원이 사이코메트러라는 걸 재현이 알고 있다는 것도 놀라웠지만 그녀가 상처 입었을까 전전긍긍하는 모습에 더 경악했다.

썸 타는 사이가 아니라 사귀는 사이었다. '나중에 따로 보자'는 그 말이 '넌 죽었어'로 들렸을 정도이니. 재현의 검사 복귀는 더 이상 그와 마주칠 일이 없다는 것을 의미했기에 기쁘지 않을 수가 없었다.

정색을 한 현우는 지원의 어깨를 두드리려다 손을 멈칫거렸다. 그녀가 사이코메트러라는 걸 알고 나서 본능적으로 신체 접촉이 꺼려졌다. 싫거나 무서운 건 아닌데 신경이 쓰이는 건 어쩔 수 없었다.

지원도 현우의 마음을 이해했다. 과거가 주르륵 보인다고 하는데 어떻게 신경이 안 쓰이겠는가. 익숙한 상황이라 별로 섭섭하지도 않았다.

"술 받아."

어색한 공기가 막 감도는 찰나 재현이 현우에게 잔을 내밀었다. 술을 따라 주는 그를 보고 지원은 흐뭇한 미소를 지었다. 곤란한 상황이 되면 귀신같이 자신을 방어해 줬다. 처음 만났던 그날부터 지금 이 순간까지…….

잔을 깨끗이 비운 현우가 술잔을 돌려주고 술을 따르자 재현이 음흉한 미소를 지으며 그를 보았다.

"부서 이동했다는 말은 전달받았나?"

"네? 부서 이동이라니요?"

"내가 부탁드렸지. 검사직으로 복귀하는데 유능한 자네를 수사관으로 추천해 줄 수 있냐고. 서장님께서 흔쾌히 허락하셨거든. 내일부터 중앙지방검찰청으로 출근하면 돼."

"네에?"

재현의 말에 현우는 입을 딱 벌렸다. 오늘이 송별회라고 좋아했는데 다시 만나야 한다니. 그것도 매일 좁아터진 사무실 안에서 얼굴을 맞대고……. 죽었다. 그는 다시 고개를 떨궜다.

"잠시 테라스에 좀 나갔다 올게요."

"갑자기 왜?"

"좀 쉬러. 내일부터 숨을 잘 못 쉴 것 같아서……."

곧 죽을 사람처럼 하얗게 질린 얼굴로 현우가 일어서자 재현이 따라나섰다.

"같이 가지. 나도 담배 생각이 났는데……."

절망적인 표정을 짓는 현우를 데리고 재현이 테라스로 나가자 주영이 지원에게 잔을 내밀었다.

"내 잔 받아요. 미운 정이 들었나. 헤어지려고 하니 조금 섭섭하네요."

"전 안 섭섭한데요."

"역시 내 스타일이라니까……. 솔직해서 좋아. 지원 씨는."

지원은 술을 단숨에 비우고 잔을 내려놓았다. 그리고 뚱한 표정으로 고기를 한 점 집어 먹었다. 처음 봤을 때 재현에게 친근하게 굴던 모습이 아직도 머릿속에 남아 있었다. 친구라고 했지만, 이렇게 예쁜 친구는 없었으면 하는 바람이었다.

생각하는 게 그대로 얼굴에 드러나는 그녀가 귀여워 주영은 웃음을 멈추지 못했다. 그러니까 저 얼음 같은 재현을 녹이고도 남았겠지. 주영이 고기를 뒤집으며 말했다.

"나도 지원 씨처럼 했으면 재현이의 마음을 얻을 수 있었을까요?"

"네?"

"난 이리저리 쟀거든요. 이렇게 하면 날 봐 줄까. 저렇게 하면 관심을 끌 수 있을까. 혹시 먼저 고백했다가 차이면 어쩌지? 친구로도 남지 못하면 안 되니까 아닌 척, 친구인 척……. 고민만 했어요. 그런데 지원 씨는 솔직하네요. 좋으면 좋다, 싫으면 싫다, 질투나면 대놓고 질투하고……."

"욕이에요, 칭찬이에요?"

"부럽다고요. 난 왜 그렇게 못 했을까 후회도 되고요."

반짝이던 주영의 눈빛이 차분하게 가라앉았다.

"재현이, 마음의 상처가 거의 아문 것 같아요. 그 일이 있고 나서 검사라는 직업에 회의를 느끼고 사람들과 소통을 아예 끊었거든요. 그런데 지금 저렇게 웃고, 화내고, 좋아하는 걸 보니

까 이제야 다시 사람으로 돌아온 것 같아서 좋아요. 아! 친구로
서 좋다는 말이에요."

지원의 눈빛이 날카로워지자 주영이 얼른 말을 덧붙였다.

"그 일이 뭔지 물어봐도 돼요?"

지원의 물음에 주영은 잠시 생각에 잠겼다. 그리고 입을 열
었다.

"재현이는 처음부터 검사에 잘 어울렸어요. 이성적이고, 날카
롭고, 증거로 사건을 해결했지만 인간적인 면도 많았죠. 그 인
간적인 면 덕분에 기소를 당하고도 그를 증오하는 범인들은 별
로 없었어요. 그 왜, 있잖아요. 너 때문에 내가 잡혔으니까 나중
에 앙갚음할 거야, 하고 협박하는 범죄자들."

주영의 눈빛이 아련하게 바뀌었다. 그가 얼마나 힘들어했는
지 곁에서 지켜본 그녀로서는 그때 일을 떠올리는 것만으로도
마음이 좋지 않은 듯했다.

"그렇게 승승장구하다 어느 날 사건이 떨어졌어요. 차장검사
님이 특별히 지시한 일이었죠. 지금 총장님이 그때 차장검사님
이셨어요. 국내 최대 조직인 미아동파의 부두목을 기소하는 일
이었어요. 그런데 그게 미끼였죠. 두목을 잡으려고 검경이 합동
으로 작전을 짠 건데 거기에 재현이가 이용되었어요. 그런 줄도
모르고 평소와 다름없이 열심히 일했죠."

"그럼 그때 죽은 여자분은 누구예요?"

"목격자였어요. 미아동파 두목의 살인 현장을 목격한 목격자.
재현이는 최선을 다해 그녀를 설득했고, 그래서 미아동파를 소
탕할 수 있었어요. 그런데 변수가 생긴 거예요. 미아동파의 똘

마니 중 하나가 목격자를 납치했고, 재현이가 그 뒤를 쫓았죠. 지원을 요청했지만 오지 않았어요."

"왜요?"

"두목을 검거 중이었거든요. 간곡히 부탁했지만 빼낼 병력이 없어서 재현이 혼자 그 똘마니를 추격한 거예요. 그러다 사고가 났고, 그 여자분은 죽었죠. 나중에 그 여자분이 두목을 잡기 위해 쓰인 미끼에 불과하다는 걸 알고 진규한 총장님께 불같이 화를 냈어요."

"그래서 일본으로 간 거예요?"

"네, 거기서 마치 영혼이 없는 사람처럼 지냈어요. 죽겠다 싶을 정도로 일에만 몰두했는데 지금은 사람이 완전히 달라졌어요."

그 말에 지원이 눈을 크게 떴다. 그러자 주영이 살포시 미소를 지었다.

"약 오르긴 하지만 지원 씨 덕분이에요. 난 이제 재현이에게서 손 뗐으니까 우리 휴전하죠."

"우리가 언제 싸웠나요?"

뚱한 지원의 말에 주영이 손을 척 내밀었다.

"그럼 화해의 의미로 악수는 어때요?"

지원이 난처한 표정을 지었다. 재현도 현우도 없으니 이 난처한 상황을 모면할 방법이 없었다. 악수를 안 하면 난 너랑 계속 싸울 거라는 의미가 되니 말이다.

지원이 안절부절못하고 있자 주영의 웃음소리가 높아졌다. 웃음을 멈춘 그녀가 허리를 숙이더니 지원의 귓가에 작게 속삭였다.

"지원 씨가 사이코메트러라는 거 알고 있어요."

이번엔 놀라움으로 지원의 눈이 커졌다. 혹시 재현이 말을 했나, 생각하는데 주영이 다시 손을 내밀었다.

"잡아도 돼요. 아무 일도 안 일어날 테니까."

"무슨 소리예요?"

"나도 사이코메트러니까."

"네?"

주영의 고백에 지원은 놀라움을 금치 못했다. 자신 말고 다른 사이코메트러를 만나는 건 처음이었다. 그녀의 반응에 주영이 이해한다는 듯 고개를 끄덕였다.

"사이코메트리라는 게 그렇게 희귀한 능력은 아니에요. 사람에 따라 능력치가 다를 뿐 종종 발견되죠. 그리고 나에겐 또 다른 능력이 있어요. 다른 사람이 내 기억을 못 읽게 하는 능력이요. 그러니까 지원 씨가 내 손을 잡아도 아무런 일도 일어나지 않아요."

"정말이요?"

"일단 잡아 보라니까요."

지원은 의심이 가득한 눈으로 주영을 보며 살며시 손을 잡았다. 그리고 이내 놀라운 표정으로 입까지 벌리자 주영이 생긋 미소를 지었다.

"아무것도 안 보여요. 어떻게 한 거예요?"

"최면이요."

"최면이요?"

"내가 왜 프로파일러가 된 줄 알아요? 난 중학교 때 내 능력을 알게 됐어요. 처음엔 좋더군요. 시험에서 만점도 받아 보고, 친구들에게는 해결사로 통할 정도로 고민도 척척 풀어 줬거든요. 그런데 이건 내 노력이 아니라는 생각이 들었어요. 그래서 사이코메트리가 아닌 증거들을 분석해서 사건 해결에 도움이 되는 프로파일러가 된 거예요. 온전히 내 힘만으로 내 능력을 증명하기 위해서요."

"아! 그래서 처음에 봤을 때 장갑을 끼고 있던 거예요?"

"맞아요. 남이 나를 못 읽게 하는 능력이 발휘되면 남을 읽는 능력도 사라지더라고요. 처음부터 지원 씨가 사이코메트러라는 걸 알았어요. 그래서 지원 씨에게 안 걸리려고 그 이후로 최면을 걸었죠."

"그거 나한테도 적용될까요?"

"알려 드릴게요. 노력하면 안 되는 일이 있겠어요? 아! 있다."

"뭔데요?"

주영의 말에 지원이 불안한 눈으로 보자 그녀가 의미심장하게 말했다.

"사랑. 그건 노력한다고 되는 게 아니니까."

주영의 말에 철렁하던 심장이 제자리로 돌아왔다. 그녀의 말이 사실이라면 정상인들처럼 살 수도 있었다. 누군가와 반갑게 악수를 하고, 사람들이 많은 곳에 나가도 머리가 어지러워 쓰러지는 일이 없을 것이다. 재현이 그녀의 손을 잡으려고 달콤함으로 기억을 덮을 필요도 없다.

다른 사람들과 똑같이 지낼 수 있다는 생각에 가슴마저 벅차오르는데 주영이 입을 열었다.

"자신의 능력이 싫어요?"

"좋진 않아요. 주영 씨도 알겠네요. 이 능력이 얼마나 저주스러운지……. 우리 엄마는 내 능력을 알고 날 마치 괴물 보듯 했어요. 그때 난 고작 여덟 살이었는데 말이죠. 엄마는 그때부터 날 한 번도 안아 주지 않았어요."

지원의 목소리에서 슬픔이 묻어났다. 주영은 그녀의 손을 꼭 잡아 주었다.

"지원 씨, 눈 좋죠? 냄새도 잘 맡고 귀도 밝고요. 거기에 다른 사람, 혹은 다른 물건의 기억을 읽을 수도 있는 거예요. 그냥 지원 씨가 가진 많은 것 중 하나의 능력이에요. 그러니까 부담스러워할 필요 없어요."

"그렇다면 주영 씨는 왜 그 능력을 지우려고 최면을 걸어요. 주영 씨가 가진 것들 중 하나면 그냥 쓰면 되잖아요."

"증거로 쓸 수가 없으니까."

"네?"

"사이코메트리는 범인을 기소할 때 증거로 쓸 수가 없잖아요. 프로파일링한 것도 100% 증거로 채택되지 않는다고요. 그래서 난 이 두 가지를 적절히 사용해요. 가지고 있는 능력인데 안 쓰면 아깝지 않아요?"

뭔가 거창한 이유가 나올 줄 알았는데 고작 증거 채택이 되지 않아서라니……. 너무 단순한 대답에 피식 웃음이 나왔다. 그러자 주영도 같이 웃었다.

"가볍게 생각해요. 무겁게 생각하면 한없이 바닥으로 떨어지니까요."

"엄청 긍정적이네요. 주영 씨는……. 웃는 게 왜 그렇게 예쁜지 알 것 같아요."

"나한테 반했어요?"

"네, 완전히, 확 반했어요."

"호호호. 재현이가 질투하겠는데요?"

지원과 주영이 즐겁게 웃고 있는데 마침 테라스에서 들어온 재현이 궁금하다는 듯 물었다.

"뭐가 그렇게 즐거워?"

"지원 씨가 나한테 반했대."

"뭐?"

"주영 씨가 이렇게 멋진 여자분인 줄 몰랐어요. 재현 씨 눈, 해태예요? 이런 멋진 여자를 몰라보다니."

"그러게요. 하지만 지원 씨랑 사귀는 걸 보면 아주 몹쓸 눈은 아니네요. 그렇죠?"

"으흠, 얘기가 또 그렇게 되는구나. 아주 나쁜 눈은 아닌 걸로 하죠."

두 여자가 하하호호 즐거운 대화를 나누는 것을 본 재현은 미간을 찌푸렸다. 대체 무슨 소리를 하는 건지 짐작이 가질 않았다. 현우를 돌아보았지만 그 역시 두 여자의 이야기가 무슨 소리인지 모르긴 마찬가지인 듯했다.

그렇게 송별회가 끝났다. 짧은 시간이었지만 주영의 말대로 정이 많이 들어 섭섭했다. 지원과 재현, 둘은 사무실을 나와 주차장으로 천천히 걸어갔다.

"주영 씨는 다시 일본으로 간다면서요?"

"하던 일을 마무리하려고요."

"주영 씨의 능력이 부러워요. 자신감 있고 엄청 예쁘고…….
프로파일러의 능력도 대단하고. 진짜 딴마음 없었어요?"

"훗, 어떻게 증명해야 믿겠습니까? 손, 잡을까요?"

"역시 눈이 나쁘다니까. 주영 씨 같은 여자를 마다하다니."

그때 나란히 주차장으로 걷던 재현이 멈추었다.

"술 많이 마셨습니까?"

"아뇨. 조금. 왜요?"

"나랑 한잔 더 할래요?"

재현을 위한 자리였으니 그는 꽤 취한 것 같았다. 지원은 조
용히 고개를 끄덕였다.

대리까지 불러 도착한 곳은 한 오피스텔이었다. 차에서 내린
그녀가 의아한 말투로 물었다.

"술집에 가는 거 아니었어요? 여긴 어디예요?"

"내 집입니다."

헉! 집이라고? 갑자기 왜 집에? 마신 술이 홀딱 깨는 기분이
었다. 엘리베이터가 올라가는 내내 지원은 눈을 굴리며 안절부
절못했다. 그래, 술을 마시는 많은 장소 중에 하나일 뿐이야.
그러니까 괜히 설레발치지 말고!

"오늘, 같이 있을래요?"

"네에?"

저도 모르게 큰 소리를 낸 지원은 얼른 입을 막았다.

'같이 있을래요'. 같이 밤새 술을 마시자는 소리는 아닐 것이
다. 그럼 그 의미는…….

"그냥 지원 씨를 보내기 싫어서요."

언제부터인지는 잘 모르겠다. 지원을 보면 머리를 쓰다듬고 싶고, 손을 잡고 싶고, 입을 맞추고 싶었다. 시도 때도 없이 불쑥불쑥 올라오는 충동에 자신도 놀라곤 했다. 오늘도 마찬가지였다. 환한 웃음과 발그레해진 볼을 내내 보고 있자니 안고 싶은 욕망이 불쑥 치밀었다.

저도 어쩔 수 없는 수컷이구나 하는 생각에 이리저리 잴 겨를도 없이 술을 한잔하자고 먼저 말을 건넨 것인데 이내 후회가 됐다. 지원이 놀랐을 것 같았다.

내내 그녀와 엮이지 않기 위해 발뺌만 하다 이제 겨우 사귀기 시작한 것인데 함께 밤을 보내자니……. 엉큼한 속내를 보인 것 같아 가슴 한구석이 뜨끔거렸다.

엘리베이터가 도착하고 문이 열리자 재현이 고개를 흔들었다.

"미안합니다. 그냥 집으로 가는 게 좋을 것 같아요. 내일 내가 연락을……."

"같이 있을게요."

"지원 씨……."

"나도 재현 씨 보면 하고 싶은 거 많아요. 성인인데 설마 손만 잡고 싶었겠어요?"

"괜찮겠습니까?"

"어허, 이 사람이! 내가 아무리 동안이어도 알 건 다 아는 어른이라니까요. 그러니까 내 걱정은 마요."

그제야 안도의 숨을 쉰 재현이 그녀의 손을 잡았다. 움찔한 그녀의 입에서 웃음이 터져 나왔다. 귀여운 아가들이 머릿속 가득 기어 다니고 있었다.

"쿡쿡쿡, 어디서 베이비시터라도 하고 왔어요?"

"그게 화근이었습니다. 아기들을 잔뜩 보고 왔더니 갑자기 아기 만드는 일이 생각났으니까요."

"교과서 같은 한재현 씨. 우리 같이 아기 만들어 볼까요? 아니다. 아직 아기는 이르니까 피임은 하구요."

"내가 얼마나 모범생인지 알게 될 겁니다."

"저도 성교육만큼은 제대로 받았어요."

둘은 주거니 받거니 툭툭거리며 집으로 들어갔다. 교과서대로라면 샤워부터 했어야 했지만 문이 닫히자마자 재현은 지원의 입술부터 찾았다. 이 점잖은 양반에게 이렇게 거친 면이 있었나 놀랄 정도로 재현의 키스는 거칠었다.

지원의 몸이 한 치의 빈틈도 없이 재현의 몸에 밀착되었다. 숨결에 느껴지는 톡 쏘는 알코올 향과 진한 체취에 머리가 어지러울 지경이었다.

도톰한 입술이 빨갛게 부풀어 오를 때까지 한껏 빨던 재현은 지원을 번쩍 안았다. 붉게 상기된 얼굴이 동안에 어울리지 않게 섹시해 보였다. 그가 지원의 코끝에 제 코끝을 톡 갖다 대더니 미소 지었다.

"긴장 풀어요. 잡아먹지는 않을 테니까……."

"누, 누가 긴장을, 술 먹어서, 그런 거예요."

성격답게 눈처럼 하얀 시트에 지원을 내려놓은 그의 입술이 지원의 입술을 거쳐 볼을 지나 야들야들한 귓불을 핥았다.

"읏!"

전기에 감전된 것 같은 짜릿한 느낌에 지원은 발가락에 잔뜩 힘을 주었다. 눈까지 꼭 감은 그녀가 사랑스러워 재현은 다시 귓불을 핥았다.

"으, 기분이…… 이상해요."

"정상적인 겁니다."

뜨거운 입김이 귓속으로 들어오더니 물컹한 혀가 그녀의 귀를 핥았다. 저도 모르게 재현의 재킷을 꽉 잡은 지원은 숨을 멈추었다. 갈 길이 머네. 아직 시작도 안 했는데 딱딱하게 굳어 버린 지원을 보며 재현이 웃음을 터트렸다.

"왜? 왜 웃어요?"

"아닙니다."

몸을 일으킨 재현은 재킷을 벗고 침대 위에 앉았다. 그러자 지원도 발딱 일어났다. 아직도 가쁜 숨을 몰아쉬는 그녀를 보니 과연 오늘을 함께할 수 있을까 의문이 들었다.

넥타이까지 푼 재현이 말없이 웃기만 하자 지원은 울고 싶은 심정이었다. 내가 그렇게 매력이 없나? 중간에 멈출 정도로 별로인가? 묻고 싶은 말이 많았지만 입술을 꼭 다물었다. 자존심이 상해 홱 토라진 그녀가 침대에서 일어섰다.

"뭐, 하기 싫으면 그만둬요. 누가 하고 싶다고 했었나?"

"난 하고 싶습니다."

"근데 왜 하다가 멈춰요!"

본심이 나와 버린 지원이 제 입을 막자 재현이 침대에서 일어섰다. 그리고 입을 막고 있는 지원의 손을 부드럽게 잡았다.

"아프게 하고 싶지 않으니까. 그러니까 지금처럼 자연스럽게 해요. 나도 천천히 할 테니까."

잔뜩 긴장한 지원의 눈빛이 서서히 부드럽게 풀어졌다. 그제야 재현이 다시 입술을 겹쳐 왔다. 처음과 다르게 부드러운 키스였다. 입술을 물고, 숨결이 섞이고, 다시 떨어졌다가 반대로 겹쳐졌다. 서로의 입술을 음미하고 구석구석을 쓰다듬는 혀들이 얽혀 하나가 된 것 같았다.

어느새 침대에 누운 두 사람의 몸은 뜨겁게 달아올라 있었다. 지원을 안고 나란히 옆으로 누운 재현의 커다란 손이 그녀의 옷 속으로 들어가 매끄러운 등을 훑었다. 지원의 입에서 신음이 흘렀다. 달콤한 노랫소리 같은 신음을 들으며 재현이 지원의 목에 입술을 묻었다.

"하읏."

등이 활처럼 휘자 가슴이 앞으로 도드라졌다. 툭, 브래지어 후크를 푼 재현이 옷과 함께 브래지어를 한꺼번에 위로 올렸다. 먹음직스러운 과일처럼 탐스런 가슴이 수줍게 드러나자 지원이 말을 더듬거렸다.

"보, 보지 마요."

"안 봅니다."

"흐윽!"

안 본다면서 가슴을 물어 버린 재현 덕분에 지원의 몸이 털렁 튕겨졌다. 샤워를 하며 수도 없이 만진 가슴인데 재현의 입술이 닿자 느낌이 달랐다.

작고 여린 유두를 혀로 굴리며 맛보자 탱글탱글 굳어지는 것이 느껴졌다. 간지럽고 생경한 느낌에 부끄럽기도 하고 기분이 좋기도 했다. 산소가 부족한 것처럼 숨을 몰아쉬던 지원은 재현의 어깨를 꽉 잡았다.

"으흠! 어깨, 다쳤어요?"

느닷없는 물음에도 재현은 가슴에서 입을 떼지 않았다. 그 어떤 케이크보다도 단맛이 강했다. 결코 헤어 나올 수 없는 단맛에 중독되어 버릴 것 같았다.

그의 입술 때문에 유두는 커다랗게 부풀어 올랐고 가슴 여기 저기에 울긋불긋한 자국들이 생겼다. 매끄러운 지원의 몸과 노래 같은 신음에 그의 중심부가 단단하게 뭉쳐지며 뜨겁게 달아 오르고 있었다.

그의 손이 매끈한 등을 지나 바지 속 통통한 엉덩이로 내려 가자 지원은 기절할 지경이었다. 손에 뭔가를 부착한 건지 닿을 때마다 불에 덴 듯 뜨거워 견딜 수가 없었다. 저도 모르게 허리 를 비틀던 지원은 바지가 벗겨지는 느낌에 기겁을 했다.

"아! 아직……."

"아직 안 합니다. 그러니까 힘 빼요."

허스키해진 재현의 목소리에 지원은 몸을 비틀었다. 이 상황에서 어떻게 몸에 힘을 빼라는 건지. 부들부들 떨리는 사지를 지탱하려면 잔뜩 힘을 주고 있어야 했다. 안 그랬다간 침대 속으로 몸이 꺼져 버릴 것만 같았다.

갑자기 몸을 뗀 재현이 셔츠를 위로 벗었다. 근육으로 다져진 멋진 몸매를 감상할 겨를도 없이 그녀의 티를 위로 벗겨 낸 그가 맨살을 겹쳐 왔다.

"으음!"

갑자기 부딪힌 입술 때문에 아팠지만 뜨거운 그의 몸 때문에 정신까지 혼미해졌다. 맨살의 감촉이 이렇게 좋은 것이었다니, 처음 알았다. 용기를 낸 그녀가 두툼한 그의 어깨에 살며시 손을 댔다.

흑! 신음을 속으로 삼킨 그녀가 잔뜩 인상을 쓰자 재현이 입술을 뗐다.

"괜찮습니까?"

"재현 씨는요? 다쳤잖아요. 어깨…… 야구방망이로 맞았어요?"

이 상황과 전혀 어울리지 않는 질문에 재현은 피식 웃음을 지었다. 엊그제 혼자 피의자를 만나러 갔었다. 아직 정식 수사가 시작된 것이 아니라 탐문 정도만 하려고 했는데 겁을 먹은 녀석이 갑자기 야구방망이를 휘둘러서 어깨를 제대로 맞았다. 시퍼렇게 멍이 들었지만 재현은 지원의 귓가에 속삭였다.

"괜찮아요. 그러니까 내게만 집중해요."

"집중하면…… 보이잖아요."

맞는 말이었다. 꽉 잡고 집중하면…… 다른 것이 보인다. 재현은 지원의 양 손목을 잡아 그녀의 머리 위로 올렸다. 그리고 귓가에 속삭였다.

"이제 보이지 않을 겁니다."

"무슨……. 아흣!"

준비도 없이 바지 속으로 쑥 들어온 손이 그녀의 은밀한 살을 덮쳐 왔다. 바지가 벗겨진 걸 느꼈을 때는 이미 재현의 손이 그녀의 은밀한 곳을 정복한 후였다.

야들야들한 속살을 더듬던 손이 몸 안으로 들어오자 지원은 짧은 비명을 지르며 허리를 비틀었다. 이 뜨겁고 축축한 물기는 언제부터 흐른 건지 미끈거리는 손가락이 그녀의 몸속을 건드릴 때마다 머릿속이 아득해졌다.

그녀의 좁은 통로가 미끈거리는 액으로 가득해졌다. 손가락을 꽉 조이는 황홀한 느낌에 재현의 중심부가 무섭게 꿈틀거리기 시작했다. 하지만 이대로 안으로 들어갔다간 그녀가 기절을 할 것 같아 있는 힘을 다해 인내심을 끌어모았다.

그녀가 조금 더 부드러워지도록, 긴장을 풀고 온몸을 맡길 수 있도록 재현도 몸에 힘을 뺐다. 천천히 지원의 허벅지를 쓰다듬은 그가 손에 힘을 주었다.

"같이해요. 아프지 않도록……."

"응."

다리가 벌어지고 재현의 몸이 천천히 안으로 들어왔다. 이를 악문 지원이 끙 소리를 내자 그녀의 손에 깍지를 낀 그가 손을 위로 올렸다.

잡은 손에 힘을 주자 짧은 영상들이 머릿속에서 빠르게 지나갔다. 그녀의 입가에 미소가 번졌다.

"뭐가 보였습니까?"

"음, 사건 파일, 석지원, 야구방망이, 석지원, 차현우, 석지원, 설주영, 석지원, 삼겹살, 석지원……."

"내 인생의 절반이 석지원 씨군요."

"그런 것 같네요."

"앞으로는 100%가 될 겁니다."

"그래요. 흐읏! 헉!"

방심한 틈을 타 재현이 몸을 움직이자 지원의 몸이 활처럼 뒤로 휘었다. 아프다. 아픈데 아픔이 전부는 아니었다. 꽉 잡은 손은 든든했고, 바라보는 눈빛은 따뜻했다.

누군가와 손을 잡고, 눈을 맞추고, 사랑을 나누게 될 줄은 몰랐다. 첫 경험은 아프고, 진했으며, 절대 잊지 못할 정도로 행복했다.

서로를 꼭 안은 둘은 한동안 말이 없었다. 잠시 후 지원과 눈을 맞춘 그가 빙그레 미소를 지었다.

잔뜩 흐트러진 짧은 머리카락이 이리저리 솟아난 모습이 귀엽고 사랑스러웠다. 지원의 얼굴을 감싼 그가 진한 입맞춤을 하고는 작게 속삭였다.

"사랑합니다."

지원의 얼굴에 미소가 번지고 있었다. 그의 팔에 손을 댔을 때 짧은 영상이 떠올라 잠시 움찔했지만 이내 재현의 얼굴에 집중했다.

"사랑해요."

연인의 입맞춤이 다시 시작되었다.

❃❃

촉 낮은 백열전구가 주위를 어슴푸레 비추고 있었다. 조금씩 정신이 든 여자의 귀에 가장 먼저 들려온 건 높은 소프라노 톤의 노랫소리였다.

La scia chio pian ga, la du ra sorte
라 시야 키오 피안 가 라 두 라 소르테
(울게 놔두오. 내 슬픈 운명)
e che so spiri la liberta
에 케 소 스피리 라 리베르타
(한숨을 짓네. 나 (잃어버린) 자유 위해)

익숙한 노랫소리에 천천히 눈을 뜬 여자는 흐릿한 눈을 깜박거렸다.

주위는 어두웠다. 머리 위에 달린 전구 덕분에 그녀의 주위만 조금 밝을 뿐, 눈앞에 펼쳐진 어둠 때문에 두려움이 몰려왔다. 가냘픈 듯 힘 있는 노래가 공포심을 더욱 자극했다.

뒤로 묶인 손을 움직여 보았지만 요지부동이었고 입에 물린 재갈 때문에 턱이 아팠다. 공포로 물든 눈동자가 흔들리며 주위를 살폈다. 그때 어둠 속에서 툭 남자의 목소리가 들려왔다. 낮은 저음이 듣기 편할 법도 했지만 어둠 속에서 울리는 목소리는 마치 저승사자 같았다.

"La scia chio pian ga(라 시야 키오 피안 가). 울게 하소서. 헨델의 오페라 '리날도'에 나오는 아름다운 아리아지. 납치당한 알미레나가 자신의 운명을 탄식하며 부르는 노래야. 어때? 생의 마지막을 아름답게 장식하기에 딱 맞는 노래 아닌가?"

낭랑한 남자의 목소리가 지하실에 울렸다. 여자는 몸부림을 치며 소리를 지르려고 했다. 그러나 재갈이 물린 입에서는 새된 신음 소리만 새어 나올 뿐이었다.

가까이 다가온 남자가 여자의 얼굴을 조심스럽게 잡아 올리자 여자의 눈이 경악으로 커졌다.

어째서 이 남자가! 왜! 왜 이런 짓을 하는 거지?

남자는 소중한 것을 대하듯 여자의 얼굴을 부드럽게 어루만졌다.

"신이 만든 최고의 작품. 이 세상 어디에도 없는 최고의 조각품. 당신의 그 아름다움을 내가 영원히 간직할 수 있도록 도와주겠어. 많은 사람들이 당신의 아름다움에 찬사를 보낼 거야. 당신은 영생을 얻는 거지."

"으음! 으으으! 으으응응."

여자의 눈에서 눈물이 뚝뚝 떨어지자 남자의 손이 부드럽게 그것을 닦아 주었다.

"울면 안 돼. 아름다움이 망가지잖아. 자, 이제 한숨 푹 자. 자고 나면 당신은 최고의 작품으로 다시 탄생될 거야."

어두운 지하실이 여자의 흐느낌으로 가득 찼지만 그 소리를 들은 사람은 아무도 없었다.

❷
죽음의 전시회

차를 주차시킨 재현은 시계를 보았다. 아슬아슬하게 늦지 않아 다행이라는 생각을 하며 서둘러 연주회장으로 들어갔다. 가까이 다가가니 입구에 서 있던 정애가 반가운 얼굴로 그를 맞이했다.

"늦어서 죄송합니다."

"늦긴……. 바쁜 사람한테 같이 연주회 가자고 해서 내가 미안한데."

"아닙니다."

정애의 말에 재현은 고개를 저었다. 저를 위해 얼마나 마음을 쓰는지 잘 알고 있었다. 규한과는 사이가 소원해져도 정애에게만큼은 그러고 싶지 않았다. 그에게는 어머니 같은 분이니까…….

개량한복을 곱게 차려입은 정애는 대견한 눈으로 재현의 손을 연신 쓰다듬었다. 아들 상호만큼이나 마음이 쓰이는 아이였다. 엄마처럼 대하라고 10년을 얘기했는데도 여전히 사모님이라는 호칭은 바뀌지 않았다.

하지만 마음은 그렇지 않다는 걸 알고 있었다. 남편이 자꾸 몰아세우는 통에 요즘 재현의 마음이 많이 불편하다는 것 또한 알고 있었다.

좋은 짝을 만나면 마음에 훨씬 여유가 생길 텐데…….

그래서 오늘 연주회장에 자처해서 온 것이었다.

남정국의 딸이라는 타이틀이 조금 부담스러웠지만 개인적으로 만나 본 가영은 밝고, 착하고, 구김이 없는 아가씨였다. 다소 무뚝뚝한 재현의 곁에 밝고 발랄한 아가씨가 있다면 좋겠다는 욕심이 자꾸 생겨났다.

연주회가 시작됨을 알리는 벨이 울리자 재현이 팔을 내밀었다.

"들어가시겠어요?"

"아들 팔짱 끼니 좋구나."

활짝 웃은 정애는 재현을 흡족하게 바라보았다.

자리에 앉은 재현은 그제야 이 연주회의 주인공이 남가영이라는 것을 알게 되었다. 규한에게서 연주회에 참석하라는 말을 들었지만 한 귀로 흘렸었기에 까맣게 잊고 있었다.

드레스를 우아하게 입은 가영이 나오고 아름다운 피아노 선율이 시작되었지만 자리는 여전히 불편했다.

연주회가 끝나자 정애는 미리 준비한 꽃다발을 재현에게 건넸다.

"초대권도 보내 줬는데 가영 양 보러 가야지."

"네."

늘 표정이 없는 녀석의 얼굴에 희미하게 스친 불편함을 읽지 못한 건 아니었으나 정애는 그냥 넘겼다.

여자 보길 돌보다 못하게 하는 녀석이니 강제로라도 만나게 해야겠다는 생각이 먼저 들었기 때문이었다. 만나다 보면 인연이 될 수도 있고 안 될 수도 있겠지. 그건 그 이후의 일이었다.

대기실로 가니 아직 옷도 갈아입지 못한 가영이 많은 사람들에게 둘러싸여 축하 인사를 받고 있었다. 산더미처럼 쌓여 있는 꽃다발에 정애는 좀 더 화려한 것으로 사 올걸 하는 후회를 잠깐 했다.

"어머, 오셨어요?"

정애를 먼저 알아본 가영이 들고 있던 꽃다발을 내려놓고 한 걸음에 다가왔다. 내내 재현의 모습을 찾고 있었다. 분명히 정애와 온다고 했는데 보이지 않아 초조해하던 중이었다.

건성으로 사람들의 인사를 받던 그녀는 막 들어오는 재현을 단번에 알아보았다. 하지만 정애를 먼저 아는 척했다. 재현에게 어머니 같은 분이라고 했으니 점수를 따기에는 그 편이 훨씬 나을 것 같았다.

"와 주셔서 감사해요."

"내가 더 고맙지. 멋진 연주 잘 들었어요. 재현아, 뭐해. 꽃다발 줘야지."

"잘 들었습니다."

딱딱한 표정과 말투에 정애가 고개를 저었다.

"말투가 원래 이래요. 가영 양이 이해해요."

"이해는요. 와 준 것만으로도 저는 너무 좋은데요. 꽃 정말 예뻐요."

진심으로 기뻐하는 가영의 모습에 정애가 흐뭇한 미소를 지었다. 둘이 나란히 서 있는 모습을 보니 선남선녀가 따로 없었다.

구김살 없는 가영이 조금 철이 없어 보이긴 했지만 재현의 곁에서 많은 힘이 될 것 같았다.

좋은 집에서 자라 좋은 남자와 결혼해, 이날까지 어려움 없이 살았던 정애가 생각하기에 가영은 최고의 신붓감이었다.

시계를 힐끔 확인하는 재현을 본 정애가 갈 채비를 했다.

"어머나, 내 정신 좀 봐. 총장님이 데리러 온다고 했는데 깜박했네."

"제가 모셔다드리려고 했는데요."

"아니야. 바쁠 텐데……. 넌 조금 이따 가영 양 데려다줘. 배고플 텐데 맛있는 저녁도 먹고. 괜찮죠, 가영 양?"

정애가 슬쩍 재현에게 떠넘기자 가영이 활짝 웃었다.

"전 좋죠. 안 그래도 너무 배고파요. 이 드레스 입는다고 오늘 하루 종일 아무것도 못 먹었거든요. 저 맛있는 거 사 주실 거죠?"

기대에 찬 정애의 부탁을 재현은 차마 거절하지 못했다.

"총장님 차까지 제가 배웅해 드릴게요."

"배웅은 무슨. 문 밖이 바로 주차장인데……. 나올 필요 없어. 그럼 둘이 맛있는 저녁 먹어요."

정애가 서둘러 나가자 가영도 드레스 자락을 정리했다.

"옷만 갈아입고 얼른 나올게요."

"남가영 씨……."

"저 지금 완전 배고프거든요. 그러니까 그냥 가면 안 돼요."

재현이 입을 열 틈도 주지 않고 안으로 들어간 가영은 빛의 속도로 옷을 갈아입었다.

며칠 만에 본 재현은 더 멋져진 것 같았다. 붉게 상기된 볼을 한 가영이 그가 준 꽃다발을 들고 곁으로 다가가 냉큼 팔짱을 끼었다.

"우리 어디로 가요?"

그녀의 물음에 재현은 일단 팔짱부터 풀었다. 그러자 가영이 코를 찡긋거렸다.

"아, 미안해요. 또 팔짱을 꼈네."

"뭐 먹고 싶습니까?"

"글쎄요. 지금 같아선 소 한 마리도 통째로 먹을 수 있을 것 같지만……. 지난번에 케이크 먹으러 갔던 곳에서 간단히 파스타 먹을까요?"

"그러시죠."

말투는 무뚝뚝했지만 역시 매너가 몸에 밴 사람이었다. 자신을 에스코트하는 모습에 가영은 생긋 미소를 지었다.

재현은 차에서 내리며 시계를 보았다. 복귀해서 처리해야 할 일이 산처럼 많았다. 저녁을 먹고 집에 데려다준 뒤 다시 사무실로 가면 10시가 넘을 것 같았다. 일을 가지고 나올 걸 그랬나 생각하는데 가영이 그의 팔을 톡톡 건드렸다.

"들어가요."

저녁을 먹기엔 늦은 시간이었지만 레스토랑에는 사람들이 꽤 있었다. 달리 예약을 하지 않은 터라 잠시 기다리고 있는데 누군가가 말을 걸어왔다.

"어, 가영이 아니야?"

"우진 오빠? 와! 오랜만이다. 그동안 연락도 없고 너무했어."

"연락은 네가 해야지. 스케줄이 꽉 찬 게 누군데……."

가영이 다가온 남자를 덥석 끌어안았다. 키가 크고 깨끗한 인상의 남자는 온화한 미소를 지으며 가영의 옆에 선 재현에게 눈길을 주었다.

"누구야?"

"여긴 한재현 검사님. 진 총장님께서 소개시켜 주신 분이야."

"검사? 반갑습니다. 강우진이라고 합니다."

"한재현입니다."

악수를 하는 우진의 손에 힘이 들어갔다. 은근히 악력을 과시하는 태도에 재현은 덤덤한 표정을 지었다. 그러자 우진의 미소가 짙어졌다.

가영이 살짝 들뜬 얼굴로 재현을 보며 말했다.

"멋지지."

"그러네."

"근데 오빠 혼자야? 일행은?"

"그게, 바람 맞은 거 같아서……. 혹시 합석해도 될까? 괜찮으세요?"

"괜찮습니다."

느닷없는 우진의 말에 가영이 난처한 표정을 지었다. 아직 재현과도 어색한데 다른 사람이 끼어들면 더욱 친해질 틈이 없을 것 같았다. 그러나 그녀가 항의할 새도 없이 마침 자리가 난 테이블로 재현과 우진은 걸음을 옮겼다.

자리에 앉은 우진이 메뉴판을 보며 말했다.

"난 식사는 됐고, 와인 한잔하시겠어요?"

"차를 가져와서요."

단호한 재현의 대답에 어깨를 으쓱한 우진이 가영에게 말했다.

"가영이는 마실 거지?"

"그러든지."

살짝 삐친 말투에 우진이 빙그레 웃었다. 암만 봐도 남자 쪽은 가영에게 전혀 관심이 없는데 혼자 좋아하는 티를 내고 있었다.

하긴, 살면서 자기를 좋아하지 않는 사람을 만난 적이 없으니 저 남자의 마음이 다른 곳에 있는 걸 모를 수도 있었다.

와인이 나오자 가영은 단숨에 잔을 들이켰다. 도움은 못 될망정 합석은 왜 해서 이런 기회를 날려 버리는 건지. 속상한 마음에 우진을 흘겨보았지만 그는 웃기만 할 뿐이었다.

우진이 재현에게 말을 걸었다.

"검사면 바쁘시겠네요."

"네."

"그런 와중에도 가영이 연주회를 보러 갈 정도면 상당히 친한 사이인가 봐요."

우진의 질문에 가영이 눈을 반짝거리자 재현은 포크를 내려 놓았다.

"두 번째 보는 겁니다. 친하다고 하기엔 무리가 있네요."

"뭐, 천천히 친해지면 되는 거니까요."

살짝 고개를 숙인 것으로 대답을 대신한 재현은 식사에는 손 도 대지 않았다. 이 자리를 빨리 벗어나고 싶어 하는 게 눈에 보였다. 물론 혼자 떠들고 웃고 있는 가영은 전혀 눈치를 못 챈 것 같았지만 말이다.

쉴 새 없이 재잘거리던 가영이 음식을 먹으며 잠시 틈을 보 이자 우진이 입을 열었다.

"여러 가지 사건을 맡으시겠어요."

"사건을 골라 맡진 않으니까요."

"그렇겠죠. 최근에 맡은 사건이 뭔지 물어봐도 돼요?"

"왜 물으시죠?"

"그냥 궁금해서요. 한재현 검사님 일하시는 모습이 굉장히 멋 질 것 같다는 생각이 들었거든요."

우진의 물음에 재현이 미간에 주름을 잡자 가영이 까르르 웃 음을 터뜨렸다. 그리고 우진의 팔을 가볍게 때리며 말했다.

"또 시작이네. 재현 씨, 말하지 마요. 이 오빠 게이예요, 게이."

재현의 눈꼬리가 미세하게 올라가자 우진이 정색을 했다.

"무슨 소리야! 난 단지 아름다운 걸 좋아하는 것뿐이야. 그 상대가 여자든 남자든 상관하지 않을 뿐이라고."

"그래? 그럼 게이가 아니라 양성애자라고 해야 하나? 아무튼 조심해요. 이 오빠, 예쁘고 멋진 걸 보면 사족을 못 쓰니까."

"그렇게 말하니까 내가 진짜 이상한 사람 같잖아. 오해하지 마세요."

눈을 활처럼 휘며 눈웃음을 친 우진이 손을 저었다. 귀공자처럼 깨끗하고 하얀 피부와 세련된 스타일, 호감 가는 말투와 매너만 보면 가영의 말이 맞는 것 같기도 했다. 자신을 향한 미소에 호감 이상의 것이 담겨 있다는 걸 옆에 있는 가영도 눈치챌 정도였으니 말이다.

식사가 끝나고 주차장으로 향하던 우진은 잠시 망설이다 걸음을 멈추었다. 그리고 재현을 보며 생긋 미소를 지었다.

"또 뵐 수 있을까요?"

"인연이 된다면 만나겠죠."

"여기 제 명함입니다."

우진이 건넨 명함은 심플하면서도 아름다웠다. 옅은 황금색의 명함 전체가 펄로 반짝이고 가운데 '알움 대표 강우진'이란 글씨가 진한 고동색으로 쓰여 있었다.

"알움, 아름답다는 우리말이죠. 언제 한번 놀러 오세요. 한재현 씨에게 어울리는 멋진 그릇을 선물하고 싶네요."

"우진 오빠 그릇 만들어요. 도예가라고 하는데 제가 보기엔 그냥 흙 가지고 잘 노는 사람이에요."

"그게 진짜 도예가야. 흙 가지고 노는 사람."

귀엽다는 듯 가영의 코를 톡 건드린 그가 재현을 향해 진지하게 다시 말했다.

"꼭 놀러 오세요."

직설적인 우진의 눈빛이 부담스러워 재현은 냉랭하게 대답했다.

"그런 쪽으로는 별로 관심이 없어서요. 남가영 씨, 타세요."

재현이 냉정하게 몸을 돌리자 가영이 우진을 향해 혀를 날름 내보였다.

"오오, 오빠 차였네. 울지 말고 잘 가."

"잘 가. 한재현 씨도 잘 가요."

"그럼."

민망할 법도 한데 우진은 여전히 미소를 머금고 재현을 향해 인사를 했다. 멀어져 가는 차를 보는 그의 미소가 더욱 진해졌다.

집 앞에 도착하자 가영은 따라 내린 재현을 보며 미소를 감추지 못했다. 그저 매너라고 해도, 마치 연인이 헤어지는 것 같은 이런 상황이 좋았다.

"고마워요. 조심해서 가세요."

"잠깐 할 말이 있습니다."

갑작스러운 얘기에 가영은 눈을 반짝거리며 활짝 미소를 지었다.

"무슨 말이요?"

"저 사귀는 사람 있습니다."

"네?"

고백을 기대한 건 아니었다. 하지만 다짜고짜 사귀는 사람이라니……. 제가 제대로 들은 게 맞나 싶어 가영은 반문했다.

"뭐라고 하셨어요?"

"현재 사귀는 사람이 있습니다. 그러니까 다시는 만나지 않는 게 좋겠습니다."

여자가 있다는 짐작은 했었지만 대놓고 퇴짜를 놓을 줄은 상상도 하지 못했다. 미소가 일그러지는 것 같아 입술을 깨문 가영이 떨리는 목소리로 겨우 입을 열었다.

"굉장한 여자분이신가 봐요. 어느 집 딸인지 물어봐도 돼요?"

"전 가영 씨에게 어울리는 사람이 아닙니다. 그러니 가영 씨와 어울리는 사람을 만나길 바랍니다. 조심히 들어가세요."

"나 그렇게 꽉 막힌 여자 아니에요."

돌아서는 재현의 팔을 가영이 다급히 잡았지만 그녀를 보는 재현의 눈길은 차가웠다.

"연애하세요. 안 말려요. 하지만 결혼은 다르잖아요. 결혼은 아무나하고 하는 게 아니잖아요. 안 그래요?"

천천히 가영을 향해 돌아선 재현은 부드럽지만 단호하게 손을 떼어 냈다.

"평생을 함께할 동반자를 찾는 일이라고요. 재현 씨가 그렇게 세상물정 모르는 분은 아니라고 생각하는데요."

대답을 듣기 전에 가영은 알았다. 재현의 눈 속에 자신은 없다는 걸. 아니나 다를까. 그의 입에서 차가운 말들이 쏟아져 나왔다.

"평생을 함께하고 싶은 여자입니다. 가영 씨도 가영 씨에게 어울리는 남자분을 찾길 바랍니다."

재현이 차를 타고 떠난 후에야 정신을 차린 가영이 그가 사라진 방향에 대고 소리를 질렀다.

"재현 씨!"

참을 수 없었다. 감히 자신을 마다하다니. 얼마나 대단한 여자기에 이렇게 모욕을 주는지 괘씸했다.

"가만 두지 않을 거야."

가영의 두 눈에서 시퍼런 불이 활활 타오르는 것 같았다.

＊꙰＊

재현은 눈을 뜨자마자 검찰청이 아닌 공원으로 출근을 했다. 현장은 이미 삼엄한 경비 속에 폴리스라인이 둘러져 있었다. 재현을 발견한 현우가 재빨리 그의 곁으로 다가오며 보고를 했다.

"새벽에 조깅을 하던 60대 남성이 발견을 해서 신고를 했습니다. 감식반은 지금 오는 중이랍니다."

"시신 상태는?"

"그게…… 깨끗해요."

"깨끗해?"

곤란해하는 현우의 얼굴을 보며 재현이 되묻자 그가 머리를 긁적거렸다.

"가서 보시면 알아요."

현장을 본 재현은 그제야 현우의 말이 무슨 뜻인지 알 것 같았다. 사람들이 자주 다니는 공원의 중심에 여자의 시신이 있었다. 실오라기 하나 걸치지 않은 하얀 나신의 시신이…….

＊꙰＊

높게 만든 단 위에 누워 있는 시신은 마치 밀랍 인형 같았다. 시신의 키에 맞춘 것처럼 딱 맞는 제단은 하얀색으로 칠해져 있어 온통 초록색인 풀밭에서 눈에 확 띄었다.

하얀 나신의 시신은 편안한 잠을 자듯 눈을 감고 누워 있었다. 밝은 갈색으로 염색된 긴 머리카락은 가지런히 정리되어 있었고 발그레한 볼도, 연분홍빛 손톱도 마치 살아 있는 사람처럼 보였다. 게다가 두 손으로 얌전히 잡고 있는 꽃들도 생화마냥 싱싱했다.

면사포처럼 투명한 망사로 덮어 바람이 불어도 머리카락 하나 날리지 않고 이물질이 묻지 않도록 만들어 놓은 상태였다.

제대로 신경 써서 꾸민 전시품 같군. 미라로 만든 건가?

재현이 장갑을 낀 손으로 시신을 살짝 눌러 보았다. 아직 탄력이 있었다. 방부제를 썼을 수도 있겠지만 죽은 지 그리 오래되지 않은 듯했다.

"일부러 눈에 띄는 곳에 시신을 놓았어. 빨리 발견되도록 말이야."

"그럼 범인에겐 불리하잖아요."

"자신 있다는 거지. 잡히지 않을 자신······."

"아니면, 사이코이거나요."

"시신 주변은 어때?"

"아무것도 없어요. 발자국조차. 저거만 빼고."

현우가 가리킨 곳은 시신의 발쪽이었다. 그곳에는 네 개의 항아리가 놓여 있었다. 항아리는 길고 날씬한 모양이었고 뚜껑

부분에는 각각 다른 장식이 달려 있었다. 재현은 가까이 다가가 장식을 살펴보았다. 곁으로 다가온 현우가 고개를 갸웃거렸다.

"새 머리인가? 이건 사람이고……. 이건 개? 무슨 뜻이 있는 걸까요?"

"카노프스 단지야. 고대 이집트에서 죽은 사람을 미라로 만들고 나서 그 장기를 보관했던 단지지."

"헐, 그럼 저 안에 장기가 들어 있다는 소리? 으스스하네."

"왼쪽 갈비뼈 부근에 수술 자국이 있지? 아마 저쪽으로 장기를 꺼냈을 거야. 피해자 신원 확인해 봐. 최근 6개월간 실종자 명단도 알아보고."

"네!"

"공원 내 CCTV 영상도 확보하지. 이런 전시회를 꾸몄다면 가벼운 차림은 아닐 테니까. 이동 수단이 있었을 거야."

"네. 알겠습니다."

재현의 말을 부지런히 수첩에 적은 현우는 다시 그를 따라 시신의 주변을 걸었다.

왼쪽 갈비뼈쯤에 작은 흉터가 있을 뿐, 몸 어디에도 그 흔한 시반* 하나 없었다.

죽은 지 얼마 안 돼서 없는 건가? 고개를 갸웃거린 현우가 물었다.

"왜 시반이 하나도 안 보이죠?"

"미라를 어떻게 만드는 줄 알아?"

---

*시반:사후 사체 피부에서 발견되는 옅거나 진한 자줏빛 반점.

"글쎄요? 영화에서 보면 붕대로 칭칭 감던데……. 그런데 이 시신은 붕대에 감겨 있지 않잖아요."

"붕대를 감는 건 몸의 부피가 줄기 때문이야. 시신을 소금이 담긴 커다란 관에 넣어 두면 몸의 수분이 빠져나가지. 그래서 생전 모습만큼 부피를 늘리기 위해 붕대를 감는 거야. 하지만 이 시신은 사람들에게 빨리 노출시켜야 했어. 그러니 붕대는 생략했겠지. 몸의 수분을 뺀 것 같진 않지만 시반이 없는 걸 보아 하니 몸의 혈액은 모두 제거한 것 같군."

"그럼 저 시신은 피가 없다는 소리예요?"

"아마도…… 그래서 시반이 나타나지 않은 거야."

"헐, 뭐야? 뱀파이어야? 피는 왜 제거했대? 사이코 엽기 살인마네."

현우가 소름이 돋는 듯 두 팔을 부르르 떨고 있는데 누군가가 외쳤다.

"감식반 왔습니다!"

그 소리에 장갑을 벗은 재현은 다시 시신을 물끄러미 바라보았다. 창백해진 피부색만 아니라면 상당히 아름다운 얼굴이었다. 어디서 본 것 같기도 했다.

죽음의 공포라든가, 두려운 흔적 같은 건 보이지 않았다. 왕자를 기다리는 백설 공주처럼 온화한 표정을 보며 재현의 미간에 주름이 잡혔다.

"어떻게 저런 표정을 하고 죽었을까?"

감식반 사람들이 분주하게 움직이기 시작했지만 재현은 그곳을 떠날 수가 없었다.

❉❊❉

초인종을 누르기 전 지원은 옷매무새를 다시 한 번 점검했다. 잠깐 짬을 내서 얼굴을 본 적은 있어도 약속을 잡고 만나는 것은 거의 보름 만이었다. 청바지에 편안한 셔츠 차림이었지만 구김은 없는지, 혹시 실밥 같은 게 묻어 있지는 않는지 꼼꼼히 살핀 후 초인종을 눌렀다.

"어서 와요."

환한 웃음으로 맞아 주는 재현의 얼굴이 반가웠다. 지원도 활짝 웃으며 안으로 들어갔다.

"그냥 밖에서 먹지, 뭐하러 힘들게 집에서 밥을 해요."

"집이 편해서요. 다 됐으니 앉아요."

"메뉴가 뭐예요? 와! 국수다."

"국수 좋아해요?"

"밥이든 국수든 다 잘 먹어요."

구수한 육수 냄새가 군침을 돌게 만들었다. 입맛을 다시며 식탁에 앉는 지원을 보고 재현도 흐뭇한 미소를 지었다.

밖에서 먹으면 편한 건 안다. 하지만 사람이 많은 곳에 가면 지원이 힘들 게 뻔하기 때문에 밥은 편하게 먹이고 싶었다. 시간이 없어 국수로 간단히 때워야 하는 게 조금 아쉬웠지만. 재현이 그녀 앞으로 그릇을 밀며 말했다.

"다음엔 제대로 된 밥을 해 주겠습니다."

"사양 안 해요. 꼭 해 줘요."

"맛있게 먹어요."

"잘 먹겠습니다."

힘차게 대답한 지원은 뜨끈한 국물부터 마셨다.

"음, 대박! 식당 해도 되겠어요. 진짜 맛있네요."

"맛있다니 다행입니다. 많이 먹어요."

"좀 미안해지네. 난 라면 끓여 준 것밖에 없는데……."

"보통 라면이 아니었죠. 각종 고명에 모차렐라 치즈까지…….
강렬했습니다."

"그 치즈가 진짜 맛있지 않아요? 대부분 일반 치즈를 올려서
먹는데 모차렐라 치즈를 넣으면 쫀득함이 배가 된다니까요."

일상적인 대화가 오가는 즐거운 식사 시간이었다. 나란히 서
서 장난치며 설거지까지 마친 둘은 시원한 국화차가 담긴 잔을
들고 소파에 앉았다. 차향을 맡던 지원이 행복한 듯 눈을 감았
다.

"아! 좋다. 집에 있는 거 같아요."

그 집이 단순히 사전적인 의미가 아니란 걸 안 재현은 조금
짠한 눈빛으로 그녀를 보았다.

자신도 오랫동안 혼자였다. 여덟 살 때 교통사고로 부모님이
돌아가신 뒤 자신은 고아가 되었고 보육 시설에 맡겨졌다. 혼자
가 얼마나 외로운지 누구보다 잘 알고 있었다.

찻잔을 내려놓은 재현이 지원의 어깨를 살며시 안고 그녀의
머리에 입을 맞추었다. 아무 말도 하지 않았지만 편안하게 안긴
지원의 따뜻한 체온에 몸도 마음도 노곤하게 녹아내리는 것 같
았다. 아마 그녀도 같은 마음일 거라 생각했는데…….

"음……. 사건이 난항을 겪고 있네요."

"훗, 보입니까?"

"조금? 열심히 다른 기억으로 세탁하셨는데 사건의 기억이 워낙 강렬해서요. 아주 조금 보여요."

재현은 난처한 얼굴로 팔을 풀었다. 그러자 지원이 생글거리며 그와 눈을 맞추었다.

"그냥 말할래요? 내가 알아낼까요?"

"협박처럼 들립니다."

"협박이라니요. 부탁이죠."

생글거리는 얼굴이 밉지 않았다. 검사로 일을 하는 한, 그녀에게 사건에 대해 숨길 수는 없을 것 같았다. 그래서 재현은 이 상황을 최대한 즐기기로 했다. 그녀가 다치지 않는 한도 내에서 사건을 공유할 생각이었다.

자세를 바로 한 그가 설명을 시작하자 지원의 얼굴이 반짝거리기 시작했다.

"음, 엽기적인 살인이네요. 혈액을 몽땅 뽑아내고 미라처럼 만들어 보란 듯이 전시를 해 놓았다니. 소름 끼친다."

"비슷한 사건이 있는지 알아보는 중입니다. 그러니 지원 씨는 여기까지만입니다."

"알았어요. 대신 내가 필요하면 언제든지 말해 줘요. 기꺼이 도울 테니까……."

"그러겠습니다."

차를 마시며 소파에 몸을 묻던 지원이 갑자기 후다닥 일어섰다.

"왜 그럽니까?"

"잠깐만요. 어디에 있지?"

지원은 가방을 뒤지더니 낡아 보이는 수첩 하나를 꺼냈다. 그러더니 한곳을 펼쳐서는 그에게 보여 주었다.

"뭡니까?"

"미라 사건이요. 내가 한 7년 전에 조사한 건데, 요즘 기사거리가 없어서 옛날 수첩들을 들춰 보던 중이었거든요. 여기 이거 읽어 봐요."

"실종 여성 미라로 발견되다. 이걸 지원 씨가 실제로 봤단 말입니까?"

"동네 사람들 말을 듣고 그 자리로 가서 사이코메트리를 해 봤는데, 여기저기 멍 자국이 있고 피부의 일부가 썩어 가는 그런 미라가 보였어요. 으으, 생각하니 속이 안 좋아지네. 아무튼 정말 그런 미라가 있었어요. 상태는 재현 씨가 말한 시신보다 훨씬 엉망이었지만……."

"7년 전 어디였습니까?"

"음…… 여기 쓰여 있다. 명신동이요."

지원의 말에 재현은 노트북을 켰다. 인터넷으로 명신동과 2008년을 검색하니 기사가 주르륵 떴다.

"재개발이 한창인 지역이었군요."

"맞아요. 그때 그 지역 주민들 쫓아낸다고 용역이 오고 난리도 아니었어요. 아르바이트로 기자 노릇을 할 때라 닥치는 대로 다 취재했을 때였거든요."

"하지만 여자 미라에 대한 기사는 없네요."

"그게 이상했어요. 사이코메트리로 보였다는 건 정말 그곳에 여자 미라가 있었다는 소리인데 기사는 한 줄도 안 나왔거든요. 그래서 내가 취재한 걸 기사화하지 못했어요."

재현의 얼굴이 심각하게 변하자 지원의 얼굴도 덩달아 심각해졌다.

"혹시 같은 사람일까요?"

"같은 사람일 수도 있고 아닐 수도 있겠죠. 제가 알아보겠습니다."

"음. 내가 또 수사 팀에 합류한다고 하면 싫어할 거죠?"

"네, 싫어할 겁니다."

"너무 단호박이시네. 알았어요. 난 그냥 기사 쓰면서 먹고살게요."

눈을 찡긋해 보인 지원이 가볍게 손을 흔들었다.

말은 그렇게 했지만 다음 날 지원은 여자 미라가 있었던 명신동에 와 있었다.

"아, 이놈의 기자 근성. 그래. 난 사건을 파헤치는 게 아니라 단지 취재를 하러 온 거야. 그러다 실마리가 나오면 땡큐인 거고."

음흉하게 웃으며 지원은 7년 전과는 많이 달라진 동네를 둘러보았다. 7년 전에는 반쯤 철거된 집들이 많아 흉물스러웠던 동네가 깔끔해져 있었다. 반은 아파트가 들어섰고, 반 정도는 개인 주택이 자리를 잡고 있었다.

동네에 들어선 지원은 슈퍼에 들러 음료수를 샀다. 그리고 슈퍼 앞 평상에서 장기를 두고 있는 노인들에게 다가갔다.

"안녕하세요? 이것 좀 드시면서 두세요."

젊은 아가씨의 뜻밖의 친절에 할아버지들의 눈빛이 경계 태세로 들어갔다. 각박해진 인심을 안타까워하며 지원은 생글생글 웃었다.

"처음 보는 얼굴이네?"

"네, 여기 살진 않아요. 그래서 말인데, 뭐 좀 물어보려고요. 여기에서 쭉 사셨어요?"

"태어나서 계속 살긴 했지. 뭐하는 처잔데 그런 걸 물어보나?"

"설마 또 재개발되는 건 아니것지? 아이고, 7년 전 그 난리를 생각하면 지금도 자다가 벌떡벌떡 일어난다고!"

한 할아버지가 갑자기 흥분하자 장기를 두던 다른 분들도 술렁거리기 시작했다. 지원은 재빨리 손을 저었다.

"아니에요. 그런 거 아니에요."

"그럼 뭐 땜에 그런 걸 묻는 거야?"

"제가 기자거든요. 재미있는 얘기를 찾아서 잡지에 싣는 일을 해요."

"기자? 신문기자?"

할아버지의 물음에 다른 분이 퉁명스럽게 말을 했다.

"잡지에 싣는다잖아! 잘 들으라고!"

"기자 하면 신문기자가 딱! 떠오르지. 누가 잡지기자를 생각하나?"

"그러니까 다른 사람 말도 좀 들으라고. 저 영감은 만날 자기 생각만 해."

"뭐라고? 이놈 박가야. 너나 다른 사람 말 들어라. 응?"

갑자기 언성이 높아진 두 어르신 탓에 장기판이 싸움판으로 변하는 순간이었다. 지원은 재빨리 두 어르신 사이에 끼어들어 화제를 바꿨다.

"7년 전에 여기에서 여자 미라가 발견됐다는 소문이 돌았는데, 혹시 기억나세요?"

"여자 미라?"

지원의 말에 싸움은 금세 중단되었고 모두들 미간을 찌푸렸다.

"미라가 뭐여?"

"그 죽었는데 산 사람처럼 멀쩡한 시체 말하는 거 아니야."

"아아, 미라."

"그런 소문 들으신 적 있으세요?"

노인들은 모두 미간을 모으고 기억을 더듬었다. 설마 네 분 중 한 명쯤은 기억이 나시겠지. 지원은 두근거리는 마음을 진정시키며 그들을 번갈아 바라보았다. 그녀의 바람대로 한 노인이 무릎을 탁 치며 말을 꺼냈다.

"아! 생각난다."

"생각나셨어요?"

"그게 7년 전에 재개발한다고 난리 칠 때였지? 제일 먼저 이사 갔던 민식이네 집에서 그 여자 시체가 발견됐었지. 아마."

한 명의 기억이 살아나자 모두들 그때의 일이 떠오르는지 맞장구를 쳤다.

"아, 맞네. 맞아. 거기 시체가 있었지."

"누가 제일 처음 발견했는지 기억나세요?"

"글쎄……."

모두 고개를 갸웃거리자 지원이 다시 물었다.

"그럼 그 일에 대한 다른 기억은 없으세요?"

노인들은 다시 고개를 갸우뚱거렸다. 7~80대 어르신들에게 그런 것까지 기억해 내라는 것은 무리인가?

"그 죽은 여자분이 누구신지도 모르시고요?"

"예분이일 거야."

뒤에서 들려온 여자의 목소리에 지원은 고개를 돌렸다. 슈퍼 아주머니였다. 30대 중반으로 보이는 아주머니는 이곳에서 슈퍼를 한 지 3년 남짓 되었다고 해서 묻지 않았는데 뜻밖의 사실을 알고 있었다.

"예분이요?"

지원이 다시 묻자 한숨부터 푹 내쉰 아주머니는 이야기를 풀어 나갔다.

"맞을 거야. 내 고등학교 후배거든. 재개발 때문에 동네가 한창 시끄러웠던 그때, 예분이가 실종됐어."

"실종이요?"

"걔네 부모님이 여기저기 찾아다니고 그랬는데 한 달쯤 후인가 여자 시체가 민식이 아저씨네 집에서 떡하니 발견된 거야."

"죽은 사람이 누군지 안 밝혀졌어요?"

"잘 모르지만 수사 좀 하다가 어느 날 흐지부지된 것 같더라고. 예분이네 부모님도 다른 곳으로 이사 가고……. 그런데 그때 이런 소문이 돌았어. 예분이네 부모가 1억인가 받고 이사 갔다고. 그게 다 예분이 목숨 값 아니냐고. 안 그랬으면 이사 안 간다고 버티던 사람들이 하루아침에 야반도주하듯 이사를 갈 리가 없잖아. 당시에 용역들이 들이닥치고, 동네 사람들끼리도 의견이 안 맞아서 만날 싸우고……. 아무튼 정신이 하나도 없었어."

그 이후 아주머니도 다른 곳으로 이사를 갔다가 3년 전에 다시 돌아와 슈퍼를 연 것이라고 했다.

"예분이를 죽인 범인이 남자 친구가 아니냐는 말도 있었어."

"남자 친구요?"

"동갑짜리 남자 친구가 있었다는데 본 사람이 없어서 진짜 있었는지 어떤지는 잘 몰라. 어서 오세요."

그 말을 끝으로 아주머니는 손님을 따라 가게 안으로 들어갔다. 뜻밖의 정보였다. 죽은 사람은 있는데 수사는 없었고, 용의자는 있지만 누구인지는 전혀 모른다.

"우리 잡지에 실으면 딱인 기사감인데……."

재현이 맡고 있는 사건과 연관성이 있을 수도 있겠다는 생각이 들었다.

※ ※ ※

부검실 권 박사가 재현과 현우를 맞이했다.

"오늘은 왜 둘뿐인가? 예쁜 아가씨는 어디로 갔어?"

"지원이는 이제 같이 일 안 해서요."

"재현이가 내쫓았나?"

권 박사의 말에 현우는 슬쩍 재현의 눈치를 보았다. 확실하게 아니라고 할 수가 없었다. 제가 보기엔 내쫓은 게 맞으니까. 사이코메트러인데 같이 수사하면 얼마나 좋을까. 아쉬운 마음을 이루 말할 수가 없었다.

"원래 하던 일이 있으니까요. 그나저나 뭐 나온 거 있습니까?"

생각을 읽기라도 한 듯한 재현의 말에 현우는 재빨리 낯빛을 바로 했다. 의미심장한 미소를 지은 권 박사가 설명을 시작했다.

"예상대로 몸 안의 혈액은 모두 빼낸 상태였어. 그래서 시반 같은 건 안 나왔고. 죽은 지는 보름쯤 됐는데 연화제를 써서 피부가 굳지 않았지. 위장, 창자, 폐, 간은 저쪽 항아리에서 나왔고. 모두 방부 처리를 해서 멀쩡해."

"정말 미라로 만들 생각이었을까요? 얼굴은 지금도 살아 있는 것 같잖아요."

현우의 말에 권 박사가 시체의 팔 쪽을 가리켰다.

"잠든 상태에서 마약을 투여했어. 그리고 아직 살아 있을 때 혈액을 빼낸 것 같아."

"마약이라······. 그래서 미소를 지은 표정이었군요. 살아 있을 때 혈액을 빼냈다면 기분 좋은 상태에서 과다출혈로 죽은 거네요."

"그렇다고 볼 수 있지."

"성폭행 흔적은 있습니까?"

"아니, 깨끗해. 팔에 주사 자국 말고는 흉터 하나 없어."

"감사합니다. 수상한 점이 나오면 다시 연락 주세요."

인사를 하고 돌아서는데 권 박사가 물었다.

"연애는 잘되어 가나?"

그 말에 돌아선 재현이 쑥스러운 듯 어깨를 으쓱거렸다.

"아셨어요? 그렇게 됐습니다."

대답하는 얼굴이 살짝 붉게 변했다. 그 모습에 권 박사는 흐뭇한 미소를 지었다.

"좀 부드럽게 대해 줘. 여자는 말이야. 이 시신과 같다고. 부드럽게 대하지 않으면 부러지는 수가 있어."

"알겠습니다."

지원을 시신과 비교하다니……. 부검의다운 발언이었지만 기분이 좋지는 아니었다. 그렇게 티가 나나? 얼굴을 문지르던 재현은 저를 뚫어져라 바라보는 현우의 시선에 표정을 굳혔다.

"조사한 건 어떻게 됐어?"

"비슷한 사건이 총 세 건이에요. 5년 전에 한 건, 4년 전에 두 건. 모두 사람들이 많은 장소에 발가벗겨진 형태로 놓아두었고 그 옆에 항아리가 있었어요."

"연쇄 살인이었네. 혹시 담당 검사가 있었나?"

"네, 자료 사무실에 가져다 두었습니다."

"사건 담당했던 형사들 찾아가서 자료 보충할 것 있나 알아봐."

"네, 다녀오겠습니다."

현우가 나서자 재현도 검찰청으로 향했다.

자료들을 검토하려는데 규한에게서 호출이 왔다. 정애와 함께 점심을 먹자는 것이었다.

식사 자리가 너무 잦다는 생각을 하면서 총장실로 들어선 재현은 가영을 발견하고 낯빛을 굳혔다.

"안녕하세요? 한참 만에 뵙네요."

"안녕하세요."

가영의 인사에 딱딱하게 대답하는 재현을 보며 정애가 혀를 찼다.

"저렇게 무뚝뚝해요. 점심 전이지? 같이 점심이나 먹자."

가영이 정애를 움직여 이 자리를 마련했다는 건 쉽게 짐작할 수 있었다. 그를 위한다는 생각에 정애는 이 자리에 나왔을 것이다. 친아들처럼 생각해 주는 분이니 어떤 마음을 가지고 있는지 알고 있었다. 그래서 여기서 멈춰야 할 것 같았다.

"어머니, 드릴 말씀이 있습니다."

"응?"

늘 사모님이라는 호칭으로 부르던 재현이 처음으로 어머니라고 부르자 정애는 좋으면서도 한편 불안했다. 무슨 말을 하려고 안 쓰던 단어까지 쓰나 싶어 긴장이 되었다.

정애를 바라보는 재현의 눈빛은 따뜻했지만 단호했다.

"사귀는 여자가 있습니다. 미리 말씀 못 드려서 죄송합니다."

"재현 씨!"

가영을 보는 재현의 눈빛이 차가워졌다.

"가영 양에게는 이미 말했습니다. 얘기가 끝났다고 생각했는데 제 생각이 짧았습니다. 어머님과 총장님께도 분명히 말씀드려야 했는데. 죄송합니다."

느닷없는 폭탄 발언에 정애는 놀랐지만 이내 침착하게 대응했다. 가영 같은 여자와 결혼해서 잘 살길 바라는 마음이 있었지만 더 중요한 건 재현의 마음이었다. 그를 사로잡은 여자라면 누구든 상관없었다.

정애가 온화한 눈으로 재현을 보았다.

"그랬구나. 미리 알았으면 불편한 자리는 안 만들었을 텐데…… 가영 양에게도 미안해요. 재현이가 사귀는 사람이 있는 줄도 모르고 총장님께서 이런 자리를 마련했네. 미안해서 어쩌죠?"

"아니에요. 전 그만 가 보겠습니다."

입술을 깨문 가영이 총장실을 뛰쳐나가자 정애는 미안해서 어쩔 줄을 몰라 하며 그녀를 따라 나갔다. 문을 바라보고 있는데 규한의 혀 차는 소리가 들렸다.

"쯧쯧쯧, 왜 굴러온 복을 마다해. 가영 양이 너에게 얼마나 큰 힘이 될지 생각 못 해? 네 미래가 달린 일이야!"

"제 미래는 제가 결정합니다."

규한을 매섭게 쏘아본 재현은 허리를 숙이고는 총장실을 나섰다. 이제는 화가 나려고 했다. 당장 사건 때문에 복잡한데 규한까지 저러니 머리가 터질 것 같았다.

그때 전화가 울렸다. 발신자를 확인한 재현의 입가가 슬며시 늘어졌다.

"지원 씨."

—후후, 점심 먹었어요?

"아직 안 먹었습니다."

—우와, 텔레파시 통했다. 나도 아직 안 먹었거든요. 지금 검찰청 앞인데 같이 밥 먹을래요?

"네, 내려가겠습니다."

―빨리 와요.

입가에 미소를 머금은 재현이 엘리베이터로 향했다. 언제 머리가 아팠는지 모를 만큼 개운했다.

건물 밖으로 나가자 지원이 그를 보며 아이처럼 손을 흔들어 주었다. 그 모습에 마음이 따뜻해졌다.

"우리 뭐 먹을까요?"

"뭐 먹고 싶습니까?"

"음…… 떡볶이?"

"먹으러 갑시다."

행복에 겨운 연인을 지켜보는 눈이 있다는 걸 모른 채 재현과 지원은 서로를 향해 미소 지었다.

감식반이 수집한 정보를 바탕으로 피해자의 신원이 파악되자 현우는 재현에게 자료를 넘겼다.

"유혜원, 나이는 27세, 본가는 부산이고 현재 서울에 거주 중입니다. 공예 전공으로 대학원을 다니고 있고요. 유혜원과 연락이 두절되어 부모님이 두 달 전 실종 신고를 낸 상태였습니다."

재현은 자료를 샅샅이 훑어보았다.

"휴학 중인데 부모님에게 등록금을 받은 상태군. 갑자기 휴학을 결정한 걸까? 유혜원 계좌들 조사해 봤어?"

"네, 돈은 그대로 있어요."

"유혜원이 다니는 대학원에 가 보지."

"네."

그러나 그곳에서 별 소득은 없었다. 사교적이지 못한 유혜원은 몇몇 친한 학생들 빼고는 교류가 없었다. 더구나 그 몇몇 친구들도 유혜원이 사정이 생겨 휴학했다는 사실만 알 뿐, 행방을 아는 사람은 없었다. 부모님 역시 그녀가 어떤 생활을 했는지 알지 못했다. 거리가 먼 관계로 가끔 전화로 안부를 묻는 게 다였기 때문이었다.

"살고 있는 원룸도 깨끗하고, 사귀는 남자도 없었다. 그리고 실종된 지 약 세 달 만에 미라로 발견."

"원한이나 우발적 살인은 아닌 것 같아요. 그렇죠?"

그 물음에 재현이 빙긋 미소를 지었다. 그러자 현우가 얼굴을 붉히며 당황했다.

"왜, 왜 웃으세요?"

"아니, 석 달 전까지 유혜원이 주로 다니던 행선지 파악해 보지."

"네."

까불거리며 장난만 치는 것 같더니 제법 날카로워진 현우의 안목에 재현은 저도 모르게 가슴이 뿌듯해졌다.

"어쩐지 아빠가 된 기분이군."

백방으로 수소문한 결과를 가져온 현우는 녹초가 되어 있었다. 하지만 몸은 피곤해도 정신은 또렷했다. 예전엔 무슨 말을 해도 반응은커녕 자신을 투명 인간 취급하기 일쑤였던 재현이 요즘 부쩍 말을 많이 걸어왔기 때문이었다. 게다가 잘못한 일에 대해서는 그게 아니라고 친절히 설명까지 해 주었다.

뭔가 이상했지만 좋은 느낌인 건 확실했다. 너무 친절해서 살짝 손발이 오그라들긴 하지만 말이다.

현우가 수집해 온 정보를 뒤적이던 재현의 손이 한곳에서 멈추었다.

"도예 공방. 알움. 강우진."

남가영의 연주회 때 봤던 그 남자의 공방이었다. 재현이 벌떡 일어서 밖으로 나가자 자료들을 정리하던 현우 역시 그를 따라나섰다.

✻❊❊✻

차로 한 시간 남짓 가자 공방이 보였다. 황토를 발라 지은 집과 커다란 가마들. 차가 몇 대 서 있는 걸 보니 사람들이 있는 모양이었다.

"평일 저녁 시간인데 사람이 꽤 있나 봐요. 이거 보세요."

공방 안으로 들어가며 현우가 강우진을 검색한 태블릿을 내밀었다. 슬쩍 보아도 호의적인 기사와 댓글들이 빽빽했다.

"TV에도 나온 적 있어요. 와아, 댓글이 수두룩하네요. 완전 호의적인데요? 인상도 좋고, 재치도 있는 것 같고⋯⋯."

"인기가 있는 건 맞는 것 같군."

재현이 가리킨 곳을 본 현우는 입을 쩍 벌렸다. 만들어 놓은 그릇들을 말리느라 흙색인 그릇들이 즐비하게 진열된 방 가운데서 물레를 놓고 두 사람이 다정한 분위기를 연출하고 있었다.

"사랑과 영혼의 한 장면 같네. 남녀가 아니라 남남이라는 것만 빼면⋯⋯."

남자의 뒤에 앉은 강우진이 그를 감싸 안 듯 팔을 뻗어 물레를 돌리고 있었다. 기다란 손가락들이 진흙과 엉켜 야릇한 분위기를 자아내고, 간간이 마주치는 눈빛 역시 묘한 분위기를 담고 있었다. 민망해진 현우가 고개를 돌리며 헛기침을 하자 강우진과 남자가 고개를 돌렸다.

"한재현 씨? 맞네요. 한재현, 검사님."

특유의 눈웃음을 지은 우진이 반갑게 맞이하며 허리를 폈다.

"작업 중에 죄송합니다. 잠깐 시간 좀 내주시겠습니까?"

재현의 말에 우진은 해사하게 웃으며 물레를 돌리고 있던 남자에게 뭐라 속삭였다. 고개를 끄덕인 남자가 자리에서 일어서 재현과 현우를 스쳐 밖으로 나갔다. 마주친 눈빛이 느끼하게 느껴져 몸서리를 친 현우가 중얼거렸다.

"어떤 작업 중이었는지 절대 알고 싶지 않다."

현우가 제 팔을 문지르고 있을 때 손에 묻은 진흙을 씻으며 우진이 물었다.

"무슨 일로 오셨어요? 지난번에 제가 말한 그릇 때문에 오신 건 아닌 거 같고."

"유혜원 씨 아시죠?"

"혜원이요? 알죠. 우리 공방 우등생인데……. 요즘 통 보이질 않아서 궁금해하던 차예요. 혜원이에게 무슨 일이라도 생겼나요?"

"며칠 전 사체로 발견되었습니다."

"사체요? 죽었다는 말인가요? 설마…… 농담이 지나치시네요."

우진은 말도 안 된다는 표정으로 웃음을 지었다. 하지만 재현이 이렇다 할 대꾸를 하지 않자 점차 낯빛이 사색으로 변하였다.

"진짜 죽었다는 말이에요? 어떻게…… 혜원이가……."

의자에 털썩 앉은 우진의 얼굴은 이내 하얗게 핏기가 빠졌다. 정말 놀랐는지 손까지 바들바들 떨고 있었다. 잠시 후 안정이 되었는지 그가 가라앉은 목소리로 물었다.

"어떻게 죽었습니까? 사고가 난 건가요?"

"누군가에 의해 살해를 당했습니다. 유혜원 씨를 마지막으로 본 게 언제입니까?"

"음, 백자 초벌구이가 막 됐을 때니까…… 석 달 전쯤인 것 같아요. 6월 중순이요."

"유혜원 씨와 무척 친하다고 들었는데, 혹시 주변에 이상한 낌새를 가진 사람을 본 적 있으신가요?"

재현의 질문에 고개를 든 우진이 어이없게 웃었다.

"설마 지금 취조 중인 건가요? 내가 용의자, 뭐 그런 거예요?"

"참고인 조사를 하는 겁니다. 유혜원 씨 주변 인물들 모두 참고인으로 조사를 받을 겁니다."

"혜원이를 죽인 범인을 찾을 수 있다면 조사는 당연히 받아야죠. 언제든지 연락 주세요."

"그럼 나중에 뵙죠."

재현과 현우가 공방을 나서자 우진은 고개를 숙였다.

잠시 후, 슬픔을 달래려 꽉 잡은 손의 떨림이 서서히 멈추더니 굳게 닫혔던 입술이 슬며시 호를 그리며 엷은 미소가 생겼다. 고개를 든 우진은 언제 두려움에 떨었냐는 듯 흐뭇한 미소를 짓고 있었다.

창가로 간 그는 재현의 단단한 뒷모습을 향해 조그맣게 속삭
였다.

"게임 스타트."

재현과 현우가 차에 타는 모습을 보는 우진의 얼굴에 흥미로
움이 떠올랐다.

사무실로 돌아온 재현은 우진에 대한 찜찜함을 지우지 못하
고 있었다. 아끼는 제자의 죽음에 반응을 보이는 스승의 놀람과
슬픔. 그 점에 있어 우진의 행동은 이상할 것이 없었다. 그런데
뭔가 찜찜하다. 그 자연스러움이 마치 짜인 대본대로 행동한 것
같이 보였다.

"뭐지? 왜 강우진의 행동이 이상했을까?"

재현은 공방에서 처음 보았을 때부터 우진의 행동을 하나하
나 떠올려 보았다. 물레를 돌리다 그들을 맞이했다. 혜원의 죽
음을 알리자 충격 받은 얼굴로 한동안 멍하니 있었다. 충격을
추스르며 그의 질문에 최대한 자세히 대답을 하려고 애썼다.

일련의 행동들을 떠올리던 재현의 눈빛이 순간 반짝하고 빛
이 났다.

"그 점이 이상했군."

하얗게 변한 얼굴과 떨리는 손, 눈물까지 글썽거렸는데 정작
눈동자는 조금도 놀라거나 슬픈 기색이 없었다.

아무 감정이 섞이지 않은 까만 눈동자. 그건 물레를 돌리던
남자를 향해 웃고 있을 때도 마찬가지였다. 눈끝이 예쁘게 휘어

지며 홀릴 듯 웃음을 담고 있었지만 눈동자는 그렇지 않았다.

그러나 눈동자에 감정이 없다고 그가 범인일 수는 없었다. 재현은 다시 유혜원의 자료들을 검토하기 시작했다.

❊❊❊

딱 저녁을 먹을 만한 시간에 지원은 사건이 일어났다는 공원으로 왔다. 폴리스라인을 철수한 상태라 언뜻 봐서는 범죄 현장 같지 않았다.

"여기에 시체가 있었단 말이지."

주변을 휘휘 둘러보고 사람들이 없는 걸 확인한 지원은 풀밭 위에 털썩 앉았다. 그리고 두 손을 땅에 대고 정신을 집중했다.

공원을 산책하는 수많은 사람들의 모습이 보였다. 시간이 조금 흐른 뒤 재현이 설명해 주었던 기묘한 장식의 항아리들이 보이고, 경찰들 사이에서 재현의 모습도 보였다. 집중하는 가운데서도 지원은 싱긋 미소를 지었다.

하얀 단 위에 결혼식을 올리는 신부처럼 누워 있는 여자의 시체가 보였다. 어디 한 군데 훼손되지 않고 아름다운 모습 그대로인 시체는 너울거리는 투명한 망사 때문에 더욱 고혹적으로 느껴졌다.

캄캄한 어둠 속에서 사람의 그림자가 어른거렸다. 혹시 범인? 지원은 더욱 정신을 집중했다. 모자에 마스크까지 쓴 남자는 등에 무거운 짐을 잔뜩 짊어지고 휠체어를 밀고 있었다. 휠체어에는 담요를 두른 누군가가 앉아 있었다.

"괜찮으세요? 이봐요."

"음, 푸앗!"

누군가 건드린 탓에 지원은 참았던 숨을 뿜어내고 눈을 번쩍 떴다.

"어디 아프세요? 식은땀도 흘리시고."

숨을 참고 집중한 탓에 저도 모르게 끙끙거린 모양이었다. 지원은 손등으로 이마를 훔치며 대답했다.

"아, 괜찮아요. 명상 중이었어요."

"이런, 방해해서 미안합니다."

"하하하, 아니에요."

남자는 사과를 하며 공원을 가로질러 갔다. 그의 뒷모습을 보던 지원은 자리에서 일어나 엉덩이를 털었다. 다리에 힘이 빠져 몸이 휘청거렸다.

"으으, 오늘은 여기까지! 어, 지갑? 누가 떨어뜨렸나?"

지원은 바닥에 떨어진 지갑을 주워 들었다. 고가처럼 보이는 남자 지갑이었다.

순간 어둠이 머릿속을 잠식하더니 노랫소리가 들렸다. 익숙한 멜로디였지만 제목까지는 생각나지 않았다. 이어 뭔가가 와장창 깨지고 황홀한 표정을 짓는 여자의 얼굴이 지나갔다. 그리고 조금 전의 기묘한 장식이 달린 항아리가 보였다.

"헉! 헉헉……. 뭐지? 범인인가?"

하얗게 질린 얼굴로 중얼거리는 순간, 아까 그녀를 흔들었던 남자가 되돌아왔다.

"저, 혹시 여기에서 지갑 못 보셨어요?"

"지갑이요? 혹시 이거⋯⋯."

"네, 맞아요. 감사합니다."

남자는 지원이 들고 있는 지갑을 가리키며 말했다. 하얗고 잘생긴 얼굴이었다. 환한 미소를 짓고 있는 입술은 매력적이었고, 지갑을 가리키는 손은 커다랗고 단단했다.

범인인가? 설마 범인일까?

침을 꿀꺽 삼킨 지원은 천천히 지갑을 내밀었다. 남자가 잠시 의아한 표정을 짓다가 지갑을 받아 들었다.

"고맙습니다. 아까 그쪽을 흔들어 깨울 때 떨어졌나 봐요."

"아, 그런가 보네요."

"괜찮아요? 얼굴이 창백한데."

"그게⋯⋯. 빈혈! 제가 빈혈이 좀 있어요. 얼굴이 창백해지고 가끔 휘청거리기도 하고 그래요."

"이런, 조심해야겠네요."

"네, 조심해야죠."

남자가 웃으며 돌아서려고 하자 지원이 다급하게 말했다.

"저! 시간 되시면 차 한 잔 사 주실래요? 차가운 바닥에서 명상을 했더니 좀 추워서요."

"차요?"

"지갑도 찾아 줬는데⋯⋯."

그녀가 말끝을 흐리자 남자가 활짝 웃었다.

"그러죠. 공원 입구에 괜찮은 카페가 있는데 가실래요?"

"네."

이 남자가 범인일 수도 있지만 아닐 수도 있다. 아니라면 다행인 거고, 만약 범인이라면 이대로 보내선 안 됐다.

카페는 남자의 말대로 아기자기하니 예뻤다. 몇 개 되지 않는 테이블의 반 이상을 가족 단위의 손님들이 차지하고 있었다. 발장난 치는 아이들을 보던 지원은 차를 가져온 남자를 보며 인사를 했다.

"잘 먹겠습니다."

"뜨거우니까 천천히 마셔요."

친절하다. 웃는 인상도 참 선해 보이고, 매너도 좋았다. 이런 남자가 범인일까? 따뜻한 핫초코를 한 모금 머금은 지원이 가방을 뒤져 명함 한 장을 내밀었다.

"석지원이라고 합니다."

"기자시네요."

"아, 뭐……. 대충 기자예요. 그쪽은 뭐하시는 분이세요?"

"여기…….'

남자가 내민 황금빛의 명함을 본 지원이 중얼거렸다.

"공방 알움, 대표 강우진. 공방이요?"

"흙 가지고 노는 거요."

"흙이요?"

"도자기나 예쁜 그릇을 만들어요."

"아, 그러시구나. 흙 만지는 일인데 손이 참 고우시네요."

"그런 말 많이 들어요."

우진이 손을 앞뒤로 뒤집어 보였다. 남자답게 큰 손이었지만 흙을 만지는 손답지 않게 고운 편이었다. 그러자 지원도 냉큼 자신의 손을 들어 보였다.

"저도 손 예쁜데. 예쁘죠?"

지원의 말에 우진은 잠시 말문이 막혔지만 이내 고개를 끄덕였다.

"네, 예뻐요. 큭큭큭. 참 솔직하네요."

"예쁘니까 예쁘다고 하는 거죠."

"석지원 씨는 다른 여자들과 달라 보이네요. 솔직하고, 대범하고……."

우진의 말에 지원은 방글거리며 웃었다. 솔직한 건 알겠는데 대범하다는 건 무슨 뜻이지?

"처음 보는 남자에게 덥석 차를 사 달라고 하는 여자는 흔치 않으니까요. 혹시 저한테 반했어요?"

"아닌데요. 저 애인 있는데요."

단호한 지원의 말에 우진이 미소를 지었다.

알고 있다. 지원의 애인이 한재현 검사라는 걸……. 그 아름다움을 영원히 가지고 싶을 만큼 탐이 나는 남자였다. 시계를 본 우진이 아쉬운 듯 입을 열었다.

"시간이 늦었네요. 이만 가 봐야 할 것 같아요."

"아, 조심히 가세요."

혹시 손을 잡을 기회가 있을까 싶어 낯간지러움을 참고 제 손이 예쁘다는 망언도 했는데 성과가 없었다. 이대로 헤어져야 하나 초조해진 지원은 우진이 잔을 반납하고 카페 밖으로 나오자 불쑥 손을 내밀었다.

"재미있었어요. 안녕히 가세요."

"네, 지원 씨도 조심히 가요."

커다랗고 두툼한 손이 지원의 손을 감쌌다. 기회를 놓치지 않고 일부러 몸을 휘청거린 지원은 우진의 손을 꽉 잡고 허리를 꺾었다. 그러자 그가 당황한 듯 물었다.

"괜찮아요?"

"으으으, 빈혈 때문에……. 잠깐만 있어 줄래요?"

두 손으로 우진의 손을 꽉 잡은 지원은 입술까지 깨물고 집중했다.

어둠 너머로 흙덩어리들과 수많은 그릇들이 보였다. 긴 앞치마를 입은 사람들이 분주하게 움직이며 도자기를 만들고 있었다. 공방을 한다고 했으니 어쩌면 당연한 영상이었다.

어둠 속에 다시 희미한 빛이 비치며 어떤 공간이 보였다. 지하실처럼 보이는 곳에는 특이한 모양의 항아리들이 있었다. 하나, 둘, 셋, 넷, 다섯……. 적어도 여덟 개는 되어 보였다.

"아직도 어지러워요? 응급실에 갈까요?"

"으음, 후우, 후우. 아뇨. 괜찮아졌어요."

우진이 말을 걸어온 탓에 영상이 끊겼다. 말은 괜찮다고 했지만 사이코메트리에 너무 집중한 나머지 기절하기 일보 직전이었다. 아까보다 더 창백해진 지원의 얼굴에 우진은 미간에 주름을 잡았다.

"안 되겠어요. 응급실에……."

"아뇨, 정말 괜찮아요. 그냥 가셔도 돼요."

"하지만……."

"정말 괜찮아요. 잠깐 어지러운 것뿐이에요."

우진이 계속 걱정스러운 표정을 짓자 지원은 그의 손을 놓고 있는 힘을 다해 버티고 섰다.

"괜찮죠? 그러니까 가세요."

"그럼 몸조리 잘해요."

"네, 우진 씨도 잘 가세요."

우진이 여전히 머뭇거리자 지원은 먼저 발길을 돌렸다. 손까지 흔들어 보인 그녀는 입술을 깨물고 쓰러지지 않기 위해 안간힘을 썼다. 쓰러져도 여기서는 안 되니까. 잠시 후 뒤를 돌아보니 우진의 모습이 보이지 않았다.

"에고……."

나무에 등을 기대고 앉은 지원은 심호흡을 하며 어지러운 머리를 달랬다.

"핫초코도 먹었는데 되게 힘드네."

잠깐만, 진짜 10분만 자자.

스르르 눈을 감은 지원은 아까 보았던 영상을 떠올렸다. 딱히 수상한 점은 없었다. 도자기 공방이니 도자기 만드는 건 당연하고, 다양한 모양의 항아리가 많은 것도 설명이 된다. 괜한 사람을 의심한 것 같았다.

문득 영화리에서 재현을 범인으로 착각해 혼자 삽질했던 일이 떠올랐다.

"직업병인가 봐."

힘겹게 숨을 몰아쉬던 지원은 어느새 깜빡 잠이 들었다.

먼 곳에서 사람의 그림자가 어른거렸다. 어느새 다가온 우진이 바닥에 앉아 눈을 감고 있는 지원을 보며 의아한 표정을 지

411

었다. 재현의 애인이라 접근했던 것뿐인데 수상한 점이 한둘이
아니었다.

"한재현, 취향이 독특하네. 나처럼……."

그의 입가에 희미한 미소가 어렸다.

❋⫸⫷❋

바에 도착한 우진은 이미 만취 상태가 된 가영을 발견하고 천
천히 다가갔다. 반쯤 비워진 양주 병이 보였다. 난처한 바텐더에
게 안심하라는 듯 미소를 지어 보인 우진이 그녀의 옆에 앉았다.
인기척을 느꼈는지 테이블에 엎드려 있던 가영이 빈 술잔을 들
어 입으로 가져갔다.

"음. 술이 없어. 술……."

"많이 마셨다."

"누구야? 칫, 오빠구나."

"왜 이렇게 많이 마셨어. 무슨 일 있어?"

"음, 일? 없어. 아니야, 있어."

한마디, 한마디 힘겹게 내뱉은 가영은 비틀거리는 손으로 술
잔에 술을 따랐다. 제대로 따르지 못하고 잔 주변에 술을 흘리
는 그녀에게서 술병을 뺏은 우진이 대신 술을 따라 주었다.

"한재현, 나쁜 놈. 괜히, 소개받았어."

"왜?"

"애인이 있어. 애인이 있대. 오빠."

"응?"

"정말 속상해. 나, 예쁘지 않아?"

"예쁘지."

"우리 집은 부자고…… 울 아빠는…… 대통령이 될 사람인데, 끅, 왜 한재현은 나를 안 좋아할까?"

웅얼거리며 뚝뚝 끊기는 말은 알아듣기 힘들었지만 우진은 진득하니 옆에 앉아 들어 주었다. 다시 테이블에 엎드린 가영의 어깨가 흔들렸다.

"흑흑흑, 나, 진짜 한재현 좋은데……."

정애까지 동원해 다시 그를 만나려고 했지만 실패했다. 애인이 있다는 말에도 자존심 굽혀 가며 연락을 했으나 돌아온 건 차가운 거절의 말뿐이었다.

아빠에게 투정을 부리자 '그놈 처리할까?' 라는 말이 돌아와 가영은 얼른 고개를 저었었다. 아프게 했지만 그 사람이 다치는 건 싫었다.

"나, 그 사람…… 갖고 싶어."

어깨의 떨림이 서서히 멈추고 말소리가 잦아들어 갔다. 눈꼬리를 따라 도르르 눈물을 흘린 가영은 팔을 괴고 잠이 들었다.

우진은 그런 가영의 머리를 쓰다듬었다.

"갖고 싶으면 가져야지. 우리 예쁜 가영이가 원하면 그렇게 해 줘야지."

다정한 말과 다르게 가영의 머리를 쓰다듬는 우진의 손길은 무심하기 그지없었다.

"오빠가 그 남자 너 줄게. 아름다운 네 곁에서 아름다운 모습으로 영원히 함께하게 해 줄게. 오빠 믿지?"

우진의 한쪽 입꼬리가 슬쩍 올라가더니 희미한 미소를 지었다.

갑자기 한기를 느낀 가영은 몸을 움츠리며 신음을 흘렸다.

✻✻✻

자료를 보던 재현은 피곤한 눈을 손으로 꾹 눌렀다. 글자를 너무 많이 봤더니 눈을 감아도 까만 글자가 잔상처럼 어른거렸다.

미해결 사건답게 모은 자료는 얼마 되지 않았다. 5년 전 한 건, 4년 전 두 건. 거기에 연관성이 확실치는 않지만 지원이 말한 7년 전 명신동 사건과 최근의 유혜원 사건까지……. 총 다섯 건이었다.

5년 전 처음 발생했던 여자 미라 살인 사건은 꽤나 유명했었다. 주간지는 물론 인터넷의 자잘한 기사들까지 몽땅 여자 미라 사건으로 도배된 적이 있었다. 누구나 마음만 먹으면 범행 수법 정도는 알 수 있다는 뜻이었다. 하지만…….

"모방범일 수가 없어."

미라를 만드는 방법이 5년 전의 사체부터 점점 발전해 완벽해진 것을 알 수 있었다. 처음엔 그냥 시체를 방치했다가 면사포 같은 망사로 덮는 수법으로 진화했다.

더구나 네 개의 항아리에 방부 처리한 장기를 담아 놓았다는 사실은 알 길이 없었다. 기자들도 항아리가 있다는 사실만 알 뿐 그 안에 무엇이 있는지 알지 못했으니 말이다. 그러니 동일

범의 소행이 확실했다.

항아리의 뚜껑 장식 또한 조금씩 다르지만 공통점이 있었다. 이집트에서 미라를 만들 때 장기를 보관했던 카노푸스의 단지 모양이었다. 뚜껑의 독특한 장식은 이집트의 태양신인 호루스 신의 네 아들을 조각한 것이었다. 조금씩 모양을 변형시켜서 말이다.

이집트인들은 내세를 믿었고 그래서 왕의 시체를 미라로 만들었다. 생전의 영광을 죽어서도 누리라고 말이다.

"이집트 미라를 본떠 한 살인이라……. 영원불멸의 삶을 살게 하겠다는 건가?"

중얼거린 재현은 명신동 사건을 뺀 나머지 사건들의 또 다른 공통점을 찾기 시작했다. 그때 똑똑 노크 소리가 들렸다. 시계를 보니 새벽 1시였다. 올 사람이 없는데…….

"들어오세요."

고개를 갸웃거린 재현이 대답하자 문이 열리며 지원의 얼굴이 쏙 들어왔다.

"하이, 일하는 중? 밥은 먹었어요?"

세상에서 밥이 가장 중요한 여자. 지원의 얼굴을 본 재현은 은은한 미소를 지으며 자리에서 일어섰다.

"일하는 중이고 밥도 먹었습니다. 이 시간에 어쩐 일입니까?"

"우리 애인 밥 잘 먹고 있나 걱정돼서 왔죠. 늦게까지 일하네요. 그런데 왜 혼자예요? 현우랑 계장님은요?"

"이게 내 일상이니까요. 김 계장님과 차 형사는 조금 전에 갔습니다."

"곤란한데……."

"뭐가 말입니까?"

"매일 이렇게 늦게까지 일하면 누가 좋아하겠어요. 안 그래
요?"

지원의 툴툴거림에 재현은 다시 빙긋이 웃었다. 그리고 그녀
의 곁으로 다가가 볼을 콕 찔렀다.

"지원 씨는 계속 좋아해 줄 것 같은데 아닌가요?"

"으, 능구렁이 같아. 좋아요. 내가 계속 좋아해 줄게요."

"감사합니다."

장난기 섞인 웃음소리에 이어 살짝 뜸을 들인 지원이 아무렇
지 않게 말을 했다.

"그리고 이건 어디까지나 취재를 위해 간 건데요."

"어디를 말입니까?"

"명신동."

동그란 눈이 또랑또랑하게 빛나고 있었다. 저 눈빛을 보며
무슨 말을 하겠는가. 재현은 다정하게 그녀를 안고 물었다.

"뭐라도 건졌습니까?"

다행히 타박의 말 대신 질문이 돌아오자 신이 난 지원이 조
사한 것을 떠들어 댔다.

"죽은 여자가 동네 주민이었대요. 동갑내기 남자 친구가 죽
인 것 같다는 소문이 떠돌았구요."

"죽은 여자가 몇 살이었습니까?"

"잠시만요. 수첩에 적었는데……. 여기 있다. 이름은 박예분

이고, 나이는 26세였어요."

"남자 친구도 동갑이니까, 그럼 지금 33세……."

문득 우진이 떠오른 건 감정 없던 그의 눈동자 때문일 거다. 재현은 고개를 흔들고 지원에게 집중했다.

"기사로 낼 예정입니까?"

"글쎄요. 너무 오래된 거라 별로 흥미가 없을 것 같아서 보류 중이에요. 재현 씨는 어때요? 수사에 진척은 좀 있어요?"

"음, 나름 열심히 하고 있습니다."

"나름 열심히 하면 안 되죠. 범인을 잡는 게 우선인데……."

부장검사와 똑같은 말을 하자 재현은 피식 웃음을 흘렸다.

"범인도 잡을 겁니다."

"금강산도 식후경이라고, 야식 좀 먹을래요? 요 아래 포차에서 빈대떡을 팔더라고요."

지원이 포장해 온 빈대떡을 풀고 젓가락을 건네자 그녀의 손목을 잡은 그가 지원을 당겨 안았다. 든든한 품의 포근함을 느낄 새도 없이 촉촉한 입술이 그녀의 입술을 덮었다.

달콤하고 보드라운 지원의 입술이야말로 최고의 야식이었다. 하루 종일 쌓였던 피로가 싹 풀리는 것을 느끼며 재현은 입술을 뗐다.

"야식은 이것으로 족합니다."

"엉큼해. 이왕 사 왔으니 이것도 먹어요."

금세 얼굴이 달아오른 지원은 빈대떡을 조각내어 재현의 입에 넣어 주었다.

'먹는 것만 봐도 배가 부르다'. 누가 만들었는지 진짜 멋진

말이었다. 재현의 입에 연신 빈대떡을 넣어 준 지원은 제 배가
부른 것 같아 마음까지 뿌듯해졌다.

"자, 임무 완수했으니 난 가 볼게요."

"집까지 데려다주겠습니다."

"무슨……. 택시 타고 가면 됩니다."

자신의 말투를 흉내 낸 지원 때문에 웃음을 터트린 재현이
그녀의 손을 잡았다.

띵 하며 머리를 울리는 날카로운 통증과 함께 재현이 보던
자료들의 내용이 후루룩 지나갔다. 하지만 아주 잠깐이었다. 금
세 안정을 되찾은 지원은 재현을 보며 웃음 지었다.

"차 있는 애인은 이럴 때 써먹으라고 있는 겁니다."

"피곤하잖아요."

"그러니까 드라이브할 겸 잠시 사무실에서 벗어나려는 겁니
다."

"정 데려다주고 싶다면 더 이상 말리지 않겠어요."

새벽 1시의 도심은 한가했다. 차창 밖으로 손까지 내민 지원
은 기분 좋은 웃음을 터트리며 드라이브를 만끽했다.

"데려다줘서 고마워요. 다시 사무실로 가요?"

"그래야 할 것 같습니다."

"저기…….."

우진을 만난 걸 재현에게 말해야 하나 망설여졌다. 이상한
영상을 본 것도 아니고, 공방을 한다니 우진의 과거에서 도자기
를 본 게 특이 사항은 아니었다. 노랫소리나 여자의 영상이 조

금 마음에 걸리긴 하지만 우진의 취향이 그럴 수도 있는 거니 딱히 수상하다고 할 순 없었다.

"할 말 있습니까?"

지원이 뭔가 망설이는 것 같자 재현이 물었다. 그녀는 고개를 흔들었다.

"운전 조심해서 가라고요."

"눈 감고도 갈 수 있을 것 같은데요."

"그래도 눈은 뜨고 가요."

"잘 자요."

"잘 가요."

재현의 차가 멀어지자 지원은 몸을 돌렸다. 많이 고단한 하루였는데 재현을 만나고 나니 피곤함이 가시는 것 같았다. 내일 또 만나야지. 마음이 너무 설레어 잠이 올지 모르겠다.

지원은 콧노래를 부르며 집으로 들어갔다.

조금 떨어진 곳에 선 우진은 그 모습을 처음부터 끝까지 지켜보았다. 어둠 속에서도 보이는 재현의 눈빛으로 지원을 얼마나 아끼는지 느낄 수 있었다. 그는 미간을 찌푸렸다.

"우리 가영이가 당신을 원하는데……. 내 마지막 작품이 될 여자가 당신을 원한다고……."

감정 없는 목소리가 빠르게 이어졌고 차가운 미소가 우진의 입가에 걸렸다. 재미있는 유희거리를 발견한 듯 번득이는 눈동자가 지원의 집을 향해 있었다.

"이제 슬슬 게임을 마무리해야 할 것 같아. 가영아."

사무실로 출근한 현우는 재현이 자리에 앉아 있는 걸 보고 시계를 확인했다. 분명 지각은 아니었다. 단지 재현이 너무 빨리 출근한 거라고 생각했는데……. 입고 있는 옷을 보니 아예 퇴근을 안 한 것 같았다.

"집에 안 들어가셨어요?"

"4년 전 일어난 사건, 유신혜 자료 중에 빠진 게 있는 것 같아. 확인해 봐."

"네? 아, 네."

느닷없는 지시에 현우는 자료를 담아 두었던 상자를 뒤졌다. 유사한 사건들을 추려 내느라 담아 놓은 자료가 이리저리 흩어져 있었다. 산더미 같은 종이들을 뒤져 자료를 찾아낸 현우는 구겨진 곳을 펴고 그것을 재현에게 가져다주었다.

"유신혜 자료입니다."

현우가 준 서류를 보던 재현의 미간에 점점 주름이 잡히기 시작했다. 덩달아 심각해진 현우가 조심스럽게 물었다.

"뭔가 발견하셨어요?"

유신혜의 자료를 보던 재현은 첫 번째 사건의 서류를 뒤적거리더니 종이 한 장을 꺼냈다.

"이슬 문화센터, 도자기 공예……."

"피해자 김성희는 스물다섯 살 여자였어요. 도자기 공예를 배울 수도 있었겠네요."

"그리고 유신혜, 다울 공방."

"그건, 아주 잠깐 다녔다고 하던데요?"

현우의 말이 끝나기도 전에 자리에서 벌떡 일어선 재현은 급하게 사무실을 나섰다. 그리고 그 뒤를 현우가 허둥지둥 따라나섰다.

"같이 가요, 보스!"

느낌이 좋지 않았다. 도자기를 배우는 거야 흔한 일이니 공통점이라고 할 수 없을지도 모른다. 우진에 대한 선입견이 생긴 건가? 그 감정 없는 눈동자가 자꾸만 마음에 걸렸다.

이슬 문화센터에 도착한 재현은 원장을 만났다. 다행히 그녀는 5년 전 사건과 피해자 김성희를 기억하고 있었다.

"그 사건 기억나요. 정말 끔찍했어요. 김성희 씨는 우리 문화센터에 오래 다녔어요. 전문대를 졸업하고 취직이 안 되어서 이것저것 배우고 있었거든요. 저희 문화센터에서 일자리를 연결해 주기도 했는데……. 어느 날부터 갑자기 안 나와서 이상하게 생각하던 차에 그런 사건이 벌어진 거예요."

"김성희 씨에 대해 특별히 기억나는 게 있으신가요?"

"글쎄요. 뭐 특별한 일은 없었어요."

원장이 기억을 더듬자 책상에 앉아 있던 여자 사무원이 슬쩍 끼어들었다.

"5년 전이라면 그 남자 있었을 때 아니에요?"

"그 남자? 아아, 아저씨?"

"아저씨?"

재현의 물음에 원장이 웃으며 대답했다.

"그때 원빈 주연의 아저씨라는 영화가 나왔었거든요. 남자 수강생이 너무 잘생겨서 우리끼리 아저씨라고 불렀어요."

"잘생긴 남자……. 그 사람도 도자기 수업을 들었습니까?"

"네, 사실 배울 건 없었어요. 강사보다 실력이 훨씬 좋았거든 요. 본인은 아닌 척 솜씨를 감췄지만 강사가 그 남자 때문에 자 존심 많이 상해했죠."

"혹시 이 남자입니까?"

재현은 기사를 스크랩한 사진을 보여 주었다. 사진을 유심히 보던 원장이 고개를 끄덕였다.

"맞아요. 여전히 멋지네요. 그런데 사건과 무슨 관련이 있는 건가요?"

"아닙니다. 협조해 주셔서 감사합니다."

문화센터를 나온 재현은 차에 타려는 현우에게 말했다.

"두 번째 피해자, 박지영의 집으로 가서 혹시 도자기와 관련 된 활동이 있었는지 알아봐."

"네."

갑자기 도자기와 피해자들을 연관 짓는 재현의 의도가 궁금 했지만 물어보진 못했다. 자료들을 보아도 피해자의 행적 중에 한 줄 정도 적혀 있는 내용일 뿐 그다지 중요해 보이지도 않았 다. 하지만 재현의 모습을 보면 뭔가 중요한 단서일 것 같았다.

"다녀오겠습니다."

현우와 헤어진 재현은 유신혜가 다녔던 다울 공방으로 향했 다. 예전엔 압구정 쪽에 작게 자리했던 공방이 지금은 서울 외 곽으로 빠져 있었고 규모도 제법 컸다. 공방 대표는 검찰에서 나왔다는 재현의 말에 작업을 멈추고 그를 대표실로 안내했다.

은은한 녹차를 권한 대표는 자신도 한 모금 마시고는 입을 열었다.

"유신혜 씨, 정확한 기억은 없습니다. 아주 잠깐 다닌 데다 제가 지도한 게 아니라서요. 곧 결혼하면 쓸 거라고 부부 찻잔과 그릇 세트를 만들었다더군요. 나중에 뉴스에 나오는 걸 보고 몇몇 수강생들이 유신혜 씨를 기억해서, '아, 그런 사람이 있었구나'라고 알게 됐습니다."

자료에 의하면 유신혜에게 결혼할 남자는 없었다. 잘못 수집된 정보이거나 그녀와 결혼할 남자를 아무도 몰랐거나 둘 중하나였다.

"같이 수강했던 사람들을 만날 수 있을까요?"

"4년 전이라 적어 놓은 명단이 있을지 모르겠네."

책장과 상자 속을 뒤지던 대표가 몇 권의 파일을 가지고 나왔다.

"4년 전이라……. 이건가?"

대표가 건네준 파일을 열어 보았지만 그때의 명단은 아니었다.

"아무래도 없는 것 같군요."

"혹시 컴퓨터에 저장 안 하셨습니까?"

"허허, 난 컴맹이라 잘 다룰 줄 모릅니다. 제자들이 관리를 해 주는데 3년 전에 바이러스인지 뭔지 때문에 컴퓨터를 바꿨습니다. 4년 전 명단이 있을 리가 없죠."

재현의 눈빛이 예민하게 바뀌었다.

"그 당시 관리했던 제자분 이름을 여쭤 봐도 될까요?"

"제자요? 우진이 말입니까?"

"강우진 씨 맞습니까?"

"검사 양반도 우진이를 아시는군요. 하긴 워낙 유명해졌으니 말입니다."

대표의 말투는 잘된 제자를 자랑스러워하는 말투가 아니었다. 뭔가 걱정된다는 뉘앙스에 재현이 다시 물었다.

"제자가 잘되었는데 별로 자랑스럽지 않은 모양입니다."

"자랑스럽죠. 원래부터 이쪽에 탁월한 재주가 있던 놈입니다. 단지……."

흐려진 말끝처럼 낯빛 또한 흐려졌다.

"아닙니다. 그냥 늙은이가 괜한 걱정을 하는 거죠. 지금은 자기 공방을 차려서 잘 지내는 걸로 압니다."

"연락을 안 하시나 보네요."

"제가 심하게 나무란 적이 있거든요."

"이유가 뭐죠?"

"도자기라는 건 혼이 담긴 흙입니다. 어떤 혼을 담느냐에 따라 대대손손 물려줄 보물이 될 수도 있고, 사람을 해치는 귀물이 될 수도 있어요. 헌데 그놈은 그 솜씨로 자꾸 그릇에 나쁜 마음을 담았습니다. 그래서 나무랐더니 바로 공방을 그만두더군요."

"혹시 바이러스로 컴퓨터를 교체한 뒤 그만뒀습니까?"

"음, 그쯤이었습니다. 우진이가 뭘 잘못했나요?"

"아닙니다. 그냥 조사 중입니다."

무슨 이유든지 제자는 제자였다. 우진을 걱정하는 그의 마음이 느껴져 재현은 고개를 흔들었다.

사무실로 돌아가자 현우가 먼저 와서 기다리고 있었다. 무엇을 알아낸 건지 그는 흥분한 얼굴이었다.

"박지영도 도자기 관련 활동이 있었어요. 상류층 아가씨라 집으로 강사를 불러 몇몇 사람들과 강의를 들었대요. 그런데 강사로 온 사람이 누군 줄 아세요?"

"강우진."

"헐, 맞아요. 어떻게 아셨어요?"

"강우진을 조사해 봐. 5년 전, 아니, 7년 전 행적부터."

"넵!"

현우가 나가자 재현도 차를 몰고 출발했다. 우진의 공방으로 갈 셈이었다.

죽은 네 명의 여자 모두 아름다운 20대 중반의 여성들이었다. 미라로 만들어 생전의 모습을 그대로 유지시키고, 면사포 같은 하얀 망사와 부케를 연상시키는 꽃다발까지……. 마치 결혼을 앞둔 순결한 신부를 떠올리게 했다.

"이집트 미라를 본떠서 만들었으니 남편은 이집트 죽음의 신 아누비스인가?"

인간의 몸에 자칼의 머리를 한 이집트의 죽음의 신 아누비스. 죽은 자에게 저승의 문을 열어 주고 지하 세계의 지배자 오시리스의 앞으로 인도하여 죽은 자의 심장을 저울에 달아 그 죄를 심판하는 신이었다.

피해자의 장기는 모두 항아리에 담겨 있었지만 심장만은 몸속에 그대로 두었다. 그들이 심판받길 원했나? 왜? 왜 그들을 심판하려 하지?

풀리지 않는 수수께끼를 대하는 것처럼 머릿속이 어지러웠다.

❈❊❈

저녁 시간이었지만 공방엔 여전히 사람들이 많았다. 공방에 딸린 숙소가 있어 그곳에 상주하며 도자기를 만드는 사람들이 꽤 많았다. 하지만 그중에 우진은 없었다. 잠시 출타를 했다는 사람들의 말에 재현은 혼자 공방 주위를 돌아보고 있었다.

지이잉, 지이잉.

고요한 어둠을 뚫고 핸드폰이 울리자 재현의 미간이 찌푸려졌다. 남정국이었다. 규한도 아니고 남정국이 직접 전화를 하다니……. 아직도 가영은 자신을 단념하지 못한 걸까?

"한재현입니다."

―내 딸, 가영이가 납치됐네.

울음을 억누르는 목소리에 재현은 잠시 멈칫거렸다. 분명 남정국의 번호가 맞았다. 그런데 전화를 받자마자 느닷없이 딸이 납치되었다니…….

"무슨 말씀이십니까?"

―우진이가…… 강우진이 가영이를 납치했어. 제발 찾아 주게.

참았던 울음이 봇물처럼 쏟아져 나오자 재현은 미간을 찌푸렸다. 납치, 강우진, 남가영. 전혀 연관성이 없어 보이는 단어들이 핸드폰을 통해 흘러나왔다.

"강우진⋯⋯."

도자기를 굽기 위해 불을 뗀 가마에서 뜨거운 열기가 흘러나왔지만 재현의 주변은 싸한 공기가 감싸고 지나가는 것 같았다.

❹
울지 마소서

La scia chio pian ga, la du ra sorte
라 시야 키오 피안 가 라 두 라 소르테
(울게 놔두오. 내 슬픈 운명)
e che so spiri la liberta
에 케 소 스피리 라 리베르타
(한숨을 짓네. 나 (잃어버린) 자유 위해)

카스트라토*의 맑은 목소리가 지하실 가득 울려 퍼지자 바닥에 쓰러져 있던 지원의 몸이 조금씩 꿈틀거렸다. 코를 찌르는 자극적인 냄새에 본능적으로 코를 막았지만 독한 냄새를 다 막을 수는 없었다. 최대한 입으로 숨을 쉬며 지원은 주위를 둘러보았다.

---

*카스트라토:거세된 남자 소프라노.

어두웠지만 주위를 분간할 수 있을 정도의 빛은 있었다. 요즘도 저렇게 촉이 낮은 백열전구를 파는구나. 높은 천장에 애처롭게 매달려 있는 조그만 알전구에서 희미한 빛이 뿜어져 나오고 있었다.

어두운 거 진짜 질색인데…….

혹시 다른 사람이 있을까 봐 조심스럽게 일어선 지원은 벽을 더듬어 앞으로 향했다. 영화리에서의 일이 떠올랐다. 재현을 만나 둘이 손을 꼭 잡고 여관 지하실을 빠져나왔었는데……. 그때와 같은 일이 반복되다니…….

"마가 끼었나."

대체 여기는 어디일까? 어떻게 여기로 잡혀 온 거지? 누구에게? 왜?

수많은 물음표가 머릿속에서 질문을 던졌지만 답할 수 있는 건 없었다.

오랜만에 장을 봤다. 매일 야근하는 재현에게 뭐라도 만들어 주고 싶은 마음에 동네에서 가장 큰 슈퍼로 향했다. 양손에 먹을거리를 잔뜩 들고 골목으로 막 들어서자마자 누군가 입을 막았다. 달콤한 향기가 잠깐 났었고…… 그 이후의 기억은 없었다.

이런 곳에 가둬 둔 걸 보면 단순 강도는 아니었다. 뭔가 목적이 있다는 건데……. 아무리 생각해도 자신을 납치할 사람이나 이유가 생각나지 않았다.

"나름 착하게 살아온 28년인데 왜 날 납치한 거야. 어! 손잡이다."

벽을 따라 걷다 보니 문손잡이가 만져졌다. 돌려 보았지만 역시나 잠겨 있었다. 지원은 두 손으로 손잡이를 잡고 정신을 집중했다.

수술용 장갑을 낀 누군가가 문을 열었다. 모자를 푹 눌러쓴 사람은 체격을 보아하니 남자 같았다. 어깨에 누군가를 둘러메고 있는데 자신은 아닌 것 같았다. 또 다른 누군가가 이곳에 감금되었던 듯했다. 그리고 자신의 모습도 보였다. 역시 남자의 어깨에 둘러메여 이곳으로 옮겨진 게 확실했다.

자신 말고도 누군가가 이곳에 있다. 저렇게 시끄러운 노랫소리가 들리는데 아직도 기절해 있는 건가?

눈을 뜬 지원은 문 주위를 더듬기 시작했다. 어디엔가 전등 스위치가 있을 것이다. 저 반딧불 같은 알전구 말고 환하게 비춰 줄 수 있는 스위치가. 예상은 적중했다. 손에 걸리는 뭔가를 위로 올리자 달칵하는 느낌과 함께 환한 빛이 주위를 밝혀 주었다.

"어, 흡!"

지원은 비명이 나올 것 같아 재빨리 입을 막았다. 방 가운데에 하얗고 높은 단이 있었고 그곳에 누군가가 누워 있었다. 마치 재현이 말했던 그 사건 현장처럼……

죽었나? 죽은 거야?

손으로 입을 틀어막은 지원은 천천히 누워 있는 사람을 향해 걸어갔다. 홀로 시체와 한 방에 있다고 생각하니 온몸의 털이 올올이 서는 느낌이었다.

아주 예쁜 여자였다. 나이는 20대 중반쯤? 지원은 덜덜 떨리는 손으로 여자의 손목을 살며시 눌렀다. 발딱발딱. 약하긴 하지만 분명히 맥은 뛰고 있었다. 안도의 숨을 내선 지원은 여자를 조심스럽게 흔들기 시작했다. 어서 이 여자를 깨워 밖으로 나가야만 했다.

"이봐요. 일어나요. 눈 좀 떠 보라고요!"

자그마한 외침에도 여자는 미동이 없었다. 이상하다. 분명 살아 있는데, 마취라도 당한 건가? 여자를 흔들던 지원은 그녀의 팔에 꽂혀 있는 튜브를 발견했다. 가늘고 긴 튜브는 핏빛 액체가 흐르고 있었다.

"설마 피는 아니겠지? 수혈을 하는 건가? 아니면…… 피를 빼고 있는 거야?"

수혈이 아니라 채혈이 맞는 것 같았다. 긴 튜브를 통해 빠진 피가 투명한 팩에 담겨지고 있었다. 게다가 이미 채혈된 팩들이 서너 개나 더 있었다.

"뭐지? 이렇게 피를 많이 빼도 되는 거야?"

두려움은 이미 잊은 지 오래였다. 지원은 여자의 얼굴에 손을 댔다.

팟! 주위가 어두워지며 누군가가 나타났다. 응? 한재현이다. 차가운 얼굴로 여자를 보던 재현이 냉랭하게 입을 열었다.

"저 사귀는 사람 있습니다."

이게 무슨 상황이지? 마치 맞선 자리 같은……. 집중력이 흐트러지자 영상이 흐려졌다. 따질 것은 일단 나중에 생각하고,

우선은 이 여자를 이렇게 만든 놈이 누군지 알아야겠다. 심호흡을 한 그녀는 다시 정신을 집중했다.

"가영아, 오빠가 널 영원히 아름다운 모습으로 살게 해 줄게."

남자의 목소리가 들린다. 커다란 주사바늘을 여자의 가녀린 팔에 찔러 넣으며 하는 말치고는 상당히 다정한 내용이었다. 그런데 말투가 무덤덤하다. 아니, 감정이라고는 조금도 없이, 마치 국어책을 읽는 듯한 딱딱한 말투였다. 대체 누구야? 얼굴 좀 보자고…….

긴 튜브를 가영이라는 여자의 팔에 연결한 남자는 그제야 모자를 벗었다. 뚜렷한 눈매와 곧은 콧날, 얇은 입술…….

번쩍 눈을 뜬 지원은 바닥에 털썩 주저앉았다. 과도하게 집중한 탓에 머리가 울리고 눈앞이 가물거렸다.

"젠장……. 후하, 후하. 그때 그 남자? 도자기 만든다던…… 강우진?"

역시 그 사람이 범인이었나?

가쁜 숨을 내쉰 지원은 정신을 가다듬으려고 애를 썼다. 여기서 잠들면 안 된다. 어떻게든 저 여자를 깨워 여기를 나가야 했다. 더듬거리며 일어선 지원은 가영의 팔에서 바늘을 뺐다.

확장된 혈관을 통해 피가 주르륵 흐르자 걸치고 있던 셔츠를 벗어 꽉 눌렀다. 잠시 후 피가 멎은 것을 확인하고 다시 가영을 흔들었다.

"이봐요. 일어나라고요!"

뺨까지 찰싹 소리가 날 정도로 때렸지만 조금의 미동도 없었다. 그냥 기절한 게 아니었다. 지원은 가영의 몸을 일으켜 가까스로 업는 데 성공했다. 하지만 그녀보다 가영의 키가 더 커서 발이 땅에 끌렸다. 더구나 축 늘어진 몸은 쌀가마니를 짊어진 것처럼 무거웠다.

"젠장! 역시 헐크의 힘이 필요해."

입술을 깨문 지원은 간신히 문 앞에 가영을 앉혀 놓았다. 피를 많이 뺐는지 안색이 창백했다. 이마에 배어나온 땀을 닦아낸 지원이 주위를 둘러보았다. 어차피 손잡이를 돌려 봐야 잠긴 문을 열 수는 없다. 강제로 부수는 수밖에. 과연 그녀의 힘으로 부서질지는 모르지만.

가영이 누워 있던 단 옆에 철제로 된 네모난 쟁반이 보였다. 채혈 도구를 담아 뒀던 것 같았다.

"아쉬운 대로 이걸로 해 봐야겠다."

쇠막대가 있다면 더 좋겠지만 이것저것 따질 상황이 아니었다. 작지만 튼튼해 보이는 쟁반을 문틈에 간신히 끼워 넣은 지원은 있는 힘을 다해 쟁반을 비틀었다. 하지만 쟁반이 튕겨 나오는 바람에 그녀는 바닥에 나뒹굴고 말았다.

다시 이마를 훔친 지원은 문에 귀를 바짝 댔다. 문이 두꺼운 건지 아무도 없는 건지는 모르지만 일단 아무런 소리도 들리지 않았다.

"이판사판이다. 에잇!"

지원은 발로 문손잡이를 힘껏 걷어찼다. 찡하게 전해져 오는 아픔에 눈을 찡그렸지만 다시 걷어찼다. 세 번, 네 번. 꿈쩍도 안 할 것 같던 손잡이가 조금씩 틈을 보이더니 결국엔 덜그럭 소리를 내며 문에서 떨어져 나갔다.

"아싸!"

손잡이가 뚫린 문을 잡고 천천히 여는데…… 열리지 않았다. 분명 손잡이가 떨어져 나갔는데, 그럼 문이 열려야 하는 거 아닌가? 당황한 지원은 뚫린 구멍을 보며 욕설을 했다.

"젠장……"

손잡이만 떨어져 나갔을 뿐 안쪽에 잠겨 있는 장치는 조금도 손상되지 않은 상태였다. 손으로 잠금장치를 뜯어내려고 했지만 역부족이었다.

"드라마랑 다르네. 어떡하지? 여기서 어떻게 나가지?"

머리를 쥐어뜯으며 안절부절못하고 있을 때 거짓말처럼 잠금장치가 틱 소리를 내며 풀렸다. 그리고 천천히 문이 열렸다. 지원은 재빨리 문 뒤쪽으로 몸을 숨겼다. 가영이 떡하니 문 옆에 있었지만 지금 그녀를 옮길 수는 없었다.

누군가 들어오면 쟁반, 그래, 쟁반으로 머리를 내리쳐야겠다.

두 손으로 작은 쟁반을 야무지게 쥔 지원은 터질 것 같은 심장을 누르며 누군가 들어오기를 기다렸다.

문이 열리고 묵직한 발소리가 들려왔다. 지원은 누군가의 등이 시야에 들어오자 머리를 향해 쟁반을 힘껏 내리쳤다.

탁! 그러나 쟁반은 머리를 내리치지 못하고 누군가의 손아귀에 잡혀 버렸다.

"역시 씩씩한 아가씨군."

히죽 웃으며 그녀를 본 우진이 잡은 손목을 세게 비틀었다.

"윽."

저도 모르게 나오는 신음을 삼키느라 입술을 깨물자 한 손으로 지원의 손목을 움켜쥔 그가 다른 손으로 그녀의 턱을 아프게 쥐었다. 지원을 바라보는 눈빛이 기이하게 변하더니 우진이 신기하다는 듯 중얼거렸다.

"놀라지 않는군. 마치 납치한 사람이 나라는 걸 미리 알고 있던 것처럼 말이야. 맞아?"

지원은 비명이 나오지 않길 바라며 입술을 꼭 다물었다. 그러자 우진의 눈길이 그녀의 입술로 내려왔다 다시 눈으로 올라갔다.

"신비한 눈이네. 내 머릿속을 들여다보고 있는 것 같아."

헛다리이긴 하지만 우진의 머릿속을 들여다보고 있는 건 맞았다. 우진에게 손목을 잡힌 순간부터 그의 과거가 쉴 새 없이 터지는 플래시처럼 빠르게 지나가고 있었다. 강렬한 것만 기억되는 사이코메트리에 이렇게 쉴 틈 없이 영상이 보여진다는 건 강우진이라는 남자의 과거가 정말 스펙터클했다는 말이었다.

빠르게 지나가는 영상 중에서 지원은 7년 전 명신동의 여자 시체를 똑똑히 보았다. 명신동 사건도 이 남자가 저지른 것이고, 지금 재현이 쫓고 있는 범인 역시 이 남자였다.

다리가 풀린 지원이 휘청거리자 우진의 입가에 미소가 생겼다. 바짝 끌어당겨 그녀를 거의 안다시피 한 우진이 귓가에 속삭였다.

"무섭긴 한가 보네. 걱정 마. 넌 따로 쓸 데가 있으니까."

귓가에 뜨거운 입김이 닿자 소름이 돋았다.

"한재현을 위한 미끼가 될 거야."

"헉!"

놀랄 틈도 없이 복부에 둔중한 충격이 느껴지며 순간 숨이 콱 멈춰 버렸다.

강우진. 이자가 재현을 알고 있다. 그리고 재현을 향한 감정이 심상치 않은 것도 느낄 수 있다. 아득해져 가는 의식 속에서 지원은 있는 힘을 다해 우진의 옷깃을 꽉 잡았다.

✵⧓⧓✵

재현은 남정국의 자택을 찾았다. 일하는 사람들을 모조리 내보낸 집에는 정국과 그의 아내만 있을 뿐이었다. 그의 아내가 혼절한 상태로 방에 누워 있는 것을 보니 전화로 한 말이 거짓은 아닌 것 같았다. 재현은 눈이 퉁퉁 부은 정국의 앞에 앉았다.

"자세한 설명을 해 주시지요."

"……."

"남 의원님."

부드럽지만 힘 있는 목소리에 정국은 정신을 차린 듯 목소리를 가다듬었다.

"가영 양이 강우진 씨에게 납치된 걸 어떻게 아셨습니까?"

"우진이 연락해 왔네."

"강우진 씨와 알고 있는 사이신가요?"

잠시 뜸을 들이던 정국은 머뭇거리며 입을 열었다.

"아주 오래전부터 알고 지낸 사이네."

"어떻게 아는 사이인지 말씀해 주시겠습니까?"

"강우진은…… 우진이는……."

늘 자신감 넘치고 강인한 모습만 보여 주던 정국의 나약한 모습이 낯설었다. 무엇을 망설이는 걸까? 금지옥엽이라고 제 입으로 말했던 가영의 납치보다 더 망설여지는 무엇일까…….

한동안 머뭇거리던 정국이 결심한 듯 재현을 바라보았다. 단호한 눈빛 뒤에는 애절함이 보였고, 목소리 역시 떨리고 있었다.

"지금부터 내가 하는 얘기는 듣고 잊어 주길 바라네."

"판단은 제가 합니다. 말씀하시죠."

냉정한 대답에 정국은 작게 한숨을 내쉬었다. 한재현 같은 남자가 이런 얘기를 듣고 그냥 있을 리 없었다. 하지만 가영의 안위가 달린 문제였다. 머뭇거릴 새가 없었다.

"내 정치 인생이 끝날 수도 있는 이야기네. 강우진은…… 내 아들일세."

생각지도 못한 폭탄 발언에 재현의 눈가가 미세하게 흔들렸다. 혼외 아들이라……. 이 일이 언론에 알려지게 된다면 남정국의 정치 인생은 끝난 거나 다름없었다.

"가영 양도 이 사실을 아나요?"

"아니, 모르네. 이 사실을 아는 사람은 단 두 사람이야. 나와 우진이. 이제 자네도 알게 됐으니 셋이 됐군."

갑자기 10년은 더 늙은 듯한 정국의 얼굴에도 재현의 낯빛은 바뀌지 않았다. 우선 가영을 구하는 게 순서였다.

"강우진과 어떤 통화를 하셨나요?"

"가영이를 데리고 있다고, 자네를 불러 달라고 했네."

"저를요?"

뜻밖의 말에 재현의 목소리가 커졌다. 자신은 정국이나 가영과 아무런 관련이 없는 사람이었다. 그런데 왜 자신을 만나고 싶어 할까? 의문은 접어 둔 채 질문을 이어 갔다.

"지금 강우진이 어디에 있는지 아십니까?"

"명신동에 있을 거야. 거기가 걔 어릴 때 살던 동네거든. 제발 부탁이네. 우리 가영이 꼭 좀 찾아 줘. 제발……. 가영아. 흑흑흑."

한 나라를 좌지우지하는 힘을 가진 권력자에서 딸을 잃은 가련한 아버지로 변하는 건 한순간이었다. 그녀만 돌아온다면 국회의원은 물론이고 대선 출마도 마다할 수 있을 것 같았다. 한순간 즐겼던 쾌락이 칼이 되어 돌아올 줄은 꿈에도 몰랐다.

얼굴을 묻고 울음을 참는 정국을 향해 재현이 냉랭한 목소리로 물었다.

"7년 전에 발생한 명신동 살인 사건. 혹시 남 의원님께서 덮으셨나요?"

"어쩔 수가 없었네. 그 애도 우발적으로 저지른 일이었어. 아비 없이 자라 고생을 많이 했네. 그래서……."

"아비 없이 자랐다고 모두 살인을 저지르지는 않습니다."

재현이 자리에서 일어서자 정국은 그의 손을 덥석 잡았다.

"우리 가영이 제발 찾아서 와 주게. 부탁이야. 가영이만 돌아오면 자네가 원하는 게 뭐든 다 들어주겠네. 제발 우리 가영이만 찾아 주게."

"남가영 양을 찾기 위해 최선을 다할 겁니다."

감정이 배제된 목소리는 차가웠지만 정국은 그가 가영을 찾기 위해 최선을 다할 거라는 걸 알고 있었다. 그런 남자이기에 가영의 짝으로 탐을 냈었다. 이제 그런 욕심 따위는 부리지 않았다. 그저 가영이 무사히 돌아와 주기를 간절히 바랄 뿐이었다.

정국의 집을 나선 재현은 즉시 관할 경찰서에 협조 요청을 했다. 명신동이라는 장소만 알 뿐 정확한 주소를 몰랐기에 위치 파악을 위해서는 많은 인원이 필요했다. 규한이 미리 연락을 해 두었는지 경찰서장의 지휘 아래 병력이 동원되었다.

이미 어둠에 잠긴 동네는 기분 나쁠 정도로 고요했다. 간간이 개 짖는 소리와 취객의 술 취한 소리만 들릴 뿐 음산한 공기가 감도는 것 같았다. 잔뜩 긴장한 현우는 연신 심호흡을 했다. 그러자 재현의 조용한 목소리가 들렸다.

"적당한 긴장은 좋아. 그래야 범인과 맞닥뜨렸을 때 대응할 수 있는 순발력이 나오니까. 하지만 지나친 건 안 돼."

"현장이 처음은 아닌데 이번엔 좀 달라서 그런가 봐요."

"강우진 핸드폰 위치 추적했나?"

"남 의원에게 걸려 온 전화는 대포폰입니다. 강우진의 핸드폰 위치는 공방으로 나와요."

똑똑한 놈이니 자기 폰으로 전화를 했을 리가 없었다.

"그 대포폰 위치는?"

"이 근처가 맞아요."

"사람을 미라로 만들려면 꽤 넓은 장소가 필요할 거야. 눈에 띄지 말아야 하니 지하실이나 옥탑방. 소리까지 막아야 한다고 치면 지하실이라고 봐야 해. 다른 집들과 좀 떨어져 있는 한적한 집, 대략 50평 이상인 집들로 알아보도록."

재현의 말에 경찰들이 일사분란하게 움직였다. 손목에 찬 시계가 새벽 2시를 가리키고 있었다. 문득 사건에 대해 궁금해하고 있을 지원의 얼굴이 떠올랐다. 핸드폰을 든 재현은 3초쯤 고민하다 문자를 날렸다. 평소 지원의 패턴을 보자면 아직도 깨어 있을 확률이 높았다.

〈잡니까?〉
〈잘 것 같아요?〉

문자를 보내자마자 돌아온 답변에 재현의 입가가 느슨하게 늘어졌다.

〈안 잘 것 같아서 문자 했습니다.〉
〈잠을 잘 수가 없어요.〉
〈왜 잠을 못 잡니까? 무슨 일 있습니까?〉

입가의 미소가 희미해진 그가 문자를 보냈지만 답은 금방 돌아오지 않았다. 어쩐지 기분이 좋지 않아 재현은 다시 문자를 보냈다.

〈지원 씨? 무슨 일 있어요?〉

〈있어.〉

갑자기 말투가 바뀌었다. 심상치 않은 예감에 재현은 통화 버튼을 눌렀다. 흘러나온 목소리는 지원이 아닌 남자의 것이었다.

—안녕하십니까? 한재현 검사님.

"누구? 강, 우진?"

—가만히 듣기만 해. 경찰들을 많이도 몰고 오셨네. 무서운데…….

"지원 씨 어디 있어? 같이 있어?"

—듣기만 하라고 한 것 같은데.

재현은 입술을 깨물었다. 우진이 눈앞에 있다면 당장이라도 찢어 죽일 수 있을 만큼 눈빛이 날카로워진 그는 뼈마디가 불거지도록 주먹을 꽉 쥐고 눈을 감았다.

"말해."

—당신의 소중한 여자가 여기 있어. 그러니까 혼자 와. 와서 여자를 구해 주라고.

"지원 씨 털끝 하나라도 건드리는 날엔 내 손으로 널 죽일 거야."

—걱정 마, 네 여자에겐 아무 짓도 안 할 테니까.

전화가 끊겼다. 핸드폰을 으스러져라 꽉 쥔 재현은 심호흡을 했다. 순식간에 가슴 가득 들어찬 분노 때문에 숨을 쉴 수가 없었다. 붉게 충혈된 눈으로 재현은 우진이 보낸 주소지를 향해 걸음을 옮겼다.

모두들 바삐 움직였지만 재현이 말한 그런 집을 찾는 건 쉽지 않았다. 얼굴을 찡그린 현우는 물 한 모금을 마시고는 중얼거렸다.

"이건 서울에서 김 서방 찾는 거 같네. 낮이라면 사람들에게 물어보기나 하지……. 안 그래요, 보스? 보스? 한 검사님!"

현우는 어느새 사라진 재현을 찾아 명신동 골목을 기웃거렸다.

❊❊❊

강우진이 보낸 주소는 명신동이 아닌 그 옆의 동네였다.

"일부러 남정국에게 명신동이란 말을 흘린 거였군."

차로 달려도 30분이 걸렸다. 도움을 요청한다 해도 강우진은 30분의 시간을 벌고 시작하는 셈이었다. 문자가 오는 소리에 차에서 내린 재현이 핸드폰을 확인했다.

〈주소 다시 보내지. 서울시…….〉

이곳도 최종 목적지는 아니었다. 차로는 올라갈 수 없는 위치에 재현은 거의 뛰다시피 하여 주소지에 도착했다.

도착한 곳은 말끔하게 잘 관리된 거대한 저택이었다. 동네의 가장 위에 위치한 이곳은 아마 뒤쪽으로 찻길이 나 있는 모양이었다. 미라로 만든 시체와 하얀 단, 항아리들을 옮기려면 이 거리를 걸어서 움직일 수는 없을 테니까.

이 집에 지원이 있을까?

누군가가 심장을 꽉 쥐고 흔드는 것처럼 가슴이 답답하고 아팠다. 커다란 철제 대문은 열려 있었다. 재현이 천천히 마당으로 들어섰다. 그러자 문자가 또 도착했다.

〈환영합니다. 한재현 검사님. 집 안으로 들어와.〉

집 문 또한 열려 있었다. 안은 거실 벽에 달려 있는 무드등 몇 개만 켜져 있어 어두웠다.

〈앞으로 쭉, 하얀 커튼이 달린 문이 보일 거야. 그걸 열고 들어와.〉
〈아! 총은 거실 탁자 위에 올려 두고 내려와.〉

우진의 문자에 재현은 총을 꺼내어 탁자에 내려고 천천히 지하실로 향했다. 계단을 내려갈수록 포르말린 특유의 냄새가 코를 찔러 왔다. 그에 따라 불안감도 점점 커지고 있었다.

계단 아래에 문이 또 있었다. 그 문을 열고 들어가니 긴 복도를 중심으로 서너 개의 문이 보였다.

〈내려왔군. 오른쪽 맨 끝 방.〉

그가 집에 도착하고 지하실에 내려온 것까지 우진은 정확하게 알고 있었다. CCTV를 통해 모습을 보고 있을 거란 생각을 하며 재현은 천천히 걸음을 옮겼다.

손잡이를 돌리고 문을 열자 어두운 방이 나왔다. 한 치 앞도 분간할 수 없을 만큼 캄캄한 어둠이었다.

〈이제 문을 닫아.〉

탁, 문이 닫히자 완벽한 어둠이 그를 감쌌다. 한 치 앞도 모르는 어둠보다 생사를 알 수 없는 지원 때문에 피가 마를 지경이었다. 분노를 누르고 최대한 침착하게 입을 열었다.

"이제 나오지. 숨어 있는 게 네 특기인가?"

〈내 특기는 완벽함이지. 네 건의 사건이 일어났지만 아무도 내가 범인인 것을 눈치 못 챈 완벽함 말이야.〉

"과연 완벽했을까? 5년 전 김성희의 시체는 공원에 아무렇게나 방치했잖아. 그래서 비둘기들이 내려앉았지. 알잖아. 비둘기들 똥 엄청 싸는 거."

"처음이었으니까."

갑자기 우진의 목소리가 들리더니 불이 팟 하고 켜졌다. 시리도록 환한 빛에 재현은 눈을 감았다.

"누구나 처음은 있는 거니까."

목소리는 멀리서 들렸다. 손으로 빛을 가리고 가늘게 실눈을 뜬 재현은 반대편에 앉아 있는 우진의 모습을 보았다. 방 가운데 하얀 단이 있고 그 위에 누군가 누워 있는 것이 보였다. 하얗게 질린 재현이 한걸음에 그곳으로 달려갔다.

"석지원 씨! 남가영?"

지원이 아니다. 안심하는 것도 잠시, 밀랍처럼 파리하게 변한 안색의 가영을 보며 재현은 얼른 목의 맥을 짚었다. 약하긴 하지만 아직 숨을 쉬고 있었다. 그의 걱정을 안다는 듯 우진이 관대하게 말했다.

"아직 안 죽었어. 사람이란 건 말이야. 그렇게 쉽게 죽는 존재가 아니야. 그러니까 안심해."

재현은 천천히 우진에게 몸을 돌렸다. 반듯하고 잘생긴 얼굴에 걸려 있는 미소는 오랜 친구를 만난 듯 온화하고 따뜻했다. 하지만 여전히 눈동자에는 아무런 감정이 담겨 있지 않았다. 진짜 감정이 무엇인지 모르는 사람처럼 말이다.

"하지만 박지영부터는 완벽했어. 내가 원하는 모습으로 완벽하게 보존했고, 장기를 꺼낸 상처도 아주 작았지. 내가 직접 꿰맸어. 그 연습을 하느라 아주 혼이 났지만 말이야."

"여자들을 미라로 만드는 목적이 있나?"

"당연히 있지."

우진은 우쭐한 목소리로 대답을 했다. 그가 말을 많이 하게 해야 했다. 어쨌든 자신이 없어진 걸 현우는 알아차릴 것이다. 그러면 핸드폰을 위치 추적하든지 그의 차를 찾으려고 할 것이다. 이 근처까지만 오면 어떻게든 가영을 데리고 나갈 수 있을 것 같았다.

"사람이라면 누구나 아름다움을 추구할 거야. 나 역시 마찬가지고. 아름다운 것을 보존하고 싶은 거야 당연한 거 아닌가? 난 그들이 영원한 아름다움을 간직할 수 있도록 도와준 거야. 그러니 나에게 감사해야지."

"그 여자들에게 자신의 아름다움을 간직해 달라는 부탁이라도 받았어?"

"그것을 물어봐야 아나? 화장이나 성형도 다 아름다움을 지키고 싶어서 하는 행동이잖아. 하지만 내 진짜 목적은 따로 있어."

"그게 뭐지?"

우진의 눈빛이 붕 뜬 것처럼 변했다. 혹시 약을 한 건가? 재현은 그를 유심히 관찰했다.

"아버지에게 인정받고 싶었어."

"남정국 의원 말이야?"

"쿡쿡, 너에게 말했군. 33년 동안 비밀로 감추던 것을 검사인 너에게 말하다니. 역시 아버지에게 가장 중요한 것은 가영이였어."

"네가 말하지 않을 수 없게 했잖아."

"맞아. 내가 그렇게 했지."

굉장히 즐거워 보이는 표정으로 우진이 자리에서 일어섰다. 그와의 거리는 불과 다섯 걸음 정도였다. 재현은 긴장으로 등이 뻣뻣해지는 걸 느꼈다.

"내가 제일 먼저 죽인 사람이 누구인지 알아?"

"박예분 아닌가?"

"어? 그 여자는 어떻게 알았지? 아버지가 돈을 써서 입막음했을 텐데⋯⋯. 그 일에 대해 아는 사람은 나와 아버지, 그리고 그여자의 부모뿐이야. 물론 돈을 받은 그 여자의 부모는 기억을 지워 버린 것 같지만 말이야. 웃기지 않아? 자식이 죽었는데 돈 몇푼에 그 죽음을 외면했어. 부모라는 사람이 말이야."

우진의 표정이 무섭게 변했다. 그도 남정국에게 버림을 받았다. 부모라는 존재에 대한 증오와 애정이 뒤범벅되어 사리 판단을 할 수 없게 된 것 같았다. 한동안 무서운 표정을 짓던 그가돌연 빙긋 미소를 지었다.

"그 여자는 내가 처음 죽인 사람이 아니야."

"그럼 누구?"

"머리 좋은 검사님이 맞춰 봐."

지원의 모습은 방 어디에서도 보이지 않았다. 스무고개를 하는 것 같은 말장난을 맞춰 주며 기회를 엿보던 재현은 한 걸음다가온 우진 때문에 뒷걸음질을 쳤다.

"맞춰 보라고. 내가 가장 먼저 죽인 사람이 누구인지 말이야."

그는 우진의 얼굴을 가만히 들여다보았다. 자신이 한 일에대해 칭찬을 기대하는 여섯 살 어린아이가 그 얼굴에 있었다.

칭찬을 받고 싶은 상대가 누굴까? 아버지의 인정을 원했고,남정국은 살아 있으니 그가 처음 죽인 사람은⋯⋯.

"당신 엄마."

"빙고! 역시 머리가 좋아. 우리 가영이가 마음을 홀딱 빼앗길만도 해."

신이 난 우진은 손가락까지 튕기며 한 걸음 뒤로 물러났다.

"엄마와 함께 아버지를 찾아갔는데 아버지는 날 인정하지 않더라고. 게다가 위로 형이 둘이나 있어서 난 아예 찬밥 취급이었어. 그러면 안 되잖아. 자식인데, 원하든 원하지 않든 자기의 피를 이어받은 아이인데…… 그렇게 취급하면 안 되잖아. 안 그래?"

"많이 힘들었겠네."

재현이 동조하자 우진의 입이 활짝 벌어졌다.

"그렇지? 당신도 그렇게 생각하지? 아버지가 너무했다고."

"그래. 남 의원님이 너무했어."

"그래서 생각했지. 아버지에게 인정받는 멋진 아들이 되자. 그러려면 어떻게 해야 할까. 고민을 많이 했는데…… 아버지가 가장 좋아하는 일을 하면 되는 거였어."

"그게 뭔데?"

어느새 아이의 말투를 닮아 있는 우진의 기분을 맞춰 주기 위해 재현도 동조를 했다. 그에 우진은 신이 났는지 친구와 수다를 떨 듯 말을 계속 이었다.

"아버지가 가장 좋아하는 것. 가장 사랑하는 사람. 바로 남가영. 배다른 내 여동생."

아이처럼 순수하게 느껴졌던 눈빛이 냉혹하게 변했다. 누워 있는 가영을 보는 우진의 얼굴에 차가운 냉기가 흘렀다.

"아버지가 가장 아끼고, 자기 목숨이라도 내어 줄 수 있는 내 동생. 난 동생의 아름다움을 영원히 보존하기로 했어. 아버지가 아름다운 가영이를 언제나 볼 수 있도록 말이야."

"그럼 그 여자들은……."

"연습용이었어. 가영이가 20대 중반이 되면 해 주려고 미리 연습한 거야. 가영이와 닮은 여자들을 고르느라 애를 먹었지."

우진의 말에 재현의 미간에 주름이 잡혔다. 지금 떠올려 보니 피해자들 모두 남가영과 비슷한 외모였다. 서로 비슷하다고만 생각했지, 남가영과 닮은 거라고는 생각하지 못했다.

"그런데 말이야. 혼자면 너무 외롭잖아. 안 그래? 그래서 가영이의 남편도 함께 미라로 만들 계획을 세웠어."

"남편?"

"응."

웃는 우진의 모습은 해맑았지만 소름이 끼칠 정도로 무서웠다. 하나의 목표를 위해서는 다른 사람의 목숨 따위는 안중에도 없는 잔인한 미소였다.

"지금까지 가영이가 좋다고 한 남자는 없었어. 네가 처음이야. 갖고 싶다고 한 거 말이야. 그래서 난 가영이에게 널 줄 거야. 둘이 미라가 되어 영원불멸의 삶을 얻으면 난 아버지에게 인정받게 될 거야. 아름다운 가영이를 평생 볼 수 있으니까."

두 팔을 쫙 벌린 우진의 미소가 기묘하게 뒤틀렸다. 재현은 본능적으로 한 걸음 물러섰다.

"그러니까 나에게 고마워해. 당신의 그 아름다움 역시 영원토록 간직할 수 있을 테니까."

"내가 그 제의를 수락하리라 믿어?"

"내가 하자는 대로 해야 할 거야. 만약 거절한다면……."

팟! 그가 주머니 속의 작은 리모컨을 누르자 한쪽 벽에 붙어 있던 TV가 켜졌다. 화면 속을 본 재현이 소리를 질렀다.

"석지원 씨!"

의자에 앉아 있는 지원은 두 손과 두 발이 묶인 채 재갈을 문 상태였다. 열심히 주위를 두리번거리는 걸 보니 탈출할 궁리를 하고 있는 게 분명했다. 그 모습에 재현은 우선 안도의 숨을 내쉬었다.

"당신답군."

"한재현, 당신 여자지? 어울리지 않아. 우리 가영이가 당신과 훨씬 잘 어울린다고. 더 아름답잖아."

"사랑해 본 적 있나?"

"뭐?"

침착한 재현의 말투에 우진은 눈을 가늘게 떴다.

"사랑하면 말이야. 두 눈이 멀고 두 귀도 잘 안 들리게 돼. 오로지 한 사람만 보게 되거든. 나를 그렇게 만드는 사람은 석지원이야. 내 눈에는 석지원이 이 세상에서 가장 아름다운 사람이라고."

"말도 안 돼. 키도 작고 얼굴도 우리 가영이가 훨씬 예뻐."

"상관없어. 내 눈에는 예쁘니까. 그러니까 너도 이런 짓 그만두지. 아마 아버지가 좋아하지 않으실 거야."

아버지가 좋아하지 않을 거란 말에 우진의 눈동자가 갑자기 불안하게 흔들렸다.

"아버지에게 물어봤어? 가영이를 저렇게 만들면 당신을 인정해 줄 거냐고."

"인정할 거야. 그러니까 엄마를 죽였을 때 내 손을 잡아 줬지. 이제 당신이 날 보살필 거라고 걱정 말라고 했어."

"그럼 박예분은 왜 죽였어?"

"그건……."

"아마 아버지가 널 보아 주지 않아서였겠지. 살인을 저지르면 또다시 네 손을 잡아 줄 거라고 혼자 착각한 거 아니야?"

"아니야!"

"박예분이 죽고 나서 당신 아버지는 그녀의 부모님과 합의를 했어. 그리고 당신은 외국으로 쫓겨났지."

현우에게 우진의 과거에 대해서 조사하라고 시켰었다. 시간이 없어 모두 숙지하지 못했지만 명신동 사건 직후 그가 외국으로 나간 것은 기억하고 있었다.

"당신 아버지는 아마 당신이 두려웠을 거야. 어머니에 이어 박예분까지 살해했으니 자신에게 피해가 갈까 걱정됐겠지. 그래서 당신을 외국으로 쫓아낸 거야."

"아니라고. 알지도 못하면서 함부로 말하지 마."

이를 앙다문 우진이 벌겋게 충혈된 눈으로 노려보았다. 그러자 재현의 목소리가 한 톤 낮아졌다.

"인정해. 넌 아버지에게 아무것도 아니야."

"으악!"

갑자기 달려든 우진을 피하지 못한 재현은 그와 뒤엉켜 바닥으로 쓰러지고 말았다.

"아니야! 아니라고!"

재현을 깔고 앉은 우진은 무차별적으로 주먹을 날렸다. 그의 손을 가까스로 잡은 재현은 팔을 비틀어 우진을 내동댕이쳤다.

쿵 소리를 내며 떨어져 나간 우진이 신음을 흘리며 일어섰다.

핏발 선 눈으로 재현을 무섭게 노려보던 그가 주머니에서 뭔가를 꺼냈다. 수술용 메스. 그동안 저 메스로 사람들의 장기를 꺼냈을 것이다.

"아버지는 날 인정할 거야."

휘익! 공기를 가르는 날카로운 칼날 소리가 섬뜩했다. 무차별적인 주먹질과 달리 칼을 든 손은 정확하게 허공을 갈랐다. 뒷걸음질 치며 간신히 칼을 피하던 재현은 직선으로 찔러 오는 칼을 미처 피하지 못했다.

날카로운 메스가 뜨끔하며 옆구리를 파고들자 재빨리 손으로 칼날을 잡았다. 한 손은 옆구리에 끼고 다른 손의 칼 역시 움직이지 못하게 되자 당황한 우진이 고개를 들었다. 재현의 입가에 미소가 맺혔다.

"게임 오버."

우진의 손을 결박하고 있던 팔을 품과 동시에 그의 얼굴로 주먹을 날렸다. 퍽 하는 소리와 함께 우진의 몸이 바닥으로 벌렁 넘어졌다. 메스를 옆으로 던진 재현은 비틀거리며 우진에게 다가가 수갑을 채웠다.

"당신을 살인 용의자로 체포합니다. 이 시간 이후 당신은 묵비권을 행사할 수 있고, 변호사를 선임할 수 있으며⋯⋯."

미란다원칙을 고지하는 재현의 목소리는 어느 때보다도 단호했다. 몸부림치는 우진의 턱에 주먹을 한 방 더 날린 그가 현우에게 집 주소를 찍어 주었다. 구급차부터 빨리 출동시키라는 명령과 함께.

비틀거리며 방을 나선 그는 맞은편 방문을 열었다. 그러나 지원은 없었다. 차례대로 문을 열었지만 지하실의 어느 방에서도 지원은 보이지 않았다.

"지원 씨……."

위층으로 올라간 그는 방문을 모조리 열어젖혔다. 부엌 뒤쪽의 문을 열자 마침내 의자에 묶여 있는 지원을 발견할 수 있었다.

의자에 묶인 채 이리저리 몸을 움직이던 지원은 갑자기 문이 열리며 재현이 들어오자 눈을 동그랗게 떴다. 눈물이 왈칵 쏟아졌다.

"음! 음음으!"

재갈을 물린 채 지원은 재현을 소리쳐 불렀다. 그러자 재현이 다가와 그녀의 재갈부터 풀어 주었다.

"엉엉, 재현 씨, 괜찮아요? 나 무서웠어요!"

"압니다. 이제 내가 왔으니 안심해요."

"당신이 올까 봐 무서웠다고요! 어떻게 왔어요? 왜 왔어요! 강우진이 당신을 죽일 거라고 했단 말이에요! 그래서 내가 오지 말라고 텔레파시를 보냈는데 왜 왔냐고요!"

말도 안 되는 억지에 재현은 피식하고 웃음을 지었다. 그러자 얼굴 가득 눈물범벅이 된 지원이 기가 막힌다는 표정을 지었다.

"지금 이 상황에서 웃음이 나와! 정신 나갔어요!"

"안 죽었습니다. 그러니까 됐죠?"

"다음엔 이런 일 있으면 오지 마요. 다치면 어떻게 해요."

"다음에 이런 일이 다시 생긴다면 난 또 올 겁니다."

"한재현 씨!"

"당신이 다치는 것보다는 나으니까. 당신에게 무슨 일이 생긴다면 난 살 수 없을 테니까. 차라리 내가 다치는 게 나아요."

그윽한 눈이 자신을 바라보고 다정한 손길이 눈물을 닦아 주고 있었다. 지원은 애써 터져 나오는 울음을 삼켰다. 이 남자 어떡하면 좋아. 너무 좋은데, 저 때문에 고생한 것 같아 미안했다.

"미안해요. 말도 안 되는 투정 부려서."

"일단 나갑시다. 곧 경찰이 올 거예요."

손발이 자유로워진 지원은 재현을 힘껏 껴안았다. 그러자 재현의 입에서 짧은 비명이 터져 나왔다.

"윽!"

"왜요? 헉! 피! 피 나요! 어디 다친 거예요?"

"심한 상처는 아닙니다."

"이렇게 피가 철철 흐르는데 뭐가 안 심해요."

속이 새카맣게 타는 것 같았다. 영화리에서 머리가 터진 게 겨우 몇 달 전인데 이번에는 옆구리에 구멍이 났다. 겨우 참았던 눈물이 또다시 뺨을 적시기 시작했다.

"울지 마십시오."

"네, 안 울어요. 흡. 훌쩍."

"아, 걱정이 돼서 도저히 안 되겠습니다."

"뭐가요?"

"지원 씨가 혼자 있는 시간이 불안하다고요."

"어쩌라고요. 만날 옆에 붙어 있어요?"

"네."

"네?"

재현의 미소에 눈물을 닦은 지원은 눈을 끔뻑거렸다. 무슨 말을 하는지 이해할 수가 없었다.

"수사 팀 자문으로 초빙하겠습니다."

"자문이요?"

"지원 씨 능력이면 훌륭한 자문이 돼 줄 겁니다. 낮 시간은 해결됐군요. 그러면……."

"그러면?"

지원의 입술에 재현의 입술이 닿았다. 달큰한 숨결과 보드라운 입술, 입안 구석구석 향기로움을 마음껏 빨아들인 그가 달콤하게 속삭였다.

"나머지 시간에는 함께 살아야겠어요."

"함께 살아요?"

"나랑 결혼하겠습니까? 평생 곁에서 어깨 빌려줄게요."

말문이 막혔다. 지금 옆구리에 구멍 난 채 프러포즈를 한 거란 말이지? 지원은 재현의 가슴을 툭 쳤다.

"지금 이 상황에서 프러포즈가 말이 돼요? 지혈이나 하라고요."

"이제 피 안 나옵니다. 괜찮습니다."

"난 아직 아프다고요. 당신 때문에 가슴이 너무 아파요."

재현은 울먹거리는 지원을 살포시 안았다.

"그러니까 내 곁에 있어요. 평생."

"나 사이코메트러예요. 나랑 결혼하면 평생 취조당하는 기분으로 살아야 할 거예요. 그래도 괜찮아요?"

"포커페이스가 내 특기입니다. 잡아떼면 되죠."

"능구렁이."

"허락했습니다."

지원이 고개를 끄덕이자 다시 재현의 입술이 다가왔다. 아까보다 더 진하고, 달콤한 입맞춤이었다. 어디선가 사이렌 소리와 함께 '보스!' 라고 외치는 현우의 우렁찬 목소리가 들렸다.

엄마 는 알고 있다

epilogue

살금살금 까치발로 집에 들어온 재원은 집 안 동태를 살폈다. 다행히 엄마와 아빠는 아직 집에 오지 않으신 것 같았다.

방으로 들어간 재원은 가방을 내려놓고 얼른 숙제를 하기 위해 책을 폈다. 방과 후 엄마에겐 집에 도착했다는 문자를 하고 조금만 놀려고 했는데 그만 저녁이 되어 버렸다.

"아직 지현이 발레가 안 끝났나 보네. 휴우, 다행이다."

초등학교 3학년이라 놀 시간이 모자라는데 엄마는 학교가 끝나면 바로 집으로 오라고 하신다. 나름 바쁘신 몸인데 말이다. 다행히 쉬는 시간 틈틈이 숙제를 해 놔서 학습지 한 장만 더 하면 숙제는 끝이다.

"아! 간식!"

재원은 후다닥 부엌으로 달려가 엄마가 준비해 놓은 간식을 찾았다. 오, 다행히 시원한 미숫가루였다.

"이쯤이야 원샷하면 감쪽같지."

아버지는 누누이 말씀하셨다. 사람을 속이는 건 나쁜 일이다, 특히 엄마를 속여서는 절대 안 된다, 하지만 속일 거면 증거를 남기지 마라.

"킥킥. 아빠 짱."

간식까지 모두 먹은 재원은 재빨리 숙제를 마쳤다. 그리고 TV를 켠 뒤 슬금슬금 문 밖의 동태를 살폈다. 아니나 다를까. 시간에 딱 맞춰 지현과 엄마의 목소리가 들렸다.

"엄마, 나 이제 잘하지."

"그럼 우리 지현이 이제 진짜 발레리나 같아. 재원아, 엄마 왔다."

소파에 누워 있던 재원은 태연하게 몸을 일으켰다.

"늦었네. 혼자서 심심해 죽는 줄 알았어."

"미안. 아빠가 갑자기 사무실에 가셔야 해서 들렀다 오느라 늦었어."

"아빠는?"

"여기 있지. 학교 잘 다녀왔어. 아들?"

"네. 잘 다녀왔습니다."

재원이 경례를 붙이며 절도 있게 대답하자 지현이 웃음을 터트렸다.

"오빠, 현우 삼촌이랑 똑같아."

"그러네. 똑같네. 숙제 다 했어?"

"다 했지. 책도 읽었고 간식도 먹었어. 검사해 봐."

의기양양한 대답에 지원은 슬며시 웃음을 지었다. 평소보다 너무 당당한 태도가 오히려 의심이 들게 만들었다. 하지만 모르는 척 미소를 지었다.

"그래? 우리 아들 잘했네. 엄마 한번 안아 보자."

"에이, 쑥스럽게."

말은 그렇게 하면서도 슬며시 지원에게 몸을 맡기는 재원이 너무 사랑스러워 그녀는 아들을 꼭 안아 주었다. 그런데…….

"우리 멋진 아들. 거짓말하면 엄마가 너무 슬픈데?"

"무, 무슨 거짓말? 나 거짓말한 적 없어."

"가방 앞에 들어 있는 딱지는 뭐야? 엄마는 그런 거 사 준 적 없는데……."

"헐. 어떻게 알았어, 엄마?"

재원이 놀라서 묻자 지원은 그런 아들을 보며 빙긋이 웃었다.

"엄마는 늘 널 지켜보고 있으니까."

역시 엄마는 모르는 게 없었다. 친구랑 딱지 따 먹기를 한 후 가방 앞에 넣어 둔 걸 어떻게 아셨을까? 엄마의 미소가 조금 무섭게 느껴졌다.

그러자 지현이 가방을 내려놓으며 천진난만하게 말했다.

"옆집 오빠네 반 급훈이 '엄마가 지켜본다' 래. 그래서 오빠들이 공부를 더 열심히 한대."

지현의 말에 재원은 입을 딱 벌렸다. 옳은 말씀이다.

"아들, 이제는 거짓말하면 안 돼."

"네."

지원에게는 절대 거짓말이 통하지 않는다. 벌써 10년이나 살면서 그것을 터득하지 못하다니. 재현은 재원을 보며 고개를 흔

461

들었다. 그러자 지원의 무심한 목소리가 날아왔다.

"당신은 이번 달 용돈 10만 원 삭감."

"응? 왜?"

지원과 눈이 마주친 재현은 그녀의 눈길을 피하지 않았다. 그러자 생글거리며 다가온 지원이 손을 내밀었다.

"그냥 말할래요, 아니면 내가 알아낼까요?"

"끙, 알았어. 현우가 결혼기념일이라고 그래서……. 알잖아. 현우 자식 비상금 못 만드는 거."

"당신이나 현우나 같은 처지인데 왜 당신만 비상금을 만들어요? 용돈이 너무 많았나 봐. 아무튼 당신 용돈은 10만 원 삭감."

"여보. 지원아."

재현의 애교에 지원은 슬며시 미소를 지었다.

주영이 가르쳐 준 최면술 덕분에 사이코메트리의 능력은 종종 감출 수 있었다. 하지만 가끔은 써먹어야 가정에 평화가 온다는 것을 알게 된 그녀는 굳이 그것을 감추려고 하지 않았다.

자신이 가진 능력 중 하나일 뿐이니까.

그렇게 오늘도 행복한 하루가 지나가고 있었다.

　글을 쓴 이래 가장 빨리 완결한 글입니다.

　사건을 짜면서, 그 사건을 풀어 가면서 스스로 너무 재미있어 하면서 썼습니다. 스토리상 부족한 면도 많고, 머릿속에 그린 만큼 캐릭터를 멋지게 잘 쓰지는 못했지만 신이 나서 썼던 글입니다.

　글 재미있어요.

　격려해 주고…….

　소름 돋았습니다.

　제 예상대로 오싹해 주고…….

　오! 반전이에요, 라며 호응해 주신 독자분들, 그리고 서재의 귀한 식구들. 모두모두 감사드립니다.

글을 쓰면서 항상 느끼는 것은 언제나 응원해 주는 분들 덕분에 완결까지 오지 않았나 하는 것입니다
　이렇게 쓰다 보면 언젠가 나도 독자들도 만족해할 만한 글이 나오지 않을까 기대하며 세 번째 글을 내놓아 봅니다.

—김서현 올림.